시에 기대다

정우영 시평에세이

시에 기대다

정우영 시평에세이

문학들

　시를 쓰고 읽는다는 게 쉽지 않은 지점에 이르러 있습니다. 제가 느
낄 수 있는 시보다 느낄 수 없는 작품들이 더 많아진 것 아닌가 싶어
우울하기도 합니다. '시는 삶이야'라고 생각하는 제게, '시는 무중력이
야'라고 외치는 시인들이 늘어난 것처럼 보입니다. 그럼에도 불구하고
저를 적시는 시들 아직까지는 적지 않습니다. 이러한 시인들과 시들
이 있어 현대를 사는 제 어지러움이 조금은 가시는 것도 같습니다.

　세 번째 시평에세이입니다. 다시 둘러보니 어리석은 문장들 처처입
니다만, 적어갈 때에는 열성을 다하려 애썼습니다. 시의 갈피에 스며
있는 숨결들 읽어내려 집중하던 시간들이 스쳐갑니다. 제 딴에는 부
지런떨던 날들입니다. 시집이 제 가방이나 손에서 떠난 적 거의 없었
으니 시와 사귀었다고 볼 수도 있겠습니다. 시를 통해 아픔을 가라앉
혔으며 다른 세상들을 발견하곤 했습니다.

　1부는, 「다감한 것들의 기척」이라 하여 해설과 발문, 서평들을 담았
습니다. 삶의 연륜이 깊어진 시인들이라 그런지 다감하게 감싸는 울
림들이 두터이 가라앉아 있습니다. 메아리치는 그 감동을 받아 적었

다고 할 수 있을 듯싶습니다.

2부는, 「시의 첫 마음」이라 붙였는데요, 시집 촌평들을 모았습니다. 당대의 삶을 촘촘히 새긴 고운 시들이 뜨겁고 차분하게 어우러져 있습니다.

3부는, 「좌절과 성찰의 시」입니다. 제가 좋아하는 시인들을 제 식으로 불러냈습니다. 김남주, 신동엽, 윤동주, 이육사, 홍사용, 그리고 백무산. 우리 시의 발화에는 이들 시인이 피워 올린 좌절과 승화, 그리고 아름다운 성찰이 지그시 자리하고 있다고 여깁니다.

4부는, 「무중력과 중력 사이」를 달고 있습니다. 최근 시의 한 흐름을, '융합적 리얼리즘'이란 이름으로 살펴본 글들입니다. 서투른 논지이지만, 요즘 시의 면모를 조망하기 위해 꽤는 고심했습니다. 설레는 두 귀를 열어두고자 합니다.

문인수 서정춘 박승민 김응교 송태웅 유현아 조동례 정세훈 조길성 신좌섭 이시영 정윤천 김해자 이하석 박시우 박경희 허연 송찬호 김이하 이은봉 장철문 김남극 전영관 장시우 안도현 박형권 김명기 김요아킴 이재무 손병걸 박성우 김중일 이문재 최종천 정한용 김소연 이현승 박소란 이재훈 안주철 이설야 안희연 신철규 『시가 뭐고?』 할머니들
 이 시인들과 함께 이 책을 썼습니다. 살가운 이들의 시 속에서 즐겨 떨리고 아릿했지요. 시들을 품어 안으며 새삼 깨닫습니다. 시가 시이길 바란다면 시를 내려놓아야 한다는 것. 그 무엇으로부터도 자유로 워야 시가 아닐까 싶습니다. 이 책을 통해 그러한 시적 자유를 다만 한 사람이라도 느끼실 수 있길 바랍니다.

 2019년은 돌아가신 아버지 태어나신 지 100주년, 어머니 가신 지 50년, 제가 작품활동 시작한 지 30주년 되는 해입니다. 두루 뜻깊다 여겨 이 책을 헌정의 기록으로 남깁니다.

2019년 9월
정우영

차례

다감한
것들의 기척

시의
첫 마음

무중력과
중력 사이

다감한
것들의
기척

명랑성으로 그윽한 신명의 흔연

– 문인수 시집 『나는 지금 이곳이 아니다』

예기치 않은 반전형의 시인

문인수 형과 나 사이에는 필연적으로 박찬 형이 끼어든다. 찬이 형은 이미 태초로 돌아갔지만, 문인수 형 새 시집의 발문을 쓰자니 그를 소환하지 않을 도리가 없다. 내가 문인수 형을 '형님'으로 모시게 된 건 찬이 형 덕분이다. 내가 찬이 형을 '형'이라 부르자, 문인수 형도 자진해서 '선생님'에서 '형'으로 항렬을 내렸다. 나는 망설이지 않고 바로 그를 형님으로 모셨다.

이후, 문인수 형과 찬이 형은 내게 참 귀한 형들이자 벗이 되었다. 내가 감히 '벗'이라 쓸 수 있는 것은 이분들이 나와의 관계에서 '나이 차'라는 딱딱함을 벗어 버렸기 때문이다. 이 형들과 만나면서 나는 열 몇살 차이 나는 나이로 인해 으레 있을 법한 어떤 격절감을 전혀 느끼지 못했다. 개구쟁이 같은 장난질과 키득거리는 대화만으로도 충분히 유쾌했던 날들이었다. 그 무렵, 사람살이의 즐거운 온유와 시로 나누는 유대는 얼마나 살갑고 정겨웠던가.

물론, 좀 더 솔직해지자면 이 교분에서 나는 한끗 처진다. 두 형들 사이의 교감은 마치 연애 같았다. 이런 게 사내들의 정분이구나 싶을 만큼 두 분의 우애는 깊었다. 그럼에도 나는 그다지 소외감을 느끼지는 않았다. 설익은 막내 노릇도 그럭저럭 할 만했던 것이다.

하지만 내 막내 기간은 그리 길지 않았다. 느긋했던 찬이 형이 병마에 잡혀 창졸간에 훌쩍 떠나 버린 것이다. 그 황망함이라니. 문인수 형과 나는 한동안 우울거렸다. 문인수 형께는 직접 물어보지 못했으나, 그 무렵을 기억할 때 나는 '우울거렸다'라고 쓸 수밖에는 없다. 문인수 형께 안부라도 전할라치면 찬이 형의 그 선한 눈매가 동시에 떠올라 마음 다치고는 했다. 문인수 형도 그 허황함을 겪어 내느라 그랬는지 둘만의 대화는 어쩐지 한동안 서걱거렸다. 찬이 형이 남겨 놓은 머플러와 장난기 짙은 앞머리 녹발 브릿지만 하릴없이 더듬던 날들이 꽤 길어졌다.

내가 그렇게 찬이 형에 대한 그리움을 바래우고 있을 때 문인수 형은 차마 떠나보내지 못하는 마음을 담아 '박찬 시편'들을 엮어 냈다. 절절했다. 그중 『배꼽』(2008)에 실린 「흰 머플러!─시인 박찬, 여기 마음을 놓다」를 읽다가 나는 울컥, 그리움을 쏟고 말았다. 거기에는 한 사내의, 한 사내를 향한 연정과 별리가 참으로 쓰라리게 스며 있었다.

아마도 찬이 형이 살아 있다면, 분명 이 발문은 그의 몫이었을 것이다. 어쩌면 또 그는 슬쩍, "야아, 니가 써라" 귀찮다는 듯 장난기 묻혀 내게 떠넘길지 모르지만. 허나, 어쩔 것인가. 이미 그이는 훌훌, 저 우주로 산화한 자유인이 되어 버렸으니. 하여, 나는 글은 내가 쓰되 박찬의 시 눈을 함께 가져갈 참이다. 찬이 형의 그 천진한 명랑성을 말이다. 찬이 형과 내가 이렇게 읽어 가는 게 또 문인수 형의 바람 아닐까 짐작해 본다. 문인수 형이 일상에서 곧잘 보여 주는 즉흥성과 신명이 이번 시집에 착실하게 스며 있는 것처럼 다가와서 그리 어긋나지는 않을 것 같다.

우리에게 신명이란 무엇인가. 흥겨운 멋과 기분이다. 즐거움을 바탕 삼아 세상 살아가는 양동(陽動)의 기운이다. 삶을 긍정적으로 끌고 가는 생동의 에너지인 것이다. 하지만 근래 들어 신명은 물적 지배의 인간 소외로 인해 사그라들고 말았다.

바로 그 신명을, 문인수 형이 이번 시집에서 신바람 나는 시화(詩化)로 되살리고 있는 것처럼 비친다. 이 아니 벅찰쏜가. 찬이 형도 그 특유의 허밍 음률로 좋아라 하는 듯싶다. 게다가 이 신명에는 영험한 신내림으로 풀 수 있는 '신명(神命)'도 함께 들어 있으니 시와 신의 경계가 절로 풀어질 듯도 싶다.

그리하여 나는 이제 명랑성의 눈으로 신명나게 이번 시집을 탐색해 볼 참이다. 최근 우리 시의 음울 기조로 볼 때 명랑성 시의 전개는 마치 엉뚱한 작의인 것도 같은데, 그게 또 문인수답다고 나는 생각한다. 그는 실은 이처럼 예기치 않은 반전형의 시인인 것이다.

명랑한 사물과 통하는 시의 다감한 포용

시에서 명랑성을 보이면 흔히 가볍게 여기려는 경향이 있다. 명백히 이는 시를 잘못 읽은 것이다. 명랑성이야말로 힘든 작업이며 심오한 모색이다. 존재하는 것들의 흥겨움이자 삶의 쾌미인 명랑성을 드러내는 시는 그 자체로 깊은 경륜을 품는다. 시에서의 명랑성은 단순한 코미디가 아니다. 삶의 그늘을 지나온 자의 느긋하고 밝은 여유가 거기에는 실려 있다.

아구찜 대구찜 알곤찜 황태찜 해물찜 등 찜 전문 집이다.

이 '누나식당' 주인 처녀는 키가 크다. 말만 한 건각에 어울리게 시리 무슨 산악회 회원인데,

산 넘고 산 넘은 그 체력 덕분인지 껑충껑충, 보기에도 씩씩하기 그지없다.

나는 지금까지 그저 서너번 이 집에서 밥 사 먹었을 뿐이니 뭐,

단골이라 할 것도 없다. 오늘 저녁답에도 이 식당을 찾았으나 말짱

헛걸음했다. 문을 닫았다. 어, 잘되는 가게였는데……? 걸어 잠근

출입문 손잡이 위쪽에 뭐라 쓴 종이 한장이 붙어 있다.

"안녕하십니까. 저희 집을 찾아주시는 고객님들께 죄송한 말씀 전합니다. 2011년 12월 16일부터 25일까지 잠시 휴업합니다. 12월 17일(토) 저, 시집갑니다. 더욱더 밝은 모습으로 뵙겠습니다."– 수진

그리고 방(榜) 밑에 청첩장이 한 장 '참고'로 붙어 있다.

껑충껑충, 그렇게 산 넘고 산 넘는 중에 회원 가운데 한 사내, 그 신랑 찜도 물론 잘했겠지 싶다. 우리나라의 힘센,

좋은 여자란 누구에게나 무릇 오매 같거나 큰누부 같지 않더냐.

'알림' 전문을 들여다보는 잠시 나는 참 소리 없이, 맛있게

배불리 웃었다. 껑충껑충, 껑충껑충 "저, 시집갑니다."

— 「명랑한 거리」 전문

이것이 바로 명랑성이며 명랑성의 시이다. 삶의 결을 포착하는 눈이 남다르지 않은가. 경륜이 없다면 스쳐 지나갔을 에피소드가 한 편의 멋진 드라마로 엮였다. 문 닫은 식당, "출입문 손잡이 위쪽에 뭐라 쓴 종이 한 장"이 참 살갑게 즐겁고 신난다.

"2011년 12월 16일부터 25일까지 잠시 휴업합니다. 12월 17일(토) 저, 시집갑니다." '누부'의 망설임 없는 이 활달함이 시 전체를 압도한다. "껑충껑충, 보기에도 씩씩하기 그지없"는 누부 '수진'의 이 전갈에 허탕 친 손님들도 다 함께 축복하지 않을까 싶다. "누구에게나 무릇 오매 같거나 큰누부 같"은 그녀의 혼사 아닌가. "소리 없이, 맛있게/ 배불리 웃"으면서 박수를 보낼 것 같다. 비록 닫힌 문 돌아 나오지만, 마음은 "껑충껑충, 껑충껑충 '저, 시집갑니다.'"에 머물러 오래도록 흥겨워하면서 말이다. 그러니 그 거리, 얼마나 명랑하겠는가. 주인공 없어도 어깨 들썩이는 저 식당과 함께.

이 명랑성은 「별똥별」에서 죽음까지도 벅차게 끌어안는다. 시인은 이 시에서 비극성이 어떻게 명랑성이 되어 가는지 여실히 보여 준다. 나는 이 시를 통해 비로소 사람과 별의 관계를 짐작할 수 있게 되었다.

> 얼마 전 TV에서 봤는데요, 평생 불면증을 안고 산 한 사내의 꼬리가 참 길었습니다. 그는 저녁에 가고 싶은 데가 있을 때까지 천천히 차를 몰고요, 이윽고 집에 가고 싶을 때까지 천천히 차를 몹니다. 새벽에 자신의 아파트 주차장에 차를 몰아넣을 때, 꾸벅꾸벅

졸고 있는 경비원을 보며 빙긋이, 막 운동하러 나서는 이웃 노부부
와 마주치며 반갑게

웃습니다. 그러던 어느 날, 그가 그만 교통사고로 죽어요.

와─ 보세요, 저 별! 똥 누러 가는 속도로, 아닌 게 아니라 정말
똥끝이 타는 속도로 별 하나가 이제 그리 급하게 자러 간 겁니다.
그러나 곧, 그러니까 수억광년 후쯤엔 또 반드시 제자리, 제정신으
로 돌아와 반짝, 반짝이겠지요.

좀 더 행복해질 때까지, 그는 다시 그렇게 자꾸 웃겠지요.
─「별똥별」 전문

　"평생 불면증을 안고 산 한 사내의 꼬리"와 별똥별의 꼬리를 연계
시킨 이 시의 백미는, "와─ 보세요, 저 별! 똥 누러 가는 속도로, 아닌
게 아니라 정말 똥끝이 타는 속도로 별 하나가 이제 그리 급하게 자러
간 겁니다."에 있다. 교통사고로 죽은 그는 죽은 게 아니라 "급하게 자
러 간" 것이다. 이 기막힌 전환과 승화를 보라. '그'는 불면을 벗었을
뿐만 아니라, 새로운 삶을 얻지 않았는가. '그'는 그리하여 "수억광년
후쯤엔 또 반드시 제자리, 제정신으로 돌아와 반짝, 반짝"일 것이다.
불면으로 저녁부터 새벽까지 차를 몰고 다니다가 마주치는 경비원이
나 노부부에게 보내던 그 웃음으로 세상 내려다보며 그들이 "좀 더 행
복해질 때까지" 자꾸자꾸 웃을 것이다. 또 다른 명랑성(明朗星)의 탄
생이다.

불면증 환자의 죽음과 별의 소멸이 이처럼 환하게 다가오다니. 처음에는 충격일 테지만, 곧 느끼게 될 것이다. 마음에 차오르는 어떤 희열의 충만. 나는 이 느낌이 문인수 시의 명랑성이 이끌어 내는 삶의 고양이라 여긴다.

그러므로 명랑성을 외면하는 것은 삶의 주요 측면을 버리는 것이다. 시가 어두움을 헤쳐야 한다는 말들은 그런 점에서 편견이다. 너와 내가 "와, 와, 통"할 때 시와 삶은 얼마나 진진해지는가.

> 이 벗나무 가로수는 효목육교 바로 옆에 서 있다.
> 육교 계단을 중간쯤 올라가면 눈앞에 펼쳐지는 무성한 가지,
> 벗나무 한복판으로 들어가는 느낌이다. 계단을 내려갈 때도 그렇다.
>
> 올해도 벗꽃이 한꺼번에 활짝 피었다. 내 마음이 와, 감탄하자
> 벗꽃 무더기도 와, 웃었다.
>
> 말이 없었다. 말 없는 중에 홀연
> 벗꽃 다 졌다. 내 양쪽 어깨뼈가 앙상하게 만져지는 저
> 흰 구름 속, 육교 자국도 뭉게뭉게 풀리고 있다.
>
> — 「와, 와, 통하다」 전문

저 효목육교 벗나무 가로수는 사람의 성정을 바꿔 놓는 것처럼 보인다. 무성한 가지 펼쳐 지나가는 사람들을 "벗나무 한복판으로" 이끌어 들인 뒤 말갛고 명랑한 동심으로 되돌리는 것이다. "내 마음이 와,

감탄하자/벚꽃 무더기도 와, 웃"는 걸 보면 말이다. 그렇지 않고서야 어찌 저토록 이심전심(以心傳心)의 화사한 감탄을 내뱉을 수 있겠는 가. 사정이 이러하므로 그들 사이에는 "말이 없었다." "말 없는 중에 홀연/벚꽃 다 졌"지만, "내 양쪽 어깨뼈가 앙상하게 만져지는 저/흰구름 속," "뭉게뭉게 풀리"는 "육교 자국"처럼 내 삶도 하마 풀릴 것이다.

이런 게 바로 벚나무 가로수의 명랑성일 것이다. 참으로 흥미롭지 않은가. 사물의 이와 같은 명랑성. 게다가 그 명랑한 사물과 통하는 시의 다감한 포용이라니.

마을은 바다가 내려다보이는 산비탈에 다닥다닥 붙어 있다. 작고 초라한 집들이 거친 파도 소리에도 와르르 쏟아지지 않는다. 복잡하게 얽혀 꼬부라지는 골목들의 질긴 팔심 덕분인 것 같다. 폭 일 미터도 안 되게 동네 속으로 파고드는 막장 같은 모퉁이도 많은데, 하긴 저렇듯 뭐든 결국 앞이 트일 때까지 시퍼렇게 감고 올라가는 것이 넝쿨 아니냐. 그러니까, 굵직굵직한 동아줄의 기나긴 골목들이 가파른 비탈을 비탈에다 꽉꽉 붙들어 매고 있는 것이다. 잘 붙들어 맸는지 또 자주 흔들어 보곤 하는 것이다. 오늘도 여기 헌 시멘트 담벼락에 양쪽 어깻죽지를 벅벅 긁히는 고된 작업, 해풍의 저 근육질은 오랜 가난이 절이고 삭힌 마음인데, 가난도 일말 제 맛을 끌어안고 놓지 않는 것이다.

한 노파가 지금 당신 집 쪽문 앞에다, 골목 바닥에다 몇포기 김장 배추를 포개 놓고 다듬는 중이다. 한쪽에다 거친 겉잎을 몰아두었는데, 행여 그 시래기라도 밟을까 봐, 한 주민의 뒤태가 조심스

레 허릴 굽히며, 꾸벅꾸벅 알은체하며 지나간다. 또 바람 불고, 골
목들은 여전히 튼튼하다.

– 「굵직굵직한 골목들」 전문

서시처럼 맨 앞에 놓인 이 시는 문인수식 다감한 포용의 한 전형일
것 같다. "굵직굵직한 동아줄의 기나긴 골목들"이 끌어안은, "바다가
내려다보이는 산비탈에 다닥다닥 붙어 있"는 저 "작고 초라한 집들"을
보라. "복잡하게 얽혀 꼬부라지는 골목들의 질긴 팔심 덕분"에 "거친
파도 소리에도 와르르 쏟아지지 않"고 안온하게 터 잡고 있다. "그러
니까, 굵직굵직한 동아줄의 기나긴 골목들이 가파른 비탈을 비탈에다
꽉꽉 붙들어 매고 있는 것이다. 잘 붙들어 맸는지 또 자주 흔들어보곤
하는 것이다." 골목과 비탈과 집들이 서로 얽혀 얼마나 다사로운가.

나는 그가 발견한 "동아줄의 기나긴 골목"이 시집 『쉬!』의 표제작에
서 찾은 "툭, 툭, 끊기는 오줌발, 그러나 길고 긴 뜨신 끈"만큼이나 의
미 깊다고 생각한다. 「쉬!」의 '오줌발'이 우주적 존재자로서의 확인이
라면, 저 '동아줄 골목'은 동지적 연대의 뜨거운 포용이자 공유일 것이
다. 이 포용 아니더라면 어찌 "해풍의 저 근육질"을 앞에 두고 한 노파
가 "골목 바닥에다 몇포기 김장 배추를 포개 놓고 다듬"을 수 있을 것
이며, "조심스레 허릴 굽히며, 꾸벅꾸벅 알은체하며 지나"가는 주민의
뒤태를 우리가 만날 수 있었을 것인가.

사람이 시가 되고, 시가 사람이 되는

내가 이 글의 마지막에 이르도록 시 「봄날은 간다, 가」를 들먹이지
않자, 찬이 형 투덜거리는 소리가 들려오는 것 같다. 이렇게 명랑하고

즐겁게 사람 울리는 시편을 왜 언급하지 않느냐는 뜻이겠다. 어찌 내가 찬이 형 마음을 모르겠는가. 느른한 곡조에 감겨 넘어가는 봄날의 슬픈 명랑성을 나도 숱해 읊조리곤 하는데. 게다가 저 '제4절'은 얼마 전 어떤 모임에서 문인수 형과 함께 흥겹고도 시리게 질러 대기도 하지 않았던가.

시인들이 가장 좋아한다는 노래 「봄날은 간다」에 가사 '제4절'을 덧붙이게 된 사연을 담은 「봄날은 간다, 가」는 여러모로 각별하다. 이 시에서 언급되는 여러 인물들 행간에 찬이 형과 내가 섞여 드는 것 같은 착각이 드는 것이다. 찬이 형은 아마도 이렇게 말하지 않았을까. "어디 쓸 수 있음 함 긁어 보시든지."

그러저러한 곡절을 담고 나온 「봄날은 간다」의 제4절. 찬이 형이 곁에 있다면 분명 형의 지정곡으로 삼았을 것이다.

> 내가 불쑥 말했다. 봄날은 간다 3절 다음, 노인들을 위한 봄날을, 그 '제4절'을 쓰겠다고…… 썼다. 성원에 힘입어, 썼다.

> 밤 깊은 시간엔 창을 열고 하염없더라.
> 오늘도 저 혼자 기운 달아
> 기러기 앞서가는 만 리 꿈길에
> 너를 만나 기뻐 웃고
> 너를 잃고 슬피 울던
> 등 굽은 그 적막에 봄날은 간다.

> 등 굽은 그 적막에 봄날은 간다, 가. 그리하여 이제 4절까지, 저

끝까지 가느라 여기 눌러앉은 뒷모습들. 그러나 봄날은 결코 제 몸
앉혀 둔 채 마저 간 적 없어, 느린 곡조로 저마다 또 봄날은 간다,
가. 가느라, 지금 등이 더 굽는 중……

ㅡ「봄날은 간다. 가」 부분

　문인수 형의 따뜻하고 천진한 명랑성이 그대로 박혀 있다. 사람이
시가 되고, 시가 사람이 된 경지이다. 누가 이 시에다가 문학성이니 완
성도니 하는 언사를 들먹일 수 있을까. 시 이전에 이미 삶이고, 삶은
벌써 이렇게 시가 되었다. 그 품새가 이처럼 너그럽고 광활하니 어떤
음률인들 걸쳐지지 않겠는가. 삶과 시와 음률의 하모니가 그저 흘러
가는 대로 자연스럽다. 시에 부산스러움도 없고 꾸밈도 없다.

　그런데 그 자연스러움이 밋밋하지 않고 아주 생생하다. 나는 이 정
서적 공감을 '흔연(欣然)의 경지'라 부르고 싶다. 어떤 특별한 제스처
도 없이 시들이 펼쳐지는데, 그게 참 묘하게 즐겁고 그윽하다. 아마도
이는 시와 사람이 한 몸의 경지에 이르러서가 아닐까 싶다. 유연한 탄
력의 행보가 그야말로 유현한 것이다.

　자, 글은 여기까지다. 다음 차례는 노래가 아닐까. 올봄에는 찬이
형도 불러내 문인수 형과 함께 셋이서 한 몸으로 「봄날은 간다」를 질리
도록 불러야겠다. 특히 그 '제4절'을, 애절하게 목 놓아.

이토록이나 귀한 서정의 진정성이라니
– 서정춘의 『이슬에 사무치다』에 대한 얕은 소감

시를 아끼는 인색한 시인

아마도 서정춘만큼 인색한 시인도 달리 없을 것이다. 그는 참으로 시를 아낀다. 시집도 드문드문 펴내는 편이어서 그의 시에 목마른 이들 적잖다. 시집을 펼치면 그가 얼마나 시를 아끼는지 금세 알 수 있다. 『이슬에 사무치다』도 게재시가 스물아홉 편에 불과하다. 아마도 요즈음 나온 시집들 중에서 가장 적은 편수가 실린 시집일 것이다. 그는 시 한 편만 아끼는 게 아니다. 글자들에게도 매우 야박하다. 한 편에 담아내는 글자 수가 얼마 되지 않는다. 심지어 시집 『귀』의 표제작인 「귀」는 단 한 줄로 마감되었다.

> 하늘은 가끔씩 신의 음성에겐 듯 하얗게 귀를 기울이는 낮달을
> 두시었다
>
> – 「귀」 전문

그의 시는 이처럼 단박에 읽을 수 있을 만큼 얇고 짧다. 그러나 주

의하시라. 여기가 함정이다. 짧은 시이니 무게감도 그럴 것이라고 짐작하기 쉬운데, 생각 돌리셔야 한다. 위의 시 「귀」에 눈 기울여 보시라. 가벼운가. 내게는 전혀 가볍지 않다. 저 시 한 줄에 천지가 들어 있다.

그의 시에는 이처럼 글자 수나 분량으로는 측정할 수 없는, 묵직한 울림이 깊다. 그래, 그런 걸까. 시집 펼쳐 드는 처음에는 가볍다가도 시간이 지날수록 무거워진다. 시에 닿는 눈의 횟수가 늘어나면 목메인 서정이 진해지며, 귀 기울이면 와 닿는 "신의 음성"이 폭신 가라앉는다.

이렇듯 그의 울림과 숨결이 무겁고 짙은 까닭에 나는 그의 시집을 덮고 난 다음에도 그의 자장에서 쉬 벗어나지 못한다. 아니다. 벗어나려 하기는커녕 오히려 흠뻑 젖어 있고만 싶어진다. 마약 김밥이라는 게 있다더니, 그의 시가 내겐 마약 시편 같기도 하다.

내가 이렇게까지 쓸 때, 어떤 생각이 스치시는지. 천부적 재능이라든지 선천적 언어감각, 뭐 이런 어휘들이 혹 떠오르시지 않는가. 한때는 나도 그런 줄 알았다. 그의 시어가 삼킨 복합적이고 견결한 정황들은 도저히 후천적일 수가 없었던 것이다. 그런데 웬걸, 이번 시집 『이슬에 사무치다』 '시인의 말'에 서정춘은 이렇게 쓴다.

"아하, 나는 시간보다 재능이 모자라 더 짧게는 못 썼소."

재능이 모자라서 이렇게밖에는 쓰지 못했다는 것이다. 처음 나는 그의 고백을 겸양으로만 알아들었으나, 아니었다. 그는 진심으로 말한 것이었다. 그는 자기 재능을 기꺼이 의심하는 시인이었다. 천재적 감성보다는 '정원사의 가위질'을 택한 시적 노동자이자, 장인인 것이다. 〈중앙일보〉와 나눈 대담에서 그 일단을 엿볼 수 있다.

정원사가 전지를 잘못하면 거목이 죽는다. 그걸 알면서도 정원
사는 계속 잘라내야 한다. 눈에 보이지는 않지만 열매와 꽃이 많이
필 수 있는 그런 부분을 살리면서, 그런 걸 다 생각해 가면서 시를
자르려다 보니 참 환장하지, 내가. 우리 마누라가 당신 몹쓸 병에
걸렸다고 한다."

- 〈중앙일보〉, 2016년 12월 23일, 인터뷰 중에서

아내가 몹쓸 병에 걸렸다고 말할 만큼 그는 병적으로 시를 다듬고
다듬었다. 그야말로 온몸을 불사르는 시와의 투쟁이다. 그런데 문제
는, "눈에 보이지는 않지만 열매와 꽃이 많이 필 수 있는 그런 부분을
살리면서, 그런 걸 다 생각해 가면서 시를 자르"는 작업에 있다. 그의
말대로 "참 환장"할 만큼 애쓰고 애써도 쉬 찾아지지 않는 것이 이 작
업이다. 선천적으로 뛰어난 자라면 저 시라는 거목에서 "열매와 꽃이
많이 필 수 있는 그런 부분"을 금세 한눈에 찾을 터이나, 그런 천재가
과연 몇이나 되랴. 전심전력을 쏟아내는 것 외에는 다른 도리가 없다.
그저 몸 마르고 맘 닳을 때까지 쓰고 줄이고 넣고 빼고 하는 수밖에.
그렇게 하여 나온 시가 「죽편 1-여행」이다. 그는 25행의 「죽편 1-여
행」을 다섯 행으로 완성하기까지 4년 동안 근 여든 번을 고쳐 썼다고
한다. 말이 여든 번이지 그 여든 번 동안 그는 일흔아홉 번의 좌절과
절망을 견딘 것이다. 거의 시 한 편에 미쳐 살았다고 해도 과언이 아니
다. 노력도 이만하면 천재적이다 할 것이다.
그런데 나는 참 궁금하다. 어떻게 이렇게 쓸 수가 있을까. 인터뷰에
따르면, 그의 답은, "재주가 없나 봐. 일종의 결벽증 환자 같애. 병이
야, 병."이다. 그는 결벽증이라는 병으로 치부하지만, 이게 어디 병일

것인가. 시에 관한 그의 고집과 염결성이 결벽증처럼 나타난 것이라 여긴다. 시를 짓는 동안, 그는 아마도 스스로를 장인이거나 수도사로 유폐시켜 두었을 것이다.

그렇게 생각할 때 그가 다다르고자 하는 최선의 경지는 물아일여 (物我一如)가 아니었을까 싶다. 시가 그를 살고 그가 시를 사는 것이다. 하지만 그가 아무리 애쓴다고 해도 현세에서 과연 거기까지 넘볼 수 있을까. 크게 깨우친 선사라면 혹 가능할지 몰라도.

그런데도 서정춘은 다 감수하고 그 길을 가려는 것처럼 보인다. 언어를 최후까지 밀어붙이며 갈고 닦아 도전해 보는 것이다. 설령 목적하는 경지까지 이르지 못한다고 하더라도 그는 멈추지 않을 것 같다.

일흔아홉 번의 좌절과 절망을 견딘, 한 편의 시

나는 그 마음가짐을 이번 시집의 표제작인 「이슬에 사무치다」에서 본다. 이 작품은 원래 「草露」로 발표되었는데, 세 번의 수정을 거쳐 「이슬에 사무치다」로 완결되었다. 맨 먼저 발표된 「草露」는 다음과 같이 쓰였다.

나는 이슬방울만 보면 돋보기까지 갖고 싶어진다
나는 이슬방울만 보면 돋보기만 한 이슬방울이고
이슬방울 속의 살점이고 싶다
나보다 어리디어린 이슬방울에게
나의 살점을 보태 버리고 싶다
보태 버릴수록 차고 달디단 나의 살점이
투명한 돋보기 속의 샘물이고 싶다

나는 샘물이 보일 때까지 돋보기로

이슬방울을 들어 올리기도 하고 들어 내리기도 하면서

나는 이슬방울만 보면 타래박까지 갖고 싶어진다

―「草露」전문

「草露」, 우리말 '풀이슬'인 이 작품은 그러나 독자들이 '草露'라는 한 자어를 잘 읽어 내지 못하면서 곧 잊힐 운명에 처한다. 그러자 그는 첫 시집 『竹篇』을 펴내면서 「이슬 보기」로 제목만 바꾸어 싣는다. '한국명 시선 100'으로 나온 『캘린더 호수』(시인세계)에도 이 작품은 실리게 되는데 그때 그는 본문 중 "달디단"을 "다디단"으로 고친다. 「이슬에 사무치다」에 보이는 "다디단"은 이때 수정된 것이다. 사소하게 보이는 이 조치로 나는 이 시에서 이슬의 존재적 가치가 훨씬 높아졌다고 생각한다. 아무래도 이슬의 단맛을 묘사할 때 '달디단'은 과하다. '다디단'으로 교체됨으로써 시가 더 섬세한 완결미를 갖추게 된 것 아닌가 싶다.

그러나 아직까지도 서정춘은 만족하지 못한다. 「이슬 보기」라는 제목이 어쩐지 맘에 차지 않았던 것이다. 소녀 취향 같다고 할까. 그렇게 고민하던 차, 시인 김사인이 「草露」의 서평을 『kt magazine』(2014년 봄호)에 썼는데, 제목이 '이슬에 온전히 사무치다'였다. 그는, '옳거니!' 무릎을 쳤다. 김사인의 제목 중 '온전히'는 빼고 「이슬에 사무치다」라는 제목을 붙이자, 시가 아연 달라졌다. 그는 내친 김에 본문 두 번째 줄에 "나도"를 삽입하여 '나'라는 주체를 강화한 시행으로 만들었다.

마침내 오랫동안 미완으로 남아 있던 작품이 끝난 것이다. 이렇게 마감된 「이슬에 사무치다」의 전문이다.

> 나는 이슬방울만 보면 돋보기까지 갖고 싶어진다
> 나는 이슬방울만 보면 나도 돋보기만 한 이슬방울이고
> 이슬방울 속의 살점이고 싶다
> 나보다 어리디어린 이슬방울에게
> 나의 살점을 보태 버리고 싶다
> 보태 버릴수록 차고 다디단 나의 살점이
> 투명한 돋보기 속의 샘물이고 싶다
> 나는 샘물이 보일 때까지 돋보기로
> 이슬방울을 들어 올리기도 하고 들어 내리기도 하면서
> 나는 이슬방울만 보면 타래박까지 갖고 싶어진다
>
> － 「이슬에 사무치다」[1] 전문

이와 같이 어려운 곡절 끝에 완성된 「草露」와 「이슬에 사무치다」를 함께 놓고 읽으면 실은 그다지 달라진 게 없다. 제목을 바꾸고 단어 두 개를 손댔을 뿐이다. 그런데도 그는 이 시를 신작시집의 표제작으로 올렸다. 왜일까. 그가 보기에는 「이슬에 사무치다」가 신작이나 다름없게 느껴졌기 때문 아닐까.

나는 이에 적극 동의한다. 「草露」가 이슬방울에 무게중심이 놓였다면 「이슬에 사무치다」는 나 쪽으로 그 무게중심이 옮겨졌다. 그에 따라

---

1 '초로' '이슬 보기' 개작(改作).
(글쓴이 주 : 시에서 바뀐 부분을 표시하기 위하여 글쓴이가 임의로 굵은 글자 체로 표기함.)

사무치는 나를 축으로 내용이 강화됨으로써 시는 한결 생동감 깊어졌다. 나와 대상이 완전히 하나가 된 듯 충일함으로 벅차게 전환된 것이다. 이만하면 새 시집의 표제작으로 내놔도 부끄럽지만은 않을 성싶다. 나는 이처럼 뿌듯하게 여겨지는데 미학적으로 촘촘한 그는 어땠을까. 모르긴 몰라도 또 다른 시의 살점을 더 보태려 하진 않을 것 같다.

평범 속 비범을 언어로 구현하는 혁명가

이 시집에 실린 여러 시들도 분명 위와 같은 인고의 과정을 거쳐 세상에 나왔을 것이다. 나는 이중에서도 특히, 「소리 1」, 「소리 2」, 「비둘기 1」 등의 작품에 오래 눈 맞추었다. 예컨대 「소리 2」의 이런 시행들.

말이 달린다
다리다리 다리다리

말이 달린다
디근리을 디근리을.

더 이상 줄일 수 없을 만큼 잔뜩 쥐어짜 응결된 시의 질감에 나는 환히 취한다. 의미와 음상의 수축, 팽창된 어울림이 아슬아슬할 정도로 흥미로워서 거듭거듭 되씹고 있다.

나는 서정춘의 이들 시에서 굳이 어떤 의미를 찾으려 하지 않는다. 시에 설명이 필요한 시와 설명이 별 필요 없는 시가 있다고 하면, 서정춘의 시들은 대부분 후자에 속할 것이다. 설명이 군더더기가 되어 버린다. 그러니 가장 나은 시감상법은 그저 읊고 느끼며 내 속에 퍼지는 시의 울림을 가만히 받아들이는 것이다.

나는 이 시집 속 「여울목에서」를 그렇게 듣는다. 내가 내는 소리로 듣고 그가 들려주는 소리로 듣는다. 다만, 들을 수밖에는 없다.

> 흘러와, 이따금 사기그릇 놓쳐 버린 뒷설거지 소리를 사금파리
> 귀때기가 솔도록 듣느니 먼 어머니의 손 시린 안부가 궁금하다네
>
> — 「여울목에서」 전문

절창 아닌가. 무얼 더 넣고 뺄 것인가. 이 시는 「죽편 1-여행」, 「봄, 파르티잔」과 함께 내 마음에 깊이 각인되었다. 잠잠해지는 짬만 나면 나직한 공명으로 울린다. 이 시에 대해, 나는 어떤 신문 서평에서 "이 시 한 편만으로도 이 시집은 너끈하다고 여긴다."고 썼다. 지금 생각하니 나머지 시들을 홀대한, 다소 과한 판단이라고 여겨지기도 하나, 그만큼 나는 이 시에 홀렸다. "먼 어머니의 손 시린 안부"를 여쭙는 그에게 무슨 해석을 더 덧붙인단 말인가.

시 한 편 한 편의 소조미가 얼마나 빼어난지 틈새가 거의 없다. 매끈하고 단단해서 어떤 이음새도 찾기 어렵다. 한 단어와 한 단어, 한 문장과 한 문장의 긴장도가 그의 시처럼 세게 유지되는 경우도 달리 없을 것이다. 어디 긴장도뿐일까. 축조된 언어들이 그려 내는 유현한 탄력 또한 우리의 계량 범위를 넘어선다.

나는 다듬어 문지르고 덜어내 채우는 시적 제련 과정에서 그가 자신의 혼을 담아내려 애썼을 거라 여긴다. 그는 이를테면, 말로 시를 빚는 장인이었던 것이다. 그는 중앙일보와의 인터뷰에서 자신을 정원사로 비유했지만, 나는 그에게서 한 도자기 명인을 떠올렸다.

서정춘은 그와 참 닮았다. 내가 33년쯤 전에 만난 광주 분원요의 최근식 옹. 가만 생각하니 서정춘의 시쓰기와 최 옹의 도자기 작업이 어쩌면 그리 같은지. 글과 흙의 작업이지만, 서로 다르지 않다. 한 사람은 흙으로 자기라는 시를 쓰고, 한 사람은 글로 시라는 자기를 빚는다. 그때 최 옹은 말했다. 아침마다 잘 빚어진 도자기에서는 쩡하는 울음이 터져 나온다고. 그는 그 오묘한 울음을 담기 위해 자기를 빚는다는 것이다. 그래서 그는 사소한 티끌이라도 있는 자기는 가차 없이 깨 버렸다고 한다.

그의 말을 서른세 해만에 다시 새겨듣고 있는데, 서정춘이 그의 시에서 시부스러기들을 깨고 있다. 그의 발치에는 그렇게 버려진 시(詩) 금파리들이 수북하다. 이러한 과정을 통해 서정춘은 시 「여울목에서」를 완결했을 것이다. 그리하여 나는 시 「여울목에서」를 읽으며 쩡하고 터지는 저 자기의 울림을 안타까이 듣는 중이다. 인간이 빚고 자연이 울려 주는 저 공감의 교태를.

그런데 혹 보이실지 모르겠다. 저 공감의 교태에 묘하게 어룽지는 서정의 짙은 연민과 그리움. 감이 더디다면, 더 직접적으로 표출된 「수박론」을 펼쳐볼 수밖에는 없겠다.

　　어느 날로 하여 거치른 황야를 뒹굴었을 이상주의자들의 머리
　통 속에는 눈먼 게릴라의 난장이 종자들이 살얼음을 물고 새까맣
　게 내장되어 있었다

　　　　　　　　　　　　　　　　　　　　　　　　－「수박론」 전문

나는 이 시 「수박론」을 예사롭게 읽을 수가 없다. 내게는 이 시가

「봄, 파르티잔」의 후속편으로 다가왔다. "꽃 그려 새 울려 놓고/지리산 골짜기로 떠났"던 파르티잔이 "이상주의자들의 머리통"으로 되살아난 것이다. 되살아나 아직은 "눈먼 게릴라의 난장이 종자들"을 품속에 품고 있는 것처럼 느껴진 것이다. 따라서 파르티잔의 봄은 결코 끝난 게 아니다. 이처럼 살아서 새까만 눈으로 우리의 오늘을 직시하고 있지 않은가.

그러니 그의 서정을 곡해해서는 안 된다. 공감의 서정은 결코 현실을 비켜나지 않는다. 오히려 잘 거른 현실의 울림을 전달하려 속 깊이 더 몸부림친다. 서정춘이 상기하는 서정은 과거에서 오지만, 그가 펴내는 서정적 연민은 동시대를 어루만진다. 우리 삶의 본질을 꿰뚫는 것이다.

그래서 나는 그가 〈중앙일보〉에서 나눈 다음과 같은 대화를 무심히 지나칠 수가 없다.

> 시는 뭔가. 정의를 내린다면.
> 응답 : "아무것도 아닌 아무것이다."
> 시인은.
> 응답 : "글쎄, 힘없는 혁명가?"
>   – 〈중앙일보〉, 2016년 12월 23일, 인터뷰 중에서

시는 "아무것도 아닌 아무것이"며 시인은 "힘없는 혁명가"라는 것이다. 서정춘 시의 규범과 준엄한 현실인식이 담겨 있는 발언이다. 그의 말을 내 식으로 정리하면, '시인은 평범 속 비범을 언어로 구현하는 혁명가'쯤이 될 것이다. 그는 그저 짧은 시를 잘 쓰는 서정시인만이 아닌

것이다. 나는 여기에 서정춘 시의 진면목이 숨어 있다고 본다. 그는 평생 동안 '아무것만은 아닌 서정의 혁명성'을 시 속에 담고자 자기를 온통 갈고닦아 온 것이다.

그러므로 이제 서정춘을 서정의 틀로만 가둬 놓아서는 안 된다. 그는 분명 서정시를 쓰지만, 그 서정의 밑바닥에는 자기 혁신을 통한 혁명적 실천의 몸부림이 지난하다. 그런 점으로 볼 때 서정춘은, 시의 제단에 기꺼이 자기를 내어 바친 사제 같기도 하다. 그는 지금도 '아무것도 아니나 분명히 무엇인 우리의 현재'를 시에 담아내고자 부단히 쟁투 중일 것이다.

삶의 본질 꿰뚫는 시의 귀착을, 심장 터져라 연마하는 그의 눈매가 개구진 듯 심오하다.

상생과 포월(包越)의 '삶의 연대기'
– 박승민 시집 『슬픔을 말리다』

삶에 어찌 슬픔만 가득할 것인가

첫 시집 『지붕의 등뼈』에서 박승민의 시들은 주로 '슬픔'에 젖어 있는 걸로 보인다. 평론가 고봉준도 시집 해설에서 이렇게 쓴다. "'슬픔'이 박승민 시를 느리게 관통하고 있다. 슬픔의 정서와 언어가, 고단한 삶의 슬픔과 상실의 비애가 그의 시를 휘감고 있다. 그래서일까? 시인의 시선을 통해서 드러나는 타자의 삶 또한 무방비로 슬픔에 노출되어 있다."라고. 적절한 지적이라 여긴다.

그는 첫 시집에서 왜 이처럼 온통 슬픔에 젖어 있었던 것일까. 그의 시, 「역류성 식도염」에 그 연유가 드러나 있다. "혼자서 밥 먹는데/울컥, 무언가 목멍을" 친다. 무엇인가, 이것은. "아직 다 삭이지 못해/마늘 싹처럼 자꾸 올라"오는 "저 슬픔들"이다. "너는 가고/나는 살아" 어찌할 수 없이 터져 나오는 부정(父情)의 참담한 슬픔이다.

나는 바로 이 참담한 슬픔이 그의 첫 시집에 실린 거의 모든 시에 영향력을 미쳤다고 생각한다. 설령, 그가 즐거움이나 기쁨 쪽으로 시심을 옮기려 시도한다고 하더라도 이 애조의 정서는 가시지 않았을 것이다. 자식 잃은 상실감과 별리의 통절함은 그만큼 크고 세게 사람들을 비애(悲哀) 쪽으로 몰아붙인다. 아마도 그는 상당히 오랫동안 이 착잡한 절망적 슬픔에 결박당한 채 세상과 만났을 것이다. 그러니 타자와 정서적으로 교감할 때조차 이 도저한 슬픔은 철철 넘쳐흐를 수밖에 없지 않았을까.

그런데 문제는, 이와 같이 '도저한 슬픔이 철철 넘쳐흐를' 경우에 시는 제 감성을 주체하기 쉽지 않다는 점이다. 언어와 감성이 적절하게 균형을 맞추기 어려우므로 시가 감상성(感傷性)이라는 함정에 빠질 가능성도 그에 따라 높아지게 마련이다. 첫 시집에서 박승민이 지나치다 싶게 슬픔에 기울어지는 바람에 '가족의 등뼈는 부성이 아니라 모성'이라는 주목할 만한 발견도 이에 묻혔다. 동시에 그가 애정을 가지고 써 가는 소외된 삶의 당당한 그늘 같은 덕목들도 숨어 버렸다. 가슴에 아이를 묻은 자로서 이는 어쩌면 당연한 노정(露呈)이겠다 싶으면서도 적잖이 안타까운 부분이 아닐 수 없다.

슬픔이 우리를 끌고 가는 것 같지만 삶에 어찌 슬픔만 가득할 것인가. 첫 시집을 닫으며 나는, 이후에는 그가 우리 삶의 곡진한 세목에 눈과 귀를 더 기울여 주길 바랐다. 슬픔을 버리라는 게 아니라, 삶의 자잘한 애환들 속에 슬픔도 따라 섞여 스미어들었으면 하는 희원을 품은 것이다.

포월(包越)과 포란(抱卵)의 연대

자, 이번에 박승민이 펴내는 두 번째 시집은 어떨까. 맨 처음 스치는 생각은 이것이었다. 내 바람대로 그는 슬픔을 녹여내었을까, 아니면 여전히 슬픔이 강세일까. 그는 단박에 대답했다. 슬픔을 말리고 있다고. 시집의 표제작 「슬픔을 말리다」에서 그는 자기 슬픔의 변모를 이렇게 내어 보인다.

이 체제 하(下)에서는 모두가 난민이다. 진도 수심에 거꾸로 박힌 무덤들을 보면 영해(領海)조차 거대한 유골안치소 같다. 숲속에다가 슬픔을 말릴 1인용 건초창고라도 지어야 한다. 갈참나무나 노간주 사이에 통성기도라도 할 나무예배당을 찾아봐야겠다. 신(神)마저도 무한기도는 허락하지만 인간에게 두 발만을 주셨다. 한 발씩만 걸어오라고, 그렇게 천천히 걸어오는 동안 싸움을 말리듯 자신을 말리라고 눈물을 말리라고 두 걸음 이상은 허락하지 않으셨다. "말리다"와 "말리다" 사이에서 혼자 울어도 외롭지 않을 방을 한 평쯤 넓혀야 한다. 신(神)은 질문만 허락하시고 끝내 답은 주지 않으신다. 대신에 풍경 하나만을 길 위에 펼쳐 놓을 뿐이다.

마을영감님이 한 짐 가득 생을 지고 팔에서 막 빠져나온 뼈 같은 지팡이를 짚고 비탈을 내려가신다. 지팡이가 배의 이물처럼 하늘 위로 솟았다가 다시 땅으로 꺼지기를 반복하는 저 단선의 봉분. 짐만 몇 번씩 길 밖으로 사라졌다가 다시 길 안으로 돌아와서는 간신히 몸이 된다. 짐이 몸으로 발효하는 사이가 칠순이다. "말리다"에서 다시 "말리다" 역(驛)까지 가는데 수없이 내다 버린 필생의 가필(加筆)이 있었던 것이다.

— 「슬픔을 말리다」 전문

이 시에서 보이는 것처럼 그는 이제 스스로 슬픔을 말리려 하고 있으며 누군가의 슬픔도 말리고자 한다. 이때 주목해야 할 포인트는 단연 '말리다'라는 낱말이다. 알다시피 '말리다'에는 '물이나 물기가 다 날아가 없어지게 하다'와 '하지 못하도록 막다'의 두 가지 뜻이 있다. 그는 여기서 이 '말리다'를 아주 적절하게 활용한다. '말리다'의 뜻 둘 다를 써서 슬픔에 대응하는데 그게 참 절묘하다. 그는 나와 너의 젖은 슬픔도 '말리고' 동시에 그 슬픔에 빠져드는 누군가도 '막아서려' 하는 것이다. 여기서 관심 가질 부분은, 그가 슬픔을 '말리고자' 하는 의지를 보이며 이에 개입하려 하고 있다는 점이다. 물론, 슬픔을 다치게 해서는 안 되는 까닭에 그 개입은 조심스럽다. "혼자 울어도 외롭지 않을 방을 한 평쯤 넓"히는 정도에서 머문다. 그러나 이는 엄청난 변화이다. 첫 시집에서 읽히는 그의 슬픔은 그 어떤 개입이나 나눔을 허락하지 않을 만큼 견고하게 닫혀 있었던 것이다.

왜일까. 무엇이 그를 이와 같은 능동적인 인간으로 바꾸었을까. 나는 "진도 수심에 거꾸로 박힌 무덤들"로 표상되는 세월호 참사라고 본다. 도저히 있을 수 없는 저 숨막히는 떼죽음을 접하며 그는 "영해(領海)조차 거대한 유골안치소 같"다고 자각한다. 그리고 이 자각은 다시 "이 체제 하(下)에서는 모두가 난민이다."라는 인식의 변곡점을 이끌어 낸다. 이 난민의식을 공유하는 순간, 이제부터 그는 더 이상 개인이 아니다.

이때 누군가는 난민을 구해 달라고 신을 찾아 통사정할지도 모른다. 하지만, "신(神)은 질문만 허락하시고 끝내 답은 주지 않으신다." "무한기도는 허락하지만" 그 기도에 대한 응답도 없다. 그러니 그는 무엇을 해야 할 것인가. "슬픔을 말릴 1인용 건초창고라도" 짓는 일이다. 그런데 문제는 "모두가 난민"인 "이 체제 하(下)에서" 1인용 건초

창고라는 게 가능할 것인가 하는 점이다. 칠십 평생 마을 바깥을 벗어나 보지도 않은 마을영감님이라고 해도 이 난민 지위를 벗을 수는 없는 터에 이는 너무 소극적인 대처 방안 아닐까.

그러므로 난민을 벗기 위해서는 그보다 먼저 체제를 지워야 한다. 삶을 온통 난민으로 만들어 버리는 이 체제를 벗지 못하면 그의 저 도저한 슬픔도 더 커질 것이다. 문제는 이 '체제'라는 것의 성격이다. 우선은 우리의 삶을 찍어 누르는, 부조리한 정권 하의 사회체제를 떠올릴 수 있을 것이다. 하지만 그렇게 해석하고 넘어가자니 보다 직접적인 대상으로서의 정권의 실체가 이 시집에는 거의 드러나 보이지 않는다. 좁은 반경으로서의 체제가 아닌 것이다. 그래서 나는 그가 말하는 '체제'를 더 넓게 펼쳐, 이를 '역(逆)으로서의 체제'라 부를까 한다. 순행을 거스르는 모든 거역의 움직임들이다. 그러므로 그가 맞서고자 하는 체제는 '순행하지 못하도록 막아서는 모든 거역의 움직임들'에 대해서이다.

그렇다면 '순행하지 못하도록 막아서는 모든 거역의 움직임들'인 이 무지막지한 체제를 넘어설 수 있는 방책은 도대체 무어란 말인가.

감나무가지를 잡고 있는 조롱박의 손
힘줄이 파랗다

쉰을 넘는다는 건
허공으로 난 사다리를 오르는 일

지상의 낯익은 온기들과 멀어져

바람과 구름의 낯선 사원을 지나
자기만의 별자리를 찾아 1인극 하듯 가는 것
진짜 우는 배우처럼 그 역(役)을 사는 것

흔들려도
잡아 줄 손이 더 이상 옆에 없다는 사실

아득한 꼭대기에서부터
누군가의 발이 후들거리는지
밤부터 울고 있는지
어깨까지 내려오는
저릿한 통증

조롱박의 왼손이 감나무사다리를 잡고
장천(長天)의 푸른 밤을 혼자 넘고 있다

– 「감나무사다리」 전문

　　그에 따르면, 사람이 "쉰을 넘는다는 건/허공으로 난 사다리를 오르
는 일"이다. "지상의 낯익은 온기들과 멀어져/바람과 구름의 낯선 사
원을 지나/자기만의 별자리를 찾아 1인극 하듯 가는 것"이며 "진짜 우
는 배우처럼 그 역(役)을 사는 것"이다. "흔들려도" "잡아 줄 손이 더
이상 옆에 없다는 사실"을 깨우치며 말이다.
　　아하, 그런데 감나무와 조롱박은 어떤가. "감나무가지를 잡고 있
는 조롱박의 손/힘줄이 파랗다." 혼자가 아니라서 그런지 조롱박의 손

은 힘줄이 파랗게 기운차다. 조롱박은 또한 "아득한 꼭대기에서부터/
누군가의 발이 후들거리는지/밤부터 울고 있는지/어깨까지 내려오
는" 감나무의 저 "저릿한 통증"을 함께 견디며 아파한다. 둘이되 하나
인 채로 고통을 나누는 것이다. 그렇다고 해서 조롱박이 감나무에 종
속되는 것은 물론 아니다. 왼손으로만 "감나무사다리를 잡고/장천(長
天)의 푸른 밤을 혼자 넘"고 있다. 감나무에 의지하지만 그는 독자적
이다. 삶을 나눈다고 하여 자주성까지 잃어버려서는 안 됨을 깨닫고
있는 것이다.

「밭이 아프다」에서도 삶의 이 연대는 생생하다. 사물과 사람의 어우
러짐이 사람과 사람의 정보다도 깊다.

숨이 오르막에 닿을 듯
명아주 지팡이가 근들근들
해 뜨기 전에 언덕을 올라와서
돌밭에 쪼그려 한나절을 나던 파란 함석집 할머니

병이 나서 옆집 창창한 일흔 먹은 아재한테 땅을 부치라 했다 한
다
다시는 밭에 오지 못할 거라고 마을사람들의 얼굴이 오동 그늘
이다

사람이 맥을 놓으니 땅도 시름에 빠진다
채로 거른 듯 갈아 놓은 흙들이 버석버석 낯가림을 하고 있다
군데군데 심어 놓은 쪽파들이 허리가 돌아간 채 여름 해를 넘고

있다

밭이 누웠으니 할머니의 병세가 더 급해진다

- 「밭이 아프다」 전문

밭은 요물이다. 사람 손길과 맘길을 기막히게 알아챈다. 사람 발길 더디면 온갖 잡풀들 끌어들여 분탕질을 해놓는다. "숨이 오르막에 닿을 듯/명아주 지팡이가 근들근들/해 뜨기 전에 언덕을 올라와서/돌밭에 쪼그려 한나절을 나던" 파란 함석집 할머니 같은 분을 밭은 반긴다. 이런 사람들에게 밭은 기꺼이 기름진 땅심도 허락하여 넉넉한 소출을 내어주기도 한다. 그러다가 덜컥, "사람이 맥을 놓으"면 "땅도 시름에 빠"지며 "흙들"도 덩달아 "버석버석 낯가림을" 한다. 왜 아니겠는가. 할머니와 밭은 평생의 도반 아닌가. 생기와 의욕 잃는 건 당연하다. 어찌 밭뿐일까. "군데군데 심어 놓은 쪽파들"도 "허리가 돌아간 채 여름 해를 넘"긴다. 그런데 문제는, 밭과 교감하고 있는 할머니이다. "밭이 누웠으니 할머니의 병세가 더 급해"지는 것이다. 동병상련의 포월적(包越的) 삶의 연대가 참으로 안타깝지만 또 어쩌겠는가. 이런 게 자연의 이치이기도 한 것을.

그러나 중요한 건 밭과 파란 함석집 할머니의 이같은 포월적 삶의 연대가 저문다 해도 이게 끝은 아니라는 점이다. 자연의 순환은 이어져 밭은 "옆집 창창한 일흔 먹은 아재"와 함께 또 다른 포월적 상생기를 엮어 갈 것이다. 바로 이런 순환이 땅과 민중의 참다운 연대기가 아닐까 싶다.

나는 이 지점을 소홀히 봐서는 안 된다고 여긴다. 이와 같은 상생의 연대기라면 체제가 간섭할 틈이 거의 없다고 봐야 한다. 이쯤이라면 난민 의식은 그만 접어 두어도 좋지 않을까.

그런데 박승민은 여기에 모성의 포란을 더한다. 첫 시집에서 '지붕의 등뼈'인 모성을 발견한 그는 맨드라미에서 포란을 발견하고 포월적 상생의 미래를 열어 두는 것이다.

> 맨드라미는 입안 가득 새까만 알들 물고 있는데, 훨훨 눈 속에서 석 달 열흘을 얼었다 풀렸다 하면서 어린 새끼들 하나 둘 눈 틔우는데, 방울방울 부레를 달아 주고 비늘과 수초와 물비린내까지도 꼭 물고 놓지 않는데
>
> 후박나무 손톱 끝으로 발그레한 물소리 흐르는 날, 노랑태처럼 굳은 입 쩍 벌려 수많은 새끼맨드라미들 삼월의 숲으로 돌려보내는데
>
> 마지막 새끼마저 구릉을 다 헤엄쳐 건넌 후에야 툭, 목을 꺾는데
> ─「맨드라미의 포란(抱卵)」 전문

식물도 자식에게는 이처럼 애틋하다. 맨드라미에서 발견하는 모성은 참으로 눈물겹다. 세상의 모든 에미는 이렇듯 처절한가. "입안 가득 새까만 알들 물고" "훨훨 눈 속에서 석 달 열흘을 얼었다 풀렸다 하면서 어린 새끼들 하나 둘 눈 틔"운 다음, "방울방울 부레를 달아 주고 비늘과 수초와 물비린내까지도 꼭 물고 놓지 않는" 에미가 안쓰럽다. 그동안 저 에미는 아마 먹지도 자지도 않을 것이다. 그러니 "수많은 새

끼맨드라미들 삼월의 숲으로 돌려보내"고 난 뒤, 목 꺾일 수밖에.

맨드라미의 포란과 떠나보냄이 동물들의 그것 못지않다. 어쩌면 인간의 자식 사랑보다도 나을 것 같다. "마지막 새끼마저 구릉을 다 헤엄쳐 건넌 후에야 툭, 목을 꺾는데"로 시가 끝날 때 참았던 눈물 한 방울 툭, 떨어진다. 이는 요즘 내게 좀체 일어나지 않은 감정이입인데 어쩐지 낯설고 설렌다. 다른 사람들도 그러하지 않을까. 세심한 관찰과 정서적 유대를 통해 발견한 그의 시안(詩眼) 덕분에 모성 한 자락이 새로이 내게로 왔다. 자연이 이뤄 가는 생명의 경이는 이처럼 언제나 경외스럽다.

맨드라미의 이와 같은 포란 속에서 생명을 틔운 맨드라미 싹은 분명 저 포란의 의미를 몸에 새기고 있을 것이다. 자라오는 세대들은 저 모성의 포란을 핏줄에 익히며 생명을 이어 갈 것이다. 계승적 포란이 드러내는 뜨거운 삶의 연대기가 여기 펼쳐진다.

이제 알겠는가. 생명 가진 것들이 얼마나 뜨겁게 서로 상생하며 체제를 넘어서는지. 포란과 포월의 연대 앞에서 난민이라는 지위는 섣부르다. 그러니 '순행하지 못하도록 막아서는 모든 거역의 움직임들'인 체제여, 허접함을 알고 선뜻 물러서야 하지 않을까. '풀'마저도 "삼류 검투사의 칼날"을 겨누어 다시 들어 올리는데, "바람 속에서 흔들리던 자신의 푸른 거웃을 탱탱하게 겨누면서"(시 「풀」 중에서) 말이다.

시의 마음, 애이불비(哀而不悲)

그러나 그가 아무리 말리려고 해도 그의 슬픔이 어찌 다 마르랴. 자식 먼저 보내는 것은 천형과도 같아서 그 슬픔이 뼛속에까지 저민다고 한다. 이는 도저히 어찌해 볼 도리가 없는 본성의 통증이 아닐 수 없다. 그래서 나는 그가 굳이 참척(慘慽)의 자기 슬픔을 애써 말리고자 애달아 하지 않기를 바란다. 이 슬픔은 그가 아이와 나누는 지속적인 삶의 대화이자, 기억의 연대이기 때문이다.

시집(詩集)을 강물로 돌려보낸다.

봉화군 명호면, 너와 자주 가던 가게에서 산
과자 몇 봉지 콜라 한 캔이 오늘의 제수용품(祭需用品)

오랜 바람에 시달린 노끈처럼
이 세월과 저 세월을,
간신히 잡고 있는 너의 손을,
이젠 놓아도 주고 싶지만

나는 살아 있어서
가끔은 죽어 있기도 해서

아주 추운 날은 죽은 자를 불러내기 좋은 날

"잘 지냈니?"
"넌 여전히 아홉 살이네!"

과묵했던 나의 버릇은 10년 전이나 마찬가지여서
다만 시를 찢은 종이에 과자를 싸서

강물 위로 90페이지째 흘려만 보내고 있다.
담배 향(香)이 빠르게 청량산 구름그늘 쪽으로 사라진다.

아무리 시가 허풍인 시대지만
그래도 1할쯤은 아빠의 맨살이 담겨 있지 않겠니?

이 나라는 곳곳이 울증이어서
네 곁이 편하겠다 싶기도 하고
히말라야나 그런 먼 나라의 산간 오지에서나 살까, 궁리도 해 봤
지만
아직 너를 빠져나오지 못하고 있다.

그래서 작년처럼 너의 물 운동장을 구경만 한다.

손가락 사이로 자꾸만 빠져나가는 뜨거운 살들이 얼음 밑으로
하굣길의 아이들처럼 발랄하게 흘러만 간다.

–「12월의 의식(儀式)–다시 명호강에서」 전문

그가 "오늘의 제수용품(祭需用品)"인 "봉화군 명호면, 너와 자주 가
던 가게에서 산/과자 몇 봉지 콜라 한 캔" 들고 찾은 명호강. 아이의
뼛가루를 물에 띄운 그곳에서 그는 아들 같은 자기 분신인 "시집을 강
물로 돌려보"낸다. "오랜 바람에 시달린 노끈처럼/이 세월과 저 세월
을,/간신히 잡고 있는 너의 손을,/이젠 놓아도 주고 싶지만" "나는 살
아 있어서/가끔은 죽어 있기도 해서" 너를 보내 줄 수가 없다. 그래서

찾은 "아주 추운 날은 죽은 자를 불러내기 좋은 날." 하지만 그가 할 수 있는 말이라곤, "잘 지냈니?" "넌 여전히 아홉 살이네!" 같은 말뿐. "과묵했던 나의 버릇은 10년 전이나 마찬가지여서/다만 시를 찢은 종이에 과자를 싸서/강물 위로 90페이지째 흘려만 보내고 있다." 말로는 그렇지만, 저기 떠가는 게 어찌 시 적힌 종이와 과자들만일 것인가. 별리의 통한이 함께 흘러가지 않겠는가.

그런데 참 다행스럽게도 그의 슬픔이 여기에 이르러 말갛다. 차갑고 참담한 슬픔이 아니라, "하굣길의 아이들처럼 발랄"함 같은 게 스며 있다. 아마도 "아빠의 맨살이 담겨 있"을 시집 찢어 보내는 제의(祭儀)를 통해 그는 스스로 슬픔의 지배에서 다소간 벗어나지 않았을까. 제의는 죽음을 삶으로 끌어들이지만, 죽음에 매몰되지는 않는다. 오히려 기억의 재편을 도우며 슬픔의 무게를 벗겨 낸다. 기억을 소외시키면 우울에 빠지기 쉬우나 공존하게 될 경우, 주요한 삶의 에너지가 된다.

나는 박승민의 명호강이 그러한 공간이라 여긴다. 이 공간은 단순히 아이의 유골을 뿌린 데가 아니다. 아이와 함께 새로운 기억들이 생성되는 곳이자 삶과 죽음을 넘어서는 공존의 지대이다. 그러니 그의 슬픔도 말개질 수밖에.

그의 슬픔은 이제, 그가 포월한 상생의 에너지로 가라앉아 갈 것이다. 슬픔이되 슬픔만이 아니라, 심저를 정화하는 시의 마음인 애이불비(哀而不悲), 애이불비로.

연민과 긍휼의 연대
– 김응교 시집 『부러진 나무에 귀를 대면』

"응, 교"에 감전되다

응교(應教)와는 오랜 연이지만, 그가 일본 유학 가기 전까지도 그다지 내왕이 없었다. 서로 깊이 교감하는 장면이 별로 떠오르지 않는다. 내가 그를 제대로 만난 것은 아마도 한국문화예술진흥원(지금의 한국문화예술위원회)에서 일하고 있을 때일 것이다. 어느 날 그가 일본 유학 중 잠시 들렀다며 최종천 시인과 함께 나를 찾아왔다. 이제 와서 고백하자면, 그 방문이 고맙기도 하고 조금은 뜻밖이기도 했다. 그제까지 그가 나를 선뜻 찾을 만큼 살가운 교분은 아니라고 여긴 탓이었을 것이다. 헌데 웬걸, 그는 나와는 전혀 달랐다. 대뜸 내 손 덥석 잡으며 "형님!" 하는 것이었다. 그때 마주친 그 눈길과 정감이라니. 그의 따스함에 흠씬 포박당하는 느낌이었다. 겉으로는 표현 못 했지만, 속으로 나는 "응(應), 교(交)"를 떠올리고 있었다. 누구라도 그와 손잡으면 이 "응, 교"에 감전되고 말겠구나, 하고. 그의 손바닥에서는 사람을 감동시키는 어떤 진심이 뜨겁게 우러나오는 것이다.

나는 그가 누군가를 향해 악다구니 펼치는 걸 거의 본 적이 없다. 그는 우선 눈 내리깔고 다소곳이 상대방 말부터 경청하는 것이다. 그는 사물과 부딪쳤을 때도 사물의 변명을 먼저 새겨들으려 하는 사람처럼 보인다. 사물에게조차 손 모아 겸허를 바치는 것 같다. 그는 이처럼 존재하는 모든 것들을 경건하게 모시고자 애쓴다. 이는 시집에 실린 여러 시들에서도 여실히 드러난다. 세상에 치여 "반쯤 깨진 얼굴들"과 "물에 잠긴 아이들", "오래전 먼 여행 떠나신 아버지"와 "이십 년 전에 숲에 묻힌 친구"를 위해 그는 기꺼이 자기 시의 운명을 내어 준다. 내가 보기에 그는 거의 천성적으로 타자에게 귀 열려 마음 기울어지는 시인이다. '모심의 시'들을 적지 않게 만나 왔지만, 그만큼 진지하게 충심으로 타자를 적어 가는 시인은 흔치 않다.

그는 또한 긍휼의 시인이기도 하다. 긍휼(矜恤)에는, '누군가를 불쌍히 여겨 돌보아줌'의 뜻이 담겨 있다. 나는 사회적 인간이라면 누구나 긍휼 한 자락쯤은 가지고 있을 것이라 여긴다. 그것이 사람의 도리인 까닭이다. 하지만 그 긍휼 키워서 실천하는 사람은 그리 많지 않다. 현대사회에서 한 인간의 사회화라는 것은, 긍휼과 연민 같은 측은지심(惻隱之心)이 바래지고 사라져 가는 과정에 다름 아니다. 그렇지 않은가. 탐욕의 현대사회는 우리에게 끊임없이 말라 석화(石化)된 인간성을 강요하고 있다.

그런데 김응교는 다르다. 그는 인간성 갉아먹는 현대사회의 탐욕에 순응하지 않고 버틴다. 투쟁적으로 선두에 서서 앞질러가지는 않으나, 자기 자리에서 느긋하고 단단하게 이를 실천하고 있다. 심지어 그는 저 타국에서마저 긍휼의 실천에 기꺼이 자신의 삶을 나누어 준다. 낮은 자세로 그는 비루한 삶들을 껴안고 부대끼며 일본 유학을 견디어 낸 것이다. 그 시절 그는 결코 넉넉하지 않았다. 그런데도 그는 배움과

돈벌이, 긍휼 실천을 마치 수행자처럼 펼쳐 간 것이다.

그런 점에서 이 시집은 한 사람의 뜨거운 긍휼의 연대기이자, 나눔 실천의 목멘 기록으로 읽힌다.

긍휼과 연민의 연대정신

현실은 김응교 시적 발아의 태반이다. 이 시집에 실린 대부분의 작품은 관념이 아니라, 현실의 삶 속에서 태어난다. 「끼니」라는 시를 보자. 그에게 시는 '끼니'이다.

> 곡물을 포옥 고아 체로 걸러 낸 맑은 시
> 한 수저씩 떠먹으며 버티는 목숨
>
> 멀리 별빛으로 떠 있는 시를 고아서
> 체로 걸러 낸 걸죽한 미음
>
> — 「끼니」 전문

이 시에서 보듯, 그에게 시는 삶이자, 목숨이다. 이것이 살아가는 이유이기도 할 것이다. 그가 얼마나 곡진하게 시를 만나고자 하는지 여실히 드러나 있다. 그에게 시는 "한 수저씩 떠먹으며 버티는 목숨"이다. 아마도 그가 살면서 가장 힘들었을 때 그를 구원한 것은 "멀리 별빛으로 떠 있는 시를 고아서/체로 걸러 낸 걸죽한 미음"이었을 것이다. '시를 걸러 만든 걸죽한 미음'은 그러므로 그가 세상에 내놓고자 하는 그의 전부이다. 시와 삶과 목숨의 삼위일체가 아닐 수 없다. 그런데 그것이 결국은 '미음'으로 구체화됨에 나는 안도한다. 그는 알고 있는 것이다. 저 멀리 별빛으로 떠 있는 게 시가 아니라, 여기 "곡물을 포옥 고아 체로 걸러 낸" "걸죽한 미음"이 바로 시임을. 별빛을 바라보며 우리는 꿈을 꾸지만, 우리의 목숨을 이어 가는 것은 바로 미음 한 숟갈이다. 나는 이에서 그의 '미음의 시학'을 읽는다. 사람의 목숨이 되고 삶이 되는 미음의 시라니. 얼마나 곱고 아름다운 실제인가.

시 「단추」에서는 이같은 미음이 '연민과 긍휼의 연대'로 나타난다.

옆 사람이 심하게 졸고 있다.
객차가 흔들릴 때마다 내 어깨에 머리를 박는다.
검은 넥타이를 보니 상가에서 밤새우고
자부럼 출근하는가 보다.

와이셔츠 단추 하나가 떨어지려는데
꿰매지 못하고 그냥 나왔다.
그나 나나 비슷한 처지라며
작은 단추가 봉지처럼 달랑거린다.

가만 어깨 베개 대 줬더니
손에 들린 신문처럼 반대편으로 넘어간다.
반대편 사람이 저무는 어깨를 대 준다.
단추도 우리도 악착같이 붙어 있다.

– 「단추」 전문

돌이켜 보면 나는 옆 사람에게 내 어깨를 몇 번이나 대어 주었던가.

인색하게도 나는 내게 기대 오는 누군가를 그저 바로세우고자 흠칫 떨곤 했을 뿐이다. 그런데 이 시에서는 어떤가. 그도, 또 그 반대편 사람도 스스럼없이 "저무는 어깨를 대 준다." 피로를 아는 사람들의 기꺼운 공감이다. 그는 여기서 사람들의 '단추 정신'을 깨닫는데, 내게는 이것이 연민과 긍휼의 발로처럼 비친다. 세상과의 싸움에서 살아남기 위해서, "작은 단추"들인 소시민들이 할 수 있는 게 무엇이겠는가. 그저 "봉지처럼 달랑거"리면서도 "악착같이 붙어 있"는 수밖에는 없다. 서로서로 어깨 기대고 등 내어 주는 것이다. 현대사회에서 고립은 인간소외와 좌절을 낳는다. 혼자서는 저 거대한 자본주의 물질문명에 대항할 수가 없다. 어깨를 함께 겯고 견뎌 내어야 살아남을 수 있는 것이다.

그의 이와 같은 연민과 긍휼의 연대 정신이 저절로 싹튼 것은 아니다. 그가 이러한 삶의 태도를 갖게 된 데에는 이른바 "이태원 양색시들"과 "야래향"이라는 환경이 적지 않이 작용했을 것이다. 그가 태어나 자란 이태원의 이질적인 풍광과 소외된 자의 아슴한 눈빛 같은 것이 그의 본성에 가라앉지 않았을까 싶다. 물론 그의 처음 자각은 "왜 코끝에 분냄새 돌고 어지러웠을까"로 나타난다. 성징(性徵)의 발현이야말로 새 세계로의 진입이 아닌가.

> 나 태어난 이태원 근처에는 양색시들이 많았어
> 아이들은 양색시가 사는 집을 야래향이라고 불렀어
> 왜 그렇게 불렀는지 모르겠어
> 꼭 양색시 집만 아니라
> 일본 남자와 같이 사는 여자 집도 그렇게 불렀어

야래향 앞에는 가끔 아이노꼬 소녀가

오도카니 양 무릎 오므리고 앉아 있다 들어가곤 했어

투명한 물방울 소녀를 골목에서 훔쳐보던 나는

달빛 덮은 야래향만 생각하면 코끝이 열리곤 했지

야래향 야래향, 아이들은 소녀를 놀렸는데

야래향, 단어만 들으면

왜 코끝에 분냄새 돌고 어지러웠을까

삼십여 년 지나서야 분냄새의 정체를 알았어

우연히 중국집 간판을 보고 알았지 뭐야

한문으로 *夜來香*, 밤에 오는 향기

문득 내 어린 시절 떼쓰며 엉겨 붙어

자리가 꽉 찼다는 중국집을 밀치듯 들어간 거야

밤에 향기가 멀리 진하게 퍼져 간다는 꽃

야래향의 중국어 발음은 옐라이썅이라고 메뉴판에 써 있더라

짜장면하고 개구리튀김 시켜 먹는데,

친구들과 짜장면 먹고 돈 모자라서 내빼던 순간,

둑가에서 회초리로 때려 잡은 개구리 뒷다리 구워 먹던 순간,

야래향이란 단어만 들으면 고추 끝이 따끔해지던 순간,

들통날까 봐 비장해 두었던 궤짝 속에서 튀어나오는

순간 순간

그 많던 순간들은 어디로 갔는가

에라이 썅! 나도 모르게 욕했는데 글쎄

옐라이샹 옐라이쌍 흥얼거리며
야래향 소녀가 쟁반 들고 다가오는 거야
가슴도 제법 봉긋 부풀어 있었어

소녀야 그때 미안해 말 걸고 싶어도 수줍고 떨렸어
너만 보면 머리가 어지럽고 그냥 그랬어
라고 말하려는데, 아뿔싸, 식당 종업원이지 뭐야
그래도 기뻤어
야래향만이 남아 꽃향기 내뿜고[2]
그 시절 야래향 한 됫박쯤 가슴 가득 풍겨졌거든

ㅡ「야래향」 전문

   모든 생물이 다 그렇겠지만, 사람에게는 최초의 자리가 유달리 중
요하다. 그가 거기서 무얼 먹고 무엇을 보고 어떻게 지냈는지에 따라
일생의 좌표가 설정되곤 하기 때문이다. 김응교에게는 이태원 생활
이 그 세계관의 밑자리가 되지 않았을까 싶다. 그는 이들 속에서 이들
과 함께 부대끼며 삶의 자리, 그 지난한 곡절의 몸부림들을 자기도 모
르게 흡수하게 된 것이다. 그 바탕에 깃든 게 '야래향'이다. 아니, 야래
향으로 불리던 "아이노꼬 소녀"이다. "야래향 앞에" "오도카니 양 무릎
오므리고 앉아 있다 들어가곤" 하던 소녀, 그 "투명한 물방울 소녀를

---

2 "只有那夜來香 吐露着芬芳": 중국 가수 떵 리쥔(鄧麗君)의 노래 「옐라이쌍」
   (夜來香)에서.

골목에서 훔쳐보던" 그는 "달빛 덮은 야래향만 생각하면 코끝이 열리곤 했"다. 나는 그의 이 "열린 코끝"을 주목하고 싶다. 그 "열린 코끝"으로 들어온 것은 어지러움증을 유발하는 성징으로서의 "분냄새"만이 아니었던 것이다. 이들이 곧, 함께 어울려 살아 마땅한 우리임을 자각케하는 본성의 울림도 같이 그의 내면에 들어온 것이다.

이렇게 들어찬 연민과 긍휼의 감정선은 그에게, 일본 유학 시절 거기서 몸으로 살고 있는 한국 여성들을 돕도록 이끈다. 일본 유학에서 만난 한국 여성들은 그가 이태원에서 만난 야래향의 분신이나 다름없었다. "그 시절 야래향 한 됫박쯤 가슴 가득 풍겨졌"던 여성들을 그는 일본에서 다시 마주친 것이다. 그러나 안타깝게도 이들 여성들은 "야래향만이 남아 꽃향기 내뿜"는 처지가 아니었다. "술집을 전전하"던 불법체류자 신분들이었기 때문이다.

술집을 전전하다가
나이 들어 더 이상 탱탱한 알몸이 아니기에
동네 남자들에게 속살 팔다가
호텔에서 맛사지하며 지내다가
담배에 찌든 시꺼먼 간장 덩어리,
괄약근 늘어진 할망구 웃음, 급기야
불심검문에 잡혀, 그저께 한국으로 강제 송환된
그녀의 빈방에서

아내 팬티도 갠 적 없는 내가
가슴에 못만 박힌 여자 팬티를

비행기 접어 상자에 넣을 때,
주민등록상으로 쉰 하고도 넷에게서
국제전화가 왔다.

선생님, 스커트나 구두나 침대나 냉장고는
유학생이나 없는 사람들한테 나눠 주시고요
옷장 위 박스에 제 방을 들락거리던 남자들 옷이 있어요
그건 북한돕기운동 하는 데 보내 주세요

아내 팬티도 갠 적 없는 내가
낚시터의 미끼처럼 버려진 여자의 과거를
비행기 접어 하늘 창고에 날린다

─ 「비행기」 전문

시 「비행기」가 눈물겨운 것은 "불심검문에 잡혀, 그저께 한국으로 강제 송환된" 그녀도 아니고, "아내 팬티도 갠 적 없는 내가/가슴에 못만 박힌 여자 팬티를/비행기 접어 상자에 넣을 때"도 아니다. "주민등록상으로 쉰 하고도 넷에게서" 걸려 온 국제전화 때문이다. 그녀는 말한다. "선생님, 스커트나 구두나 침대나 냉장고는/유학생이나 없는 사람들한테 나눠 주시고요/옷장 위 박스에 제 방을 들락거리던 남자들 옷이 있어요/그건 북한돕기운동 하는 데 보내 주세요"라고. 그녀가 이렇게 진심을 전할 때 우리는 누구를 연민하고 긍휼해할 것인가. 이에서 그는 시혜(施惠)와 수혜(受惠)라는 말이 문득 폭력적임을 깨우치게 되지 않았을까. 사람은 그가 누구든 무엇을 하든 동정의 대상화가 되

어서는 안 된다 함을. 우리는 다만 서로 나누어 가지며 서로 돕는 관계
일 뿐이라는 것을.

그리하여 그가 발견한 각성의 성체(聖體)가 바로 "聖지린"이다. 나
는 이 "聖지린"이야말로 모심과 긍휼의 성스러운 결정(結晶)이라 믿는
다.

집 없이 산다는 것
애완견 대신 오줌 냄새 품고
쓰레기통 베갯머리 삼아
피부병과 凍傷을 가족 삼는 것

오줌 냄새랑 친해지려고 나도 무진 애썼다
홈리스 곁에 앉아 닥꽝을 한 달쯤 삭히면 날 만한
시궁창 이빨 앞에서 내 욕망의 다비식도 해 봤다
여물 닮은 聖지린 蒸氣시여!

앗싸, 코끝에
발효하는 오줌 냄새가
베스킨라빈스 아이스크림으로 풀리던 날
나도 나도
예수님에게도 아슴지린 오줌 냄새
석가님에게도 달콤지린 오줌 냄새

– 「聖지린」 전문

언젠가 등산 갔다가 땀 잔뜩 흘린 뒤, 에어컨에 말린 적이 있다. 그때 풍겨 나오는 몸 냄새라니. 어지러웠다. 내 몸 같지 않았다. 몇 시간 땀 냄새만으로도 이러할진대 오랜 노숙은 어떠할까. 전철 같은 데에 그와 같은 사람이 나타나면 냄새에 밀려나 그 주변이 텅 빈다. 그런데 김응교는 바로 그 속으로 들어간 것이다. "애완견 대신 오줌 냄새 품고/쓰레기통 베갯머리 삼아/피부병과 凍傷을 가족 삼는" 삶 곁으로. 거기서 풍겨 오는 "여물 닮은 聖지린 蒸氣"는 어땠을까. 그는 이렇게 쓴다. "홈리스 곁에 앉아 닥꽝을 한 달쯤 삭히면 날 만한/ 시궁창 이빨 앞에서 내 욕망의 다비식도 해 봤"다고. 나는 단군신화를 떠올린다. 곰이 쑥 먹고 버틴 것 못지않은 고난의 시간을 견디어 냈구나 싶은 것이다. 철저하게 자신을 바꾸는 환골탈태의 시간이다.

그런 점에서 "聖지린"은, 우리 시사에 등장한 시성(詩聖)들 중 가장 하찮으나 젤 귀한 성인일 것이라 여긴다. 생각해 보라. 그가 내뿜는 "아슴지린 오줌 냄새"와 "달콤지린 오줌 냄새"는 얼마나 독특한 시적 법열(法悅)인가. "앗싸, 코끝에/발효하는 오줌냄새가/베스킨라빈스 아이스크림으로 풀리던 날" 같은 법열은 아무나 맞을 수 있는 경지가 아니다. 노숙을 생활화한 예수님이나 석가님쯤은 되어야 다다를 수 있지 않을까.

나는 "聖지린"을, 몸 낮추어 그들의 삶을 받아들인 김응교가 아니면 도저히 발견할 수 없는 득의의 영역이라고 본다. 이들 삶의 곡절에 깊이 패인 "상처의 골짜기에서/갓 아문 생살이/우주의 맑은 즙을 퍼 올리고 있"(「위장」)음을 느낄 수 있는 시인은 거의 없을 것이다. 이런 게 바로, 저 밑바닥 삶들에게 자신의 어깨와 등, 심지어는 자신의 시까지도 헌정하는 자만이 누리는 실천의 광영이 아닐까 싶다.

시가 침잠하는 고요의 시공간

이 시집에 실린 시 「산솔새」의 물음이 내게는 아프게 들려왔다. 존재에 관한 질문이면서 시에 관한 물음이기도 하기 때문이다.

> 어떻게 나무들은 구름을 불러오는가
> 어떻게 생명은 젖은 가지에서 살아오르는가
> 어떻게 물방울은 구름에서 출가[出奔]하는가
> 어떻게 물오른 잎사귀는 엽록체를 빨아들이는가
> 어떻게 지평선은 하늘과 땅을 입맞춤시키는가
>
> — 「산솔새」 부분

절대자의 자연 질서에 관한 이 물음에 무슨 답이 필요할까. 우리의 몫은 그저 감동에 빠져드는 데 있지 않을까. 그러나 시인이라면 나는 달라야 한다고 생각한다. 시인은 '왜?'를 꺼내놓아야 하는 것이다. 순응은 답이 아니다. 나만의 궁리를 '왜?'라는 물음을 통해 틈입시켜야 하는 것이다. 그래야 시라는 새 우주가 열린다. 하지만 그러기 위해서는 반드시 한 과정을 넘어서야 한다. 시 「산솔새」에서 그가 인용한 "고요"라는 시공간이다. 고요에 들어 '왜?'를 꿰뚫어야 비로소 심안이 풀린다. "잠든 어머니 뱃속만치 조용"히 잠겨 '왜?'를 궁구해야 세상의 이치가 홀연 눈에 들어올 것이다.

나는 이러한 고요의 시공간이 곧, 시가 고이는 시공간이라 여긴다. 그러니 너무 바쁘게 심신을 닦달하면 시가 고일 틈이 없다. 걸어 다니거나 일하는 와중에도 시 짓는 사람 있겠지만, 그들도 찰나의 고요를 지나왔을 것이라 나는 믿는다. 모름지기 시인이라면 시가 고여 샘솟는 고요의 시공간을 자기 속에 들여야 하는 것이다. 그런데 최근 김응교는 어떨까. 혹 너무 바쁜 것 아닌가 싶다. 실천의 삶 속에서도 찰나의 고요를 드나들 수 있으면 좋으련만, 의식이 너무 깨어 있어 침잠하기 어렵지 않을까 우려되는 것이다.

나는 이제 그가 고요와 침잠을 통해 시와 더 깊이 얼크러지길 바란다. 그는 연구자로서도 뛰어난 역량을 발휘하고 있는데, 그 연구 영역 속의 윤동주와 신동엽, 김수영을 시로 넘어서야 하지 않을까 싶은 것이다. 그에게는 그만한 자질과 시적 역량이 충분하다. 앞에서 우리가 일별했듯이 그가 쌓아 놓은 연민과 긍휼의 시작(詩作)과 '聖지린'의 발견에서 보이는 리얼리티는 결코 만만한 적공(積功)이 아니다. 그러므로 나는 그의 귀에 대고 가만히 속삭이고 싶다. 이쯤에서 부산함들은 좀 덜고 시라는 단독자의 고요에 푹 젖어 봄은 어떠실까, 하고.

움직이는 고요 속 팽팽한 생동

- 송태웅 시집 『새로운 인생』

고양이 눈망울 같은 '움직이는 고요'

시의 자리는 어디일까. 시인마다 다르겠지만 떠남과 머묾의 사이 어디쯤 아닐까 싶다. 머묾의 시는 떠남을 꿈꾸고 떠나는 시는 머묾에 기댄다. 그러므로 시인에게는 정처가 없다. 평생 동안 그에게는 배회의 그림자가 짙게 드리운다. 마치 생래적인 것처럼 머물면서 떠나고 떠나면서 머문다. 아마도 삶과 사유가 고이는 순간, 시는 썩는다고 여기기 때문일 것이다.

송태웅의 자취에도 그러한 흔적이 짙다. 지난한 몸부림을 겪고 털어 내며 내달려 지금 여기에 이르러 있다. 담양, 광주, 제주, 순천, 그리고 마침내 구례와 지리산. 그가 마음 섞었거나 섞고 있는 지명들이다. 우리의 어느 산천인들 그렇지 않을까만, 유달리 현대사의 아픈 굴곡들이 깊이 새겨져 있는 곳들을 그는 지나쳐 왔다.

그래 그런지 그가 지금 자신을 내리고 사는 저 낡은 독채가 내게는 왠지 안쓰럽고 불안하다. 또다시 어떤 곡절에 엮여 훌쩍 떠날 것만 같은 것이다. 하여, 나는 그가 다다른 이 독채의 실제가 무척 궁금하다.

정지된 떠남이 빚어 놓은 시의 안쪽에는 과연 무엇들이 담겨 있을까.

추측컨대 머묾이 안정화되기까지에는 적잖은 내공이 필요할 것이다. 숱한 바람과 공기의 빛깔이 달라질 때마다 떠남의 유혹은 그 기미를 번득일 것인데, 머문다는 건 이 충동적인 유혹과의 지루한 싸움이 아닐 것인가. 견뎌 내면서 거기에 시와 삶의 심지(心志)를 뿌리내리지 않으면 안 된다. 이걸 참아 내지 못하면 그의 독채는 비워지고 그는 다시 방랑의 짐 보따릴 꾸리게 될 것이다.

이래서는 곤란하다. 그도 적잖은 세월을 이미 넘어왔다. 나는 그가 찾은 이 독채가 그를 품고, 그가 이 독채를 안았으면 하고 바란다. 대체로 삶의 공간이 시의 공간으로 전이된다고 볼 때, 그의 구례행은 맞춤이다. 그가 닮고 싶어 하는 지리산이 가깝고 마음 나눌 지인들도 여럿이다. 구례라는 이름에는 안온과 평안이 깔린다. 한 사람의 생애를 기댈 만한 곳이다. 여러모로 생각할 때 지금 그의 여기는, 지상의 독채이며 동시에 그가 닻을 내린 심저의 독채이기도 하다.

나는 이제 조심스레 그의 이 시적인 독채를 탐색하려 한다. 생의 굽이들을 돌며 이어져 온 배회를 그는 마침내 벗을 것인가, 말 것인가. 머묾과 떠남을 넘어선 어떤 고요가 그의 심연(心淵)을 착실히 떠다니고 있는 걸 보면 정좌할 것도 같은데. 그의 이 고요에서는 왠지 어떤 동적인 느낌이 피어나는 까닭에 나는 이를 '움직이는 고요'라 부르고 싶다. 그의 시에 등장하는 대상으로 이를 풀면 마치 고라니의 눈망울 같다. 이 고라니의 눈망울 같은 '움직이는 고요'가 그를, 고요에 파문 지우는 생동의 시인으로 이끌어 가는 것이다. 그리하여 그의 시는 고요에 잡아먹히는 게 아니라, 고요와 함께 느긋해지고 고요와 함께 팽팽해진다.

잡목 숲 같은 생의 나날들

송태웅의 이번 시집에서 유달리 눈에 띄는 시들은 고라니 시편이다. 고라니 경전이라 부를 수 있을 만큼 고라니가 등장하는 시들과 고라니적 생태를 보이는 작품들이 시 눈을 끌고 간다. 그가 고라니와 한 몸이 되어 고라니의 시선으로 세상을 보고 있다는 느낌을 지울 수 없다. 이를테면, 그가 지리산 자락을 뛰고 있다고 쓸 때 나는 그에게서 고라니 냄새를 맡는다. 그의 뜀박질을 직접 보진 못했지만, 고라니가 풀숲을 뛰어갈 때의 품새로 지리산을 쏘다니지 않을까 싶은 것이다. 비단 뜀박질만이 아니다. 일용노동자로서 그가 지리산 비탈길을 다듬고 있다고 할 때조차 나는 고라니를 연상한다. 저 선한 고라니의 눈빛으로 그가 지리산을 보듬고 있는 것처럼 그려지는 것이다.

그런데 생각해 보면 다소 의아하다. 왜 하필 고라니일까. 고라니의 무엇이 그의 가슴을 치고 들어왔을까. 시 「손님」에 그 단초가 숨어 있다.

배추밭에 배추들이

그녀의 창가에 드리운 망사 커튼처럼

하늘하늘해져서

배추밭에 상주하며

배추들의 혼을 빼놓는

벌레들의 얼굴 좀 보고 있었는데

돌담 쪽 무성한 수풀 속에서

부스럭거리는 소리가 들렸다

무엇일까, 누구일까

펭귄이 제 날던 때를

기억해 내는 속도로

고개를 돌려보았더니

고라니 한 마리!

사뿐 돌담들 뛰어 넘어와

나를 보고 있었다

그와 눈이 마주친 찰라

그가 놀랄까 봐

이젠 고래가 사막에 놀던 때를

기억해 내는 속도로

막걸리 한 병 내오려 움직이는데

사뿐 돌담을 뛰어 사라지고 말았다

그가 사라진 수풀 쪽을

그녀가 사라져 간 골목 끝을 바라볼 때처럼

멍하니 바라보았다

내게 온 낯설고 반가운 손님을

그렇게 보내고 말았다

– 「손님」 전문

"배추밭에 배추들이/그녀의 창가에 드리운 망사 커튼처럼/하늘하늘해"질 때, 고라니는 마치 '손님'처럼 등장한다. "돌담 쪽 무성한 수풀 속에서/부스럭거리는 소리가 들"려 "고개를 돌려보았더니" "고라니 한 마리"가 "사뿐 돌담들 뛰어 넘어와" 그를 바라보고 있는 것이다. 하지만, 고라니 방문 기념주라도 하려고 그가 "막걸리 한 병 내오려 움직이는데" 고라니는 "사뿐 돌담을 뛰어 사라지고 말았다."

자, 나는 이다음이 중요하다고 여긴다. 그는 사라진 고라니를 바라보면서 다음과 같이 쓴다. "그가 사라진 수풀 쪽을/그녀가 사라져 간 골목 끝을 바라볼 때처럼/멍하니 바라보았다"고. 알겠는가. 그는 고라니에게서 사라져 간 '그녀'를 느낀 것이다. 배경도 그렇지 않은가. "배추들이/그녀의 창가에 드리운 망사 커튼처럼/하늘하늘해"질 때, 고라니는 나타나는 것이다. 이렇게 볼 때 고라니는 그의 내면에 자리 잡고 있는 '그녀'를 일깨우는 매개자처럼 비친다.

여기서 고라니의 정체와 함께 반드시 기억해야 할 것이 더 있다. '고라니가 사라진 저쪽'에 대한 그의 언질이다. 그는 '고라니가 사라진 저쪽'을, 시 「해후」에서 "최초이자 최후"로 "온기 있는 인간의 숲"이라고 말한다. 흔히 말하는 지상낙원쯤 될 것이다. 그러니 고라니는 "온기 있는 인간의 숲"에서 그에게 찾아온 전령사이자, 혹은 그가 그리워하는 그녀의 분신인 것이다. 어찌 그가 고라니를 무연하게 볼 수 있겠는가. 그의 꿈이 언젠가는 저 "최초이자 최후"로 "온기 있는 인간의 숲"으로 돌아감에 놓여 있다면.

따라서 그에게 로드킬 당하는 고라니는 예삿일이 아니다. 군 입대 예정인 아들을 만나러 가는 길에 마주친, "자동차에 치여 죽은 새끼 고라니 한 마리"는 그를 비탄에 빠뜨린다.

효곡 저수지를 지날 무렵
자동차에 치여 죽은 새끼 고라니 한 마리 보았다

군 입대일이 다가오는 아들 보러

순천에 가는 길이었다

숲속에 있을 어미는
새끼의 죽음을 알고 있을까

내 나이 스물하나 되어 입대하던 날
아버지는 문밖으로 나오지도 않았고
어머니는 기어이 나주역까지 와선
눈물바람으로 차창 너머로
때 묻은 종이백을 넘겨주었다

예배시간을 알리는 무슬림의 구음이 들리는 듯했다
너무 읽어 너덜너덜해진 경전의 한 장을 찢어
죽은 낙타의 속눈썹 같은
자귀꽃의 꽃술 같은 눈썹을 감고서
아스팔트 위에 누워 있는
그 주검 위에 올려 주고 싶었다

아들은 말없이 밥만 먹었다

숲속에 있을 어미는
어느 어귀에까지 나와
새끼를 기다릴까

—「길가에 누운 고라니 한 마리 1」 전문

그의 안타까움은 죽은 고라니 새끼에만 한정되지 않는다. 돌아오지 않는 새끼를 기다리며 "숲속에 있을 어미"의 심정을 떠올리며 속앓이하는 것이다. 자신도 아들을 군대에 보내야 할 입장 아닌가. 노심초사하고 있을 어미의 마음을 살피면서 그는, "자귀꽃의 꽃술 같은 눈썹을 감고서/아스팔트 위에 누워 있는/그 주검 위에" "너무 읽어 너덜너덜해진 경전의 한 장을 찢어" 올려주고자 한다. 제의(祭儀)이다. 이때, "너무 읽어 너덜너덜해진 경전의 한 장"은 새끼의 생애가 덧없음을 증거하는 게 아니다. 후생을 기원하는 간절함이 거기에는 담겨 있다. 다음 생에는 무엇으로 태어나든 고라니 새끼가 부디 오래도록 생을 누릴 수 있기를 바라는.

아들 보러 순천 가는 길에 만난 고라니 새끼의 로드킬, 하지만 그는 갈 길이 바빠서 저 새끼의 주검을 채 여며 주지 못한다. 한데 앞에서 보다시피 고라니는 그에게 어떤 존재인가. 그와 그녀(혹은 온기의 숲)를 이어 주는 매개자 아닌가. 저 고라니 새끼의 영상은 내내 그를 따라다녔을 터이다. 하여, 그는 다시 그곳을 찾을 수밖에 없었으며 그 후속 이야기를 담지 않을 수 없었다.

> 읍내 나가는 길가에 차에 치여 죽은 고라니의 시신을 치워 주지
> 못하고 돌아온 밤 기껏 손에 피 못 묻히는 손 가리며 잠들었습니
> 다 아직 구물구물 김이 나는 쓸개며 간이며 위장이며 몸속의 오장
> 육부를 쓸어담고 찢겨진 가죽에 입김을 한 번 불고 일어나 제 나온
> 산속으로 들어가는 것을 꿈에 보았습니다 다음 날 아침 그곳에 가
> 보니 아무런 흔적도 없었습니다 새벽 일찍 나온 누군가가 정말 고
> 라니를 거두어 주었을까 몹시 궁금해졌습니다
>
> — 「길가에 누운 고라니 한 마리」 2 전문

죽음을 다루는 시인 까닭에 두 번째 씌어지는 시는, 아무래도 기원문 성격을 띠게 마련이다. 그러나 송태웅은 축문 투의 통상적인 접근 방식을 버리고 꿈 형식의 자력 귀천을 택한다. 그런 점에서 이 고라니 새끼는 특별하다. 생각해 보라. 꿈속에서일망정 고라니 새끼가 스스로 "아직 구물구물 김이 나는 쓸개며 간이며 위장이며 몸속의 오장육부를 쓸어 담고 찢겨진 가죽에 입김을 한 번 불고 일어나 제 나온 산속으로 들어"간다는 것은 신이(神異) 아닌가. 그에게 새로운 의미의 전령사가 당도한 것이다. 나는 이 신이의 전령사를, 무의식의 자기부양으로 해석하고 싶다. 이때 고라니 새끼의 죽음은 '대속(代贖)'이라는 통과제의로 기능한다. 고라니 새끼의 대속으로 그는 이제, 그에게 닫혀 있었던 '저쪽', 곧 인간의 숲으로 귀환할 수 있게 된 것이다.

그러고 보면, 이제 고라니는 그녀이자, 그이기도 하다. 고라니를 통해 그와 그녀가 맺어졌다고 볼 수도 있을 것이다. 송태웅은 이에 대해, 시 「길을 잃고 나는」에서 다음과 같이 적는다. "주단 같은 세상의 길 잃고 가시덤불 숲속에 들어선 나는 숲속의 길 잃고 차들이 질주하는 도로에 들어선 고라니 같았다"고.

등산로 정비하는 동료 인부들의 점심밥을 가지러 산길을 내려
가다가 길을 잃었다 삼거리에서 바위를 끼고 오른쪽으로 꺾어야
하는데 직진을 해 버린 것이다 지게까지 짊어지고 온몸에 가시를
달고 있는 잡목 숲을 헤매었다

당신은 이미 내 마음속에 들어와 있는데 나만 그것을 모르고 미
친 듯 당신을 좇고 있는가

주단 같은 세상의 길 잃고 가시덤불 숲속에 들어선 나는 숲속의
길 잃고 차들이 질주하는 도로에 들어선 고라니 같았다

　길을 잃고 내가 찾으려 했던 것은 새로운 내가 아니라 내가 몰랐
던 나였다 내가 몰랐던 내가 새로운 나였다

　등에 짊어진 삶의 무게가 천칭의 반대편에 놓인 평안과 얼마나
적절히 수평이 되는지도 알았다

　키 큰 소나무들이 지남철처럼 나를 끌어 길을 찾았고 점심밥을
찾았고 아무 일 없었다는 듯 인부들에게 가져다 주었다

—「길을 잃고 나는」 전문

"당신은 이미 내 마음속에 들어와 있는데 나만 그것을 모르고 미친
듯 당신을 좇고 있는가"라는 탄식에서 보듯 이미 당신인 그녀와 그는
한 몸이며 한 마음이다. 다만, 스스로 그 사실을 인식하지 못하고 있을
따름이다. "길을 잃"은 그가 "찾으려 했던 것은" 그녀가 아니라 실은,
"내가 몰랐던 나였다." 그는 아마도 "내가 몰랐던 나"를 찾을 수 있어
야 "등에 짊어진 삶의 무게"를 벗을 수 있으리라 여겼던 것 같다. 그의
인생 유랑도 이에서 비롯되었으리라.

　그러니 이제 내가 그와 함께 알아내어야 할 것은 저 "내가 몰랐던
나"의 정체이다. 그는 왜 "지게까지 짊어지고 온몸에 가시를 달고 있
는 잡목 숲" 같은 생의 나날들을 그렇게도 헤매었던 것일까.

가시로 박힌 그리움의 실체

어느 날 페이스북에서 송태웅은 말한다. "가시는, 진짜 아픈 가시는 내 마음속에 있더라." 하고. 노동하느라 근육질로 바뀐 팔뚝 사진을 보고 그의 후배가, "엔간한 가시는 백이지도 않겠다"며 단 댓글에 대한 그의 답이다. 나는 그의 이 고백을 아프게 받아들인다. 맞다. 진짜 아픈 가시는 마음속에 있다. 겉에 박힌 가시는 빼내면 되지만, 마음속에 박힌 가시는 웬만해선 빠지지 않는다. 빠지기는커녕 자극이 주어지기만 하면 끊임없이 찌르거나 몰아댄다. 게다가 오래도록 속으로 곪기까지 한다.

그런데 참 요상도 해라. 그의 시에서 가시가 들쑤실 때마다 그의 그리움은 짙어진다. 고라니 같은 그의 눈매가 흔들리거나 고요에 파문이 일 때는 아마도 이 가시가 툭툭 튀어나올 때일 텐데, 그때마다 그리움도 확대되는 것이다. 이로 보건대 그는 특이하게도 가시를 통해 그리움을 앓는 자인 듯싶다. 그가 고라니처럼 세상을 내달리는 것도 잊히지 않는 생의 가시 같은 그리움들이 떨려 나올 때 아닌가 생각된다. 그리하여 송태웅의 달리기 속에는, 송태웅이 달고 가는 고요와 송태웅의 가시가 피워 올린 그리움들로 자욱해진다.

자, 문제는 이 가시이다. 그가 "최초이자 최후"로 "온기 있는 인간의 숲"에 가닿기 위해서는 이 마음속 가시를 어떻게든 처리하지 않으면 안 된다. 고라니 새끼의 대속으로 그에게 닫혀 있던 "온기 있는 인간의 숲"으로 귀환할 수 있는 길은 열렸으나, 가시를 빼내지 않으면 그조차 아무런 소용이 없을 것처럼 여겨지는 것이다.

그렇다면 어떻게 해야 이 가시를 뺄 수 있을 것인가. 가시 뺀 그리움을 안고 그가 저 인간의 숲으로 들 수 있을 것인가. 시 「백일홍」에서 보이듯 "남몰래 담금질했던 내 마음의 표창들"을 "모조리 창밖 저 나뭇가지 사이로 날"려 보내면 될까. 그러면 "백일을 지나도 여전히 붉을 나의 피 나의 사랑"은 "그대 이마에 남은 화인"이 될까. "그대 심장에 남은 파문"이 될 수 있을까.

나는 가시로 박힌 그리움의 실체가 도대체 뭔지부터 찾아야 한다고 생각한다. 사람일까. 사람이라면 누구일까. 아내인가, 연인인가. 혹은 따로 '떨어져 살고 있는 어머니'인가. 정황상으로 보면 그가 시에서 호명하는 '그녀, 그대, 당신, 너' 등은 우선 '헤어진 여인'으로 비친다. 물론 그 여인이 사람이 아니라, 자연이거나 절대자 혹은 관념일 수도 있다. 하지만 「거미」「새벽에 쓰는 시」「몽돌 해변」 등 그의 시에 나타나는 그리움의 주체로서 그녀가 '지금은 헤어진 여인'으로 등장하는 걸 볼 때, 이는 설득력이 약하다.

어쨌거나 그리움의 대상이 '지금은 헤어진 여인'으로만 그려진다면, 마음속 가시를 제거할 수 있는 가능성은 크다. 문제는 그가 절절하게 호명하는 그리움의 대상에는 지리산에 묻힌 빨치산과 그의 정령들인 '산사람'들이 있다는 점이다. 시 「하산」과 「노고단에 서서」「물을 찾아나선 코끼리들은 왜 가문비나무 속으로 들어갔을까」 등에 보면 그의 산사람에 대한 그리움은 남다르다. 그가 심심찮게 지리산을 쏘다니고 내달리는 까닭도 어쩌면 내면의 이러한 들끓음에서 기인한 것일지도 모른다.

> 혹시 남았을지 모를 시 한 줄 찾기 위해
> 산에서 내려와 묵정밭을 엎었다
> 살갗에 얼룩진 소금기는

이승을 스쳐 가는 마지막 흔적일는지

섬진강 여울목 건너 산에 들어간 사람들도

배앓이처럼 스며 오는 두려움

채 떨치진 못했으리

새로움이란 두려움이기도 하므로

동공은 더 확장되고

심장은 더 격한 신호를 보내야 했으리

산에서 내려와 절망만 같은 땅을 팠다

피를 본 사람처럼 땅을 파는 나를

누군가 보고 있었다

봄날의 화창함에서 여름의 폭염까지

단 한 번도 허리 굽히지 않고 자라난

옥수수의 대열들이

깊은 눈그늘에 형형한 눈빛을 하고서

피 냄새를 맡고 광분한

짐승 한 마리를 보고 있었다

— 「하산」 전문

이 시에서 그는 자신이 산사람의 후예임을 공공연히 드러내고 있
다. "혹시 남았을지 모를 시 한 줄 찾기 위해/산에서 내려와 묵정밭을
엎었"지만, 그에게 땅은 "절망만 같"다. 땅을 판다고 해서 그의 목숨이
보장받는 것은 아니기 때문이다. 이 땅에서 살아간다는 것 자체가 빨
치산 투쟁일지도 모를 만큼 자본주의의 삶은 핍진하지 않은가. 그러
기에 그는, "섬진강 여울목 건너 산에 들어간 사람들"이 닥쳐올 미지

의 산생활에 "배앓이처럼 스며 오는 두려움"을 느꼈다면, 그의 하산은 "이승을 스쳐 가는 마지막 흔적일는지"도 모를 "살갗에 얼룩진 소금기"일 수도 있음을 깨닫는다.

이처럼 산사람과 자신의 동일시는 그에게 필연적으로 시 「노고단에 서서」처럼 "먼저 간 당신"이든 "아직 오지 않은 그대"든 간에 "생"을 "모질게 살다 간 사람들"을 그리워하게 만든다. 시대를 달리하고 생사를 달리했음에도 견결한 동지적 연대로 맺어진 유대감이다. 이를 동지애적 그리움이라고 표현할 수도 있을 것이다.

송태웅의 그리움은 이처럼 중층적이며 복합적이다. 그의 마음속에 있는 가시는 한 가지의 가시가 아니라, 여러 가지 가시가 중첩되어 있는 것이다. 그리움의 가시가 이렇듯 겹쳐져 있는 상태인지라, 그의 그리움은 중증이다. 사정이 이러하므로 그가 어떤 방식으로 삶을 펼치든 현생에서 이 가시는 쉬 제거될 수 없을 것처럼 보인다. 역사의 상흔처럼 깊이 박힌 가시들인 까닭이다.

따라서 그가 해야 할 작업은 가시를 빼내려고 하는 시도가 아니다. 내가 보기에 그는 가시와 함께 가시를 달래며 그리움을 품을 수밖에는 없다. 물론 이 방식은 필연적으로 통증을 수반한다. 이렇게 한다고 해서 그리움이 줄어들거나 사라지는 것은 아닌 까닭에, 그리움이 찔러올 때마다 그는 "피 냄새를 맡고 광분한 짐승"과도 같이 지리산을 뛰어다니거나 날밤을 새며 시와 씨름할 수밖에는 없을 것이다.

사람마다 부과된 자기 업보가 있다면 그에게는 가시의 그리움이 그것 아닐까 싶다. 그럼에도 불구하고 내게는 그의 이 마음속 가시가 마냥 부정적으로만 다가오진 않는다. 그가 시를 쓰고 노동을 하며 살아가는 것도 다 이 가시의 충동과 추동 덕분인 것이다. 그야말로 가시에

의한 존재의 확인이다.

그런데 가시가 촉발한 이 같은 그리움의 통증을 가라앉히는 것은 희한하게도 앞에서 적은 고요의 시적 순간들이다. 고요가 가시를 다독여 떠오른 그리움을 달래는 것이다. 물론 그렇게 달래진 그리움은 그에게 다시 삶의 어떤 생동을 심어 줄 것이다. 가시라는 그리움의 순환이다. 그 과정에서 때론 눈물샘 아롱질 터이지만 산다는 것은 어차피 눈물 이쪽저쪽이다. 그리운 눈물이거나 즐거운 눈물이거나 어느 한쪽이 앞서거니 뒤서거니 닥쳐오는 것이다.

그런 점에서 가시는 고요를 이끄는 그리움의 원천이자, 삶의 에너지라고 볼 수도 있다. 잘 다독거리며 통증을 견뎌 내야 한다는 전제가 거기에는 반드시 깔리지만.

"온기 있는 인간의 숲" 쪽으로

송태웅은 최근, 고요로 마음속 가시를 달래 가며 일을 시작했다. 지금 여기의 독채를 삶의 중심에 놓고 구례의 일상을 펼쳐 가고 있는 중이다. 나는 그의 이 선택을 굉장히 의미 깊게 바라본다. 이 행보에서는 그의 이상향인 "최초이자 최후"로 "온기 있는 인간의 숲"을 향해 그가 '저쪽'으로 떠나지 않겠다는 의지 같은 게 읽히는 까닭이다.

바람이 긴꼬리도마뱀처럼
비닐문을 들치고 들어오나 보다
어둠이 미끈거리며 목덜미를 감쌀 무렵
방 안에 웅크렸던 나라는 짐승을 본다

사람 하나였다고 믿었던 나의
껍질을 빈방에 결박해 두고

신원미상의 얼굴을 하고선
행자승처럼 새벽에 일어나
밥을 지어 먹고
신발 끈을 매고
쫓기는 사람처럼 집을 나간다

나는 당분간 일용노동자로 살기로 했다

내 등을 떠밀어 다오
서투른 몸동작으로
삽과 괭이와 해머와 철사와 커터 들을 다루는 나를
이제야 그들의 눈빛에서
체념과 순응의 본능을 읽을 줄 알게 된 나를
내 어머니에게 이런 나를 보여 주고 싶다

새로운 인생을 향해
꿀꺽 침을 삼키는 나를

ー「새로운 인생」 전문

그는 선언한다. "당분간 일용노동자로 살기로" 한 것이 바로 새로운
인생이라고. 비록 "서투른 몸동작"이지만, 그도 이제 "삽과 괭이와 해

머와 철사와 커터 들을 다"룰 수 있게 되었다. 도구의 "체념과 순응의 본능을 읽을 줄 아는" 노동자가 된 것이다. 그의 삶에서 이는 상당히 뜻깊은 진전이다. "방 안에 웅크렸던 나라는 짐승"이 자신의 삶 속에 비로소 고요를 넘어서는 생동을 끌어들인 것 아닌가.

기본적으로 우리가 숨 쉬는 자본주의라는 현실은 사람들에게 굴욕적인 삶의 방식을 요구한다. 누구든 살아남기 위해서는 돈이라는 스스로의 물적 토대를 갖추지 않으면 안 된다. 송태웅에게도 이러한 삶의 조건은 마찬가지였을 것이나, 그는 이제껏 정주를 선택하지 않았다. 생래적이다시피한 그리움의 배회와 곡절들을 거쳐 온 것이다. 그런데 마침내 그가 그 배회와 곡절들을 풀어놓고자 하는 것처럼 보인다. 상대적으로 지리산과 구례는 "새로운 인생을 향해 꿀꺽 침을 삼키는" 그를 기다리고 있고. 따라서 그가, "신원미상의 얼굴을 하고선/행자승처럼 새벽에 일어나/밥을 지어 먹고/신발 끈을 매고" 마치 "쫓기는 사람처럼 집을 나간다"고 해도 더 이상 불안해 보이지는 않는다. 분명 외로운 것 같은데도 어쩐지 쓸쓸하지만은 않은 것이다. 왜일까.

아마도 움직이는 고요 속에서 그가 관계와의 대화에 눈 기울여 가기 때문 아닐까. 혼자 사는 괴로움 중 가장 큰 것이 말상대 없고 눈 맞출 대상 없는 것이라고 한다. 이렇게라도 하지 않으면 고적감의 포로가 되어 견딜 수 없을 것이다. 나는 송태웅이 "사람 하나였다고 믿었던" 그의 "껍질을 빈방에 결박해 두고" 나선 상태가 이와 같다고 생각한다. 그도 드디어는 "최초이자 최후"로 "온기 있는 인간의 숲" 쪽으로 가시의 그리움을 펼쳐 내기 시작한 것이다.

사실 알고 보면, "최초이자 최후"로 "온기 있는 인간의 숲"이 저 멀리에 있는 것만은 아닐 것이다. 움직이는 고요 속 팽팽한 생동이 일으키는 삶의 순정함. 바로 그것이 저 인간의 숲일 수도 있지 않을까. 그래서 나는 송태웅의 이 '새로운 인생'을 마음 깊이 지지하며 등을 떠민다. 부디 그가 "최초이자 최후"로 "온기 있는 인간의 숲"에 둘러쳐진 안개를 돌파하길 바라며 그의 시 「안개」를 읊조리는 것이다.

> 들깨를 리어커 가득 싣고 가는 노부부를 보았다
> 앞에서 끌고 뒤에서 밀고 가는 노부부가
> 안개를 돌파하고 있었다
>
>   - 「안개」 전문

'오밀조밀 소행성'에서 불어오는 시의 바람은 어떨까

– 유현아 시집 『아무나 회사원, 그밖에 여러분』

신내림 같은 시내림

유현아의 시를 처음 읽고 난 뒤 나는 잠시, 멈칫했다. 왠지 앓을 것 같다는 느낌이 스쳤던 것이다. 물론 어떤 병인(病因)이 시에 담겨 있다가 나를 물들였다는 뜻은 아니다. 그의 시가 내 마음의 어떤 부분을 잠시 들었다 놓았는데, 그때 생긴 틈새가 은근 염려스러웠던 것이다. 최근 내 몸의 기색은 그만큼 예민하다. 봄을 타는 것인가. 어떤 허점이 드러나기만 하면 곧 그 쪽에 기척이 인다. 냉기 같은 찬바람이 실실 불어와 몸 전체를 조여 오는 것이다.

아니나 다를까, 몹쓸 감기가 독하게 찾아왔다. 나는 그 자와 다투느라 스무 날 가까이 유현아 시를 밀쳐 두었다. 그런데 참 요상키도 하여라. 다시 시를 집어 들자, 그의 시가 상당히 살갑게 여겨지는 게 아닌가. 감기가 아닌, 시적 열기가 신열을 들띄우는 것이다. 감기의 신열이 시의 영적인 어떤 부위를 스윽 열어젖힌 것일까. 아니면 신내림 같은 시내림 증세일까.

어찌 됐든 내가 감기로 뜸 들이는 동안 그의 시가 어떤 사념을 발아해서 숙성시킨 모양이다. 집중해서 들여다볼 때에는 보이지 않던 여러 정황과 본새가 선명하다.

당신도 들리는가, 이 슬픈 잔소리?

그의 시를 음미하며 나는 맛있는 빵을 앞에 둔 사람처럼 설렌다. 겉은 바삭하고 안은 촉촉한 빵과도 같이 그의 시는 형식과 질감이 독특한 까닭이다. 단단한 외피 속 부드러운 감성이라고 할까. 툭툭 내지르는 시선 속에 언뜻언뜻 감겨드는 정감이 애틋하다. 시니컬(cynical)함 속 따뜻한 풍자라고 부름직한 시세계가 오롯이 살아 있는 것이다.

이런 사념을 굴리면서 나는 이제 그의 시의 집으로 막 들어선다. 아하, 그런데 당신도 들리는가. 이 슬픈 잔소리?

> 슬로우 슬로우 퀵퀵
> 슬로우 슬로우 퀵퀵
> 오늘 우리 아파트 13층에 기집애가 새로 이사를 왔어요
> 참 이뻤어요,
> 단발머리 촐랑거리며 단정한 교복치마 무릎 위까지 접어 올리
> 고
> 신새벽 관(棺) 같은 엘리베이터 타고 오르락내리락하는 꼴이 참
> 이뻤어요
> 슬로우 슬로우 퀵퀵
> 작년 여름에도 13층에 사는 기집애가 이사를 왔거든요
> 개구리 눈마냥 툭 불거진 눈을 부릅뜨고 밤 12시에

참 이상하죠? 엘리베이터를 타고 내려가면 되는데 그 야밤에
베란다 창문을 통해 날아갔다잖아요 아마도 엘리베이터가 타기
싫었나 봐요
슬로우 슬로우 퀵퀵
딱 일 년만이었어요 재작년 여름에 13층 기집애가 이사를 온 것
은
물에 젖은 빨래처럼 너덜너덜한 모습을 하고
비둘기처럼 날더니 땅을 향해 사뿐히 내리더라구요
슬로우 슬로우 퀵퀵
일 년에 한 번씩 새가 되어 날더니
이젠 6개월에 한 번씩 새가 되더라구요, 정말 지긋지긋해요
화요일엔 분리수거도 해야 하는 날인데 새똥도 치워야 하고
13층 기집애도 6개월에 한 번씩 눈을 마주쳐야 해요
빨간 똥을 치우는 날이면 몸속에서 허연 양잿물이 울컥 튀어 나
와요
슬로우 슬로우 퀵퀵
왈츠를 추듯 날아다니는 고놈의 기집애들
우리 아파트 13층에 새로 이사를 왔어요
한숨 섞인 빗자루 들고 그 기집애 보고 있어요
슬_로_우_ 슬_로_우_ 퀵_ 퀵

―「활강하는 새들을 위한 잔소리」 전문

　

이 시대에는 활강하는 새들이 너무 많아 그의 잔소리는 슬프고도
아프다. 아이들은 "일 년에 한 번씩 새가 되어 날더니/이젠 6개월에

한 번씩 새가" 된다. 하지만 그 새, 어디로 날아가나. 당신은 아는가. 그 새들 날아 도대체 어디로 가는지.

그는 다소간 비아냥거리는 화자의 시선으로 "슬로우 슬로우 퀵퀵/ 왈츠를 추듯 날아다니는 고놈의 기집애들" 바라보는 것이지만, 속내로는 통증에 시달린다. 그러므로 그의 시선은 객관적인 거릴 둘 수밖에는 없다. 이런 방식 아니라면 어찌 제대로 그 순간을 기록할 수 있겠는가. 사회의 부추김으로 상승 욕구에 시달리다가 날선 절망에 사로잡힌 저 아이, 저 새. 저들은 스스로 떨어지는 게 아니다. 떠밀리고 떠밀리다가 정신이 헛딛는 것이다. 그런 아이들의 단발마를 누가 차마 정공법으로 바라볼 수 있겠는가. 그런 점에서 나는 그의 이 작법에 동의한다.

그럼에도 불구하고 방기하듯 던져지는 언사들에는 다소 씁쓸하다. 새가 되기 이전의 '그 아이'를 더 따뜻하게 껴안아 줘야 한다고 보는 것이다. "활강하는 새"처럼 날아 내리려 하는 아이들을 안아 줄 수 있는 건 누구인가. 누가 저 새들을 치유할 것인가. 너인가, 나인가, 아니면 제도인가. 나는 '자각한' 우리들이라고 생각한다. 나로서도 안 되고 너로서도 안 되고 제도로서도 안 된다. '깨어 있는' 우리만이 이 난제를 헤쳐 갈 수 있다.

하지만, 이 난제는 물론 금방 풀리지 않을 것이다. "몸속에서 허연 양잿물이 울컥 튀어나"올 정도로 아무리 "빨간 똥을 치"운다 해도, "그 야밤에/베란다 창문을 통해 날아"가는 아이들을 잡아 둘 방도는 쉬 찾아지지 않는다. 누군가가 동시에 이 세상을 딱 멈추게 한다면 모를까. 딱 멈추게 하고 바로잡은 뒤 다시 되돌린다면 혹 달라질까. 그러나 지금으로서는 불가항력이다. 이 도저한 흐름 앞에 깨어 있는 자들은 너무나 적다.

그렇다고 해서 손 놓고 있을 것인가. 그는 답한다. "슬로우 슬로우 퀵퀵/슬로우 슬로우 퀵퀵"하라고. 그렇다, 실은 이게 바른 길일지도 모른다. 아이들이 밟아 가는 저 발걸음대로 따라가면 되지 않을까. "단발머리 촐랑거리며 단정한 교복치마 무릎 위까지 접어 올리고" "엘리베이터 타고 오르락내리락하는" 아이들의 템포를 보라. '퀵퀵퀵!'이 결코 아니다. "슬로우 슬로우 퀵퀵"이다. 느리게 느리게 그러나 또 어느 순간 빠르게. 이것이 아이들 스텝이며 우리가 그 또래 아이였을 때 밟았던 스텝이다.

그러니 이제 아이들에게 더 이상 강요하지 말자는 것이다. 너무 빠른 템포는 아이들을 일찍 지치게 한다. 아이들이 원하는 스텝을 아이들에게 돌려줄 때이다. 우리는 너무 오랫동안 이 템포를 잊어버렸다. "슬_ 로_ 우_ 슬_ 로_ 우_ 퀵_ 퀵" 당신과 내가 다시 밟아야 할 우리들의 스텝이다(유현아 시집을 맛있게 읽으려면 이 스텝을 꼭 기억하지 않으면 안 된다. 이 스텝은 시집 곳곳에 스며 있다가 마치 환청처럼 튀어나온다. "슬_ 로_ 우_ 슬_ 로_ 우_ 퀵_ 퀵". 당신도 아마 곧 이 스텝에 중독될 것이다).

그런데 이 경쾌한 스텝이 또 다른 죽음과 만났을 때는 어떻게 될까.

무슨 말인가 하고 싶어 뻐끔뻐끔 입만 오물거리던 할머니의 죽
음을 본 그날부터 죽음의 소식이 들릴 때마다 괜히 웃음이 나왔다
절대 웃지 않으리라 다짐했다 난 웃음을 잘 피해 다녔지만 가끔 가
까운 죽음 앞에서 알게 모르게 입꼬리가 올라갔다 (왜 그러세요 다
알고 있는 죽음인데 왜 슬퍼요)

난 조심에 조심을 했다 죽음 앞에서의 웃음은 그것이 웃음이었
는지 울음이었는지 식별할 수 없을 정도로

나 죽고 난 다음에도 웃을 거냐 (글쎄요 그건 장담할 수 없는데
요)

슬픔은 가장 웃길 때 나타나곤 하죠 그럼 이 순간은 웃긴 순간이
겠네

난 신 아무개를 잘 알지도 못했고 굳이 장례식장에 가지 않아도
되었고 조의금만 보내면 되는 것이었는데 장례식장 그의 아내 앞
에서 울음을 왈칵 토해 냈다 나의 구멍은 온통 막혀 있어 이제 구
멍은 눈뿐인 것처럼 통곡을 했고 사람들은 낯설게 바라봤고 사람
들은 모여들기 시작했다

(혹시 애인이세요 무척 친하셨나 봐요 감사해요 울어 주셔서)

그래요 완벽한 슬픔의 계산법을 알았어요 당신과 나 사이의 거
리만큼을 계산하지 못했어요 객관적 사실만큼의 슬픔만 있으면 되
었어요 할머니는 그걸 내게 알려 주려 했는지도 몰라요 그 거리를
기억 못해 웃었던 거예요

나는 장례식장에서 가장 슬프게 우는 사람이라고 소문이 났다

- 「슬픔이 웃길 때」 전문

이 시에서 '경쾌한 스텝'은 '웃음'으로 전이된다. 그런데 웃음의 성격
이 괴이하다. 그는 장례식장의 슬픔 속에서 웃음을 건져 올린다고 말
한다. 슬픔에는 묘한 전염력이 있어서 늘 쾌활한 사람일지라도 통곡

에는 의연해지기 힘들다. 그런데 그는 "죽음의 소식이 들릴 때마다 괜히 웃음이 나왔다"고 쓴다. 죽음이 슬픔 쪽으로 오는 게 아니라, 웃음 쪽으로 다가온다는 것이다.

그는 광인인가. 무슨 말씀을! 그는 이렇게 말한다. "슬픔은 가장 웃길 때 나타나곤" 한다고. 기쁨이 극점에 이르는 어떤 순간에, 그는 죽음을 맞닥뜨렸던 것이다. 이와 같은 경험을 겪은 뒤, 그에게 죽음은 웃음을 유발하는 각인으로 남는다. 슬픔과 웃음이 도치되어 왜곡되게 자리 잡은 것이다. 자, 그러니 그의 삶이 어찌 되겠는가. 그는 온전한 슬픔을 온전하게 표현할 수가 없게 된 것이다. 온전하게 슬픔을 표현하는 방식은 웃음인데 그랬다간 사회에서 매장되고 말 터이다. 그리하여 그가 찾은 대응방안이 "완벽한 슬픔의 계산법"이다. 그 계산법은, "객관적 사실만큼의 슬픔만 있으면 되"는 "당신과 나 사이의 거리만큼을 계산"하여 대처하는 것이다.

나는 그가 쓴 이 단어에 마음 저린다. 계산. 그렇다, 계산이다. 우리가 현대를 사는 방식은 철저하게 이 계산에서 나온다. 계산 없이 살 수 없는 세상이다. 이 계산이 감정의 울림까지도 조정하는 것이다. 조금 길지만 위의 시 한 장면을 인용해 본다. "난 신 아무개를 잘 알지도 못했고 굳이 장례식장에 가지 않아도 되었고 조의금만 보내면 되는 것이었는데 장례식장 그의 아내 앞에서 울음을 왈칵 토해 냈다 나의 구멍은 온통 막혀 있어 이제 구멍은 눈뿐인 것처럼 통곡을 했고 사람들은 낯설게 바라봤고 사람들은 모여들기 시작했다." 거기에 있던 사람들은 생각할 것이다. "(혹시 애인이세요 무척 친하셨나 봐요 감사해요 울어 주셔서)"라고.

그는 왜 이렇게 울었을까. 계산이다. 이를테면 의례적인 울음인 것이다. 그런데 그의 계산법에 의하면 이와 같은 울음은 가장 슬프지 않은 울음이다. 이후 그는, "장례식장에서 가장 슬프게 우는 사람이라고 소문이" 났는데 이는 철저하게 자신을 숨긴 것이다. 그가 정말 슬프다면 그는 웃어야 하는 사람이기 때문이다. 그런데도 사람들은 그에게서 진실을 본 것 같은 말간 얼굴을 할 것이다. 역설의 슬픔이며 도치된 울음이 아닐 수 없다. 슬픔과 울음이라는 감정의 허위가 통렬해서 아프다.

누군가 아파하고 있을 때, 어디선가 "슬로우 슬로우 퀵퀵"이 들려온다. 웃음이든 울음이든 이 스텝을 밟으라는 뜻이겠다. 나도 따라 읊조린다. 슬로우 슬로우 퀵퀵.

기타 등등과 함께 춤을

그런데 정작 이 스텝을 밟아야 할 존재들은 따로 있다. 하지만 그들은 태생적으로 슬로우 슬로우 할 수 있는 상태가 아니다. 그러다간, 바로 잘릴 것이기 때문이다.

> 아무도 모른다
>
> 나의 꼬리가 조금씩 아주 조금씩
>
> 비정규적으로 자라고 있다는 것을
>
> 일 년에 한 번 계약서에 사인을 할 때마다
>
> 내 꼬리는 자라나려고 용을 쓴다는 것을
>
> 이런 더러운 퉤, 하고 나오고 싶어도
>
> 내 꼬리가 자라는 만큼 딱 그만큼 참는다는 것을

내년엔 혹시

계약서를 입으로 꿀떡 삼키고 나올 수 있다거나

들키지 않기 위해 꼬리를 물고 있을 수도 있다거나

꼬리의 털들이 무럭무럭 피어오를 수 있다는 것을

알 수 있을까

그러면

나의 찬란한 묘기를 보여 주며

우왕좌왕 신호등에서 흔들리고 있는 저 사람들의

간담을 서늘하게 훔칠 수 있을까

내 꼬리가 자라면 나는 무거워질 수 있을까

하지만

계약서에 사인을 하는데 꼬리는 거추장스러운 일상일 뿐이고

나는 아무도 모르는 가벼운 여우인 걸

그러니까 제발 누구든 내 꼬리를 훔쳐 갔으면 좋겠어

―「가벼운 여우」 전문

알겠는가, 그들이 누군지. 그렇다. 비정규직이다. 비정규직 문제는 우리 사회의 가장 근본적인 모순으로 떠올라 있다. 우리나라 노동자 중 반 이상이 비정규직이라고 한다. 비정규직이라고 부르지만, 신자유주의체제 아래에서는 루저(loser) 집단이라고 규정될 것이다. 일은 정규직과 다름없지만, 임금은 그들의 반 정도밖에는 받지 못한다. 요즈음 비정규직들은 차별대우의 표상이며, 그들은 느닷없이 생존의 벼

랑으로 내몰리기도 한다.

유현아는 이와 같은 비정규직 노동자에게 '여우'라는 호칭을 부여하고 있다. 적절할까. 여우라는 단어. '여우'라는 말에서 당신은 무얼 느끼는가. 나는 호의적이지 않다. 약간 부정적인 선입견을 갖고 있다. 여우는 내게로 와서 '사람 해치는 꼬리 몇 달린 구미호'와 '사람 홀려서 간 빼먹는 여우' 이미지로 가라앉는다. 아, '비열한 시선과 행태'라는 형상도 있다. 이는 철저히 동화와 만화 덕택이지만, 어쨌든.

그런데 내 호의 여부와는 상관없이 굴욕적이긴 해도 '여우'라는 말은, 비정규직에 잘 어울려 보인다. 하지만, 그가 가리키는 여우는, '가벼운 여우'이다. 나는 '가벼운'에 얹혀 있는 그의 가여운 바람에 서글퍼진다. 그도 잘 알고 있을 것이다. 그가 바라는 '가벼운 여우'란 세상에 존재하기 어렵다는 것을. 그러므로 그는 읊조린다. "그러니까 제발 누구든 내 꼬리를 훔쳐 갔으면 좋겠어"라고. 물론, 꼬리를 훔쳐 간다고 해서 여우가 여우 아닌 건 아니고, 정규직처럼 외관 갖춘다고 해서 비정규직이 정규직이 되는 건 아닐 것이다. 현 사회에서 그것은 존재의 전이만큼 어렵다. 아무리 피하려고 애써도 그가 비정규직인 한, 이는 피할 수 없다. 비정규직은 신자유주의계급사회의 맨 하층이라는 낙인인 것이다. 그러니 "내년엔 혹시/계약서를 입으로 꿀떡 삼키고 나올 수 있다거나/들키지 않기 위해 꼬리를 물고 있을 수도 있다거나/꼬리의 털들이 무럭무럭 피어오를 수 있다는 것을/알 수 있을까" 하는 기대는 버리라고 나는 지적할 수밖에는 없다.

이처럼 기대를 버리고 언제나 "퀵퀵"으로만 몰려가고 있을 때 들려오는 "슬로우 슬로우 퀵퀵"은 얼마나 서러울까. "기타 등등"으로 사는 그들은 절로 뼈저리지 않을까.

날개를 펼치지 않아도 날 수 있죠

회전을 할 때마다 곧게 뻗은 다리가 붕 뜨기 시작하죠

조명이 비추지 않았죠 늘 살짝 비껴가는 걸요

가끔 주인공의 사돈의 팔촌의 팔촌으로 춤을 추기도 하지만

아무도 그녀를 관심 가지고 쳐다보지 않아요

낭만적인 밤에 그녀는 우리를 위해 날았죠

그녀는 주로

이름 없는 바람이거나

아무나 고양이이거나

그 밖에 백조이거나

그녀는 땅을 딛고 있을 때가 더 아름다웠어요

사람들은 궁금해 하죠

왜 땅에 발을 딛지 않는 거니

내 발바닥은 찬란한 허공을 좋아하나 봐요

그녀는 낭만적인 대답을 했죠

그녀는 웃어요 화장을 진하게 한 탓인지

눈동자에서 땀이 흐를 때도 있죠

나도 그래요 나도

이름 없는 아무나 회사원이고 그 밖에 여러분이니까요

난 그녀를 위해 표를 사죠

그녀는 기타 등등 그 밖에 여러분을 위해 춤을 추죠

황홀하고 아름다운 두 발을 날개처럼 곧게 뻗어 하늘로 오르죠

그녀의 조명은 바로 우리들인 거죠

나의 주인공은 바로 그녀인 거죠

요정이 되어 화려한 허공에서 춤을 추는 거죠

나도 그녀와 함께 춤을 추는 거죠

— 「기타 등등과 함께 춤을」 전문

  '가벼운 여우' 못지않게 유현아의 심중을 반영하는 어휘가 '기타 등 등'이다. 1퍼센트에 의해 돌아가는 세상에서 이 땅의 99퍼센트는 '기 타 등등'이다. 얼굴 없는 기타 등등, 존재 가치 없는 기타 등등, "이름 없는 아무나 회사원이고 그 밖에 여러분"인 기타 등등. 틀림없이 비정 규직일 이 같은 '기타 등등'이 머물 곳은 어디인가.

  "땅을 딛고 있을 때가 더 아름다웠"지만, 기타 등등인 그녀는 땅을 딛지 못한다. 그녀의 "발바닥은 찬란한 허공을" 날고 있다. "황홀하고 아름다운 두 발을 날개처럼 곧게 뻗어 하늘로" 올라 "요정이 되어 화 려한 허공에서 춤을 추는" 것이다. 그녀는 땅에서 더 아름다웠으므로 "사람들은 궁금해" 하며 묻는다. "왜 땅에 발을 딛지 않"느냐고. 이런 무지가 있을까. 딛을 땅이 없으므로 허공을 가르겠지. 그럼에도 "그녀 는 낭만적인 대답을" 한다. "내 발바닥은 찬란한 허공을 좋아하나 봐 요" 하고. 실은 그녀도 아는 것이다. 그 궁금증에 안타까움이 묻어 있 지 않다는 것을. 단지 그냥 아무 뜻 없이 던지는 의례적인 물음일 뿐임 을.

  물음을 묻는 그가 "기타 등등 그 밖에 여러분"인 것처럼 춤을 추는 그녀도 "이름 없는 바람이거나/아무나 고양이이거나/그 밖에 백조"일

따름이다. 이 땅에 분명히 존재함에도 불구하고 마치 존재하지 않는 것처럼 익명성으로 살거나 혹은 허공을 날고 있는 사람들. 이 땅 무수한 우수마발(牛溲馬勃)들의 비애가 홀연 처연하다.

그런데, 가만. 저 존재감은 또 무엇인가. 나는 시의 마지막 연을 천천히 되새긴다. 춤추는 그녀와 시 속 화자가 한 몸처럼 동일시되고 있지 않은가. "그녀의 조명은 바로 우리들"이며 "나의 주인공은 바로 그녀"이고 "나도 그녀와 함께 춤을 추"고 있다. 화자가 그렇게 시 속으로 수렴되는 바로 그 순간, 문득 한 존재가 드러난다. 전체를 아우르는 그 밖의 시선이며 이 시의 '무대 밖 시선'인 자(者). 시에서는 전혀 표현되지 않는 그는 이를테면 절대자 같은 시선이다. 시 속 화자가 무대 위로 자리를 옮겨 가야만 보이는 그는, 시로 묘사하지 않은 '느낌 속의 시선'이다.

나는 이 시선의 존재감에 전율한다. 절대적인 혹은 전지적인 이 시선의 등장으로 시는 한껏 서늘해지는 것인데 그런 점에서 이 시는 문제적이다. 화자를 시 속으로 끌어들인 뒤 시 밖의 시선을 드러내 보이는 방식은 상당히 낯설다. 낯설어서 새롭다.

그러나 저 '기타 등등'을 보라. 새로움과는 상관없이 얼마나 왜소한가. 마치 춤추는 꼭두각시 인형 같지 않은가. 이쯤에 이르러서는 "슬로우 슬로우 퀵퀵"도 통하지 않는다. 유령같이 숨을 도리밖에는 없다.

자, 마침내 유령이다

아무도 모르게 컴컴한 좁은 계단을 오르고 두 눈은 흐린 회색으로 깜박거렸지 계단을 오를 때마다 세월의 무게를 툭툭 털었어 비

상구 표시가 반짝이는 화살표 반대 방향으로 올라가는 거야 빛이
쏟아지는 영사기 바로 밑 공간이 지정석이야 의자 뒤 푸른 가시들
이 박인 웅크린 등, 두 시간 동안 암흑은 유령에겐 행복이야

환해지면 사라져 버리는 휴식 수런수런 이야기가 오고 가는 허
공 훌쩍훌쩍 먼지처럼 날리는 눈물들

유령에게 중요한 건 영화의 내용이 아닐 거야 오직 영화가 길었
으면 하는 바람이겠지 대사가 길었으면, 주인공 명(命)이 길었으면
하는 따위들……

식지 않은 발자국, 소름 돋는 체온, 거추장스런 껍딱지 같은 인
연들이 다닥다닥 붙어 있는 좌석들 사이를 빠르게 훔치려면 말이
야 막강한 준비운동이 필요해

우툴두툴한 잠이 사라질수록 유령은 여자가 되고 발끝에선 연
기가 모락모락 피고 건조한 영화는 눅눅해지고 있어

사람들은 빠르게 비상구 불빛 속으로 사라지고 유령은 서서히
바닥에서 공중으로 뜨고 토막 난 울음들은 바닥에 치밀하게 박혀
있지 이제 청소할 시간이 된 거지?
　　　　　　　　　　　　　－「극장 안에 사는 유령을 본 적 있나」 전문

자, 마침내 유령이다. 사람 사는 공간에서는 함께 숨쉴 수 없어 보

이지 않는 곳에서 숨어 있다가 사람들 다 떠나가면 나타나는. 마치 그림자 같은. "아무도 모르게 컴컴한 좁은 계단을 오르고" "빛이 쏟아지는 영사기 바로 밑 공간이 지정석"인 그런 유령. "두 시간 동안 암흑"이 오히려 "행복"하다는 유령. 그 어디보다 밝은 영사기 아래지만, 그 깊은 그늘에서 그는 두 시간 동안 세상 어디에서도 맛보지 못한 혼자만의 행복을 즐기는 것이다.

빛과 어둠의 막막한 대비가 역설적이다. 역설적인 만큼 서럽다. 누군가는 영화를 보며 "훌쩍훌쩍 먼지처럼 날리는 눈물들"을 흘리지만, 누군가는 "환해지면 사라져 버리는 휴식"을 안타까워하며 그 먼지처럼 날리는 눈물을 쓸고 닦는다. 감정을 소비하는 자와 감정 소비라는 쓰레기를 청소하는 자의 명암 대비가 극명하다.

나는 그 극명한 대비에 일순 마음 졸아든다. 그래, 음지를 살펴야 해, 하는 계몽의 숨소리도 빼어 문다. 그런데 웬걸? 정작 이 시의 화자는 냉정하다. 감정의 고저가 없다. 단지 극장 안 상황극을 전달하는 내레이터처럼 보인다. 나는 감정을 끌어올리다가 주저앉아서 생각한다. 왜 그는 이처럼 감정을 제어하고 있을까. 유령이라서? 아니면 극장이라는 공간의 상징성 때문에? 나는 시의 마지막 연, 마지막 행에서 그 답을 찾는다. "이제 청소할 시간이 된 거지?" 다른 무엇도 아닌, 명징한 현실인식이다. 명징한 현실인식이 그를 냉정하게 이끌어 간 것이다. 이 천민자본주의시대 극장 청소부의 본분을 그는 철저히 새기고 있다. 그러니 그에게는 감정마저도 사치일 밖에. 이렇게 생각하고 시를 다시 되돌려 읽자 마치 한 편의 다큐멘터리를 보는 것 같다. 극장의 빛과 그늘이 생생하다.

물론 이 다큐멘터리가 편치는 않다. 그래서 나는 스스로 "슬로우 슬

로우 퀵퀵" 읊조린다. 깜깜한 그늘로 숨어든 저 유령에게 위로가 되기
를 바라면서, "슬로우 슬로우 퀵퀵."

　그러다가 나는 생각한다. 이 모든 불우한 이들에게도 돌아갈 곳은
있을까. 돌아갈 곳은 있어서 어지러운 맘 뉘였다가 다음 날 한결 멀쩡
해진 눈으로 오늘을 다시 사는 것일까 하고.

　　오밀조밀 소행성 106동에 사는 별들은 뭉쳐 있지만 떨어져 있
　다 별들은 해 뜨기 전 연장을 챙겨 닿을 수 없는 안드로메다로 타
　박타박 날아간다 별들의 하루 일당은 자신을 밝힐 수 있는 빛 조금
　뿐이다

　　소행성 106동 입구는 나머지 행성과는 조금 다르다 아주 조금
　약간 작은 주차장 약간 작은 엘리베이터 약간 높은 계단 약간 많
　은 고지서 약간 많은 가래와 바닥의 쓰레기들 그리고 전혀 다른 출
　입구와 뫼비우스띠로 둘러쳐진 놀이터 안드로메다를 모르는 새끼
　들은 그렁그렁한 눈망울로 빛을 기다린다 절대 아버지를 기다리는
　건 아니다 소행성 탈출할 궁리만 하던 별들은 이제 견고한 대행성
　침공할 궁리만 한다

　　106동 가는 길은 쉽게 찾을 수 없다 겉으로 보기엔 대행성임을
　믿어 의심치 않는다 아무도 이 별자리를 알려고 하지 않는다 임대
　라는 별표가 붙어 있어 그런 것일까 101동에서 105동 안드로메다
　의 외계인들은 남아돌아가는 빛을 절대 나눠 주지 않는다 설령 수
　많은 빛이 썩어 들어가더라도 구름의 양을 늘리기만 한다

101동부터 106동에 사는 별들이 가끔 수평으로 만나기도 한다
오렌지마트에선 구분할 수 없다 똑같은 가격으로 똑같은 웃음과
똑같은 울음을 나눠 가지는 때도 있다 행성은 우주 안에 있고 똑같
은 빛이 쏟아질 때도 있다 금을 긋는 것은 별들이 아니다 다만 그
럴 것이라 생각할 뿐 행성은 우주와 우주 사이의 우주

가끔 알 수 없는 별빛의 조각들이 안드로메다를 향해 날아가기
도 한다

소행성 106동에 사는 별들은 오늘도 여지없이 하루의 일당을 챙
겨 별빛 속으로 들어온다 찬란하게

- 「오밀조밀 소행성 106동」 전문

그들에게도 돌아갈 곳은 있다. 이 땅의 '가벼운 여우'들과 유령, 그
리고 기타 등등은 바로 이곳, '오밀조밀 소행성 106동'으로 찾아든다.
여기야말로 그들의 쉼터이자, 애잔한 꿈터이다. 그러나 "106동 가는
길은 쉽게 찾을 수 없다." "임대라는 별표가 붙어 있어 그런 것일까."
"아무도 이 별자리를 알려고 하지 않는다." 어디 그뿐인가. "101동에
서 105동 안드로메다의 외계인들은 남아돌아가는 빛을 절대 나눠 주
지 않는다. 설령 수많은 빛이 썩어 들어가더라도 구름의 양을 늘리기
만" 할 뿐이다. 철저히 소외된 채 숨어 있는 소행성 106동은 "우주와
우주 사이의 우주"일지도 모른다. 그래서 "소행성 106동 입구는 나머
지 행성과는 조금 다르다." 물론 입구만이 다른 것은 아니다. 모든 것

들이 "아주 조금 약간"씩 다르다. "아주 조금 약간 작은 주차장 약간 작은 엘리베이터 약간 높은 계단 약간 많은 고지서 약간 많은 가래와 바닥의 쓰레기들 그리고 전혀 다른 출입구와 뫼비우스띠로 둘러쳐진 놀이터"가 거기에는 있다. 하지만, 이 '아주 조금 약간' 다른 것이 우주를 나눈다. 소행성과 안드로메다의 거리만큼 차이 나는 것이다. 그러나 그렇다고 해서 아예 음지라고 생각해선 안 된다. "소행성 106동에 사는 별들은 오늘도 여지없이 하루의 일당을 챙겨 별빛 속으로 들어"오는 까닭이다. 그것도 "찬란하게."

나는 이 "찬란하게"라는 마지막 시어에 주목한다. 이 말은 중의(重意)적이다. 하나는, 냉소적 의미의 '찬란'이다. '하루 일당이 찬란하면 얼마나 찬란하겠나'의 뜻으로 읽힌다. 다른 하나는, '찬란'의 본뜻 그대로이다. '비록 하루 일당이지만, 빛나는 노동의 대가이므로 찬란하지 않는가'의 뜻으로 읽을 수 있다. 당신은 어느 쪽으로 이 시의 끝을 열어 놓겠는가.

나는 계몽적이라고 해도 어쩔 수 없이 두 번째의 뜻을 따라가겠다. 모두 함께 살아가는 도시 속 공간이 아니라, 그들끼리 오밀조밀 살아가는 그곳. 밀려나고 밀려나 어거지로 만들어진 오밀조밀 소행성. 거기에도 이제 어떤 바람이 필요하지 않을까 싶다. 그래야 "그렁그렁한 눈망울로 빛을 기다"리는 새끼들에게도 내일이라는 꿈이 영글지 않겠는가.

'오밀조밀 소행성'에서 불어오는 바람을 기다리며

아마 나는 유현아의 숨은 의도를 미처 다 밝히지 못했을 것이다. 하지만 내가 이 글 앞에서 밝힌 '단단한 외피 속 부드러운 감성'의 실체에는 어느 정도 접근한 듯하다. 겉으로 보면 그는, 감상을 배제하고자 애쓰는 것처럼 비친다. 하지만 느낌으로 전해지는 그의 시 속에는, 감성 충만을 견디어 나간 자의 슬픈 갈무리 같은 게 짙게 감겨 있다. 그는 아픈 현실을 시에 품으면서도 아프다고 호소하지 않는다. 호소라는 행위 자체가 이 시대에는 별반 의미 없음을 이미 깊이 체득해서일 것이다. 그는 오히려 의연한 척, 드센 척 사람들과 만나고 사물들과 호흡한다. 그의 시가 일견 담대해 보이는 건 이 때문이다.

그러나 나는 안다. 그가 이 담대함의 이면에 얼마나 다감한 위로를 풀어놓고 있는지. 차별과 빈부의 착종된 현실을 냉철하게 직시하면서도 그의 시 그늘은 결코 칙칙하지 않다. 어둔 그늘이 아니라 밝음을 내장한 그늘이다. 나는 이 그늘에서 또 다른 열린 시의 가능성을 발견한다.

나는 그가 이후에도 「오밀조밀 소행성 106동」에서 보는 것과 같은 담대한 시적 확장을 지속하기를 바란다. 우리 시의 새로운 진원지는 '오밀조밀 소행성'에서 불어오는 이와 같은 바람일 것이다.

범상(凡常)의 비범(非凡)과 생생한 재현

– 조동례 시집 『달을 가리키던 손가락』

불의 경작

시(詩)에 말[言]과 절[寺]이 함께 들어 있어 그런지, 시인 중에는 절에 들지는 못하나 절 냄새 폴폴 풍기는 이들 적잖다. 스님은 아니로되, 삶의 중심이 스님 못잖게 불교적이다. 하여, 이들 시를 읽을 때에는 자못 경건한 마음가짐을 얹힐 수밖에는 없다. 그런데 웬일일까. 다 읽은 뒤 돌아보면 거기에 시가 아니라, 경전이 놓여 있곤 하는 게 아닌가. 시의 상상은 사라지고 불가의 가르침만 경구로 따라온다.

혹시 조동례의 시도 그러할까 싶어 처음에는 몹시 조심스러웠다. 요즘 들어 나는 가르침 충만한 시를 읽으면 왠지 알레르기가 퍼지는 증상을 앓고 있는 참이다. 아, 그런데 그의 목차를 보니 더러 불(佛)과 관련된 언급이 있는 것 아닌가.

나는 속으로 더럭 겁이 일었다. 하지만 나는 곧 평정심을 찾을 수 있었다. 시 「씨불알」을 읽고 난 다음이었다. 이런 은근한 야유 속에 들어 있는 불(佛)이라면 견딜 만하지 않을까 싶었던 것이다.

묵은 때는 적당한 물에 불려 벗기는 일이라 차갑고 뜨거운 일 다
불장난이더라고 자신과 다투던 중 뜨다만 밥숟가락 턱 놓으며 말
했다지요

씨불알, 괜히 왔네

- 「씨불알」 부분

위의 시에서 보듯, 내 예단은 물론 섣부른 것이었다. 그의 시는 불
(佛)의 경전(經典)이 아니라, '불의 경작(耕作)'이었다. '불의 경작'이란
조어가 낯선가. 풀어 설명하면, 시로 쓰는 불경이 아니라, 부처의 자
비심과 불[火]같은 열정으로 씌어진 시적 생산물이란 뜻이다.

내가 보기에 그의 시에는 자비와 열정이 처처에 스며 있다. 어쩌면
그의 이와 같은 자비와 열정의 경작들이 그로 하여금 산문(山門)을 비
껴 세사(世事)에 머물도록 하고 있는지도 모른다.

그러니 그가 아무리 "어둔 길 혼자 가야겠다고/가시밭길 혼자 가야
겠다고/작심한"들 쉽지 않아 보인다. "길 없는 길을 가다"가도 그는
"어깨 기울어진 빈집 보면/세상일 눈먼 사람 불러 살고 싶"은 마음 솟
구칠 것이기 때문이다.

어둔 길 혼자 가야겠다고
가시밭길 혼자 가야겠다고
작심한 길인데 사람 그립다
미워도 미운 것만 아니고
좋아도 좋은 것만 아니어서

어둠 깊을수록 잠 못 드는 날 늘고

피 한 방울 나지 않는 멍에도

일손 놓아 버린 날 많으니

파도는 바람 때문인가 바다 때문인가

길 없는 길을 가다

어깨 기울어진 빈집 보면

세상일 눈먼 사람 불러 살고 싶은데

주변엔 아무도 보이지 않고

허기를 달래며 나는 빈집을 기웃거린다

－「기울어진 집」 전문

절망의 힘이 가닿는 그곳

그의 시를 읽어 보면 그는 참 많이도 떠돈다. 만행을 떠난 스님과도 같이 늘 어디론가 걸어가고 있다. 머물지 않고 걷는 삶을 선택한다는 것은, 우리 사회의 통념으로 보면 범상하지 않다. 어떤 사연 있지 않고 서야, 어찌 길을 집으로 삼는 걸 일상으로 받아들이겠는가. 하지만 그는 왜 그리되었는지, 무슨 사연인지 밝히지 않는다. 그러니 나는 어림짐작을 슬쩍 펼쳐 들 수밖에는 없다. 떠돌아다니는 어떤 마음의 바퀴가 쉼없이 굴러가고 있구나, 하고.

이런 연(緣)의 굴레는 그를, "길 없는 길을 가다/어깨 기울어진 빈집 보면/세상일 눈먼 사람 불러 살고 싶"다는 바람 같은 게 생겨나도 따를 수 없도록 만든다. 그는 그저 "허기를 달래며" 빈집 기웃거릴 뿐이다.

이렇게 쓰고 나자 더욱 궁금해진다. 도대체 무엇일까. 그 어떤 마음의 바퀴가 그를 이렇듯 헤매게 만드는 것일까. 나는 일단 위의 시에 보이는 "허기"라는 시어에 주목하고자 한다. 허기, 이 배고픔을 따라가면 혹 무언가가 튀어나오지 않을까 싶은 것이다.

외롭다는 이유로
세상 등지고 싶은 사람 하나
식당에서 우연히 만난 건
그도 배고프고 나도 배고픈 거다
세상을 등진 그가
나에게 한 발짝 다가오면
벼랑을 등지고 사는 나
물러설 곳이 벼랑이어서
벼랑이 한 발짝 가까워지는데
아는지 모르는지
간절하고 절박한 마음 하나로
물러설 곳도 나아갈 곳도 잊고
주머니에서 풀씨 몇 개
비상금처럼 털어 내고 있다
하마터면 나도 외롭다는 말을
탈탈 털어놓을 뻔했다

－「가난한 풍경」 전문

배고파 들어간 식당에서 '나'는 우연히 한 사람을 만난다. 그와 만난 건 "그도 배고프고 나도 배고"팠기 때문이지만, 그 배고픔이 반드시 생물학적인 배고픔만을 뜻하는 건 아니다. 이 시 첫 행에서 바로 드러 나듯이, "외롭다는 이유로/세상 등지고 싶은" 그와 나는 실제로는 한 사람과 마찬가지인 속성을 보인다. 세상을 등지고 싶은 그나, "벼랑을 등지고 사는 나"나 다 외로움에 사무친 인간들인 것이다. 그러므로 그 가 "나에게 한 발짝 다가오면/벼랑을 등지고 사는 나" 또한 "물러설 곳 이 벼랑이어서/벼랑이 한 발짝 가까워"지는 것이다.

그런데 문제는, 외로움에 사무친 이 두 사람이 어우러지지는 못한 다는 점이다. 외롭다면서 그가, "간절하고 절박한 마음 하나로/물러설 곳도 나아갈 곳도 잊고/주머니에서 풀씨 몇 개/비상금처럼 털어 내고 있"으나 나는 이에 선뜻 응하지 못한다. "하마터면 나도 외롭다는 말 을/탈탈 털어놓을 뻔했"지만, 그뿐이다. 더 나아가지 못한 채 나는 허 기짐을 견딘다. 왜일까. 외롭다면 외로움으로 끌리는 사람끼리는 통 해야 하지 않을까. 그래야 저 허기도 그치고 발걸음도 또한 머물 곳을 찾을 수 있을 테고.

하지만, 그를 받아들이기에는 나의 상처가 너무도 깊은 것이다. 나 는 "사랑노래 끝나기도 전에/이별노래 판치는 노래방에서" "사랑노래 에도 아파서 울고/이별노래에도 아파서 울"곤 하지 않았던가. 그를 감 당하기에는 "사랑과 이별이 차고 이우느라" 커진 상처가 전혀 아물지 않은 것이다. 이를테면 나의 현재 상태는, "다가가도 아프고 다가와도 아픈 꽃"과도 같다(시 「달을 가리키던 손가락이 칼에 베인 날」을 풀어 서 인용함). 그러니 나는 허기진 그의 외로움을 껴안을 수 없는 것이 며 동시에 나의 외로움도 그에게 "탈탈 털어놓을" 수가 없는 것이다.

자, 이렇게 통감(通感)할 수조차 없는 외로운 허기가 깊어지면 어떻 게 될까. 그는 참나리꽃을 지주대로 묶다가 문득 깨닫는다. 그런 게 바로 절망임을.

비에 젖는 참나리꽃 한 송이
쓰러지지 말라고 흔들리지 말라고
젖은 꽃 안아 지주대를 묶는데
꽃이 무겁다

빗속에서 바람 속에서
삶을 지탱하는 속박이여
흔들려야 할 때 흔들리지 않는 것
쓰러져야 할 때 쓰러지지 않는 것
모두가 절망이다

몸이 묶여도 마음 떠난 저 삶
부질없어 지주대를 풀어준다
흔들려야 할 때 흔들리고
쓰러져야 할 때 쓰러져라
그리하여 절망은 절망하라
절망의 힘으로 자유로워라

– 「절망의 힘」 전문

　"비에 젖는 참나리꽃 한 송이/쓰러지지 말라고 흔들리지 말라고/젖은 꽃 안아 지주대를 묶는데/꽃이 무겁다." 어찌 꽃만 무겁겠는가. 외로운 허기에 지친 그는 아마 더 무거울 것이다. 그런데 바로 그때, 홀연 한 생각이 떠오른다. "흔들려야 할 때 흔들리지 않는 것/쓰러져야 할 때 쓰러지지 않는 것/모두가 절망" 아닌가 하고. 참나리꽃 쓰러지지 말라고 묶는 것이 오히려 참나리꽃에게는 구차한 속박처럼 여겨진 것이다. "몸이 묶여도 마음 떠"났다면 저 삶은 얼마나 부질없는 삶인가. 그리하여 그는 참나리꽃 지주대를 풀어준다. "흔들려야 할 때 흔들리고/쓰러져야 할 때 쓰러"지라는 것이다.

이 행위가 뜻하는 것은 무엇인가. "절망은 절망하라"에 그 답이 있다. 절망해야 할 때는 절망하라는 것이다. 그는 참나리꽃을 비겨 자신에게 말한다. 절망에 도망가지 말자고.

나도 동의한다. 우리가 정말 절망을 벗고자 한다면, 절망을 절망으로 받아들일 수 있어야 한다. "쓰러져야 할 때"에는 가차없이 쓰러져야 하는 것이다. 거기서 또 희망을 보려 한다면 우리는 결코 절망에서 벗어날 수 없다. 절망에는 절망해야 한다. 그래야 "절망의 힘으로 자유로워"질 수 있다.

그런 맥락으로 보면, 외로운 허기의 끝은 절망이다. 그의 외로운 허기를 메울 수 있는 것은 절망을 제대로 절망하는 것이다. 섣부른 절망이 아니라, 온몸의 에너지를 다 뺏어 버리는 절망이다. 그런 절망이라야 실은 거기에 새로운 에너지가 생성될 수 있는 것이다. 아마도 이것이 곧 절망의 힘일 터이다.

그렇다면 이제 우리가 찾아갈 곳은 그 절망의 힘이 가닿은 곳이다. 거기는 또 어디인가.

복숭아밭에서 나오니 달이 따라온다

달이 환하면 몸 섞기 좋은 때

다시 복숭아밭으로 들어가야겠다

체위는 좌선이 좋을까 와선이 좋을까

가능하면 행주좌와가 좋겠다

복사꽃빛 달이 좋아라 따라붙는다

—「몸 섞기 좋은 때」 전문

　복숭아밭이다. 이성이 끌리는 도화살(桃花殺)로 익히 알려진 그 복숭아밭. 달도 환하게 떴겠다, 분위기도 맞춤이다. 그는 말한다. "달이 환하면 몸 섞기 좋은 때"라고. 하아, 맞다. 생의 에너지가 최대한 고양될 수 있는 곳이다. 도화에, 환한 달빛에, 아마도 바람까지 살랑일 것이다. 그러니 몸 섞기에는 최적의 장소일밖에. 나는 도화에 취하고 달빛에 취하고 거기에 '섞는다'는 말에 또 취한다. '섞는다'는 말은 참으로 탐스럽지 않은가. 자연의 음과 양이 이처럼 절묘하게 결합되는 단어가 또 있으랴 싶다. 천지조화는 섹스도 아니고 성교도 아니고 이처럼 '몸을 섞는' 것이다.

　그런데, 아차, 이어 닿는 말이 심상찮다. "체위는 좌선이 좋을까 와선이 좋을까//가능하면 행주좌와가 좋겠다"라니? 그럼 음양의 교접을 그린 게 아니라는 말인가. 자연과 나의 교접인 선(禪)과 명상 쪽으로 나아갔단 말인가, 도화원에서?

나는 여기서 잠시 망설인다. 내 생각을 선으로 향할 것인가, 말 것인가. 나는 몸에 남기로 한다. "절망의 힘으로 자유로"운 때는, 선과 명상이 아니라 말 그대로 몸 섞을 때라고 나는 생각한다.

절망을 극복하는 힘은 그 몸에서 나온다. 관념은 절망을 부채질할 뿐이다. 물론 선이나 명상이 그저 관념이라는 것은 아니다. 하지만 거기에는 어쨌든 육체적인 발산이 없다. 그러므로 절망하는 자가 신나는 에너지를 얻기 위해서 할 일은 몸과 몸을 섞는 것이다.

그런데 왜 그는 "몸 섞기 좋은 때"를 선(禪)으로 끌고 가려 했을까. 아마도 그는 몸 섞는다는 것의 진저리를 익히 깨달았기 때문 아닐까. 몸과 몸이 만나 피우는 뜨거운 사랑의 뒤처리를 감당하기 힘들어서는 혹 아닐까.

칠월 땡볕 까마중 그늘 아래
사마귀 머리통을 먹고 있는 사마귀 한 마리
뜨거운 사랑 뒤처리를 하고 있다
먹다 만 몸통을 슬그머니 건들자
남은 사랑을 물고
어두운 곳을 찾아 필사적이다

먹히고 싶다는 말, 저런 거다
사랑한다 나랑 살자 그런
흔해 빠진 말에 먹히지 않고
물러설 곳 없이 목숨부터 맡기는 것

— 「사랑에 먹히다」 전문

사마귀 암컷은 교미 중에 흔히 수컷을 잡아먹는데 수컷은 그걸 알고도 본능적으로 암컷에 달겨든다고 한다. 어쩔 수 없다. 새끼 키우기에 가장 적합한 단백질 덩어리가 옆에 있는데 암컷이 어찌 그 기회를 놓치랴. 그게 본능이다. 자연에서의 사랑이란, 이렇듯 "물러설 곳 없이 목숨부터 맡기는 것"이다. 우리가 흔히 쓰는 "먹히고 싶다는 말"은 이런 때 쓰는 것이다.

그러나 사람들은 실제 어떠한가. "사랑한다 나랑 살자" 말뿐이다. 목숨 걸지 않는다. 사람들은 그 흔한 말에 그저 먹혀 버렸을 따름이다. 그래서 그는 사랑을 믿지 못한다. 아니, 사랑을 믿지 못하는 게 아니라, 사람을 믿지 못한다. 말에 먹혀 버린 사람과 사랑을 믿지 못하는 것이다. 그러니 몸 섞기 좋은 때인 줄 알면서도 그의 시선은 명상 쪽으로 흐를 수밖에.

물론, 그가 그 쪽으로 향하는 까닭이 단순히 타락해 버린 사랑 때문만은 아닐 것이다. 그보다는 인간 존재의 근원적 물음인 생(生)과 사(死)가 더 본래적이지 않을까 싶다. 그의 시「불 끄라고 불!」은 그 점을 뜨겁게 보여 준다. 어떻게든 살고자 하는 원초적 욕망에 휘둘리는 인간 본성이 신랄하다. 데일 것 같다.

  전대병원 중환자실
  놓지 않으려 가지 않으려 길길이 날뛰는 저 노인

  아줌마, 오른쪽 아니 거기 말고 아래 아니 조금 위에 아니고 왼
  쪽 말고 오른쪽 거기 말고 목 이마 아니고 왼쪽 아니 오른쪽 거기
  가 아니랑께 지금 불이난당께 불 불을 꺼야제 불을 아줌마 돈 더

줄 테니까 불 좀 끄라고 불! 아이고 뜨거워 아이고 뜨거워 불을 끄
라고 얼음을 채워야제 내가 죽긴 왜 죽어 어림없지 모아 논 게 얼
만데 턱도 없는 일이지 아줌마 아줌마 의사 불러와 의사는 뭐하고
있나 아이고 뜨거워 그래도 유학 보낸 자식보다 아줌마가 낫구만
의사양반 나 좀 봐 나 좀 보라구—

간병인아줌마 말 좇아다니느라 바쁘고 주변 신음 소리들 무엇
엔가 붙들린 모양 일순 잠잠한데 창밖 사이렌 소리 요란하다

—「불 끄라고 불!」 전문

이것이 인간이다. 인간의 욕망은 죽음 앞에서도 이렇듯 꼿꼿하다.
죽음 앞에 선 인간들에게 의연히 죽음을 받아들이라고 강요해 온 세상
의 관점으로 보면 추하다 할 것이다. 그러나 나는 작중에 보이는 이 사
람의 목소리가 진짜 인간의 목소리라고 여긴다. 소멸의 공포와 존재의
욕망을 이처럼 솔직하고 리얼하게 드러내다니. 나는 적이 감탄한다.
　동시에 나는 목숨을 "놓지 않으려 가지 않으려 길길이 날뛰는 저 노
인"에게서 나의 미래를 본다. 한편으로 참담하지만 한편으로 속시원
하다. 속내를 마침내 들킨 자의 후련함 같은 게 이 시에는 담겨 있다.
아마도 그 노인의 "불 좀 끄라고 불!"하는 부르짖음은 상당히 오랫동
안 내 귀를 강타하지 않을까 싶다.
　"아줌마 돈 더 줄 테니까 불 좀 끄라고 불! 아이고 뜨거워 아이고 뜨
거워 불을 끄라고 얼음을 채워야제" 듣기에 참으로 민망하고 비참한
울부짖음이다. 더욱이 "내가 죽긴 왜 죽어 어림없지 모아 논 게 얼만데
턱도 없는 일이지" 하는 부분에 이르러서는 측은하기까지 하다.

그러나 한편으로는, 이런 집착에 털끝이 곤추세워지기도 한다. 나라고 한들 저 상태라면 뭐 다를 게 있겠나 싶은 것이다. "아줌마 아줌마 의사 불러와 의사는 뭐하고 있나 아이고 뜨거워" 하는 진술에는 얼핏 지옥도도 스친다. 지옥불로 고통 받는 죄 지은 자의 말로가 보이는 것이다. 그러니 강도 센 반성이 절로 움트지 않겠나 싶다.

나는 그 강도 센 반성이 곧 초발심이며 명상일 것이라고 생각한다. 삶이 이처럼 지옥불 같으므로 그는 초발심 불끈, 산문(山門)에 들기도 하고 또 거꾸로 산문을 벗어나 만행을 떠나기도 하는 것이다.

이것 하나면 생사도 없다기에 죽고 사는 일보다 중한 게 뭐 있겠나 싶어 죽기 살기로 품고 다니는데요 햐 이것이 말이요 보이기를 허나 만질 수나 있나 그렇다고 있다는데 없다고 할 수 있나 도중에 내칠 수도 없으니 상전 중의 상전이요 애물 중의 애물인 거라 앉으나 서나 밤낮으로 이것만 끼고 있으면 천길 벼랑도 거뜬하다기에 그길로 새벽마다 면벽에 들어 이것을 찾는데요 찾으면 없고 없다 돌아서면 새 벽이 되는 거라 새벽마다 새 벽만 두꺼워지니 대체 이 뭣꼬

도무지 알 수 없는 이것을 찾아 벼랑 끝도 마다 않고 대적하는데요 참으로 알다가도 모를 일은 손끝 하나 대지 않고도 잠 안 재우는 고문기술자가 따로 없는데요 죽을 고비 넘기면 또 죽을 고비인 거라 하기야 이것만 붙들고 있으면 삶도 죽음도 없다는데 죽을 리야 없겠지만

도통을 작파한 선암사 행자, 승선교 너머 돌다리 건너던 중인데
요 그만 길을 벗어난 신발 한 짝이 산문 밖으로 산문 밖으로 떠내
려가는 거라 떠나간 인연을 좇아가 붙잡아야 하나 놓아야 하나 얼
굴이 화끈화끈 달아오른 거라 이것을 목격한 아직 이른 매화가 탱
탱하게 부푼 꽃봉오리를 사랑사랑 흔들어 대고요 그길로 행자는
이것도 저것도 버리고 앞으로 쏜살같이 달려갔다는데요 살았는지
죽었는지 글쎄요

— 「매화행자 초발심」 전문

　지옥불 같은 삶이 산문 안인들 다를까. 어떤 행자 있어 "이것 하나
면 생사도 없다기에 죽고 사는 일보다 중한 게 뭐 있겠나 싶어" "이 뭐
꼬" 화두 붙잡고 "죽기 살기로 품고" 다닌다. 하지만, "이것이 보이기
를 허나 만질 수나 있나 그렇다고 있다는데 없다고 할 수 있나 도중에
내칠 수도 없으니 상전 중의 상전이요 애물 중의 애물"이다. 어디 그뿐
이랴. "도무지 알 수 없는 이것을 찾아 벼랑 끝도 마다 않고 대적하는
데" "잠 안 재우는 고문기술자가 따로 없"어 "죽을 고비 넘기면 또 죽
을 고비"가 찾아온다.

　이렇게 보면 이 화두라는 게 실은 또 다른 의미의 지옥불이 아닐 수
없다. 그리하여 "도통을 작파한 선암사 행자, 승선교 너머 돌다리 건
너던 중인데" 어쩔끄나. "그만 길을 벗어난 신발 한 짝이 산문 밖으로
산문 밖으로 떠내려가는" 것이다. 그는 "인연을 붙잡아야 하나 놓아야
하나" 망설이다가, "이것도 저것도 버리고 앞으로 쏜살같이 달려갔다"
고 한다. 그는 과연 살았을까. 죽었을까.

　나는 그가 잘 살았을 거라 여긴다. 신발짝과도 같은 화두를 내처 벗

어던졌으니 온 삶의 절망도 함께 내어던진 것 아닌가. 그는 이후 아마도 다음과 같이 얼음장 밑을 흐르는 물을 보면서 불법 한 자락 얻었을 것임에 틀림없다.

> 얼음장 밑으로 흐르는 물을 본다
> 뜨겁게 감싸고 흐르는
> 불륜인 저것들 저변에는 마음이 통한 것
> 찰나가 꽃이고 찰나가 망상이니
> 볼 것 못 볼 것 괴로워 마라
> 얼음이 녹으면 섞이기 마련인 게
> 세상만사 불법(佛法)이다
>
> — 「불법」 전문

그에 의하면 불법(佛法)은 다른 데 있지 않다. "얼음이 녹으면 섞이기 마련인 게/세상만사 불법(佛法)이다." 얼음에 얼려 있을 때에는 이것저것 따로인 것처럼 보이지만, 얼음 녹아 떠내려갈 때 보라. 그것들은 다 한 몸의 물로 섞인다.

심지어 그는, 얼음장 밑을 흐르는 물에서 "뜨겁게 감싸고 흐르는/불륜"까지 읽어 낸다. 찬 성질의 얼음과 물이 서로 상관(相關)하여 뜨거워졌으니 어찌 불륜 아니겠나. 하지만 그 "저변에는 마음이 통한 것"이니 또 어찌 그것을 단지 불륜이라고만 할 수 있으랴. 서로 마음 통했으니 그야말로 자연스러운 행위 아닌가.

이야말로 불법(不法)의 불법(佛法)이다. 불륜마저 불법(佛法)이라 읽어 내는 그의 시선이 참으로 통렬하다. 세상만사 불법 아닌 것이 없다는 것이다. 어떤 고매한 깨달음의 경지나 지고(至高)의 선(禪)을 불법이라고 여기는 세간의 정의가 훌떡 뒤집어진다. 범상(凡常)의 비범(非凡)이다. 나는 이것이 곧 조동례 시의 진경(眞境)이자 묘미(妙美)라고 여긴다.

말로 읽고 귀로 듣는 시

그의 이와 같은 '범상의 비범' 인식은 그의 시가 불교마저도 벗도록 이끈다. 불교에 기울이되 거기에 매몰되지 않는 것이다. 오히려 그의 시는 불교가 아니라, 우리 삶의 뭉근한 서정에 뿌리내리는 것처럼 보인다.

> 이─나다. 거그는 모다 별고 없지야? 하믄 여그야 별일 있것냐?
> 모다 건강허지야? 금매 아픈디가 없어야 쓰건디 아즉은 그냥저냥
> 괜찮다. 어쩌것냐 닥친 대로 살아야제. 니도 인자 예전 같덜 안 헝
> 께 니몸 넘다 괴롭히지 말고 살그라이─ 이녁 몸은 이녁이 챙겨야
> 써. 끼니 거르지 말고 어쨌거나 몸이 성해야 쓴다. 촌 일이 어디 끝
> 이 있다냐 논에 물대기 시작허먼 무장무장 바빠지제. 허는 일이 바
> 쁘당께 좋기는 허다마는 몸이 되야서 어쩌끄나. 야튼 느그들 모가
> 치 허고 산 것이 젤 오지다. 니가 좀 고달파도 성지간에 따둑거려
> 감서 보듬어 주고 살아라이─. 그래도 객지에서는 성지간에 우애가
> 젤 아니냐. 그나저나 먹고 사느라고 애쓴다. 일이 풀리면 형편도
> 금방 풀릴 것잉께 넘다 속 옹구리지 말고 살그라이─. 한번 댕겨가
> 먼 좋것다마는 넘다 무리허들 말고 짬 나먼 한번 댕겨 가그라. 요
> 롱코롬 목소리 들옹께 참말로 좋다. 어쨌거나 몸 성헌 것이 젤잉께

몸성히 잘 있어라이 - 전화쎄 많이 나오것다 그만 끊자.

– 「안부」 전문

　이 시는 처음부터 끝까지 시 전체가 전라도 사투리로 씌어졌다. 전라도 말 모르는 사람과는 소통하지 않겠다는 뜻이 아니다. 표준말로는 감당할 수 없는 애정이 어머니가 쓰는 사투리 속에는 담겨 있다. 저 에리고 아픈 모성의 곡절을 어찌 표준말로 담아낼 것인가. 그저 어머니 말씀 그대로 받아 적는 게 가장 적합한 시적 표현일 것이다.

　하여, 이 시는 눈으로 읽는 시라기보단 말로 읽고 귀로 듣는 시가 되었다. 어디 그냥 들릴 뿐인가. 첩첩이 마음에 새겨진다. 물론 입말을 그대로 받아 적는다고 하여 그것이 글로 똑같이 표현되지는 않는다. 실제와 글은 조금씩 묘하게 어긋난다. 이 시에서도 그 점은 마찬가지인데, 나는 거기서 어떤 정겨움을 발견한다. 그 성긴 거리감에서 '전화'라는 문명의 이기에 약간 주눅든 어머니의 안타까운 모정을 읽을 수 있기 때문이다.

　할 말이 더 많음에도 불구하고 어머니는, "전화쎄 많이 나오것다 그만 끊자." 하고 말을 마친다. 하지만, 아마도 자식이 전화기 딸깍 내려놓을 때까지 어머니는 전화 끊지 못할 것이다. 전화 내용을 잘 들어보라. 자식이 안부 여쭈려 전화 걸었음 직한데 오히려 자식 걱정에 더 애달파하지 않는가. 그러니 어찌 먼저 전화기를 내려놓을 수 있겠는가.

　나는 바로 이런 게 '조동례 시의 마음'이라고 본다. 그의 시적 인식이 '범상의 비범'이라면, 그의 시의 마음은 '범상의 생생한 재현'일 것이다. 그리하여 나는 그가 재현한 「안부」에서 위안을 얻고, 「광천 장」 아짐들 떠드는 소리에 그만 목이 멘다.

삼팔일은 내 고향 광천 장 서는 날

느랭이밭 콩 쪼깐 심은 것 갖고 가던 아짐 태우고
여타굴 고추가 예사 돼서 폴러 가는 활뽈댁 태우고
허리 굽어 머리가 땅에 닿게 생긴 양동아짐 태우고
곡성댁 오산댁 주암아짐 당숙모
엉덩이 비집고 태우느라 가다서다 가다서다
싸목싸목 걸어오씨요이 짐 없는 사람 뒤로하고
의기양양한 경운기 소리

고춧금이 어쩝디여?
되는대로 폴라요
엔간해서는 덤비도 못 허겄드랑께
지난 장에도 매갑시 지천만 들었구만
그나저나 용산댁은 배추금이 떨어져서 어쩐다요
콩금은 그런대로 괜찮다 글드만
아따 말만 들어도 오지드랑께
내년에는 뭣을 심어야 쓰께라
긍께 하늘이 도와줘야제 어디 내 맘대로 됩디여
다 왔능갑소 장 파허먼 모타서 항꾸네 옵시다이-

경운기에서도 길에서도 북적거리던
먼 기억 더듬어 둘러보는데

주암댐이 생기면서 인정도 막혔는지

낯익은 듯 낯선 노을 몇 졸고 있다

― 「광천 장」 전문

　탈탈거리는 경운기를 타고 장에 가던 아짐들의 모습이 참 선연하다. 어디 이런 풍경이 광천 장뿐이었으랴. 우리나라 어느 곳에서든 5일장 서는 날이라면 이랬을 것이다. 와글와글 시끌시끌, 사람들이 서로 나누는 인사와 안부로 길거리가 다 부산했을 터이다. 그런 점으로 보면 조동례가 「광천 장」을 기록하는 건 특별해 보이지 않는다. 장터야말로 범상을 재현하는 데에는 가장 극적이지 않은가.

　그러나 이 점을 기억해야 한다. 조동례의 「광천 장」은 생생하다는 것. 과거의 기억이 사투리에 실려 이처럼 생생하게 재현된 모습을 나는 좀체 보지 못했다. 저 아짐들 형용 묘사 좀 보아라. 얼마나 살가운가. 하지만 압권은 이 묘사가 아니다. 저 아짐들 떠드는 소리들이다. "고춧금이 어쩝디여?/되는 대로 폴라요/엔간해서는 덤비도 못 허것드랑께/지난 장에도 매갑시 지천만 들었구만" 등등. 얼마나 생동감 넘치는가. 경운기 의기양양 탈탈거리는 소리와 더불어 그야말로 입체적으로 들린다. 입말이 시가 된다는 말에 절로 고개 끄덕여지는 부분이다.

　그런데 안타까운 것은 그게 실은 과거라는 것이다. 그는 지금 "경운기에서도 길에서도 북적거리던/먼 기억 더듬어 둘러보는" 중이다. 가슴 먹먹하지 않은가. 저 아짐들 다 어디로 가셨단 말인가. "낯익은 듯 낯선" 듯 졸고 있는 저 노을들은 알 것인가. 사람들 목소리 사라진 장터의 회오가 무척 쓸쓸하다.

귀가 절로 열리다

그러자, 그는 나직이 말한다. 이런 게 다 가을산 같다고. 어떤 가을산이냐고?

> 내가 하고 싶은 말을 다 해 버렸습니다
>
> — 「가을산」 전문

이런 가을산이다. 더 이상 할 말이 없을 만큼 이미 지나쳐 가 버린 가을산이다. 하지만, 나는 그렇게 생각하지 않는다. 그는 이제 비로소 들을 준비가 되었을 것이다. 내 말 다 했으니 귀 닫을까. 아니다. 속엣 것 다 비웠으니 귀는 절로 열린다.

그리하여 마침내 그는, 세상의 저 아짐들 생생한 소리를 재현한 것처럼 시의 마음에 들려오는 수많은 소리를, 재현하게 될 것이다. 바로 이 점이 내가 그의 이후 작업을 벌써부터 기다리는 이유이다.

더불어, 말없이, 고이 울려 주는 시들
– 정세훈 시집 『몸의 중심』

만만찮은 생의 곡절

죽음 문턱까지 다녀온 그는 겸허하다. 귀한 삶인 만큼 성심껏 살아야겠다는 자각이 늘 작동해서일까. 함부로 나대지 않는다. 무거운 듯 가볍고 가벼운 듯 무겁다. 무엇보다 큰 장점은 귀가 열려 있다는 점이다. 입보다는 귀를 관계에 가까이 댄다. 내 속보다는 바깥 동정을 더 살핀다. 너를 더 배려하는 태도가 몸에 배어 있다. 그렇다고 비굴하거나 어리석게 행동하지는 않는다. 거의 뒷자리에 머물러 있지만, 그가 거기 있으므로 앞자리가 든든해진다. 물론, 스스로를 한껏 비워 놓으려 하는 탓에 때로는 그 속을 가늠하기 어렵다.

그럼에도 불구하고 나는 그가 고맙다. 스스로 알아서 오고감을 결정하므로 관계에서 맘 졸이지 않아도 된다. 현대사회에서 관계는 고무줄 같은 스트레스이다. 늘어지면 늘어지는 대로, 줄어들면 줄어드는 대로 관심을 기울여야 한다. 잘못 다룰 경우, 탄력에 문제가 생긴다. 툭 끊어지기라도 하면 큰 낭패이다. 그럴 때 만나는 독자적인 관계라니. 얼마나 고마운가. 서로 비껴가도 상처가 덧나거나 미련이 남지 않는다. 이런 관계를, 누군가는 소원(疏遠)이니 어쩌니 할지도 모른다. 원 천만에. 나는 그이가 잘못 알고 있다고 여긴다. 나른하고 여유로운 전이를 미처 느껴 보지 못한 이의 어설픈 진단이라고. 곁에만 자리해도 차오르는 따뜻한 관계가 세상에는 있어 우리 삶이 풍요해지기도 하는 것이다.

이렇게 쓰고 나니 어떤 허전함으로 목이 마른다. 무얼까. 생각해 보니 그에 대해 내가 갖는 인상들은 주로 공적인 자리에서 이뤄진 잔영들이다. 일상이나 술자리 같은 곳에서 얽힌 사적인 감응의 접점이 그리 많지 않다. 우리의 공감대는 적지 않으나, 챙겨 보니 그와 나 둘만의 어울림은 드물다. 우리는 이를테면 동지의 테두리에 잡혀 있었던 것이다. 자잘한 물무늬 같은 삶의 결이 빠져 있다. 한 사람을 안다고 하는 것은 그 결까지 얽혀야 실은 가능한 것인데.

그러니 아무래도 한쪽이 조금은 헐거워진 채로 그의 시를 만날 수밖에는 없겠다. 스스로 애써 위안 삼는 것은 시가 반드시 시인의 모든 것을 알아야 하는 건 아니라는 점. 시는 그 자체로 한 세계가 아닌가.

그를 불러내려다가 사설이 살짝 길어졌다. 정세훈 시인. 그도 만만찮은 생의 곡절을 지나왔다. 가장 큰 환란은 아마도 진폐환자로서 겪은 사지(死地)의 통증이었을 것이다. 그는 20여 년 동안 에나멜 동선 만드는 공장에서 일했는데 거기서 사용된 석면과 유리 섬유의 미세한 가루들이 그의 폐를 온통 장악해버린 것이다. 목숨을 건 큰 수술을 마치고 일상으로 돌아온 뒤 그의 삶이 바뀌었다. 종교적 신념이 추동하기도 했겠지만, 그는 함께 사는 삶에서 보람을 찾는 리얼리즘 시인이되어 있었다.

앞에서 말한 것처럼 관계에서 귀를 먼저 여는 것도 이 무렵 얻은 습성이 아닐까 싶다. 그는 조심스레 문학과 운동을 통해 삶의 행동반경을 넓혀 나갔다. 내가 그를 만난 것도 아마 이때쯤일 거라 짐작한다.

권력의 환부와 시적 투신

이 시집은 이후 그 행동반경의 한 결실이다. 현대사회를 사는 우리가 맞닥뜨리게 되는 삶의 여러 아픔들이 시집 곳곳에 퍼져 있다. 권력을 가진 자들이나 지배계층은 애써 외면하는 그늘이자, 환부들이다. 그러나 알고 보면 나이고 우리인 사람들의 어제이고 오늘인 현실들이다. 내 일이 아닌 것 같지만 내 일이다. 그러니 그의 마음, 거기에 깊이 열려 동화될 수밖에.

> 내가 정말 인간이라면
> 나는 더 아파야 한다
>
> 단순히 먹고 싸는
> 동물이 아니고
> 생각하고 행동해야 하는
> 인간이라면
>
> 나는 더 아파야 한다
> 노동법 조항 하나
> 제대로 적용받지 못하는
> 영세 소규모공장 노동자 설움 앞에서

나는 더 아파야 한다
똑같은 노동을 팔지만
정규직 반값 노임을 받는
파견 비정규직 비애 앞에서

나는 더 아파야 한다
언제 복직되어
노동판으로 돌아갈 수 있을지
기약 없는 해고의 절망 앞에서

착취 자본 어용 복수노조
비호 정권 권력
용역 폭력 자본 비호법이
절망의 노동을

고공 크레인
고압 송전 철탑
굴다리난간, 성당 종탑
허공에 매달아 놓은 천막 앞에서

춥고 배고프고 누울 곳 없는
저 아슬아슬한 생 앞에서
투신하고 목을 매는
막막한 주검 앞에서

세상만사 다 그런 거라고
그저 그런 거라고
이런 모습도 있고
저런 꼴도 있는 법이라고

그러하니
세상 일 참견하지 말고
아픈 몸 건강이나 잘 챙기라고
던지는 충고 앞에서

나는 더 아파야 한다
그 아픔 속으로
투신하여
내 목을 매어야 한다

－「나는 더 아파야 한다」 전문

　아프고 난 자가 다시 아파야 한다고 외친다. 아픔에의 공감이 처절
하다. 그는 왜 이렇듯 아픔에 공감하는가. "단순히 먹고 싸는/동물이
아니고/생각하고 행동해야 하는/인간"이기 때문이다. 생각해 보라.
"춥고 배고프고 누울 곳 없는 저 아슬아슬한 생 앞에서 투신하고 목
을 매는/막막한 주검 앞에서" 어찌 아프지 않을 수 있겠는가. 동병상
련(同病相憐)의 쓰라린 고통이 그를 휘감아 돌 수밖에는 없는 상황이
다. 그런데 사람들은 뭐라 일컫는가. "세상만사 다 그런 거라고" "저런

꼴도 있는 법”이니 “세상 일 참견하지 말고/아픈 몸 건강이나 잘 챙기라고” 그에게 충고한다. 마치 다른 세상, 다른 사람들 같다. 함께 사는 인간이라면, “영세 소규모공장 노동자 설움”과 “파견 비정규직 비애”, “기약 없는 해고의 절망”에 대해 어떻게 눈감고 외면한단 말인가. 그의 관점으로 볼 때, 이는 타락한 인간이나 할 짓이다. 그래서 그는 다짐한다. “나는 더 아파야 한다”고. “그 아픔 속으로/투신하여/내 목을 매어야 한다”고. 시 속 화자에게서 예수가 비칠 만큼 엄중한 대속(代贖)과 헌신의 외침이다. 삶의 바탕을 잃은 저 비참한 현실을 함께 나누어 지고자 하는 그의 시적 의지가 섬뜩하면서도 따뜻하다.

그의 이러한 ‘투신’은 현실에서 보이는 그의 태도와는 사뭇 다르다. 상당히 도발적인 결행 선언이다. 나는 이것이 귀로 만나는 시의 양심이라 여긴다. 말을 앞세우는 자는 말로 풀어버리지만, 귀로 듣는 자는 행동으로 실천하는 것이다. 그의 시적 양심이 이끌어낸 이 ‘투신’은 이번 시집에서 만나게 되는 핵심적인 키워드 중 하나이다.

그의 ‘투신’은 시 「나의 시여, 무기가 되어라」에서는 ‘무기’로 바뀌어 나타난다. 그는 그의 시가, “싸워야 할 시가/사라진 세상”에서 “노동과 민중과 민주와 정의와/그리고 평등을 위해/피터지게 투쟁하”는 무기가 되기를 당부하고 있다. 문제는, ‘무기’라는 개념의 상투성이다. 알다시피 ‘무기’는 80년대 시의 전유물이다시피한 어휘이다. 그때는 뜨거웠지만, 지금은 식어 버려서 웬만해선 뜨거워지지 않는다. ‘투신’을 확장시키에는 적합하지 않은 개념이 되었다. 그러므로 그가 더 뜨거운 시적 ‘투신’을 바랐다면 다른 개념을 동원하거나 차라리 숨겨 버렸어야 한다. 「나의 시여, 무기가 되어라」와는 달리 ‘투신’이 시적 대상 속에 스며 있는 「저 헌 기계가 울고 있네」를 보자.

이 한밤 새고 나면
폐기처분이 될
노후될 대로 노후된
저 헌 기계 울고 있네.

전자동 새 기계
들여온다고
모두가 들떠 있는
이 공장 작업장.

마모된 기어
달랑 달고서
늘어진 체인 줄
달랑 달고서

다시 못 올 작업장
마지막 밤을
새워 가며,
새워 가며 울고 있네.

나이 들고 병이 든
노동자인 듯
힘없고 가난한
노동자인 듯

덜커덩, 덜커덩, 울고 있네.

－「저 헌 기계 울고 있네」 전문

"이 한밤 새고 나면/폐기처분이 될/노후될 대로 노후된/저 헌 기계"가 "덜커덩, 덜커덩, 울고 있"다. "나이 들고 병이 든" "힘없고 가난한/노동자"를 굳이 대응시키지 않아도 그 비감은 서럽다. "마모된 기어", "늘어진 체인"에서 보이는 건 추레하게 늙은 노동자 몰골이다. 그래 그런지 "다시 못 올 작업장/마지막 밤을/새워 가며" 덜커덩, 덜커덩 울고 있는 헌 기계에서 받는 느낌은 거의 초상집 풍경이다. 단순한 묘사와 서술인데 감정이입이 이처럼 짙게 이루어지는 까닭은 뭘까. 자본에 버림받는 인간의 모습이 헌 기계에 투영(投影)되었기 때문일 것이다. 이와 같은 투영을 나는 시적 정조의 투신이라 본다. 시에서의 투신이 직접적인 몸 던짐일 필요는 없는 것 아닌가. 대상을 억지로 갖다 붙이거나 너무 빠르게 대응시키기보다는 이렇게 정조를 서로 맞물리도록 조성하는 게 더 낫다고 본다. 이와 같은 접근이 정세훈 시인에게는 더 어울리는 방식 아닐까 여긴다.

시집 도처에 깔린 '더불어'의 사유

정세훈은 이번 시집에 '비정규직 노동(자)'을 다룬 시편들을 적잖이 싣고 있다. 우리 사회의 제 모순이 집약된 채 첨예하게 대립하는 '비정규직 노동(자)' 문제는 그리 간단치 않은데도 그는 여기에 시선 집중하고 있다. 뜻깊은 일이다. 그런데 안타까운 건 「비정규직 노동자」를 비롯한 대부분의 시가 계몽에 목적을 두고 있는 것처럼 비친다는 점이다. 이를테면, "가장 견디기 힘든 고통이라고 쓸까/가장 헤어나기 어려운 절망이라고 쓸까/가장 참아내기 버거운 어둠이라고 쓸까/가장 감당하기 서러운 차별이라고 쓸까"라고 그가 쓸 때, 그 문제의식에는 충분히 공감할 수 있다. 하지만, 문제의식에 값할 만큼 시적 울림도 깊어질까 하는 점에는 고개를 갸웃거리게 된다. 그래서 나는, 계몽도 의미 있는 '투신'의 방식일 것이나 「봄꽃」과도 같은 시 쪽으로 진입하는 게 더 낫지 않을까 조심스레 짚어 보는 것이다.

보송보송한 땅에서만 살아간다면
봄꽃이 아니지

따뜻한 곳에서만 피어난다면
봄꽃이 아니지

때로는 꽁꽁 얼어붙기도 하고
때로는 겨울 찬바람 불기도 하는

그런 곳에서 살아
그런 곳에서 피는 거지

겨울이 지났다고
혼자서만 피어난다면

봄꽃이 아니지

봄꽃이 아니지

메마른 들녘 여기저기
서로서로 더불어

한마음으로
흐드러지게 피는 거지

봄이 왔다고 마냥 피어 있는 것은
봄꽃이 아니지

천지에 푸른 들녘
포근히 깔아 놓고서

홀연히 사라지는 거지
홀연히 사라지는 거지

　　　　　　　　　　　　　－「봄꽃」 전문

　그가 보기에 "보송보송한 땅"이나 "따뜻한 곳"에서만 피는 꽃, 혹
은 "겨울이 지났다고/혼자서만 피어"나는 꽃은 봄꽃이 아니다. 그
러면 어떤 게 봄꽃인가. "때로는 꽁꽁 얼어붙기도 하고/때로는 겨
울 찬바람 불기도 하는//그런 곳에서 살아/그런 곳에서 피는" 꽃이
다. 봄꽃은 또한 "메마른 들녘 여기저기/서로서로 더불어//한마음
으로/흐드러지게 피는" 꽃이다. 이렇게 볼 때, 아마도 이 봄꽃은 앞

에서 말한 '투신'이 전화(轉化)된 형상일 것이다. 그런데 이 전화된 봄꽃은 '단순한 투신'을 넘어서는 아주 중요한 역할을 수행한다. "서로서로 더불어//한마음으로/흐드러지게 피는" 것이다. 봄꽃들의 연대이다. 혼자가 아니라, 너와 함께, 우리가 흐드러지게 세상에 피어난 것이다. 공감의 민중적 연대 아닌가.

여기서 나는 그의 시의 중요한 키워드 하나를 더 발견한다. "더불어"이다. "더불어"는 이 시집에서 '투신'과 함께, 어쩌면 '투신'보다 더 주목해야 할 개념으로 작용한다. "서로서로 더불어" 살기 위해 그의 시는 세상에 투신하는 것 아닐까 여길 만큼 '더불어' 사유가 시집 곳곳에 들어차 있는 것이다. 시 「밥 먹는 법」이 대표적인데, 이 시에서는 '더불어' 사유가 '더불어 밥'으로 묘사된다.

밥 먹는 것에도 법이 있다는 걸

엄동설한 공사판 새참
야간노동 공장 야식
더불어 허겁지겁 먹어 본
없는 반찬 가난한 밥상
함께 옹기종기 먹어 본

우리는 절실하게 안다네

내 밥 수저에 올릴
반찬 한 젓가락 집어

상대방의 부실한 밥 수저에

말없이, 고이 올려 주는, 법

– 「밥 먹는 법」 전문

이런 더불어 밥, 드셔 보았는가. "엄동설한 공사판 새참", "야간노동 공장 야식"의 그 눈물겨운 밥. "없는 반찬 가난한 밥상" 차려 놓고 "더불어 허겁지겁 먹어" 보지 않았다면 차마 밥 먹는 법 안다고 할 수 없을 것 같다. "내 밥 수저에 올릴/반찬 한 젓가락 집어/상대방의 부실한 밥 수저에//말없이, 고이 올려 주는, 법." 이런 게 배려이고 나눔이며 '밥 먹는 법'이다. 상대방의 부실한 밥 수저에 반찬 한 젓가락 집어, 말없이, 고이 올려 주는 행위. 가만히 떠올려 보라. 얼마나 성스러운지. 이런 게 절실한 연대이고 사랑이며 뜨거운 공명이다.

정세훈 시의 진면목은 이런 시에 있지 않을까. 읽으면서 더불어 따스해지는 시들. 선명한 외침의 시가 아니라, 말없이, 고이 올려 주는 시들. 나는 「밥 먹는 법」과 함께 '더불어' 사유가 가장 잘 드러난 작품으로 「4.5톤 트럭의 잠」을 꼽고 싶다. 이 시 한 편만으로도 이 시집의 존재감은 뚜렷하지 않을까.

몸이 아담한 아내가
매달려 가듯 운전대를 잡은
4.5톤 트럭이 차선을 바꾸자
운전석 뒤편에 매달린
링거 팩이 흔들거린다

밤낮 없는 35년의 세월
트럭을 몰다 덜컥
신장병에 걸린 남편
시속 100킬로미터 트럭 안에서
복막투석을 하고 있듯
가을 찬비 부슬부슬
하염없이 차창을 타고 내리는
심야 경부고속도로 상행선

생명의 소리가
어둠이 쌓인 세상을 밝힌다
투석을 마치고 이내 잠이 든
남편의 시끄러운 코 고는 소리
살아 있다는 생명의 소리다
간혹 코 고는 소리가 들리지 않으면
아내는 손을 뒤쪽으로 뻗어
남편의 손을 만져 본다

단순한 도로는 아내가
복잡한 도로는 남편이
번갈아 운전하는 날이
또다시
더 이상 깊어지지 않을 만큼

깊어진 고속도로의 밤
휴게소 주차장 트럭 옆에서
라면을 끓여 때 없는 허기를 달래고

부부는 비로소 새벽 잠자리에 오른다
운전석 뒤편 전기장판이 깔린 공간엔
병든 남편이 눕고
아내는 운전석에 나무합판을 깔고
곤한 잠을 청한다
"꼭 신혼 단칸방 같지 않나요?"
애써 웃는,

4.5톤 트럭의 잠!

－「4.5톤 트럭의 잠」 전문

　이 시를 읽고 나면 절로 가슴에 통증이 얹힌다. 아프다. 그가 왜「나
는 더 아파야 한다」고 쓰면서 '투신'하려는지 알 수 있을 것 같다. 저들
도 아프고 나도 아프지만, 그러나 이 아픔은 선연하게 아름답다. 어디
아름다움뿐이랴. 지고지순한 부부애를 통해 사람다운 삶이 무언지도
깨닫게 된다.

　"밤낮 없는 35년의 세월/트럭을 몰다 덜컥/신장병에 걸린 남편"이
등뒤에서 투석하고 있는데, 자신은 운전대를 잡아야 한다고 하면 그
아내의 심정이 어떨까. 대체로 참담하지 않을까. 그러나 여기 이 아내
는 대범하고 씩씩해 보인다. 이렇게라도 함께할 수 있는 삶에 감사하

는 듯도 싶다. 간혹 살아 있다는 생명의 신호인 "남편의 시끄러운 코고는 소리"가 들리지 않으면, 그녀는 "손을 뒤쪽으로 뻗어/남편의 손을 만져 본다." 남편의 손에서 온기가 전해질 때, 그럴 때 저 손, 안타까운 저 손은 살아 있음이 얼마나 감격스럽겠는가.

게다가 "운전석 뒤편 전기장판이 깔린 공간엔/병든 남편이 눕고/아내는 운전석에 나무합판을 깔고/곤한 잠을 청"하면서 나누는 대화라니. "꼭 신혼 단칸방 같지 않나요?" 이 말에 나는 그만 뭉클해져서 트럭 부부의 그 모든 신산스러움마저 잊었다. 이런 게 '더불어' 공감이다. 나는 정세훈 시가 이런 움직임들 계속해서 펼쳐 가길 진심으로 바란다.

홀연 눈떠 바깥으로 향하는 사람들

삶이 어느 순간 붕 떠서 허방으로 치달을 경우, 당신은 어떤 태도를 취하게 될까. 사람들은 대부분, 자기 자신에게만 집중하게 되지 않을까. 바깥으로는 전연 눈 두지 않고 이기적이다 싶을 만큼 자기 자신만 들여다볼 것 같다. 심지어는 가족에게마저 건성일 게 틀림없다. 나 한 몸 건사하기에도 시간 모자라다고 여기는 까닭이다. 그들은 대체로 자신 속으로 잠겨 들어가고 싶어 한다. 자아로의 침잠이 마치 그의 나머지 생을 다독여 줄 것처럼 생각되기 때문일 것이다. 한동안 나도 이 부류로 살았다.

그런데 여기, 홀연 눈떠 바깥으로 향하는 사람들이 있다. 이타성이 몹시 넓어진 경우이다. 이들은 나 하나쯤 기꺼이 세상에 바칠 각오를 하고 산다. 관계에 대한 성찰이 깊어지면, 이들은 분명 그 길을 선택할 것이다. 이들은 너와 함께일 때 비로소 최대한의 기쁨이 솟는다고 믿는다. 어느 순간 소멸된다 해도 이들은 아마 후회하지 않을 것이다. 대체로 굳건한 종교적 신념이 바탕에 깔려 있기 때문이다. 내가 보기에 정세훈 시인은 이 부류에 속할 듯싶다.

그런데 문제는, 시로 대면할 때이다. 시는 삶의 이타성만으로 충족되지 않는다. 더 총체적이며 더 날렵하다. 시의 촉수는 끊임없이 흔들리며 이기성과 이타성 사이를 팔랑거린다. 게다가 시는, 때로 욕망을 부추긴다. 아주 사소한 유혹의 속삭임에도 귀가 쫑긋 솟는 것이다. 욕망이 제거된 시는 몹시 건조할 테니 이는 참 가혹한 충동질이 아닐 수 없다.

그러니 시에서 삶과의 균형 잡기란, 얼마나 지난한 움직임일 것인가. 나는 이제 사심을 품은 눈초리로 정세훈 시의 균형 잡기를 주시할 참이다. 물론, 가끔은 그가 균형에서 어긋나기도 해야 구경하는 재미는 더 쏠쏠할 것이다.

허기져 목메인 다감한 것들의 기척

− 조길성 시집 『나는 보리밭으로 갈 것이다』

심연의 그늘까지 가닿는 시

외로움이나 슬픔, 어둠 같은 그늘이 시에서 지나치게 드러난다 싶으면 나도 모르게 움찔, 움츠러든다. 동시에 혹 엄살 아닐까 하는 경계가 작동되면서 의심의 눈초리가 열린다. 참으로 외롭거나 슬픔 속에 잠긴 자라면, 그 그늘조차 어둠 속에 잠길 거라 여겨서 그럴 것이다. 게다가 시인들이 좀 엄살쟁이들인가.

그래서 나는 시의 겉에 드러나 있는 그늘은 그늘로 보지 않는다. 나를 통과한 현실이 눈을 넘어 들어가 마음에 가라앉아야 그늘이라 여기는 것이다. 시의 그늘이라면 모름지기 마음에까지는 드리워져야 하지 않을까.

그런 면에서 나는 시의 그늘을, '심연의 그늘'이라 일컬으며 어떤 벽을 쳐 두고는 한다. 내가 만일 그늘에 관한 시를 쓰고자 할 경우, 심연의 그늘까지는 가닿아야 한다고. 뭘 그렇게까지, 하고 의문을 가질 이가 혹 있을지 모르겠다. 나는 세상을 한번 둘러보라고 권하고 싶다. 자본주의의 탐욕이 얼마나 극렬하게 인간들을 닦달하고 몰아세우고 있는지 보시라고. 자기소외에 내몰리지 않은 사람이 거의 없을 지경이다. 그러니 어중간한 감상성(感傷性)으로 어찌 시에 감동이 감기겠는가. 어림없다. 이렇게 쓰인 시들은 마음의 파문은커녕 어설픈 변죽이나 울리기 십상이다.

그러니 인간 삶의 내면적 혼돈과 질서를, 그늘의 시정으로 포획하려는 자는 달라야 한다. 내 식으로 표현하면 그는, 현실의 시안을 열어저 심연의 그늘에 들어갈 수 있어야 한다. 이때 중요한 것은 내 몸의 현실을 바탕으로 삼아야 한다는 점이다. 현실을 잊거나 버리고 내면에 들어가 만나는 심연은 공허하다. 무엇을 진하게 본다 한들 다 헛것의 세계이다. 자칫 잘못하면 내면을 왜곡하여 스스로를 크게 망가뜨릴 수도 있다. 실제로 이렇게 들어갔다가 내면에 갇혀 돌아오지 못하고 오히려 현실을 차단해 버린 이들도 더러 있다.

그런 점에서 보면 차라리 시에서 그늘을 걷어차 버리는 게 더 나을 것 같기도 한데, 어쩌랴. 생래적으로 음지를 앓고 있고, 현실적으로 온갖 간난신고(艱難辛苦)의 두려움들을 넘어서야 하는 시인들도 적지 않으니. 이들은 숙명처럼 비우고 채우고 하면서 오랫동안 심연의 그늘에 머물 수밖에는 없는 것이다.

나는 조길성의 시도 그늘 쪽에서 읽었다. 하지만 왠지 버거웠다. 시가 고여 드는 게 아니라 처연한 감상성에 젖어 있는 것처럼 느껴진 것이다. 허어, 하는 헛바람이 자꾸 새들었다. 그의 시에서 직감적으로 무언가 다른 울림을 감지했으나, 글로 풀자니 자꾸 꼬였다. 그가 내보이는 시의 겉에 자꾸 미끄러지자 드디어는 이렇게 생각했다. 엄살인가. 곤혹스러움에 헤매고 있을 때, 그의 페이스북에서 다음과 같은 글귀를 접했다.

"새벽에 일어나 앉아서 잠들지 못했다. 어둠 속에서도 사방벽이 땀을 흘리고 있었다. 무슨 특별한 일이 없었는데도 내 방이 이리 낯설어 눈물이 주르르 흐른다."

순간, 그제까지의 내 모자란 평석(評釋)이 아프게 접질려 왔다. 그가 아니라 나였다. 내 고집스런 그늘 관이 시의 겉을 훑어 다니고 있었던 것이다. 나는 그의 시에게로 들어간 적이 없었다. 다만 그의 시를 내게로 끌어다 놓고 그저 들여다보고 있었을 뿐.

그늘과 허기를 지나 찾아든 곳

저와 같은 도저한 자폐의 존재감을 느껴 보지도 못했으면서 그의 시를 내 경험으로만 재단하고 있었다니. 등허리에 흐르는 식은땀을 느끼면서 나는 그의 글귀를 거듭 읽었다. "무슨 특별한 일이 없었는데도 낯선 내 방", "어둠 속에서도 땀을 흘리고 있는 사방벽"이란 얼마나 철저하게 모멸적인 이질감이란 말인가. 그가 흘리는 저 눈물이 내게서 처연한 감상성을 벗겨 내자, 그로부터 인간존재에 관한 근원적인 흐느낌이 들려왔다.

그 흐느낌은 오래지 않아 잦아들고 먹먹한 시적 장면들이 차츰차츰 나를 채워 왔는데 맨 처음 다가온 시가 「허기」였다. 울음을 말리는 데에는 먹거리가 제 격이라는 것인가. 나도 갑자기 국수를 말고 싶어졌다.

오늘은 귀로 국수를 먹습니다 바람국수를요 바람이 키운 아이
가 국수를 말고 있습니다 굶어 죽은 사람의 마지막 숨결이 고명으
로 얹혔네요 누군가 어깨 들먹이며 울먹이는 국수 흐느끼는 국수

한숨으로 울음으로 뜨거워진 국수를 먹습니다 내 안에 사는 허기
라는 이름을 가진 짐승은 다리가 코끼리를 닮았고 대가리는 쥐를
닮은 놈이 배창새기가 흰고래수염만큼 커서 그 허기가 말도 못하
여 저승 윗목에 부는 바람같이 막을 길이 없습니다 국수를 먹습니
다 불치의 국수를 집 없는 국수를 문이 없어 꽉 막힌 국수를 팔다
리 잘리고 몸뚱이로만 굴러다니는 불구의 국수를

― 「허기」 전문

허기를 끄는 데 국수보다 빠른 먹거리는 없었다. 그래서 국수는 가
난한 자의 주요 양식이었다. 국수 삶는 냄새만 맡아도 허기가 달래지
는 때가 있었다. 이 시의 국수는 어떨까. "누군가 어깨 들먹이며 울먹
이는 국수 흐느끼는 국수 한숨으로 울음으로 뜨거워진 국수." 흐느낌
에 더하여 울음까지 그득해진 느낌이다. 게다가 "굶어 죽은 사람의 마
지막 숨결이 고명으로 얹"히기까지 했다. 이런 국수라면 허기를 꺼뜨
리기는커녕 오히려 더 가파르게 허기 피워 올릴 것 같다. 이뿐 아니다.
"불치의 국수를, 집 없는 국수를, 문이 없어 꽉 막힌 국수를, 팔다리 잘
리고 몸뚱이로만 굴러다니는 불구의 국수를" 먹다니. 차라리 거부하
는 게 나을 듯싶다. 허기를 피하려다 허기에 잡아먹혀 버리지 않을까.
그도 이렇게 말한다. "내 안에 사는 허기라는 이름을 가진 짐승은 다리
가 코끼리를 닮았고 대가리는 쥐를 닮은 놈이 배창새기가 흰고래수염
만큼" 크며 "저승 윗목에 부는 바람같이 막을 길이 없"다고. 이쯤 되면
허기가 아니라 괴물이다.

그런데 가만, 그가 그린 저 형상을 조심스레 떠올려 보자. 왠지 짠
하지 않은가. 좀비나 흡혈귀처럼 무지막지한 괴물체로는 보이지 않

고, 어쩐지 덩치 큰 가여운 짐승처럼 다가오는 것이다. 자, 그렇다면 이제 생각해 봐야 한다. 이 '허기'라는 것이 과연 무엇이길래 그가 국수로도 끄지 못하고 이토록 허겁지겁 굶주려 하는지.

나는 그의 시 「식구」를 소환하고자 한다. 허기와 식구는 어딘가 모르게 상보적이지 않은가. 식구를 만나면 저 허기라는 짐승도 어쩐지 꺼질 것만 같은 것이다.

식구라는 말이 그리워 옥편을 들추니 밥식에 입구라고 쓰여 있다.
밥 먹는 입 밥 먹는 구멍 밥 먹는 아가리

거지 엄마가 거지새끼들을 새끼줄에 묶어 주렁주렁 끌고 가는 걸 본 적이 있다
새끼줄을 왜 새끼줄이라 부르는지 그때는 정말 몰랐다

온 세상 숟가락 부딪는 소리 가득한 저녁 문득 새끼줄 맨 끄트머리에라도 매달려 따라가고 싶다

— 「식구」 전문

나는 그가 '가족'이라는 말 대신에, '식구'라고 쓰고 있음을 주목한다. 이로 보건대 그가 바라는 곳은 그냥 집이 아니다. '함께 밥 먹는 사람'인 식구가 있는 곳이다. 식구, 하면 어떤 풍경이 떠오르는가. 한 밥상에서 함께 밥 먹으며 나누는 온기 아닌가. 그는 이 온기에서 배제되어 있는 것이다. 다들 일 마치고 들어와 맞는 "온 세상 숟가락 부딪

는 소리 가득한 저녁", 외로운 허기로 사무치는 그는 한 가족을 떠올린다. "거지새끼들을 새끼줄에 묶어 주렁주렁 끌고 가"던 거지엄마 가족이다. 당시에는 거지엄마가 끌고 가는 새끼줄이 단순히 짚으로 꼰 새끼줄인 것으로만 알았으나, 그는 이제 깨닫는다. 그 줄은 엄마와 새끼들 간에 이어진 피와 밥의 탯줄이었음을. 그 장면을 회상하며 그는, "새끼줄 맨 끄트머리에라도 매달려 따라가고 싶"지만, 되돌릴 수 없다. 그는 이미 그 시절을 지나와 버린 것이다.

　허기를 끄고자 식구를 찾았는데, 그는 혼자이다. 혼자라니, 그 외로움까지 더해져 허기가 더욱 커지는 것 같다. 누군가는 말할지도 모른다. 혼자 먹는 '혼밥'에, 혼자 마시는 '혼술', 혼자 사는 '혼방'이 유행처럼 번지는 세태에 식구의 부재가 뭐 그리 대수냐고. 혼밥이나 혼방을 선택한 이들이라 할지라도 이들에겐 언제든 돌아가 같이 밥 먹을 식구들이 있다. 이들은 다만, 그 현실을 잠시 유보하고 있거나 그 현실을 벗어나고자 스스로 뛰쳐나온 것이다. 시에서 그가 부딪치고 있는 부재감과는 차원이 다른 것이다. 그에게는 돌아가 수저질 함께 나눌 시공간이 없다. 현실 속에서는 원천적으로 봉쇄되어 있는 것이다.

　식구가 부재하니 허기는 강렬해지고 사태는 난감해졌다. 어떻게 해야 이 부재감을 지우고 허기도 꺼뜨릴 수 있을까. 현실에서 해결할 방도가 없으니 그가 기댈 데는 어떤 가상현실이 아니면 회상일 것이다. 그의 시 「다녀오겠습니다」에 그 바람들이 담겨 있다. 그가 그리는 시공간이 어떤지 「다녀오겠습니다」로 들어가보자.

　　　볕 좋고 바람 또한 좋아
　　　나무 그늘에 앉았는데

흐느끼는 소리가 들려 두리번거려도

보이는 이 없는데

이번에는 휘파람 소리가 들려온다

빈 병이 울고 있는 거였다

어떤 사연을 지녔기에 이 바람은 여기서 빈 병을 울리고 있나

다녀오겠습니다

이 말을 해 본 지 꽤 오래되었다는 생각에

빈집에 대고 다녀오겠습니다

중얼거린 적 있다

누군가 다녀오겠습니다 하던

꽃잎처럼 저문 그 말씀이

울고 있는 건 아닐까

- 「다녀오겠습니다」 전문

이 시에서 그는 가상의 실재를 산다. 빈집인데도 혼자가 아니다. 혼자이되 여럿과 함께인 삶이다. 보라. 나무 그늘도, 울고 있는 빈 병도, 빈 병을 울리고 가는 바람도 있지 않은가. 이들은 나와 교감하는 객관화된 실체들이다. 빈 병의 흐느낌이 곧 자신의 흐느낌으로 다가오는 것은 바로 이 때문이다. 하지만 사물은 사물일 뿐, 입김도 나눌 수 없고 말로 전하는 안부도 물어보지 못한다. 그럼에도 불구하고 그는, 실제로 "빈집에 대고 다녀오겠습니다/ 중얼거"려 본다. 받아 줄 사람이 없어도 실제처럼 행동해 보는 것이다. 그럴 때, "다녀오겠습니다" 하는 그의 소리가 그에게 어떻게 돌아올까. 울음의 이명처럼 "다녀오겠

습니다, 다녀오겠습니다" 되돌이치지 않을까.

나는 저 빈 병의 울음이 바로 이와 같을 것이라 짐작한다. "누군가 다녀오겠습니다 하던 꽃잎처럼 저문 그 말씀"이 바람의 자극을 받아 "다녀오겠습니다, 다녀오겠습니다" 메아리치는 것이다. 여기서 내가 궁금해지는 이는 저 '누군가'이다. 맨 처음 저 '누군가'는 빈집과 연관된 그 '누군가'였을 것이다. 하지만, 그가 나누었던 인사인, "다녀오겠습니다"가 빈 병의 울음을 넘어 그에게 인식되었을 때, 그 '누군가'는 더 이상 남이 아니다. "꽃잎처럼 저문 말씀이/ 울고 있는" 저 '누군가'에는 나의 '서러운 그리움'이 스며 들어가 있는 것이다.

저 '누군가'와 함께 관심 기울여야 하는 대상이 바로 '빈 병'이다. '비어 있는' 저 빈 병이야말로 그의 허기를 그대로 드러내고 있지 않은가. 나는 저 빈 병의 울음에서 그가 흐느끼는 허기를 듣는다. 허기의 흐느낌은, 따라서 저 '누군가'의 '서러운 그리움'에 그 연원을 두고 있는 것이다. 그러니 그의 허기를 끄기 위해서는 그 '누군가'를 반드시 찾아가야 한다.

이때 내게 퍼즐의 열쇠처럼 「자연은 자꾸 냉정해만 지고」 속 시 구절들이 스쳐 지나갔다. "누가 배고프다 하면 허벅지를 베어 피 뚝뚝 흐르는 살을 건네주던 손"과 "몸 허물어져서야 빛나는 집 이제 이 집도 비워야겠지요"라는 시행이다. 저 "손"과 "몸"이 사라지기 전 살았던 집, 그 집을 찾기만 하면, 빈집의 허기를 채웠던 그 '누군가'를 만날 수 있을 것이다.

하지만 호락호락하지 않다. 그이 만나러 회상의 집으로 가기 위해서는 몸살을 앓아야 한다. 이는 허기에서 비롯된 몸살이기도 하고, 더 리얼한 과거 속 현재를 재현하기 위한 의례로서의 몸살이기도 하다.

물론, 시 「몸살」의 회상 속 정황도 몸살의 현장이다.

    햇살이 풀 먹여 잘 다려 놓은 모시이불을 닮았다
    문틈으로 상긋한 약 달이는 냄새가 새어 든다
    누워 있지 왜 나완
    마당 귀퉁이 돼지우리 곁엔 진흙 바른 간이 부뚜막이 있다
    이젠 패독산 한 첩이면 감기도 정나미가 떨어져 구만 리는 달아
날 게다
    당목 저고리에 수목치마 정갈한 가리마가 먼 길 떠나실 차림 같
아 서글펐다
    대가리와 꼬리를 떼어 낸 통통한 콩나물에 강엿을 얹어 아랫목
에 덮어 두면
    콩나물이 명주실처럼 가늘어졌다
    그 국물을 마신 게 어젯밤 일인 것 같은데
    한약을 먹으려면 속이 허하면 안 되지
    할머니 말씀 때문인지 연기 때문인지 눈이 쓰려왔다
    수수께끼를 하나 내랴
    골백번도 더 들어 달달 외운 그 문제가 난 참 좋았다
    층디층 로디훙 츠디 라
    만주족 말인데 젊어선 푸르고 늙어지면 붉고 입에는 맵다
    소주잔을 비운다
    된장에 고추를 찍어 씹으니
    입에는 맵고 눈이 붉어 온다

                                                    —「몸살」 전문

여기는 어디인가. 할머니와 그가 함께 식구로 살던 집이다. "마당 귀퉁이 돼지우리 곁엔 진흙 바른 간이 부뚜막이 있"는 걸로 보아 도심은 아니며 살림살이가 그리 넉넉한 것 같지도 않다. 몸살 앓는 그에게 할머니가 '패독산'과 강엿을 달여 먹이려 하는 걸로 연상해 볼 때 상당히 오래전인 어떤 날의 정경임을 짐작할 수 있다. "당목 저고리에 수목 치마 정갈한 가리마가 먼 길 떠나실 차림 같아 서글펐다"는 구절이 복선으로 깔려, 지금 여기에 할머니가 부재함을 암시하고 있기도 하다. 하지만 시의 전반적인 분위기는 과거가 현재로 재생된 듯 선명하게 포근하다. 할머니와 주고받는 만주족 말 수수께끼마저도 실감나게 들린다. 소주잔을 비우면서 그는 현실로 돌아오지만, 할머니의 살내 나는 품 안 같은 저 집은 사라지지 않는다. 아마도 그의 귀에는 여전히 "충디충 로디홍 츠디 라" 만주족 말, 잔잔하게 떠 있을 것이다.

이로 보아, 이제 '누군가'의 정체를 대략 짐작하실 수 있을 것이다. 시 속에 나오는 손자인 그가 유력하다. 하지만 나는 특정하고 싶지 않다. 시에는 등장하지 않지만, "다녀오겠습니다" 인사한 뒤 사라져 버린 그의 아버지일 수도 있는 것이다. '누군가'를 찾아 나서긴 했지만 이쯤에서 나는, 그 '누군가'를 굳이 하나의 대상으로 굳힐 필요는 없다고 여긴다. '누군가'는 그냥 그 '누군가'로서 족하지 않을까 싶은 것이다. 회상 속 존재로 머물다가 찾아가는 이를 따라와 현재에서 재생되는 그 '누군가'가 존재한다는 것만으로도 우리의 그리움은 마냥 설레지 않는가.

'누군가'는 그렇다 치고, 그러면 '허기는?' 하고 궁금해할 분이 계실 것이다. 물론, 「몸살」에도 그 기미가 드러난다. 이 시에는 여타 시와는 다른 느낌이 들어 있는데, 그게 예사롭지 않은 것이다. '북방정조로의 귀소'쯤으로 불렀음직한 안타까운 몸부림과 그것이 파생시킨 어떤 '시림'이 그것이다. '할머니의 부재에 따른 시린 그리움'이라고 표현해야 마땅할 이 정서적 울림은 통증처럼 아리고 아늑하다. 이 시린 그리움이 그에게 시적 에너지로 작용하기도 할 텐데, 그는 어쩌면 이 원초적인 갈망 때문에 뼛속 깊이까지 더 시리게 될지도 모른다. 그런 점으로 보면, '이 시린 그리움'은 그가 꿈꾸는, 저 북쪽 추운 곳, 함경도라든가 만주라든가 하는 땅이 그에게 보내는 신호라는 생각도 든다. 그가 끊임없이 원초적 본향인 그쪽을 향해 허기의 영혼을 졸이자 이에 대해 그 땅이 응답한 건 아닐까 싶은 것이다.

자, '허기'에 관한 탐색은 여기까지다. 하지만, 나는 망설이고 있다. 이것의 정체도 굳이 토설해야 할까 싶은 것이다. 나는 참으려 하는데 당신은 어떠신지? 나와 함께 부디 그러셨으면 좋겠다. 여기까지 읽으면서 마음속에 그림자로 가라앉은 어떤 것들, 배고픔, 식구, 울음, 그리움 등등 그 모든 것들이 다 그가 허기져 하는 것들의 목록이라고 생각해 버리는 것이다. 그렇게 하면 그 허기져 하는 것들의 목록이 어우러져 서로의 허기를 메워 주려 혹 손잡아 주지 않을까.

이를테면 시 『성님성님하면서 눈이 내릴 때』의 조모 시인과도 같이.

　　　입춘 추위가 매섭던 새벽 차비도 없이 눈 속에 갇혀 버린 광명하
　　　고도 사거리에서 헤매다 찾은 조모 시인의 고시원

　　　성님 시원한 물 쪼까 드셔 이 방 저 방 다니며 담배도 얻어 와서
　　　성님 담배 잠 피워 보드라고잉 앗따 차비라도 구해얄 텡게 또 이
　　　방으로 저 방으로 돌아친다 성님 전철비가 천오백 원잉께 버스비

가 팔백오십 원 이제 이천사백 원이면 갈 수 있제 성님 꼬깃 꼬깃
한 천 원짜리 한 장에 백동전을 하나하나 세어 가며 손에 쥐여준다
성님 참말로 미안하요 라면이라도 한 봉지 끼려 드려야는디 주머
니 먼지밖에 가진 게 없어라 맨발로 따라나서며 우린 입춘의 눈발
을 맞는다 성님 봄 되면 나가야지라 일거리도 많을 테고라 방도 얻
어야지라 성님 도다리 좋은 놈 잡아 회도 쳐 묵고 찌게도 끼려 감
서리 소주도 한잔 찌끄리고잉

　새봄엔 광명한 햇살이 내리실라나 광명사거리에 눈 내린다 성
님성님하면서

－「성님성님하면서 눈이 내릴 때」 전문

　조길성의 시가 그늘과 허기를 지나 찾아든 곳이 바로 여기다. 나는
눈물겹게 저 고시원의 조모 시인을 만난다. 저 조모 시인, 혹은 자신
의 분신일 수도 있는데, 그렇다고 한들 또 어떠랴. 따뜻함이 이렇게 충
만한데. 자본주의사회는 끊임없이 인간들에게 돈 벌으라, 돈 써라, 몰
아세우고 닦달한다. 그렇지 않으면 바로 루저(loser)라는 이름의 소외
딱지를 붙인다. 그러나 조모 시인에게는 이쯤 대수롭지 않다. 자신에
게 손님이 찾아오지 않았는가. 속으론 어쩔지 몰라도 겉으로 보이는
조모 시인은 대단한 낙천가다. 성님성님하는 그에게, 허기와 결핍은
세를 펼치지 못한다. 나는 그가 세파에 주눅들지 않고 "광명한 햇살이
내리"시는 광명에서 새봄에도 여전히 성님성님하면서 살아갈 거라고
믿는다.
　이 시는 조길성 시의 미래를 예감케 한다. 감동 실린 울림이 여러 갈

래로 퍼져 나가는 것이다. 그늘과 허기가 그의 중요한 자산이라고 해도, 더러는 이 시처럼 천연덕스러운 낙천성이 필요하다. 게다가 이 시는 회상을 통해 과거로 돌아가지 않고 여기 현재에 뿌릴 내리고 있다. 이 점이 무척 중요하다. 그의 발이 세상을 딛고 있기 때문이다.

나는 그가 회상보다는 상기, 상기보다는 리얼한 현재에 더 눈 두길 바란다. 아픈 과거를 잊으라는 게 아니다. 상기를 통해 과거를 여기로 가져오고 그 가져온 과거로 현재를 쓰라는 것이다. 그러기 위해선 그가 좀 더 심하게 '몸살'을 앓아야 할까. 선택이 쉽지 않아서 나는 슬근 그에게로 밀친다. 알아서 하시오 하고.

다시 시의 숲에 들며

그의 시 「몸살」에 내가 전염된 것일까. 여러 곳이 으슬으슬 시리다. 시려서 곱은 손을 잠시 조물락거리고 있다. 그는 어쩌다 이렇게 허기진 시들을 꺼내 놓게 되었을까. 시린 손 조물락거리면서 자문한다. 드문드문 들었던 그에 관한 말들이 스치고 지나간다. 간난신고에 접질렸다는 전언들이다. 전언들이 다 들어맞지는 않겠지만, 그럴 법하다고 시린 귀가 말한다. "그는 또래보다 더 험한 역정을 헤쳐 온 것 같아." 시린 눈이 말한다. 시 속에 그려지는 이미지들이 그렇게 떠오른다면서. 흠, 그렇다면 이 시집은 간난신고에 관한 허기진 마음의 기록으로 읽어야 할까. 시린 이를 감싸며 혀가 문장을 가다듬는다. 에이, 그러면 재미없지. 시를 왜 그렇게 규정하려고만 해. 속내를 들킨 것처럼 화끈거린다. 그러자, 시림이 한 풀 가셨는데, 무슨 언어유희처럼 시림이란 말이 다른 시림을 끌고 들어온다. 시림(詩林), 시의 숲이다. 허기는 벗고 그의 시를 다시 생각해 봐. 시의 맘이 요청하고 있다. 그

래, 하고 답한 뒤 조길성의 시림으로 다시 들어선다. 시림의 그늘에서
아무런 생각 없이 머물고 싶다.

반갑고도 귀해라,
이처럼 지순한 서정은
– 신좌섭의 『네 이름을 지운다』와 이시영의 『하동』에 붙이는 소회

죽음을 머금고 있는 두 시집

아마도 내 독법이 모자라고 시야가 좁아서 그렇겠지만, 요즘 들어 무슨 말을 하는 건지 알 수 없는 시집들이 많아졌다. 모호함이 아니라, 이해 불가를 담고 있다. 이 와중에 내가 겨우 읽어 낸 개념이 '무중력'이다. 한창 활동하는 젊은 시인들이 내게는 여기도 벗어나고 저기도 비켜나, 마치 우주 어디쯤에 시를 놓아 버리고자 하는 것처럼 비친다. 시인들은 이제 시공간을 해체하고 싶은 것일까. 이들의 시에서는 역사도 삶도, 심지어는 인간마저 무시된다. 스스로 발설하고자 하는 말들만 떠다닌다. 물론 그것들의 연결고리도 헐겁다. 행과 행, 행과 연, 연과 연의 유기성도 그리 달갑지 않은 듯 느슨하게 짜여 있다. 거의 떠올리는 생각들을 받아 적는 자동기술법 같은 진술들이다. 읽다가 숨이 턱 막히곤 한다.

사정이 이러할 때 신좌섭 시집 『네 이름을 지운다』와 이시영 시집 『하동』을 받아 들었다. 이들은 내가 오늘 여기, 이 땅에 살고 있음을 넉넉히 확인시켜 준다. 아하, 반갑다. 어쩔 수 없이 나는 구투인 모양이다. 이 같은 시집들에 떨리는 걸 보면. 내 경향에 어울리는 서정이어서 그러는 걸까, 곰곰 생각해 보지만 반드시 그래서만은 아닌 듯싶다. 나를 끌어당기는 중력의 무게가 시집들에 적잖이 실려 있는 것이다. 삶의 안타까운 실제가 편편이 스며 있기도 하고, 다사로운 시의 입김과 설레는 울림이 나를 관통하기도 한다.

게다가 이 시집들에는 죽음을 중요한 시적 모티브로 삼고 있는 작품들의 출현이 잦다. 죽음 언저릴 서성인 적이 있는 나를 아연 긴장시키는 것이다. 내 귀가 잇달아 쫑긋거리던 지점은 죽음에 연관된 시가 눈에 들었을 때였다. 그러나 이 두 시집의 죽음에는 넘어설 수 없는 간극이 있다. 제목에서 보이듯 신좌섭의 『네 이름을 지운다』는 죽음을 딛고 다시 살아내려는 출발지를 담고자 하며, 이시영의 『하동』은 고즈넉하게 저물어 가는 자기 삶의 종착지를 그리려 하는 것이다. 이를테면 '죽음을 살리고자 하는 시'와 '죽음에 다다르려 하는 시'이다. 이렇게 볼 때, '네 이름을 지'운 뒤 너와 나를 살다가 이윽고 이르는 곳이 곧 '하동'은 아닐까, 나는 생각한다.

신좌섭, 고통은 세상을 보는 눈을 바꾼다

신좌섭의 시는 애도로부터 온다. 시집에 실린 맨 처음의 시도 「영결(永訣)」이다. 시집 곳곳에 채 마르지 않은 눈물의 흔적이 짙게 배어 있다. 읽다가 감상성에 베여 울컥하는 감정의 허방에 자주 빠지게 된다. 아들의 돌연한 죽음으로 시작된 시쓰기여서일 것이다. 그에게는 죽음을 살고 있는 그늘들이 흥건하다. "네 이름을 지"우는 사망신고서를 쓰기는 했지만, 그는 차마 아들을 보낼 수가 없는 것이다.

몇 번을 망설이다

민원실 들어서 신고서를 쓴다

볼펜이 나오지 않는다

오래 끌어 온 탓에 벌금 삼만 원

얼굴이 하얀

창구 아가씨가 나를 들여다본다

돌아올 수 있다면

돈이 얼마라도 버티겠건만

십구 년 전 너 태어날 때

이름 석 자 눌러 쓰던

이 손으로 네 이름을 지운다

용서해다오

휘청거리며 돌아오는 길

멀리서 아득히 랩 노래 들려온다

이름마저 지워진

네가 외롭게 랩을 부르는구나

− 신좌섭, 「네 이름을 지운다」 전문

얼마나 먹먹했을까. "몇 번을 망설"였을 그의 심정이 고스란히 전해
진다. 그의 통증에 나도 아프다. 그는 "볼펜이 나오지 않는다"고 담담
한 듯 기술하지만, 덜덜 떨려 볼펜심 누를 힘조차 없었으리라. 하지만
이제 결단해야 한다. "오래 끌어 온 탓에 벌금"이 이미 삼만 원이나 나
왔다. 아들이 "돌아올 수 있다면/돈이 얼마라도 버티겠건만" 부질없는

짓 아닌가. "십구 년 전 너 태어날 때/이름 석 자 눌러 쓰던/이 손으로 네 이름을 지운다." 그리고 "휘청거리며 돌아오는 길", 입에서는 "용서해다오" 한탄이 절로 튀어나온다. 환청인 듯 아닌 듯, 들려오는 "랩 노래"가 아니었으면 그의 발걸음은 꺾이고 말았을 것이다. "이름마저 지워진/네가 부르는" "외로운" 랩이 있어 그는 삶의 좌표를 다시 세울 수 있었다. 마침내 그가 시를 적어 가게 된 것이다.

시인 신동엽의 아들로도 버겁던 터라, 그가 시를 쓴다는 건 애초에 생각지도 못했다. 그런데 창졸간에 삶을 끝낸 열아홉 그의 아들이 몰래 숨어 시를 끼적이고 있었다. 그는 아들의 시에 어떻게든 응답하고 싶었다. 시 「내게로 와서 노래가 되어라」는 그러한 간절함을 배경 삼고 있다. 그는 죽은 아들에게 이렇게 부탁한다. "내게로 오라/와서 나의 몸짓이 되"고, "나의 사랑이 되어" 달라고. 그러더니 급기야 마지막 행에서는 "내게로 와서 시가 되어라/내게로 와서 노래가 되어라"라고 쓴다. 아들과 한 몸인 시와 노래를 그는 지어 부르고 싶었던 것이다.

「내게로 와서 노래가 되어라」에는 이처럼, 자기 몸을 아들에게 내어주어 아들이 부르던 랩과 시를 쓸 수 있게 하고 싶어 하는 아비의 염원이 담겨 있다. 이럴 때 시와 노래는 아마도 죽음을 살리는 생의 주술일 것이다. 그리하여 그는 거의 날마다 통렬한 마음을 담아 글을 끼적이기 시작한다. 이것이 아들과 만나는 통로였기 때문이다.

그런데 이 한 몸의 통로가 아들에게만 열린 것은 아니었다. 신좌섭에게 범접하기 어려운 큰 산이었던 아버지 신동엽에게까지 가닿게 된 것이다. 한 죽음이 타서 삼대 한 몸의 시를 뿌리내린 셈이다. 이는 어쩌면 아버지 신동엽의 그늘에 갇혀 있던 신좌섭의 시재(詩才)를 아들이 틔워 준 것이라고 할 수도 있겠다. 시 「금전출납부」는 아들 신좌섭

이 아버지 신동엽을 머금은 작품이다. 고달픈 삶의 곡절을 견디어 간 아버지를 통해 그는 자신을 돌아다보고 있다.

글은 줄이 있는 걸
좋아할까 없는 걸 좋아할까?
그 옛날 아버님은 왜
금전출납부에 시를 쓰셨을까?

수입과 지출, 목(目)과 계(計)로
빨강, 파랑 아기자기한
기하(幾何)가 서사에는 어울린 걸까?
아니면

그 옛날 거친 펜에도
긁히지 않는 두텁고 매끈한
촉감을 즐기셨던 걸까?
아니면

쥐꼬리만 한 봉급에
시가 밥이었고
두부였기 때문일까, 빨랫비누고
내 학용품이었기 때문일까?

— 신좌섭, 「금전출납부」 부분

특이하게도 시인 신동엽은 '금전출납부'에 시를 써 내려가곤 했던 모양이다. 시와 금전출납부라니. 언뜻 어울리지 않는 조합이다. 그도 이 점이 궁금했으나 아버지의 대답을 듣진 못한 것 같다. 그러다가 그 의문이 마침내 그에게 시로 찾아온 것이다. 그는 자문해 본다. "기하(幾何)가 서사에는 어울린 걸까?" 아니면 "거친 펜에도/긁히지 않는 두텁고 매끈한/촉감을 즐기셨던 걸까?" 그것도 아니라면 "쥐꼬리만 한 봉급에/시가 밥이었고/두부였기 때문일까, 빨랫비누고/내 학용품 이었기 때문일까?" 하고.

어쩌면 이 물음 자체가 다 그 답이 될 수도 있겠지만, 나는 "밥"과 "두부", "빨랫비누"와 "학용품"에 시선이 더 간다. 아버지라는 존재에게 시 한 편은 금전출납부 왼편에 적히는 노동이며, 밥과 두부, 빨랫비누와 학용품은 그 대가로 오른편에 적히는 생활이었을 것이다. 시 한 편이면 두부가 몇 모, 하며 적고 있는 신동엽의 착시 속 면모에서 시쓰기의 뿌듯한 노동과 신산한 삶을 동시에 목격한다. 신좌섭이 금전출납부에서 떠올린 마음속 정경도 이렇지 않았을까. 아버지라는 가장의 무거운 책무와 그 동일시.

이런 점에서 나는 시 「금전출납부」를 그의 목록에서 뜻깊은 작품이라 여긴다. '아버지'라는 동일시를 통해 신동엽과 교감할 수 있게 되었으며, 이후 '좋은 언어'의 시를 쓰겠다는 꿈도 펼칠 수 있게 되었기 때문이다. 이와 같은 그의 바람은 이 시집의 맨 끝에 시 「좋은 언어를 주소서」를 배치하는 걸로도 나타난다. 아버지 신동엽의 시 「좋은 언어」의 오마주인 이 시의 마지막 연은, "절망에 찢긴 70년 아물/사랑의 눈빛을 주소서"로 마감된다. "사랑의 눈빛"과 "좋은 언어"로 절망에 찢긴 여기 이 땅 70년을 아물게 하겠다는 다짐처럼 느껴진다.

아들의 죽음으로 촉발된 그의 시쓰기는 이렇게 하여 아버지 신동엽의 유지를 잇고자 하는 데에까지 이르렀다. 그가 '시인의 말'에 적은 대로, "뜨거운 고통은 세상을 보는 눈을 바꾼다." 그는 이제 이 바뀐 눈으로 "절망에 찢긴 70년" 분단 비극을 아물리는 삼대(三代)의 시작에 매진할 것이다. "네 이름을 지"워 꽃 피울 "껍데기" 없는 세상을 위하여.

이시영, 무욕과 고요의 시들

연치 쌓였음에도 젊은 시를 쓰는 시인은 찾아보기 어렵다. 시력과 함께 시도 낡아 가고 늙는다. 살아 있었으면 김수영이나 혹 나이에 반비례하는 젊은 시를 썼을까. 대부분 시인들에게 경륜은 양날의 칼이다. 시에 깊이를 심어 주기도 하지만, 시를 얄팍하게 만들기도 한다. 그러니 나이 들어 시적 감성 메말라 간다 싶을 때에는, 자신을 들여다볼 필요가 있다. 습성에 길들어 완고하게 굳어졌는지 아닌지를. 그런 점에서 보면, 이시영은 오래도록 젊다. 그는 시적 내용은 물론이고 시적 태도와 형식면에서도 끊임없이 새로운 실험에 골몰한다.

그의 대표적인 시의 얼개가 된 단시 형태나, 기사식 산문시도 그의 오래된 실험의 집적물이다. 서정을 받침으로 하는 그의 고집스러운 시적 모색이 섬광의 단시와 건조한 산문시로 열매 맺은 것이다. 그는 단시이되 생의 겹이 얽히고설키는 서사로의 확장을 꿈꾸고, 실제를 기록하는 산문시이되 삶의 한 구비를 생생하게 찍어 내는 단면이길 바라는 것이다.

시 「능선」은 이시영 단시의 특성을 대표적으로 드러낸다. 「능선」은 "형의 어깨 뒤에 기대어 저무는 아우 능선의 모습은 아름답다/어느 저녁이 와서 저들의 아슬한 평화를 깰 것인가"의 두 줄로 되어 있다. 단 두 줄로 쓰였지만, 가만히 들여다보라. 능선으로 저무는 저녁 하늘 아래 고여드는 "아슬한 평화"가 어떤가. 그 능선 아래 정든 마을과 그 마을 속 사람들의 분주한 모습들은 또 어떤가. 어찌 사람들 모습뿐이랴. 능선을 넘나들며 걸쳐 놓은 수많은 생명들의 숱한 기억들은 또 어떤가. 두 줄에 띄워 놓은 상상력의 줄기들이 실로 만만찮을 것이다. 게다가 이 시 「능선」은, 같은 시집에 실린 시 「형제를 위하여」와 짝을 이루어 판타지 같은 시적 정황도 깊이 각인시킨다. "형의 어깨 뒤에 기대어 저무는 아우 능선"에서는 시인의 아버지와 당숙이 그대로 연상되는 것이다. 짧은 두 줄의 시가 홀연 장편 서사시쯤으로 확장되는 놀라움을 불러일으킨다.

「능선」만이 아니다. 시집에는 그의 이같은 실험이 완숙의 경지에 이르렀음직한 시들이 적지 않게 들어 있다. "어머니의 주름진 손이/아들의 발등을 가만히 덮었다//새벽이다" 이렇게 세 줄로 쓰인 「길」도 모정의 다사로운 품과 세월, 그리고 길을 조화롭게 시에 얹고 있다. 하지만 완숙미의 결정을 품은 시는 단연 「새벽에」가 아닐까.

> 시월은 귀뚜라미의 허리가 가늘어지는 계절
> 밤새워 등성이를 넘어온 달은 그것을 안다
>
> — 이시영, 「새벽에」 전문

서정시의 아름다운 품격이 시월의 등성이에 곱게 걸려 있다. "귀뚜라미의 허리가 가늘어지는 계절", 시월이라니. 시공이 절로 뚫리는 탁월한 성취 아닌가. 게다가 "밤새워 등성이를 넘어온 달은 그것을 안다"고 한다. 무위자연(無爲自然)의 세계가 여기에 문득 펼쳐져 있다. 자연과 생명의 절절한 교감으로 시월이 온통 너그럽다.

반면에, 「시자 누나」, 「산동애가」 등 산문시에는 득의의 건조체가 뚜렷하다. 일탈의 시선을 용납하지 않으려는 듯 명료하게 당대의 한 지점을 가리킨다. 파생은 읽고 있는 당신의 몫이라는 듯, 그는 정황 위주로 삶의 한때를 제시하는 것이다. 이는 이시영 산문시의 원형이라고 할 「정님이」(1976년 시집 『滿月』 수록)로부터 거의 일관되게 유지되고 있다. 어찌 보면 이번 시집의 「시자 누나」는 「정님이」와 동격의 인격체 같기도 하다. 이시영이 그리는 여성본색이라고 할까.

전주시 우아동 살 때 김 순경 집 딸 시자 누나. 새벽이면 제일 먼저 일어나 고개를 갸웃하고 우리 집 우물에 긴 두레박줄 내려 물 길어 갔지. …(중략)… 딱 한 번 하굣길에서 만났던 곳이 시내가 끝나는 과수원집 좁은 논둑길. 서로 마주치지 않으려고 서두르다가 그만 정면으로 부딪치고 말았다. 향긋한 머릿내였던가. 순간 시자 누나가 내 몸에 엎어지며 풍기던 뜨겁고 알싸한 그 내음새는.

― 이시영, 「시자 누나」 부분

목화를 따고 물레를 잣고
여름 밤이 오면 하얀 무릎 위에
정성껏 삼을 삼더니
동지 섣달 긴긴 밤 베틀에 고개 숙여
달그당잘그당 무명을 잘도 짜더니
왜 바람처럼 가 버렸는지 몰라

빈 정지 문 열면 서글서글한 눈망울로

이내 달려 나올 것만 같더니

한번 가 왜 다시 오지 않았는지 몰라

- 이시영, 「정님이」 부분(시집 『滿月』, 1976)

  하지만 이러한 작업들에는 어쩔 수 없이 정형화된 틀이 생성될 수밖에는 없다. 비슷한 정조와 캐릭터, 정황 등을 작품들이 공유하게 되는 것이다. 아마도 그래서일 것이다. 이시영은 어떤 상황을 순간적 정지상태처럼 세밀하게 기술하는 작법을 시에 도입한다. 그러다 보니 조금은 지나치다 싶을 만큼 세세하게 시를 서술하게 되는데, 이 지점이 이시영 시의 포인트이다. 그는 이 세세함으로 시적 긴장을 꽉 틀어쥐는 것이다. 시 「산동 애가」가 대표적이다. 우리 삶의 비극적 순간을 그는, 담담한 세세함으로 팽팽하게 누벼 놓고 있다.

  내 고향 구례군 산동면은 산수유가 아름다운 곳. 1949년 3월, 전주농림 출신 나의 매형 이상직 서기(21세)는 젊은 아내의 배웅을 받으며 고구마가 담긴 밤참 도시락을 들고 산동금융조합 숙직을 서러 갔다. 남원 쪽 뱀사골에 은거 중인 빨치산이 금융조합을 습격한 것은 정확히 밤 11시 48분. 금고 열쇠를 빼앗긴 이상직 서기는 이튿날 오전 조합 마당에서 빨치산 토벌대에 의해 즉결처분되었다. 소식을 듣고 달려간 아내가 가마니에 둘둘 말린 시신을 확인한 것은 다음다음 날 저녁 어스름. 그때도 산수유는 노랗게 망울을 터뜨리며 산천을 환하게 물들였다.

- 이시영, 「산동 애가」 전문

"내 고향 구례군 산동면은 산수유가 아름다운 곳."으로 시작되어 "그때도 산수유는 노랗게 망울을 터뜨리며 산천을 환하게 물들였다."로 끝내는 이 시 속의 현재에는 처참한 비극적 죽음이 가로놓여 있다. 1949년 3월, "전주농림 출신 나의 매형 이상직 서기(21세)"가 "조합 마당에서 빨치산 토벌대에 의해 즉결처분"된 것이다. 자연과 인간, 시의 안과 겉의 대비가 너무도 선명해서 아프게 저린다. 하지만 시인의 서술은 기계적이다 싶을 정도로 냉정하다. 어떤 감상도 스며들 틈이 없다. 이 통렬한 자연과 역사 속에서 인간 삶의 비애와 국가 폭력의 잔혹함을 읽어 내는 것은 전적으로 읽는 이의 몫이다.

이처럼 단시와 산문시를 넘나들며 인간 삶의 곡절들을 짚어 내던 이시영은 이번 시집에서 뜻밖의 행보를 보인다. 죽음을 예비하는 듯한 무욕과 고요의 시들을 적어 내는 것이다. 그가 시집 맨 앞에 서시처럼 시 「귀래사를 그리며」를 내놓은 점과 시집 제목을 『하동』이라 한 데에는 특별한 뜻이 있는 것으로 여겨진다. 시 「귀래사를 그리며」와 「하동」의 시적 발언에 주목해 달라는 요청인 것이다.

시 「귀래사를 그리며」에서 꿈꾸는 건 무욕적인 늙은 처사의 삶이다. 하루하루가 그저 허허로운. "세상과 등을 지고 나와 대면"한 그의 나날은 "너는 어디서 와서 어디로 가는가."에 바쳐진다. 아마도 그에게 이때의 '귀래사'라는 절은, '歸來死'에 가까울 것이다. 자, 그리하여 마침내 그가 돌아가 누우려 찾은 곳이 고향인 구례 근처의 '하동'이다.

산문시 「하동」의 처음은, "하동이면 딱 좋을 것 같아. 화개장터 너머 악양면 평사리나 아, 거기 우리 착한 남준이가 살지"로 열린다. 이어서 하동을 중심으로 흩어져 살고 있는 인물들이 호명되는데, 문인도 있고 차장 아가씨도 있다. 그렇게 숨을 고르다가, "이젠 죽으러 가는 일만 남은 물의 고요 숙연한 흐름."으로 나아간다. 그러다가 다시, "하동으로 갈 거야." 하고 다짐을 놓은 뒤, "죽은 어머니 손목을 꼬옥 붙잡고 천천히, 되도록 천천히. 대숲에서 후다닥 날아오른 참새들이 두 눈 글썽이며 내려앉는 작은 마당으로" 그는 가라앉는다.

그의 바람처럼 삶의 이편에서 저편으로의 이동이 이와 같이 순하면 얼마나 좋을까. 죽음이 순하므로 지상의 모든 악다구니도 다 사라질 것만 같다. 하지만 우리는 익히 알고 있다. 이시영이 꿈꾸는 '하동'이라는 '귀거래'는 시적 판타지임을. 그런데도 나는 어쩌자고 "하동하동" 읊조리는 것일까. 이 말이 씨가 되어 우리 삶과 죽음도 좀 너그러워지길 바라는 것일 게다. 그러니 제발, 핵무기는 치워라.

사랑은 신의 경계마저도 넘어선다

– 정윤천의 사랑 시 다섯 편을 읽고

십만 년의 사랑이 찾아오다

사랑, 한때는 이 말만 들어도 귀가 발그레 물들었다. 사랑, 이 앞에
서는 감각이 무한대로 열리기도 하고 이성이 하찮게 졸아들기도 했
다. 사랑 아닌 것은 다 무효이던 때, 시는 한없이 발랄해지고 팽팽하게
확장되었다. 환희와 몽롱과 좌절과 부르짖음이 몽똥그려져서 시와 삶
을 온통 뒤집어 놓기도 했다.

하지만 이제 '사랑'이란 말에 더 이상 설레지 않는다. 세월의 짙은
흉터가 그렇게 만들기도 했지만, 감성을 팔아 치우는 이 시대에 의해
사랑이라는 가치는 적잖이 훼절되었다. 21세기에 사랑은 그리 달가운
가치가 아닌 것처럼 보인다.

그러나 정말 그런가. 정윤천 시인은 아니라고 답한다. 그에게 사랑
은 여전히 지고한 가치이다. 그는 모자란 듯 고집스럽게 사랑에 젖어
있다.

나는 그가 시집 『구석』에 은근슬쩍 사랑시를 흘려 놓았을 때 쑥스
러운 느낌으로 흘깃거렸다. 시집 『구석』은 대체로 아릿한 추억과 중심

을 비켜난 변두리, 그 가난하고 모진 삶의 포용에 바쳐지고 있다. 예컨대, 「어디 숨었냐, 사십마넌」에서 보이는 모자간의 눈물겨운 대화는 자본주의 시대를 단면적으로 그리면서 바로 그 자본주의를 넘어서는 가치가 무엇인지를 눙치듯 털어놓는다.

시집의 주조가 그쪽으로 흐르고 있으므로 사랑시를 읽어 내리는 시선은 내게 조금 불편했다. 어색한 쑥스러움이 내 눈을 스쳐 지나갔다. "눈앞에 당장 보이지 않아도 사랑이다. 어느 길 내내, 혼자서 부르며 왔던 어떤 노래가 온전히 한 사람의 귓전에 가닿기만을 바랐다면, 무척은 쓸쓸했을지도 모를 서늘한 열망의 가슴이 바로 사랑이다."(시집 『구석』 중 「멀리 있어도 사랑이다」 1연) 하고 그가 내 귀에 훈김을 부어 넣을 때, 내 귀는 살짝 비켜났다.

그런데 오래지 않아 참 희한한 발열이 내게서 일어났다. 내 몸 어디에선가부터 간지러운 흥분 같은 게 흘러나와 손발과 얼굴을 달구는 것이었다. 이 달달한 기분 때문에 나는 흠칫 당황했는데, 그것은 다음의 시행으로 더욱 짙어졌다.

사랑에는 한사코 진한 냄새가 배어 있어서, 구름에라도 실려 오는 실낱같은 향기만으로도 얼마든지 사랑이다. 갈 수 없어도 사랑이다. 魂이라도 그쪽으로 머릴 두려는 그 아픔이 사랑이다.

— 「멀리 있어도 사랑이다」 4연

그것은 전염이었다. 나는 시집에서 손을 떼고도 사랑의 맛을 처음 느끼는 사춘기 소년처럼 속으로 바짝 달아올랐다. 그리하여 이 시는 『구석』에 실린 여러 시들을 밀치고 상당히 오랫동안 내 꿈자리를 찾아와 나를 사춘기 소년의 설렘 속으로 이리저리 끌고 다녔다.

그때 어떤 예지가 나를 훑고 지나갔다. 정윤천은 곧 사랑 시를 찾아 순례를 떠날 것이다 하는. 이런 감성에의 호응은 그저 지나가는 바람에 실려 오는 게 아니기 때문이다. 한번에 접어 버릴 수 없는 본능적인 교감과 태초부터 마련된 인연 같은 게 그를 찾아온 것이라고 나는 생각했다.

그런데 오래지 않아 그가 불쑥 내게 몇 편의 시를 내밀었고 그 시들은 내게 사랑 쪽으로만 시선이 열리도록 이끌었다. 나는 순순히 받아들여 끼적이기로 하였다. 내게도 이를테면 십 만년의 사랑이 찾아온 것이다.

1
너에게 닿기까지 십만 년이 걸렸다
십만 번의 해가 오르고
십만 번의 달이 이울고
십만 년의 강물이 흘러갔다

사람의 손과 머리를 빌어서는
아무래도 잘 헤아려지지 않았을 지독한
고독의 시간
십만 번의 노을이 스러져야 했다

2
어쩌면, 십만 년 전에 우리와 함께 출발했을지도 모를

山頂의 별빛 아래
우리는 이제 막 도착하여 숨을 고른다

地上의 사람들이
하나둘 어두움 속으로 문을 걸어 잠그기 시작하였다

하필이면 우리는 이런 비탈진 저녁 산정 위에 이르러서야
가까스로 서로를 알아보게 되었는가
여기까지 오는데 문득 십만 년이 걸렸다

잠들어 가는 지상의 일처럼 우리는 이제 그만 잠겨져도 된다
더 이상의 빛을 따라나서야 할 모든 까닭이 사라졌다

3
천 번쯤 나는 매미로 울다 왔고
천 번쯤 뱀으로 허물을 벗고
천 번쯤 개의 발 바닥으로 거리를 쏘다니기도 했으리라

한번은 소나기로 태어났다가
한번은 무지개로 저물기도 하였으리라

4
너에게로 닿기까지 십만 년이 걸렸다
물방울 같은 십만 년이

물방울마냥 둥글게 소멸되고 난 뒤에서야

서로에게 닿기까지엔 십만 년이 걸렸다.

ㅡ「십만 년의 사랑」 전문

그가 왜 십만 년을 거슬러 오른 것인지는 모르겠으나, 십만 년 전이
면 역사상으로는 구석기시대에 해당한다. 인류의 원형이라고나 할 사
람들의 시대이며 사랑으로 치면 태초의 사랑, 원초적인 사랑이라고
부름직한 시대이다. 정윤천의 사랑 시원은 거기서부터 시작된다. "사
람의 손과 머리를 빌어서는/아무래도 잘 헤아려지지 않았을 지독한/
고독의 시간"이다. 윤회로 얘기하면 그 시간 동안, "천 번쯤 나는 매미
로 울다 왔고/천 번쯤 뱀으로 허물을 벗고/천 번쯤 개의 발바닥으로
거리를 쏘다니기도 했으리라." 하나의 사랑을 이루기 위하여 천 번쯤
매미와 뱀과 개로 윤회 전생한 것이다. 물론 그 기간 동안 생물로만 이
땅에 왔다 간 것은 아니다. 그 사랑의 심지가 너무도 깊고 심원하여 소
나기나 무지개로도 태어났다가 저물기도 했다. 그렇게 "너에게 닿기
까지 십만 년이 걸렸다/십만 번의 해가 오르고/십만 번의 달이 이울
고/십만 년의 강물이 흘러갔"던 것이다. 그러나 너를 만난 지금, 십만
년이라는 시간은 '문득'에 담겨진다. 그 역사와 곡절 많은 시간은 소임
을 다하고 물러가도 되는 것이다. "더 이상의 빛을 따라나서야 할 모든
까닭이 사라졌다." 이제 너와 나의 사랑이 그 모든 빛을 대신하는 것이
다. 왜 사랑하는 이들에게선 눈부신 빛이 나는지 이로써 분명해진다.

그러므로 나는 이 시의 4번이 못마땅하다. 이 4번이 첨가됨으로써
왠지 이 사랑이 시들해지는 것이다. 사랑은 "물방울마냥 둥글게 소멸
되고", 이 시가 사랑이 아니라, 어느 산록에 걸린 운무를 그린 것처럼

김이 새고 마는 것이다.

　물론 다음의 시를 잇대어 읽으면 김새는 느낌은 어느덧 가시고 사랑은 다시 풍요로워진다. 정윤천에 따르면, 가을은 사랑의 배후이다. 늦게 찾아온 소중한 사랑의 기적에 어리둥절한 중년의 저녁 같은 가을.

　　　솜꽃인 양 날아와 가슴엔 듯 내려앉기까지의
　　　지난했을 거리를 가을이라고 부르자. 아니라면,

　　　기러기 한 떼를 다 날려 보낸 뒤에도 여전히 줄어들지 않은
　　　저처럼의 하늘을 가을이라고 여기자

　　　그 날부터선 당신의 등 뒤로 바라보이는 한참의 배후를
　　　가을이라고 느끼자

　　　더는 기다리는 일을 견딜 수 없어서, 내가 먼저 나서고야 만
　　　이 아침의 기척을 가을이라고 부르자

　　　直指寺가 바라보이던 담장 앞까지 왔다가, 그 앞에서
　　　돌아선 어느 하룻날의 사연을 가을이라고 믿어 버리자

　　　생이 한번쯤은 더 이상 직지할 수 없는 모퉁이를 도는 동안
　　　네가 있는 동안만 내가 있어도 되는

마음의 이런 지극한 한 순간을 가을이라고 이름 붙여 주고 나면

마침내 돌아갈 곳이라곤 송두리째 사라져 버려선

어디에선가 눈먼 순간만 같은

저녁녘 같은, 아득한 비어져 버림 하나를 가을이라고 쓰기로 하

자.

─「가을이라고 불러 버리자」 부분

　정윤천처럼 '마음의 지극한 한 순간을 가을이라고 이름 붙이고 나면', 우리가 돌아갈 곳은 아무 데도 없다. 우리는 지상에서 송두리째 사라지는 것이다. 그러면 우리가 돌아갈 곳은 어디인가. 너이다. 네 마음밖에는 없다. "네가 있는 동안만 내가 있"는 것이다. 나는 송두리째 너에게로 스민다. 너 없는 나는 이 세상에 존재할 의미가 없다. 너를 향한 지극한 사랑으로 나는 여기에 존재할 수 있는 것이다.

　바로 그렇기 때문에 정윤천이 '가을'이라고 부르는 단어가 내게는 가을로 여겨지지 않는다. '가을'이라는 단어는 자꾸만 사랑이라는 단어로 환치된다. 이때의 가을은 가을에 맞는 봄 같다. "더는 기다리는 일을 견딜 수 없어서, 내가 먼저 나서고야 만/이 아침의 기척", 조심스럽게 세상을 여는 그 기척은, 가을이 아니다. "어디에선가 눈먼 순간만 같은/저녁녘 같은, 아득한 비어져 버림 하나"도 마찬가지다. 저물녘에 맞는 '안쓰러운 아침'이며 '다시 차오르는 아련한 새벽'이다.

　그리하여 이때의 가을은 더 이상 가을이 아니다. 여름과 가을 사이에 봄이라는 계절이 하나 더 끼어든 것이다. "마음의 이런 지극한 한 순간" "네가 있는 동안만 내가 있어도 되는" 순간을 "가을이라고 이름

붙"였을 때, 기적은 일어나게 마련이다. 여름 지난 계절은 사랑의 힘에 의해 가을이 아니라 다시 봄으로 역순환한다. 아득하게 비어지는 가을의 배후에서는, 봄으로 가는 사랑이 익는다.

사랑은 입술의 말이 아니라 몸의 기억이다

이런 사랑의 기척은 아무나 느낄 수 없다. 십만 년의 연(緣)을 간직한 자만이 사랑을 알아본다. 물론 단순히 알아보는 것만은 아니다. 사랑은 닮는다. 그리고 기억한다. 정윤천은 "사랑한다는 일이 그런 것이다/서로를 반드시 기억하는 일이다"라고 쓴다. 그 말 속에는 다음과 같은 믿음이 실려 있다고 나는 생각한다. "불현듯 당신이 곁에 없을 때" 나오는 '허전해'라는 말이 실은 내 몸이 견딜 수 없어 내지르는 기억이라는 것. 사랑은 입술의 말이 아니라, 몸의 기억이라는 것.

불현듯 당신이 곁에 없을 때
'허전해'라는 말이 모르는 사이에 새어 나올 때
그 말은 이미 입술의 말이 아니다
견딜 수 없는, 몸이 지르던 소리
그렇게 어깨 한쪽이 시큰하게 결려올 때도
몸은 벌써
모로 누워서 뒤채인
잠 못 이룬 어제의 시간을 고스란히 기억하고 있다

사랑한다는 일이 그런 것이다
서로를 반드시 기억하는 일이다

내가 보낸 말로

네가 다시 부쳐 온 말을 읽는 시간

당신의 말투는

그 사이에 벌써 내 말버릇마저 닮아 있다

사랑이여

우리는, 같은 목청으로 다투고 같은 음계로 운다

— 「말투」 전문

　사랑하는 사람끼리는 다투면서도 서로 같은 생각을 하고 있음을 느
낀다. 상대방이 무슨 말을 할지, 어떤 행동을 할지를 예감하는 것이
다. 정윤천은 그것을 "사랑이여/우리는, 같은 목청으로 다투고 같은
음계로 운다"고 표현한다. 한 쌍이 된 것이다. 아마 다른 공간, 다른 시
간에 있다고 하더라도 이들은 같은 목청과 같은 음계로 울 것이다. 서
로 사랑하는 동안 이들은 닮아 갔기 때문이다. 사랑은 다른 둘이 같아
져 가는 과정이 아닌가 싶다. 같아지되 어느 하나로 기우는 게 아니라,
전혀 다른 또 하나의 개체를 만들어 가는 것. 이렇게 만들어진 개체는
그러므로 하늘에 순응하여 종족을 번식하기도 하고 때로는 우리가 위
대한 사랑이라고 부르는, 천륜과의 대립을 선택하기도 한다. 그러면
천륜과 대립할 때 그 힘은 어디서 나오는 것일까. 나는 "내가 보낸 말
로/네가 다시 부쳐 온 말을 읽는 시간"이 그것이리라 여긴다. "말을 읽
는 시간"은 교감의 시간이면서 동시에 서로 익어 가는 시간이기도 한
것이다. 충분히 소통하고 충분히 익었을 때 그 에너지는 역천의 기개

세도 부릴 수 있다고 나는 믿는다. 사랑은 새로운 우주를 창조하는 까닭이다. 사랑하는 이에게 기존 질서는 아무런 의미가 없다. 둘이 만드는 사랑만이 이 세상 유일한 질서이며 근원적 세계이다.

그러므로 '사과를 깎는 저녁' 같은 사소한 일상도 사소한 행위가 아니게 된다. 사랑이 가져온 의미의 무한 확장이다. "생각해 보니 그동안은/무심코 베어 먹었던 사과"지만, 깎아서 "접시에 두 쪽으로 갈라 놓고 났더니/잠시 떨어져 있어야 하는 우리 사이를 떠올리게 해" 준다. 사과가 너와 나의 공간으로 들어온 것이다. 이 과정을 통해 왜 사과가 흔히 사랑의 징표로 등장하는지 미루어 짐작할 수 있다. 그 사과는 내 근원의 씨앗이 살아 숨쉬는 심장의 반쪽인 것이다.

그런 사과를 "한참 동안이나 말없이" 내려다보던 나는 "한 조각만 입으로 가져가 본다." 무슨 냄새가 날까. 어떤 맛일까. 정윤천은 쓰지 않지만, 나는 느낄 수 있다. 세상에서 오직 하나뿐인 오묘한 냄새이며 그 어느 것도 비교할 수 없는 에로틱한 맛일 거라고. 그 한 조각의 사과는 그 사랑의 모든 것을 담고 있을 것이기 때문이다.

너와 헤어지고 온 저녁에

사과를 깎는다

생각해 보니 그동안은

무심코 베어 먹었던 사과

먹다 남은 깡치를 아무렇게나 쓰레기통에 던져 버렸던 사과를

깎는다

접시에 두 쪽으로 갈라 놓고 났더니

잠시 떨어져 있어야 하는 우리 사이를

떠올리게 해 주던 사과

한참 동안이나 말없이 내려다보게 했던 사과를

한 조각만 입으로 가져가 본다

너를 보내 놓고 혼자서만 돌아 왔던 저녁에

접시에 오래도록

한 조각이 남아 있었던

사과를

깎았던 저녁.

–「사과를 깎는 저녁」 전문

이렇듯 일상마저 점령당했으므로 설령 그 사랑으로 인해 평생 불편을 감수해야 한다고 해도 기꺼이 그 몫을 감당하고자 하는 것이다. 누가 나에게 이 사랑을 줄 테니, "너, 이제 남은 날일랑/오므린 손바닥 하나/그러쥔 채로 살아가야 한다/불편한 손 하나로 살아가야 한다"고 명령 내릴 때, 나는 어찌할 것인가. 결단의 시간은 길어질 것이다.

1
새 한 마리 날아와 손바닥 위에 앉았다

2
저 새
그러쥐면 상할 것도 같아서
펴 주면 날아가 버릴 것도 같아서
손가락을 살째기 오므려 보는데
새장처럼 동그마니 말아 쥐어 보는데

너, 이제 남은 날일랑
오므린 손바닥 하나
그러쥔 채로 살아가야 한다
불편한 손 하나로 살아가야 한다.

— 「불편한 손 하나로」 전문

불편한 손은 단순한 결핍만을 의미하지 않는다. 그건 반쪽짜리 삶을 뜻한다. 내 반쪽을 주고 이 사랑을 선택한다는 뜻이 내포되어 있다.

그러나 굉장히 아슬아슬한 선택이다. 오므린 손바닥은 언제든 펴질 수 있으며 펴는 순간, 그 사랑은 날아가 버린다. 사랑이 날아가 버렸다고 해서 내 손이 자유로울까. 그 결핍은 아마 평생의 짐이 될 것이다. 사랑은 그처럼 치명적인 양날을 숨기고 있다. 사랑에 새의 깃털 같은 보드라움만 숨 쉬는 것은 아니다. 정윤천이, "저 새/그러쥐면 상할 것도 같아서/펴 주면 날아갈 것도 같아서/손가락을 살째기 오므려 보는데"라고 읊을 때, 그 이면에는 양날의 두려움도 역으로 스며 있다. 내가 베일 것 같고, 날아가 버릴 것만 같은 두려움이 있으므로 손가락을 아닌 듯 살째기 오므리는 것이다. "동그마니 말아 쥐어 보는" 것이다.

그러나 그가 「십만 년의 사랑」에서 읊은 것처럼 이 사랑은 그런 숱한 인연과 곡절을 지나 찾아온 것이어서 쉽사리 날아가지는 않을 것이다. 가을을 가을이 아니라, 봄으로 역순환시켜 맞은 기적 같은 사랑이어서 단단하게 익을 것이다.

이처럼 나는 시 다섯 편을 온전히 사랑으로만 읽었다. 이면을 들추면 정윤천의 전언과 「멀리 있어도 사랑이다」의 잔흔이 강하게 나를 밀어붙이고 있지만, 나는 그 부름에 흔쾌히 응했다. 지천명을 바라보는 나이에 찾아온 사랑의 느낌은 어떤 것일까 몹시 궁금했기 때문이다. 그러나 다를 것은 없었다. 일상을 온통 점령한 채 말투까지 닮아 가는 사랑은 사춘기나 지천명이나 동일한 궤적을 그린다. 세상의 질서는 오로지 "네가 있는 동안만 내가 있어도 되는" 방식으로 이뤄진다. 이때 사랑은 창조적 질서에 다름 아니다. 사랑은 신의 경계마저도 넘어서는 것이다.

시의
첫 마음

시로 느끼는 성찰의 서늘함

— 김해자 시집 『집에 가자』

맘을 뒤흔드는 시 한 편 만나기가 그리 쉽지는 않다. 하물며 시집 한 권이라니, 당치 않은 말씀이라 할지도 모르겠다. 하지만 세상에는 그와 같은 시집을 펴내는 시인들이 적잖다. 그야말로 혼신의 열정으로 기록하는 정예의, 집적된 생이다. 나는 시의 이 깊은 숨결들을 만날 때마다 아찔해진다. 내 삶의 한 갈피가 이 시들로 하여 깜짝깜짝 두터워짐을 느끼는 것이다.

최근에 벌어진 우리 문학의 추문들로 뜻밖에 당황스러웠으나 그 와중에도 벅찬 시집들이 세상에 나왔다. 눈물겨운 탄생들이다. 이런 작품들 있어 우리 문학은 여전히 두텁고 넉넉한 것이다.

그중에서도 단연 내 눈에 띈 시집은 김해자의 『집에 가자』이다. 이 시집에서 김해자는 사람의 진정이 어떻게 시가 되어 사람들을 위무할 수 있는지 여실히 보여 준다. 그렇다고 해서 특별한 사람들이나 사건들이 등장하는 것은 아니다. 시마다 그저 별 볼일 없는 사람과 사물들의 그저 그런 사연들로 채워져 있다. 그런데 참 그 사연들이 왜 그리도 절절하고 다감한지. 예컨대 이런 식이다.

내 취미는 촉촉하니 물 주기

구절초건 괭이눈이건 까마중이건 공평하게 적셔 주기

산 나무든 죽은 나무든 느긋하게 기다려 보기.

— 「죽은 나무에 물 주기」 부분

그는 이처럼 다 보듬어 주는 것이다. 그게 무엇이든 상관없다. 미물이든 사람이든 심지어는 생명이 다한 것이라고 해도 그는 "촉촉하니 물 주"고자 한다. 모성의 품이 대지처럼 넓고 크다. 어디 이뿐인가. 그는 시 「피에타」에서, 세월호 참사로 스러진 목숨들에게 다음과 같이 말한다.

구조된 것은 이름, 이름들뿐

네 누운 이곳에

네 목소리는 없구나

집에 가자 이제

집에 가자.

— 「피에타」 부분

성모 마리아의 음성이자, 만신의 음성이다. 한 서린 이들을 불러들이는 평화의 훈김이다. 게다가 그가 가자고 하는 곳이 어디인가. 바로 '집'이다. 내 숨 쉬던 곳이자, 내 영혼이 스밀 곳이다. 마리아와 만신과 시인의 영적인 이 부름에 나는 저 슬픈 목숨들이 분명코 감응했으리라 여긴다.

세상의 그늘이나 아픔을 시로 표현할 경우, 자칫 잘못하면 칙칙해지거나 연민에 기울어지기 쉽다. 하지만 김해자는 시적 대상이든 뭐든 포옥 감싸 안아 품는다. 나와 너의 경계가 필요 없는 깊은 감응만이 너그럽게 펼쳐지는 것이다.

뜨거운 염천에는, 그저 가볍고 시원한 읽을거리가 제격이라고 생각하시는가. 나는 거꾸로 김해자의 이와 같은 '깊은 감응'을 느껴 보라고 권하고 싶다. 들뜨다 보면 더 덥다. 차분하게 나를 가라앉혀 마주해 보는 것, 그게 더 서늘하지 않을까 싶은 것이다.

오늘을 사는 현대인들은 진지하게 나를 만나기가 쉽지 않다. 내가 아니라, 타인을 사는 경우가 훨씬 많기 때문일 것이다. 그럴 때 맞은 여유의 시공간에 김해자의 『집에 가자』를 들이시라. 그의 시를 읽다 보면 어떤 성찰이 깜빡 당신의 심신을 훑어 내릴 것이다. 이보다 서늘한 별세계, 달리 또 어디서 찾을 수 있을까.

연애와 시를 동시에 즐기는 법
– 이하석 시집 『연애間』

짧은 시에는 소감 달기가 두렵다. 잘 직조된 시들은 그 짧은 행간에 수많은 의미를 담고 있기 때문이다. 자칫 행간을 잘못 읽으면 돌이킬 수 없는 시의 오독에 빠지게 된다. 그럼에도 불구하고 잘 쓴 '짧은 시'는 매혹이 깊어서 말을 섞어 보지 않을 도리가 없다.

이하석 시집 『연애間』에 실린 시들이 바로 그렇다. 마치 연애하는 심정으로 시들을 들추는데, 아하, 시들이 내게 수작을 부린다. 연애는 밀고 당기는 맛이 제격인지라, 부러 틈을 벌이려 하지만, 어림없다. 날렵하게 베인다.

> 고드름이 새로 언다.
> 초저녁 처마 끝 벼리는 초생(初生)의 칼.
>
> – 「달」 전문

초승달의 저 숨 막히는 매혹으로 고드름은 새로 얼고, 새로 언 고드름은 초생의 칼 벼려 달빛을 품는다. 고드름과 달의 교호(交互)가 이처럼 절묘할 수가. 천지간에 이런 밀당이라면 부러울 게 없겠다. 다만, 저 선득한 차가움과 날카로움이 걸리는데. 어쩌랴. 이런 지조 앞에서 도대체 무얼 망설일 것인가. 다 내어 줄밖에. 생애가 온통 무장해제다.

물론, 이와 같이 짧은 시들만 이 시집에 들어 있는 건 아니다. 삶의 자연 속에서 만나는 길고 짧은 인연들이 곳곳에서 출몰한다. 출몰한다고 쓰는 건 그의 시가 나를 드러내는 방식이 아니라, 너를 불러들이는 쪽을 선호하는 까닭이다. 나를 주입하기보다는 너의 맘을 살피고 헤아리려 한다. 이로 보건대 그는 언뜻 애달아 하지 않는 것처럼도 비친다.

하지만 그가 가객임을 잊어서는 안 된다. "작은 새 온몸을 불어/흔드는 숲의 무성한/귀들."(「가객(歌客)」 전문)을 그는 갖고 있다. 작은 노래로 숲의 무성한 귀들을 끌어모으는 자이기도 한 것이다. 그러니 그의 감정선이 전깃줄에 걸렸다고 하더라도 어쩔 수 없을 것이다.

점과 점이
마음
내어
성을 이루지만,

참새라도 앉으면
여리게 떨
리는,
저 전깃줄.

— 「연애間」 전문

이쯤 되면 전깃줄은 감염이다. 그 파동을 쉬이 넘길 수는 없는 것이다.

잘 보라. 그가 "떨리는"을 어떻게 표현했는지. "떨/리는"이다. "떨리는"의 "떨"과 "리는"을 부러 행갈이해서 떨어뜨려 놓았다. "떨림"이 차마 아슬아슬하고 애절하지 않은가. 그는 도저히 이 '떨림'을 한 글자로 마무리할 수 없었던 것이다. 그러니 문법 규칙을 파괴해서라도 떨어뜨려 놓을 수밖에는 없다. 아무리 경륜이 깊은 사람이라고 하더라도 '연'과 '애' 사이에 끼이면 누구라도 이쯤은 "떨/리지" 않을까. 사뭇 참고 있을 뿐, 떨림의 격정은 전깃줄을 타고 흐르고 있을 터이다.

그의 이번 시집은 그럼, 연애사가 주된 흐름인가. 무슨 말씀. 연애에 빗댄 사물과의 관계가 중심이다. 그러므로 관계의 맛을 깊게 음미하는 이런 시도 크게 한몫 거든다.

목장갑 낀 채 쓰는, 겨울엔 고구마 굽는 시가 더 당기겠지.

－「시」 전문

시의 맛이 어떤가. 입에 퍽 당기지 않는가. 한 줄의 시가 어쩌면 이렇게 다채롭게 울릴까. 이 시는 한 줄이라고 하기에는 넉넉한, 여러 생각과 정경을 동시에 가슴에 띄운다. 거기에는 목장갑 낀 내가 있고 그대가 있으며 고구마 굽는 나와 고구마 기다리는 그대가 있다. 그뿐이랴. 나와 그대는 가난하고 아릿한 노점상과 그의 아내이기도 하고 또한 목장갑 낀 채 고구마에 관한 시를 쓰는 시인과 그의 연인이기도 하다.

뜻밖에도 여기에는 이처럼 마냥 '연애간'에 들 수만은 없도록 만드

는 시들이 처처에 숨어 있다. 그러니 이 시집을 펼치시는 그대, 찬찬히
느긋하게 연애 간과 시의 간을 맛보며 즐기시라.

뜻밖의 청신함과 곰삭은 달달함

– 박시우 시집 『국수 삶는 저녁』

오래 묵은 시들은 어떤 맛이 날까. 묵은내가 날 거라고 짐작할 수도 있지만, 그렇지 않다. 뜻밖의 청신함과 곰삭은 달달함이 거기에는 깃들어 있다. 나는 박시우 시들에서 그 깊은 맛을 느낀다. 그가 시를 발표한 지 26년만에 첫 시집을 묶어냈다. 우선 나는 그에게 고맙다는 인사부터 전한다.

글을 써 본 이는 알겠지만, 멈춘 글을 다시 재개하는 것은 몹시 버거운 일이다. 며칠만 젖혀두었다가 다시 쓰려고 해도 글은 나를 밀어낸다. 그런데 26년이라고 하지 않나. 26년을 모조리 쉰 것은 아니겠으되 편히 이어지지도 않았을 터. 그 이질감을 극복하기란 참으로 지난하지 않았을까. 그러니 고마울밖에.

그래 그런지, 시집 페이지를 넘기는 내 눈길도 꽤 오래 한 편 한 편을 더듬는다. 어떤 애틋함이 곳곳에 스며 있는 것처럼 더디다. 그러다가 내 눈길은 몇 편의 시들에서 더 오래도록 머물렀다. 클래식을 잘 모르는 사람들도 어디선가 제목은 들었음직한 명찰을 달고 있는 시들이다. 「알함브라 궁전의 추억」, 「아이네 클라이네 나흐트무지크」, 「랩소디 인 블루」, 「짐노페디」

　제목만으로는, 왠지 고전적이고 고답적인 시들일 것 같다. 하지만, 천만에. 그의 행보는 내 선입견을 여지없이 깨 버리고 만다. 예컨대 「알함브라 궁전의 추억」은 이렇다.

> 누이들이 떠밀어
> 그 방에서 한 철 지낸 나도 아저씨 냄새
> 담장 너머 한 뼘 자란 내 키
>
> 지금은 다 사라진 골목길
> 요꼬기계 돌리던 어린 여공들
> 기타 소리 들리던 그 방
>
> ─ 「알함브라 궁전의 추억」 부분

　그의 '알함브라 궁전의 추억'은 어디로 향하는가. "지금은 다 사라진 골목길/요꼬기계 돌리던 어린 여공들/기타 소리 들리던 그 방"에 가 닿는다. 그 선율에는 애조를 띤 연가풍은 없다. 잔업과 야근에 착취당하던 어린 여공들이 어설프게 튕기던 안타까움만 들려올 뿐이다. 게다가 거기는 어디인가 하면, "부엌에서는 고사리 삶는 냄새"나고 "마당에서는 장마철 개 비린내" 풍겨 오는 역한 방이다. 알함브라 궁전이라니, 가당키나 한가. 하지만, 이 해학 같은 역설은 허구가 아니라, 우리의 현실이었다. 내가 보기에는 얼토당토않은 이질적인 결합이지만, 박시우가 느끼기에 이 조합은 당대의 실제였던 것이다.

　저와 같은 환경에서 나라면 어떤 꿈을 꾸게 될까, 하고 내가 잠시 생각에 잠길 때였다. '알함브라 궁전의 추억'의 선율이 홀연, 달라졌다. 참 다감해진 것이다. 나는 이 음악을 이처럼 따사롭게 들어 본 적이 없다. 그런데 저 "요꼬기계 돌리던 어린 여공들"의 연주가 음악을, 나를 이처럼 바꾸어 놓은 것이다.

이러한 느낌은, 「아이네 클라이네 나흐트무지크」와 「랩소디 인 블루」, 「짐노페디」에서도 마찬가지다. 그저 흐릿한 정조만 제공할 뿐이던 음악이 시의 숨결들과 섞이는 어느 순간에, 묘한 울림으로 나를 감아 도는 것이다. 시를 알자 음악이 열린 것인가, 음악을 느끼자 시가 깊어진 것인가.

그런데 실은, 득의(得意)라는 측면에서 보면 나는 「달의 뒤편」, 「풍랑주의보」 같은 시를 먼저 언급했어야 한다. 박시우 시의 매혹은, '어둔 그늘에서 피어나는 생생한 날것'에도 있는데 이들 시가 그 날것의 정조를 실감나게 보여 주는 것이다. 입말투로 써 내려간 「달의 뒤편」을 보라.

버스 종점 술집을 우연히 들여다봤어. 젊은 여자가 가랑이 사이로 머리를 처박고, 글쎄 면도를 하고 있었던 거야. 양은 세숫대야에는 해초와 비늘이 한데 엉켜 둥둥 떠 있었어. 햇살이 여자를 향해 한 뼘 한 뼘 문턱을 넘었어. 한 걸음 뒤로 물러선 여자는 비누칠을 하면서 핫, 흐으, 핫, 흐으 하는 소리를 냈어. 깊은 구멍 속에서 나는 짐승 울음 같았지. 현기증이 났어. 건너편 차부집 개눈박이 배차 주임 눈빛이 번들거렸어.

− 「달의 뒤편」 부분

아, 이 느른한 퇴폐라니. 사뭇 도발적이지 않은가. 이처럼 난감한 이끌림도 있어야 오래 묵은 시의 맛이라 할 것이다. 바닷사내들의 하루를 리얼하게 묘사한 「풍랑주의보」의 이 부분은 또 어떤가. 삶의 예리한 단면으로 후끈하다.

술이 오른 뜨내기 사내는
머리통을 들이밀고 덤불을 헤치더니
거무칙칙한 꿰맨 상처를 보여 주었다
사내가 큰 소리로 떠들 때마다
밖으로 기어 나오려는 노래기
오래도 살았네, 니미럴
나는 빈 소주병으로
20년 묵은 노래기를 내리쳤다
붉은 콜타르 몇 점이 바다로 튀었다
피맛을 본 파도가 어선들을 물어뜯었다

― 「풍랑주의보」 부분

그리고 「국수 삶는 저녁」, 박시우 시집은 이 시로 더욱 두터워진다. 달리 표제작이 아니다. 국수와 빗줄기와 가늘어진 아내의 앙상블이 시 전체를 아우르며 심금을 울린다. 게다가 "꽉 막힌 도로가 냄비 안에서 익어" 가고 "지친 아내가 유리창에 습자지처럼 붙는다"니. '국수 삶는 저녁'이 포괄하는 서민의 애환이 비유의 현란함 속에서도 적실하지 않은가. 이미지화된 서정의 현대성이 환하다.

소나기 내린다

아내에게 전화 건다

수화기에서 빗소리 들린다

비가 오면 아내는 가늘어진다

빗줄기는 혼자 서 있지 못한다

누군가 곁에 있어야 걸을 수 있다

가늘어진 아내가 국수를 삶는다

빗줄기가 펄펄 끓는다

꽉 막힌 도로가 냄비 안에서 익어 간다

빗물받이 홈통에서 육수가 흘러나온다

가로수 이파리들이 고명으로 뿌려진다

젓가락을 대자 불어 터진 도로가 끊어진다

지친 아내가 유리창에 습자지처럼 붙는다

빗줄기가 아내의 몸을 베낀다

혓바닥이 아내를 집어삼킨다

–「국수 삶는 저녁」 전문

시의 첫 마음은 얼마나 아름다운가
— 강금연 외 88명 『시가 뭐고?』

 이 천연의 감동을 앞에 두고 내가 무슨 글을 달리 덧붙일 수 있을까. 내 알량한 글 나부랭이는 다 집어치우고 그저 이 천생의 시인들 시나 보여 드리고 싶다. 이 시집에 실린 시들은 말과 글로 써진 게 아니다. 팔십 평생을 살아온 사람들 여든아홉 분이 스스로의 삶을 온 마음으로 담아 기록한 것이다. 시 한 편 한 편이 죄다 경전 같다.

 고백하자면 처음 나는 이 시집을 파일로 받아서 읽었으나, 어쩐지 불경한 것 같아서 책을 구해 다시 펼쳤다. 한 페이지 한 페이지를 넘기는 내 손가락이 부르르부르르 떨렸다. 시를 적어 가는 할머니들의 곡절 깊은 사연과 통증들이 고스란히 전해져 왔다. 태초의 시들이 품고 있는 순정함을 맨가슴으로 받으며 나는 적잖이 부끄러웠다.

 시는 이처럼 절실한 순정인 것을. 시를 최초로 느낀 설레임으로부터 나는 얼마나 멀리 떨어져 왔는가. 내 시의 허울과 허세가 어찌나 얄팍해 보이던지. 그런데 실은 이런 시 앞에서는 누구라도 그러하지 않으실까. 소화자 할머니의 「시가 뭐고?」 같은 시를 대면하게 될 때에는.

논에 들에

할 일도 많은데

공부시간이라고

일도 놓고

헛둥지둥 왔는데

시를 쓰라 하네

시가 뭐고

나는 시금치씨

배추씨만 아는데.

- 「시가 뭐고?」 전문

소화자 할머니는 정말 시가 뭔지 모르셨을 수도 있겠다 싶다. 그래서 경상도 사투리로 같이 발음되는 '시금치씨, 배추씨'의 '씨'를 시에 비겼을 터이다. 그런데 내 귀에는 이게 달리 들린다. 삶이라는 시의 본체를 잃어버리고 골방에 갇혀 형식만 키워 낸 시들에 대한 깨우침이 여기에는 스며 있다고. 소화자 할머니는 "그게 무신 소리고? 내는 그런 적 없다" 하실지 몰라도.

한편, 이런 시도 있다. "시를 쓰라 하니/눈아피 캄캄하네/글씨는 모르는데/어짜라고요" 박점순 할머니의 「글」이라는 시이다. 그렇지 않겠는가. 글씨도 모르는데 시를 쓰라 하니 눈앞이 절로 캄캄할 수밖에. 난감해서 어쩔 줄 몰라하며 자기 마음을 그대로 적어 가는 할머니의 모습이 짠하다. 그러나 어쩌면 할머니는, "어짜라고요"로 시를 맺으면서 뿌듯하지 않으셨을까. 세상에, 내가 시라는 걸 다 써 봤네 하시며. 시인은 이렇게 탄생하는 것이다. 이에 이르면 신춘문예나 문예지 등단이라고 하는 시인되기의 절차라는 게 얼마나 거추장스럽고 가소로운지.

할머니들의 시가 이끌어 내는 진정성이라는 측면과는 다르게 이 시집에서 관심을 기울일 부분이 또 있다. 입말, 곧 구어체의 시적인 울림이다. 요즈음 시에서는 보기 드문 입말투의 읊조림이 환기하는 시적 호응이 놀랍다. 더불어, 문법에 어긋나는 비문과 틀린 말의 묘한 들썩임도 한몫 거든다. 이를테면 생활의 문법들이 학교 규범의 문법들을 제압하는 것이다.

> 배우깨 조은데
> 생가키거를 안는다
> 글이 안 새가킨다
> 그래서 어렵고
> 힘든다
> 그래도 배아야지.
>
> — 박후금, 「배아야지」 전문

박후금 할머니의 시 「배아야지」를 문법에 맞게 "배워야지" 어쩌고 하며 쓴다고 가정해 보자. 이 시가 가진 다감하고 여린 여러 층위가 많이 흐려질 것이다. 역설적이지만, 그래서 시는 배우지 않는 게 더 나을 수도 있는 것이다.

박차남 할머니의 「농가먹어야지」 같은 시도 마찬가지이다.

> 마늘을 캐 가지고
> 아들 딸 다 농가먹었다

논에는 깨를 심었는데
검은깨 농사지어서
또 다 농가먹어야지
깨가 아주 잘났다.

— 박차남, 「농가먹어야지」 전문

이 시를 정상적인 문법으로 고쳐 읽어 보라. 여운이 길지 않다. 그대로 읽어야 왠지 정겹고 가슴도 뭉클거린다. 이 시의 '농가먹어야지'는 대체 불가의 어휘인 것이다.

『시가 뭐고?』 시집을 덮으며 생각한다. 삶의 무늬, 사람의 마음을 벗어 버린 시들은 지금 어디를 헤매고 있을까. 시의 첫 마음을 되살릴 때이다. 그래야 시가 돌아오고 문학이 돌아온다.

세상이 밝아지는 동시의 마음

— 박경희 동시집 『도둑괭이 앞발 권법』

동시집에 대해 쓰려니 조금 켕긴다. 평소에 동시를 잘 챙겨 읽어야 할 말도 있을 텐데, 그렇지 못한 탓이다. 결례를 만회하기 위해 『도둑괭이 앞발 권법』을 여러 번 들척이자, 도둑괭이 앞발 권법 초식 몇 가지가 눈에 들어왔다. 자, 그럼 이제 도둑괭이에게 배운 앞발 권법으로 슬슬 독자님들 시선을 훔쳐 볼까나.

동시는 어린이의 마음과 눈으로 보는 문학이다. 그렇다고 해서 어린이만 읽고 쓰는 문학이라고 생각하면 곤란하다. 어린이의 마음과 눈을 가진 동시인들이 얼마나 많은가. 하지만 어른이 동시 쓰기란 참으로 어렵다. 어린이는 스스로 느끼는 마음과 정서를 담으면 되겠지만, 어른은 어린이의 마음과 정서의 키로 돌아가야 하기 때문이다.

그런데 참 궁금하다. 이렇게 힘이 드는데 왜 어른들은 동시를 쓰는 것일까. 애어른인 키덜트(Kidult)적인 속성의 발로만은 아닐 것이다. 나는 소멸되어 가는 우리 시대 순수성에 대한 근원적 그리움 때문은 아닐까 짐작한다. 박경희 시인의 동시에서 그러한 장면들을 여럿 발견할 수 있다. '할머니가 들려준 이야기'라는 부제가 달린 「뒷간 귀신」

도 그중 한 편이다.

"빨간 휴지 줄까?/파란 휴지 줄까?"로 시작되는 「뒷간 귀신」은 시적 모티브를 익숙한 옛날이야기에서 빌려 온다. 아예 대놓고 지금 여기가 아닌, 할머니 세상으로 시의 무대를 옮겨 놓은 것이다. 그러므로 뒷간을 겪어 보지 않은 아이들은 이 시와 교감하기 어려울 수도 있다. 하지만, 어른 아이들은 다르다. 이 시를 접하는 순간, 타임머신을 타고 슝 날아가서 '달빛도 없이 소쩍새만 우는' 뒷간의 공포를 생생하게 체험하게 될 것이다.

「뒷간 귀신」이 할머니 세상이라면 「앵두꽃 뽕뽕 터진 날」은 지금 여기의 시골이 배경이다. 우리에서 나온 "옆집 할머니네 집" 염소를, 할머니와 내가 쫓아다니는 풍경을 그린다. 염소를 키워 본 사람은 알겠지만, 염소 잡기가 그리 만만치 않다. "다리 아픈 할머니 피해 메헤헤헤" 우는 염소가 꼭 약올리는 것 같다. 그런데 바로 그때, 염소 쫓아다니느라 거칠어진 할머니 숨소리에 "앵두꽃"이 "뽕뽕 터"지는 것이다. 자연의 교감은 신기하기도 하다.

아, 물론, 동시인들이 다 "순수성에 대한 근원적인 그리움 때문"에 동시를 적어 내는 것은 아니다. 우리 삶의 여리고 아픈 굴곡들과 반짝임들을 그들은 또한 즐겨 담는다. 박경희 동시집에 있는 「그냥 우리 동네 사람」이 바로 그런 시일 것이다. "학교 학생 수" "열다섯 명"인 우리 학교의 친구들인 창준이, 배숙이, 윤진이, 성진이, 세환이 엄마는 다 "다른 나라 사람이다." 심지어는, "우리 새엄마도/다른 나라 사람이다." 그래서 "처음에는 헷갈렸는데/자꾸 보니/그냥 우리 동네 사람이다." 다문화 가정으로 이루어진 어떤 지역의 현실이 이 시에 고스란히 담겨 있다. 어른들은 몰라도 아이들은 정서적인 공감대가 빠르다. 서로 밀어내지 않고 이렇게 함께 어울려 버리는 것이다. 얼마나 어여쁜 정체성인가. 차이는 문제되지 않는다. "그냥 우리 동네 사람이"면 되는 것이다. 박경희 시인의 평등, 평화에 대한 바람이 빛나는 대목이다.

무어라무어라해도 이 동시집에서 가장 생동감 있는 시는, 「감 물고기」가 아닐까 싶다.

대나무 끝에
양파망 달고
하늘을 휘젓자
벌건 감 하나
후다닥 들어갔다

파닥파닥
파닥파닥

바람이
찰랑찰랑

배 뽈록한
감 물고기
이파리 물고
파닥파닥

– 「감 물고기」 전문

어린이의 상상력과 시인의 판타지가 절묘하게 결합되어 아주 재미나게 파닥거린다. 양파망 감따개에 들어간 벌건 감이 "파닥파닥" 출렁거리자 "바람이/찰랑찰랑" 불어오는 장면은, 연상만으로도 상큼하고 싱그럽다. 오늘도 세사에 고달프게 시달리신 그대, 어지러운 마음을 동시로 풀어 보심이 어떨지. 이참에 어린 날의 그 맑던 순수도 좀 되찾으시고.

당신의 몽유도원은 어디에 있는가
- 허연 시집 『오십 미터』

　허연이 염원처럼 선을 넘고자 했으므로, 선을 넘어간 일본의 오사카나 교토의 어디쯤에서 그의 시들을 펼쳐보고자 했다. 그런데 거기에서도 그의 시는 여전히, 어떤 선을 열렬히 지향하고 있는 것처럼 느껴졌다. 나는 그의 시들을 슬며시 덮어 두었다가 서울 어느 하늘 아래에서 다시 천천히 꺼내 들었다. 그러자 비로소, "볼품없이 마른 활엽수들 사이로 희끗희끗/드러나는 사연들이" "슬프게도 지겹게도 인간적"(「봄산」)으로 마음속에 가라앉았다.

　그가 부박(浮薄)이나 허무, 혹은 아나키스트를 말한다고 해서 여기를 떠난 어떤 삶을 그리는 게 아니라는 것을 홀연 깨달았다. 나는 그게 참 반가웠다. 허연이 그리는 세계가, 존재하지 않는 시공간이라고 해도 어쩐지 선뜻 동의하고 싶어지는 것이다. 이를테면 그의 몽유도원이 바로 그런 곳이다. 나도 그처럼 부치지 못한 엽서에다가, "그곳을 생각하다 가방을 떨어뜨렸어. 나의 몽유도원, 거긴 너무나 멀어"(「나의 몽유도원」) 하고 끼적일까. 하지만 그렇게는 하지 못할 것 같고, "나의 몽유도원, 어디에 있을까"쯤 적어 두지 않을까 싶다.

지금 여기에 머물고 있는 우리 모두는 언젠가 사라진다. 어떤 존재이든 간에 결국 소멸할 수밖에는 없다. 그러할 때 당신의 심로(心路)는 어디로 움직여 갈 것인가. 아마도 대부분은 종교나 선(禪)의 세계로 귀의하지 않을까. 한데, 허연의 기원은 몽유도원이다. 시들 속에서는 델타나 툰드라, 몽골 초원 혹은 거진 등등으로 다양하게 변주되어 나타나지만, 그의 심저가 열리는 지향은 몽유도원인 것이다.

그런데 어쩌랴. 현실에서 몽유도원은 그야말로 꿈길 아닌가. 그러니 그의 발걸음은 시공간의 여기저길 헤매 다닐밖에. 이집트의 오랜 도시 아부심벨이나, 저 극지의 툰드라, 혹은 파미르의 국경선을 그는 아나키스트처럼 넘나드는 것이다. 그러면서 그는 마치 순례자와도 같이, "두 손으로 신을 그려 보지만 이내 슬픔이 신을 덮는다." 안 되는 것이다. 몽유도원은 '너무나 먼' 데 있는 게 아니라, 갈 수 없는 나라 아닌가. 그러한즉, 거길 찾으려 하면 할수록 슬픔이 신을 덮을 만큼 크고 무겁다. 그 슬픔이 하도 크고 무거워서 그들에겐 "언제나 그랬듯이" "어깨가 없다."(「아나키스트 트럭 1」) 이처럼 그를 지탱해 줄 어깨가 없으니 이제 그의 생은 어찌 되는 것인가.

낙심할 필요는 없다. 저 자연을 따라가면 된다. 이 봄을 맞는 저 산들을 떠올려 보라.

"산은 무심해서 모든 것들의/일부고, 그런 봄날/생은 잠시 몸을 뒤척인다. 다 귀찮다는 듯이."(「봄산」) 그도 저 산처럼 그저 잠시 몸을 뒤척이면 되는 것이다. 그러면 생은 다시 귀찮다는 듯이 일어서지 않을까.

봄날의 신생이 이처럼 귀찮고 게으르게 움직이는 걸 포착한 시를 나는 거의 보지 못했다. 그런데 실은 겨울에서 봄으로 넘어오는 경계의 속성에는 이와 같은 느른함이 분명 스멀거린다. 허연은 그걸 발견한 것이다. 신생이라기보다는 재생 같은 이 '봄산의 느른함' 덕분에 그의 시 여기저기에 고이는 시니컬함마저 사뭇 정겹다.

이와 같이 봄산을 품었음에도 불구하고 "아직도 생에 대해서 알지 못"하고 "안부를 물어 줄 그 무엇도 만들어 놓지 못했다"(「외전 2」)면, 이제 그가 할 일은 강물을 만나는 것이다. 그것도 장마진 날들의 강물이다. "오늘 이 강물은 많은 것을 섞고, 많은 것을 안고 가지만, 아무것도 토해 내지 않"는다. "뭔가 쓸려가서 더는 볼일이 없다는 건" "치료 같은"(「장마의 나날」) 것이다. 그러니 여기를 사는 그의 사랑은, 분명 다시 시작될 수 있을 것이다.

그런데 문제는, 그가 어쩔 수 없이 찾아오는 역병처럼 또다시 몽유도원을 품을 때이다. 그때, 그는 또 어떤 봄날을 시 속에 예비해 둘 것인가.

예리한 직관이 펼쳐 놓은 신세계
– 송찬호 시집『분홍 나막신』

2009년에 펴낸 시집『고양이가 돌아오는 저녁』에서 송찬호는 동화적 상상력이 집적된 마술적 시의 세계를 흥미롭게 보여주었다. 시의 눈을 소인국이라 부를 만한 공간으로 옮겨 동화와 신화가 마술처럼 펼쳐지는 송찬호 나라를 생생하게 펼쳐 냈던 것이다.

이번 시집『분홍 나막신』은 그 송찬호식 '시의 나라'를 좀 더 확장한 것처럼 보인다. 그의 시선은 이제 우리 주변의 익숙한 풍경과 사물들을 껴안은 뒤, 이들을 서슴없이 신화 속으로 끌어들이고 있다. 그 전개가 퍽이나 자연스러워서 이질적인 시공간 속에 들어앉은 우리 주변의 풍경이나 사물들이 전혀 낯설어 보이지 않는다. 그의 시에 들어가기만 하면, 이질과 동질은 서로의 경계를 허물고 아연 친숙한 동무들로 변모한다.

이번 시집에 실린「쑥부쟁이밭에 놀러 가는 거위같이」를 잠깐 보자. 거위와 쑥부쟁이가 마치 같은 족속인 것처럼 노닐고 있다. 그가 보기에는 쑥부쟁이와 거위가 결코 다른 종이 아니다.

"거위 흰빛과/쑥부쟁이 연보랏빛,/그건 내외지간도 아닌 분명 남남인데" 그도 그렇고 거위도 그렇고 이를 전혀 개의치 않는다. 그러기는 커녕 "거위는 곧잘 쑥부쟁이 흉내를 낸다." 마치 "흰빛에서 연보랏빛으로 건너가는 가을의 서정같이!"

자, 느껴지는가. 송찬호의 감각적 행보. 거위의 흰빛과 쑥부쟁이의 연보랏빛이 가을의 서정으로 불쑥 진화해 가는 상상의 공명이 얼마나 날렵한지.

나는 이전까지 송찬호의 이 같은 특질을 그의 밀도 짙은 공감 능력에서 찾곤 했다. 한데, 내가 잘못 더듬거린 것 같다. 「분홍 나막신」을 보건대 그와 자연물의 교감을 단순히 공감능력이라고만 해서는 안 된다. 그의 시에서는, 자연물의 또 다른 본성을 찾아내는 '예리한 감각적 직관'이 본능처럼 발휘된다. 우리가 드러나 보이는 자연물의 본성에 붙잡혀 있을 때, 그는 그것의 또 다른 본성을 직감적으로 파악해 낸다. 이는 저 자연물들의 내밀한 본성과 그 상관관계의 움직임들을 세심하게 살펴본 자만이 선취할 수 있는 능력이다. 아마도 바로 이 점이 송찬호 미학의 독자성을 이루는 근간이 아닐까 싶다.

시집 맨 앞의 「금동반가사유상」에서 그 득의를 엿볼 수 있다. 이 시에서 만나는 '금동 불상'은 특이하다. 어떤 금동불일까. '금빛'에 끌려 찾아가 보니 금동불이 "쭈그리고 앉아 똥을 누고 있"다. 해괴하다. 똥을 누고 있는 금동불이라니. 그러나 한편 얼마나 통쾌한가. 금동불에 붙어 있는 선입견을 그는 이처럼 단박에 벗겨 내는 것이다. 금과 똥을 동시에 드러내 보임으로써 숭고함과 더러움이라는 우리 인식의 분별을 간단히 무찔러 버리고 있다.

어디 이뿐인가. 똥 누는 자세와 반가사유의 자세를 대비시킴으로써 본성과 의식의 이중성을 홀연 깨 버린다. 게다가 그는, "어느 절집에서 그냥 내다 버린 것 같은" 불상, "금칠은 죄다 벗겨지고/코와 입은 깨진"이 불상에서 득도의 한 생을 읽는다. 불상이 "다만, 한 줄기 희미한 미소 같기도 하고 신음 같기도 한 표정"을 짓고 있는데 이게 또 범상치 않은 것이다. 염화미소일지 배설의 쾌감일지는 알 수 없지만, 망가진 금동불상이 이런 표정을 지을 수 있다면 무언가 한 소식 크게 얻었음이 분명하지 않겠는가. 그래 그런지 되돌아 나오면서 보니 그 금동불상은 다시 "금빛이었다."

어떤가. 현대판 금동불 신화 한 편을 읽은 듯하지 않은가. 이와 같은 직관적 인식의 확장은 이 시집 거의 전편에서 발견된다. 시집의 어떤 페이지를 열어도 그의 통찰은 새로운 정경과 새 세계를 펼치고 있다.

그런즉 이제 봄날의 혼곤함 속에 「분홍 나막신」 한 편 신어 보시라. 송찬호가 펼쳐 놓은 삼라만상의 매혹적인 투정이 나막신을 타고 당신께로 오리니.

삶의 현장을 누비는 시대의 기록자
– 김이하 시집 『눈물에 금이 갔다』

"나도 위로가 필요한 사람이다. 이 봄과, 이 지독한 봄날을 겪는 또다른 계절을 걸어가려면 위로가 필요하다"라고 김이하는 '시인의 말'에서 썼다. 맞다, 위로가 필요한 세상이다. 우리 서로 보듬어 주지 않으면 누가 우릴 보듬어 주겠는가. 그래 그런지, 나도 그를 가만히 다독거려 주고 싶다. 그가 헤쳐 온 삶의 여로는 실로 만만치 않다. 예순 가까운 나이에 홀로, "남의 집 한 칸을 빌어 사는" 그의 행간들을 읽자니 내 속이 다 쓰리다.

내 서툰 귀가 얼마나 그에게 힘이 될지는 알 수 없으나, 그가 시로 말하는 소리를 들어주는 것, 나로선 이게 젤 괜찮은 위로가 아닐까 생각한다. 그의 슬프고 아프고 불편한 방황의 나날들에 손을 내민다. 당신 삶이 그렇게 만만한 것은 아니었다고, 쉽지 않은 여러 고빗길을 당당히 넘어온 것이라고 토닥인다.

그의 시에도 언뜻언뜻 보이는데, 그는 이 시대의 진정한 기록자다. 지난하고 모진 삶의 현장에는 늘 그가 있다. 조용히 나타나서는 티 내지 않고 카메라 셔터를 누른다. 사진 찍고 있는 그를 살피고 있자면 경건한 성실성이 몸에 진득하게 배어 있다. 내가 그를 처음 알게 된 것은 1990년 초 무렵 아닐까 싶은데, 이후 온갖 길거리 시위와 전국 각지의 문학 현장에는 언제나 그가 있었다. 아무런 대가도 없이 삶의 현장을 누비는 그는, 기록의 신에게 헌신하는 사제와 다름없이 여겨졌다.

그랬던 그가 시집을 펼쳐 보니 몹시 약해져 있다. 심지어 그는, "다만 두렵다. 이 두려움이 희미해질 때, 그때 난 걸음을 멈출지도 모르겠다."라고도 쓴다. 어허, 아니다. 내 욕심이겠으나 아직 그는 걸음 멈춰서는 안 된다. 시인의 감성으로 받아들이기 쉽지 않은 고통의 피사체들이 그의 뷰파인더에 걸릴 테고, 그래서 그는 또 두렵겠지만, 그는 현역으로 살아 있어야 한다.

객관이 압도하는 삶의 비애를 고스란히 맞게 되는 그의 현재는 분명 안타깝다. 하지만 김이하만큼 감동적으로 우리 시대의 징표와 징후를 읽어 내는 이도 드물다. 게다가 이번 시집에서 확인하게 된 것인데, 그 안타까움들이 빚어낸 그의 시적 심상이 예사롭지 않다. 처처물물(處處物物)이 그에게 고여 맺힌 내밀한 시적 성취가 자못 선명하고 심중하다.

나는 그중 「일식(日蝕)」을 펼친다. 시는, "두 아이는 길에 걸리고/한 아이 품에 안고/버스를 기다리는 여인"으로부터 시작되어, "두 아이 해찰에 품엣것은 깔깔거리며 즐겁다//그때 햇살은 전깃줄을 넘다/발목이 걸려/세상 쪽으로 엎어질 뻔했다"로 나아간다. 마치 리얼한 현장 중계를 보는 것처럼 전개되던 시는 돌연 일식 현상을 끌어들여 공간을 열고 입체화시킨다.

내가 관심 갖는 부분은 그 사이를 건너다니며 간극을 없애 버리는 "품엣것의 깔깔거림"이다. 이 깔깔거리는 웃음소리 있어 이 시는 아연 통통 튀는 생동감을 얻는다. "이내 버스가 오고/두 아인 팔딱팔딱 버스를 타"지만, "앞품이 벙벙한 여인/몇 번이고 발을 헛디딘다." "개헛 바닥처럼 늘어진 신발창이/자꾸만 세상 밖으로 밀어"내는 까닭이다. 그러나 여인은 "그럴수록 완강하게 세상을 딛는"다. 품엣것의 깔깔거림이 여인에게 에너지를 주었음은 물론이다. 그리고 시는 "품엣것은 절굿공이처럼 흔들리는 세상마저/즐겁다, 햇살은 깜박 잠에 들 뻔했다"로 끝난다.

어떤가. 줌인의 카메라 시선이 문득 전지적으로 바뀌면서 이루어내는 시적 성취가 뚜렷하지 않은가. '일식(日蝕)' 현상을 배면에 깔고 보여 주는 한 가족의 신산한 삶이 안쓰럽지만 뜨겁게 와 닿는다. 나는 그의 이같은 시적 발견이 오랜 그의 사진찍기 활동에서 발아했을 거라 믿는다. 카메라의 시선(視線)이 그의 시선(詩線)과 심중을 울려 오묘한 조홧속을 형상화 낸 것이다.

그러니 살아가는 동안 숱하게, "마음이 뭉텅뭉텅/네 생각에 베이고/우울한 생이/끝내 너를 넘지 못"(「오늘, 그대에게」)하게 된다고 할지라도 나는 그가 이 어지러운 세파들 잘 견디어 주기를 바란다. 스스로 말한 것처럼 시적 "인생은/두 발로 안 되면 지팡이를 짚고/그도 안되면 네 발로/그도 안 되면 죽음으로"(「눈물이 절며 길 떠날 때」) 어떤 시든 끼적이다가 쓰러질 존재들 아닌가.

바람이 바람 들어 바람을 키우다

– 이은봉 시집 『봄바람, 은여우』

시집을 펼치자마자, 곳곳에서 바람이 분다. 바람 불어 마음을 들쑤신다. 사람을 바람 들게 하면 안 되는데 이은봉 시인은 작심한 듯 바람 따리 여기저기 풀어놓았다. 나는 기꺼이 그 바람을 맞아들이기로 한다. 그런데 이 바람, 참으로 요상하다. 시원한가 하면 뜨겁고, 뜨거운가 하면 음울하다. 안쓰러운 마음에 위로하려 들자, 어라, 돌연 생글거린다.

아하, 이래서 그가 바람에서 은여우를 떠올렸구나. 그는 시 「봄바람, 은여우」에서 이렇게 쓴다. "봄바람은 은여우다 부르지 않아도 저 스스로 달려와 산언덕 위 폴짝폴짝 뛰어다닌다"고. 이처럼 약동하는 "은여우의 뒷덜미를 바라보고 있으면 두 다리 자꾸 후들거린다"고. 누구라도 그럴 것이다. 억새일지 마른 풀줄기일지 모르지만 "햇볕 환하고 겉옷 가벼워질수록 산언덕 위 더욱 까불대는 은여우" 앞에서는 무장해제일밖에 다른 도리가 없다. 시를 읽던 나도 변화무쌍의 감정을, 온몸으로 표현하는 '봄바람, 은여우' 앞에서 잠깐 현기증이 일었다.

그러나 내 시선은 은여우 곁보다는 아무래도 「금요일의 바람」이나

「지쳐 빠진 바람」들에 더 오래 머문다. 한 생의 저녁 무렵을 맞고 있는 소시민의 고달프고 지난한 삶이 얹혀져 있는 바람. "생각만 해도 피곤해 숙소로 돌아와 잠시 눈을 붙이는 바람". 금요일 오후가 되어도 쉬지 못하고 "어디론가 다시 날아올라야 하는" 바람들. 그런 "한심한 운명"(「금요일 바람」) 같은 바람들이 맘을 흔들어 어지럽다.

특히나, "쌈지공원 후미진 벤치 위, 노숙자로 누워 잠든 바람"처럼 막장에 내몰린 바람들은 몹시 쓰라리다. 게다가 "지금 그는 부처님처럼 맨발이"며 그 "흉터투성이의 맨발에는 반쯤 벗겨진 낡은 구두가 풍경처럼 덜렁대고 있다."(「지쳐빠진 바람」) 흉터투성이의 맨발은 그대로가 그의 삶의 고투 어린 흔적이며 풍경처럼 덜렁대는 낡은 구두는 그가 처한 현실이다.

목숨을 부지하기 쉽지 않은 현재를 살고 있는 그가 남 같아 보이는가. 그야말로 허깨비 바람 같은 그에게서 나는, 나를 보며 내 미래를 읽는다. 돈이 지배하는 자본주의 현대사회에서 나의 삶은 삐끗하면 나락으로 떨어진다. 그 누구도 예외가 아니다. 그러니 우리의 평온이라는 것은 얼마나 큰 허방인가. 알고 보면 우리의 삶은 살풍경 속에 위태롭게 걸쳐져 있다. 다만, 당신과 나는 애써 그 살풍경을 외면할 뿐인 것이다.

이를 잘 드러내는 시가 「江돌」 아닐까 싶다.

길음뉴타운 푸르지오 아파트 단지
촘촘한 시멘트 숲이다
검은 시멘트 숲을 거닐다 주운
희고 뽀얀 江돌!

어쩌다 여기까지 왔나

손에 넣고 조몰락거리다 보니

이내 따뜻해진다 둥글고 납작한 놈!

한때는 이빨 꽉 다물고

흐르는 강물로

제 몸 둥글게 깎았으리라

강가라면 멋지게 물수제비라도

뜨고 싶은 놈!

이곳 길음뉴타운

검은 시멘트 숲에는

손 들어 이놈 힘껏 던질 곳 없다

몇 번씩 고개 들어 둘러보아도

여전히 검은 아파트들로

빽빽한 시멘트 숲……

손안에 넣고 조몰락거릴수록

가슴 자꾸 폭폭해지는

희고 뽀얀 이놈 江돌을 어쩌나.

—「江돌」 전문

시의 배경이 되는 "길음뉴타운 푸르지오 아파트 단지"를 떠올려 보
자. '강돌'이 머물기에는 이 아파트가 그럴싸할 것 같다. '뉴타운 푸르
지오' 아닌가. 과연 그럴까. 천만에다. 그에게 이 아파트는 "촘촘"하고
"검은 시멘트 숲"으로 다가온다. 삶터라기보다는 오히려 살(殺)의 공
간처럼 여겨지는 것이다. 이 "검은 아파트들로 빽빽한 시멘트 숲……"

이 환기하는 살풍경은 저 노숙의 삶보다 결코 나을 게 없어 보인다. 만일, 저기에 "검은 시멘트 숲을 거닐다가 주운/희고 뽀얀 江돌"마저 없었으면 어쩔 뻔했나.

그런 점에서 이 江돌은 신의 한 수이다. "손에 넣고 조몰락거리다 보니/이내 따뜻해"지는 "둥글고 납작한 놈", "한때는 이빨 꽉 다물고/제 몸 흐르는 강물로/둥글게 깎았"을 놈. 그는 이같은 강돌을 "손안에 넣고 조몰락거"리며 "강가라면 멋지게 물수제비라도/뜨고 싶은 놈"이라며 안타까워한다. "길음뉴타운 검은 시멘트 숲에는/손 들어 힘껏 던질 곳이 없다"고 말이다. 과연 그럴까. 나는 그렇지 않다고 여긴다. 내가 보기에 이 강돌은, 저 '검은 아파트 숲을 물수제비 떠 밝혀 갈 놈'이다. 나는 이것이 강돌이 저기에 있는 이유라고 본다. 시집 곳곳에서 불어오는 바람이 저 "희고 뽀얀 강돌"을 여기에 데려다 놓은 것이다. 마치 세상의 살풍경을 지워 가는 물수제비를 뜨라는 듯이.

이은봉 식으로 바꾸면, 이 "희고 뽀얀 강돌"은 '자꾸만 찾아오는 시' 쯤 되지 않을까. 문제는 이 시가, "돈도, 밥도 되지 못하"는데다가, "시름으로, 설움으로 가득"해서 썩 달갑지만은 않다는 점이다. 하지만 어쩔 것인가. "세상 아직/죽고 사는 일로 가득하"고 "캄캄하"니 "희고 뽀얀 강돌" 같은 시로 세상을 밝히울 수밖에. 그게 시인된 자가 마땅히 해야 할 노릇인 것을.

비유의 바깥에서 만나는 천연

― 장철문 시집『비유의 바깥』

　　장철문은 시를 내던져 놓듯이 툭 떨어뜨린다. 그 자리가 마른자린
지 궂은 자린지 가리지 않는다. 어떤 계산도 없이 천연덕스럽다. 그의
시「희순이」도 그렇다.

　　　　내가 엉거주춤 돌아서서 고추를 꺼내 오줌을 누고 있을 때 희순
　　　이는 치마를 훌렁 걷고 너른 들판을 향해 오줌을 쌌다

―「희순이」 전문

　　이 시에서 그는 정황만을 제시할 뿐, 이렇다 저렇다 떠벌이지 않는
다. 이 시의 행간은 그러므로 읽는 자가 메워야 한다. 무언가를 느끼
든, 교감하든, 스토리를 엮든 자유롭다. 나는 이 시에서 '엉거주춤'과
'훌렁'의 대비가 참 맛깔나다고 생각하는데, 누군가는 '오줌을 누고'와
'오줌을 쌌다'에 관심을 기울일지도 모른다. '누고'와 '쌌다'의 차이에
대해 논박하면서.
　　그의 이와 같은 시적 태도는 도대체 어디에서 나오는 것일까. 나는

그의 이번 시집 제목에 주목한다. 장철문은 왜 하필 '비유의 바깥'이라는 제목을 선택했을까. 그는 혹, 시를 비유의 바깥에 놓아두고 싶어 하는 것은 아닐까.

시 「오월 낙엽」에서 그는, "나의 비유는 끝이 났다"고 선언한다. 비유만이 아니다. "수맥이 옮겨 간 숲처럼" 그의 언어조차 "죽은 새의 부리처럼 갈라졌다."고 쓴다. 그러니 그의 시의 "실뿌리에 축축하던 습기"도 사라질 수밖에 없을 것이다. 그런데 웬걸, 안타까워하기는커녕 그는 이것이 그가 "바라던 대로"라고 말한다. 왜냐하면 실은 그가, "오월의 산빛은 비유의 바깥에 있"음을, "파도와 비애는 언어의 바깥에 있"음을 깨달았기 때문이다.

나는 그의 이 발언을 의미심장하게 받아들인다. 시가 언어와 비유로만 씌어지는 것은 아니다, 라는 자각은 아무나 얻을 수 없다. 어떤 지난한 행보가 그 사이에 걸쳐져야 하는 것이다. 나는 이러한 통찰이 그가 몸담으려 했던 불가 수행의 연장이 아닐까 미루어 짐작한다. 어쨌든 시가 곧 불립문자(不立文字)이기도 함을 터득함으로써 그는 나와 너의 경계에서 훌훌 자유로워졌을 것이다. 비유로는 만져지지 않는 어떤 시적 자유를 그는 이미 경험했을지도 모른다. 그런 점에서 나는 그의 시선이 비유의 '바깥'이 아니라, 비유 '너머'를 향해 열려 있으리라 여긴다. 이렇게 생각할 때 「희순이」에서 보이는 그의 천연덕스러움은 꾸밈이라기보다는 그저 천연이다.

그의 천연이 잘 드러난 또 다른 작품이 「유홍준은 나쁜 놈이다」이다. 실명으로 거명된 유홍준은 아마도 시인 유홍준일 것이다. 그를, 장철문은 제목에서도 그렇고 시종 "나쁜 놈!"이라 부른다. 그 까닭을, 그는 시에서 자세히 서술하고 있다. "유홍준이 멧돼지를 잡았다 맨손으로 돌팍을 던져서 잡았다 다람쥐무늬가 있는 놈이다 연둣빛 칡덤불 밑에서 아장아장 걸어 나온 놈을 잡았다." "나쁜 놈!"이다. 게다가 유홍준은 이렇게 잡은 새끼 멧돼지를 먹으려고 냉장고에 넣어 두었다. 얼마나 '나쁜 놈'인가. 문맥을 잘못 이해하면 유홍준 고발 같지만, 그럴 리가. 자꾸 읽다 보면 왠지 '나쁜 놈'이라는 유홍준이 불쌍하게 느껴지기까지 한다. 그럴 만도 한 것이 '유홍준'은 그저 허구에 끌려 들어온 보통명사에 지나지 않기 때문이다. 장철문이 이 흥미로운 시를 통해 드러내고자 하는 것은, 인간의 선악에 대한 물음이며 생명에 대한 안타까운 호소이다. 하지만 그는 이 물음을 표나게 제시하지 않는다. 능청스러운 해학의 방식을 동원하여 인간들인 '유홍준'을 실명으로 살짝 비틀 뿐이다. 그 천연이 흥감하다.

"달이 참 좋다,"로 시작하는 「창을 함께 닫다」는 그 천연이 절로 젖어드는 작품이다.

> 달이 참 좋다,
>
> 그렇게 말하고 싶어서
> 창을 닫다가
> 엉거주춤 딸아이를 불렀다
>
> 이런 건 왜 꼭
> 누구한테 말하고 싶어지는 걸까?
>
> 아이가 알아차렸는지

엉거주춤 허리를 늘여 고개를 내밀었다

- 「창을 함께 닫다」 전문

    이런 시는 그저 아무 말 없이 읊조려야 한다. 이런저런 말을 섞는 것은 덧칠 같다. 달이나 딸이나 화자나 다 들키고 싶은 비밀을 은근히 내밀고 있지 않은가. 저 은근한 설렘과 떨림이면 족하다. 삶이란 이렇게 너와 나와 그가 함께 은근히 어우러져 마음의 창 닫고 또 여는 것이다. 세상에 경이(驚異)라는 게 있다면 내가 보기엔 바로 여기, 저 아빠와 딸이다.

외롭고 고요한 침잠의 성찰

– 김남극 시집 『너무 멀리 왔다』

내가 서 있는 곳이 시의 자리이다. 나는 이 생각을 버린 적이 없다. 그렇다. 내 시의 자리는 우리 함께 살고 있는 지금, 여기이다. 저 산골 오지도 아니고, 도회지의 삭막한 자본 정글도 아니다. 오늘 여기, 우리의 삶과 생각들을 쓰고 또 쓰는 것. 시가 태어나는 자리는 바로 이곳이다.

시의 자리는 달리 정해져 있지 않다. 거기가 어디든, 나를 열어 너를 만나고 너와 함께 고인 말들을 건져 올리는 곳이면 된다. 하지만 그곳이 도심 복판이 아니라, 저기 숲속이면 더 낫지 않을까 하는 생각은 있다. 내 까닭 없는 낭만성 탓일지 모르나, 시와 더 깊이 대면하는 기회가 어쩐지 거기서는 자주 열릴 것 같기 때문이다.

그런 점에서 나는 이미 지역에 터 잡은 시인들을 선망한다. 그 지역을 태실(胎室)로 삼아 시를 써 가는 시인들은 내가 갖지 못한 그 무언가를 벌써 선취하고 있는 것처럼 비친다. 감성과 사유가 남다른 것이다.

그래서 이런 시인들을 만날 때에는, 내가 그를 불러내는 게 아니라 내가 그에게로 가야 한다. 그의 자리에서 그와 함께 그의 시를 느껴보는 것이다. 시인 김남극을 나는 그렇게 만나고자 한다.

그를 찾아 우선 강원도 산골 오지로 들어서보자. 깊구나 여길 때, 홀연 폭염은 사라지고 선선한 바람과 그늘이 날 맞아 줄 것이다. 때는 저녁이라면 더 좋겠다. 내가 참 좋아하는 저녁 일몰을 저 오지에서 그와 함께 맞닥뜨리는 것이다. 그의 시「나는 어두워진다」에서 이를 맛볼 수 있다. "그대가 내 손을 잡았을 때/나는 어둠을 보았"는데, "나는 자꾸 어두워졌고/그대는 자꾸 환해졌다." 그러고 난 다음에야 비로소 본격적인 저녁은 몰려오는 것이다.

"해가 지고 나무들이 몸 색을 바꾸느라 작은 바람 속에서도 뭐라 서로 중얼거리는 때/울타리 너머로 말라비틀어진 뚝감자 대궁이 스석거리며 산 아래로 내리는 어둠의 실핏줄을 잡아 내릴 때/그때", "저녁은 맨살이 떨어져 나갈 만큼 날카롭다가/금세 순해진다." 자, 이렇게 순해지는 저녁이 당신 무릎 앞에 놓일 때 당신은 어쩌겠는가. 나는 침잠(沈潛)이다. 달리 무슨 도리가 없다. "어둠 속에 별이 빠지고 달이 빠"지는데, 내가 무얼 할 수 있겠는가. 다만, 나도 거기에 "풍덩 빠져 버"(「저녁의 깊이」)려서는 가라앉을 수밖에.

나는 이런 침잠이 오지의 저녁이며 오지에서만 만날 수 있는 시정(詩情)의 깊이라고 여긴다. 김남극은 시집 도처에서 슬픔과 외로움을 토로하지만, 천만에, 시정에 겨워 내뱉는 신음 같은 것이다. 실제로는 그의 삶이 한없이 고요하고 고적해서 어떤 곤궁마저 느낄 수도 있을 테다. 하지만 나는 그 곤궁조차 시상을 끌어들여 시를 앉힌다고 본다. 그만큼 강원도 오지 마가리의 자연과 김남극은 조화롭다. 산거(山居)에 든 그는 속된 말은 잃었으나, 자연의 말을 얻은 것이다.

그러니 어찌 너끈한 상생이 아니겠는가. 너끈하다 못해 평등하고 평화로운 상생이다. 여기서는 하찮은 것들이 장엄하고, 장엄한 것들은 하찮아진다. "하찮은 것들과 장엄한 것이 혼란스러워/하찮은 것들이 장엄해 보이는 날이 많다." "비행기 숨결이 그렇고 구름의 발길이 그렇고/납작집에서 혼자 밥을 안치는 늙은이도 그렇다." 어디 그뿐이랴. "내 빈한한 일상을 들여다보는/연민의 벗들이 또 그렇다."(「하찮은 것들이 장엄해 보이는」)

이와 같은 상생 속에서도 그가 슬픈 이유는 그가 차마 저잣거리를 놓아 버리지 못하고 있기 때문이다. 나는 이도 또한 시의 자리라고 본다. 시인은 자연에 안기고자 하나, 영원히 자연인이 되지는 못한다. 이것이 시의 숙명이고 시인의 운명이다. 참다운 시인이라면 그가 어디에 있든, 동시대의 떨리는 울음들을 외면할 수 없는 것이다.

마가리에 사는 동안, 김남극은 외롭고 고요한 침잠의 성찰을 벗기 어려울 것이다. 그러나 한편, 성장과 속도의 등에 올라탄 자들에게 그 침잠으로 걸러진 시들은 또 얼마나 귀한 복음일 것인가.

세상을 즐겨 감염시키는 온기의 시들
– 전영관 시집 『부르면 제일 먼저 돌아보는』

아플 때에는 사물이 달라 보인다. 흐릿했던 자태들이 보다 더 뚜렷해지고 냄새도 진해지는 것이다. 그에 따라 자연히 교감의 농도도 깊어진다. 심지어는, 보이지 않던 사물의 그늘까지도 슬그머니 눈에 들어온다. 아마도 그 어느 때보다 구체적이고 밀도 있게 자신에게 집중하기 때문이 아닐까 싶다. 특히, 통증이 찾아올 무렵에는 감각이 한결 깊어진다. 인간에게 통증보다 더 센 집중이 또 있을까. 통증은 여기에 오로지 나만 존재함을 뼈저리게 깨닫도록 만든다. 누구도 대신할 수 없다. 세상은 오직 통증 속의 나와 통증 밖의 너로만 채워지는 것이다.

그런데 실은 이 가름이 참으로 묘하다. 너라는 타자가 몹시 선명해지면서 비로소 너를 이해할 수 있을 것 같은 기분이 드는 것이다. 분리 불안이 아니라, 분리의 자유로움이다. 나는 이 자유로움에서 병중(病中)의 어떤 깨달음을 본다. 병중이라고 하여 다 좌절을 겪지는 않는 것이다. 사람들에게 병증(病症)은 때로 새로운 경계를 여는 통과의례가 되기도 한다. 각성은 선과 도의 전유물이 아니다. 병도 때로는 각성을 불러일으킨다.

나는 전영관 시인에게서 그 징후를 본다. 뇌졸중은 그에게 "하나뿐인 내 나무는/오래도록 침묵으로 천천히 낡아 버리면 그뿐/일그러진 주름과 마비를 밀어내고/새잎을 펼치지 못한다"는 사실을 깨닫도록 이끈다. 새삼스러울 게 없는 사실이지만, 평소라면 전혀 알지 못했을 자연의 이치이다.

　그는 "그늘에서 낮잠이나 자느라" "긴긴 평생도 돌아보면 일 년이 없"음을 깨닫지 못했노라 고백하면서, "지금에서야 덜떨어진 염소처럼/머리를 쿵쿵 찧는다."(「뇌졸중」) 나는 "머리를 쿵쿵 찧는다"는 그의 표현에서, 두 가지를 동시에 읽는다. 뇌졸중으로 쓰러지는 그의 모습과 각성의 계기가 되는 동인(動因)으로서의 울림이다. 그에게 찾아온 뇌졸중에는 이처럼 난관과 함께 시의 각성도 숨겨져 있었던 것이다. 물론, 누구에게나 이와 같은 각성이 찾아드는 건 아니다. 나는 나이고 너는 타자임을 뼈저리게 확인하는 통증의 분리를 반드시 견뎌 내고 일어설 수 있어야 가능하다.

　이 시집에서 서시처럼 배치된 「서어나무(西木)」는 그런 점에서 내게 조금은 특별하게 읽힌다. '서어나무'가 내게는 '서어 (있는) 나무'로 다가오는 것이다. 병중에서 회복되어 멀쩡히 서 있고 싶은 자의 의지가 이 시에는 짙게 담겨 있다. 물론 여기서 나무는 그 자신일 것이다. 그는 이 시집에서 흔히 나무와 나(사람)를 환치시키곤 하는데, 그 까닭이 이 시에는 실려 있다.

　　천국이란
　　치료가 필요 없는 영혼들만 모이는 곳
　　그리움에 감염되면 이승으로 보내졌다

바람을 갈망하던 습성을 버리지 못하거나
구름의 안색을 살피는 영혼들은
귀환을 거절당하고 나무가 되었다

근육을 다 꺼내 놓은 채
바람과 몸을 섞는다
뿌리는 더욱 견고해진다

기다린다는 건 앓는 일
한 자리에서 끝장나도록
뿌리로 스스로를 결박한 것들
그리움 따위를 병으로 간직한 것들

— 「서어나무(西木)」 전문

   그에 따르면, 나무는 천국으로의 귀환을 거부한 영혼들이다. 여기서 중요한 포인트는, '도대체 어떤 천국이길래 영혼들이 귀환을 거부한단 말인가'에 놓인다. 그 "천국이란/치료가 필요 없는 영혼들만 모이는 곳"이다. 그래서 "그리움에 감염되면 이승으로 보내졌다." 이를테면, "바람을 갈망하던 습성을 버리지 못하거나/구름의 안색을 살피는 영혼들은/귀환을 거절당하고 나무가 되"는 것이다. 그러나 천국으로의 귀환을 거부당한 이 나무들이 내게는 불행해 보이지 않는다. 왜냐하면 이들은 모두 그리움에 감염되어 있기 때문이다.
   나는 그가 병중에서 가져온 '감염'이란 단어에 주목한다. 내게는 '감염'이 정서적 '각성'으로 느껴진다. 감염은 각성의 감성이고 각성은 감염의 인식인 것이다. 동류이다. 그는 이 동류를 섞어 '온기'를 띄운다. 그가 병중을 통과해 다다른 곳은 바로 온기의 세상이다. 온기, 어감만으로도 얼마나 따사로운가.

그의 시 「온기」에는, "연세 좀 자신 은행나무"가 나온다. 그는 "몸매가 시원찮고 여름내 힘겨웠는지 이파리가 떨어지고 없"는 작은 묘목에게 "자꾸만" "이파리를 떨구"어 준다. "어린 친구는 간지러운지 살금살금 팔을 흔드는데 바람 불 때마다 흠뻑 뿌려"댄다. 어린 나무 발치에 이파리가 수북해질 때까지. 이런 게 온기이다. 나를 헐어 생기를 나누는 것이다. 나와 네가 더불어 함께 여기를 살아 내도록 북돋는 생의 기운, 온기. 병중을 지나 전영관은 마침내 시와 삶에 온기를 채우게 된 것이다. 시집을 펼치는 누군들 이 다사로움에 즐겨 감염되지 않을까.

소리가 고여 그려 내는 시들의 파문
- 장시우 시집 『벙어리 여가수』

처음 시를 배울 때 자주 듣게 되는 가르침 중 하나가 시각과 청각을 공감각적으로 표현하라는 말이다. 심지어 어느 선생님은, 소리가 그려 내는 이미지를 제대로 담을 수만 있다면 더 배울 게 없다는 말씀까지 하셨다. 그때와 강도는 다르지만 이 말씀들은 내게 여전히 유효하다. 나는 자연의 소리나 음악에 홀릴 때면 글로 적어 보려 애쓴다. 하지만, 어쩌랴. 소리의 질감을 선명한 무늬로 나타내는 작업은 쉽게 허락되지 않는다. 눈과 귀가 동시에 열려 있어야 하며 남다른 감각과 감성을 지녀야 하기 때문이다. 게다가 그러한 감각과 감성을, 매혹의 글맛으로 표현하는 글재주 또한 갖춰야 한다.

그런데 여기, 그 지난한 소리의 채록과 무늬진 작업들을 스스럼없이 해내는 시인이 있다. 장시우. 그의 시집 『벙어리 여가수』를 펼치면서 나는, 시집에서 들려오는 소리들로 귀가 멍멍해졌다. 어떻게 소리들을 이렇게나 많이 끌어들일 수 있을까, 궁금해 하자 장시우는, "소리를 모으는 일은 의외로 쉬운 일"(「소리들」)이라고 말한다. "숨죽이고 웅크리고 있다가/날아다니는 허공을 두 손으로 짝!" 치면, "납작해진 허공이 아무 소리 못하고 떨어질 때/천장에 고여 있던 소리들이 와르르 쏟아"진다는 것이다.

허어, 이게 쉽다고? 당신에게도 그가 말하는 저 "날아다니는 허공"이 보이시는지? 도무지 보이지 않는데 얻다 대고 두 손을 "짝!" 친단 말인가. 더욱이 그는, "더러 연약한 소리가 있어/제풀에 놀라 숨죽이면 소리가 죽어버리니까/소리를 모을 때는 각별히 심혈을 기울여야" 한다고 덧붙이고 있다. 흠, 소리를 채집하려면 날아다니는 허공뿐만 아니라, 소리의 강약까지 미리 알고 있어야 한다는 뜻이겠는데. 아무래도 나는 힘들겠다. 귀와 눈의 예민함이 어두워졌으니. 그러자, 내 속맘을 알아챘는지 그는 시 「바람의 노래를 들어라」를 통해 "바람의 이야기에 귀를 열"으라 한다. "내 어릴 적 이야기도/내가 알지 못하는 저 너머 세상 밖 이야기도/낯선 언어로 속삭"여 줄 것이라고.

나는 이를, 몸을 비워 바람 맞아들이라는 전언으로 듣는다. 몸과 맘 열어 바람 맞아들이고 느끼라는 가르침. 그러다 보면 어느 순간, "모두 가만히 고여 있는 시간"에 이를 것인데, 그때 거기에 "고요가 둥지를" 틀 것이라고. 그에 따르면 "이 고요는 소리들의 비명"이다. 따라서 이 고요만 내 속에 잘 가라앉혀도 소리 채집은 어렵지 않을 터이다. 문제는, "가끔 가만히 숨죽여 걸어 나오다 들켜/제풀에 흠칫 놀라 달아나기도"하는 것들이다. (「고요가 사는 방」) 그럴 때는 어떻게 해야 할까. 그는 "문을 닫"으라고 조언한다. "갇힌 걸 알고 달아나다 문틈에 걸린 소리도 있"고 "호시탐탐 틈을 노리는 소리도 있"어 "소리들, 소리들이 소리"치지만, "대개의 소리들은 가만히 고인다"(「소리가 고인다」)는 것이다.

그는 이렇게 고인 소리들을 모은다고 하는데, 그래서 그럴까. 그의 시집에 들어 있는 소리들은 시끄럽다기보다는 고요를 머금고 있다. 소리가 고여 그려 내는 시들의 파문으로 가득하다. 아마도 그 정점이, 소리의 결이자 소리의 마음이 물무늬로 옮겨진 시 「파문」이 아닐까 싶다. 「파문」에는 사람과 자연의 어우러짐과 그 경이가 아름답게 수놓아져 있다.

"사람들은 하나 둘 습관처럼 물수제비를" 뜨고 "수면 위를 경쾌하게 뛰어가던 돌은/몇 개의 동심원을 그려 놓고 제 무게를 못 이겨 가라앉고/긴 파문을 남기며 오래도록 물을 흔들고" 있다. 수평과 수직이 얼마나 조화로운가. 퐁퐁퐁 뛰어가던 돌과 그 파문이 일으키는 청각과 시각의 공교로움들은 또 어떤가. 어디 그뿐인가. 신비롭게 무늬져 흔들리는 이 파문은 삶을 갱신시키는 신화가 되기도 한다. "오래전 잠겨 깊은 잠에 든 돌을/흔들어 깨우기라도 할 듯,/돌은 그 돌을 찾아 저를 곁에 누이고/오래 묵은 이야기들을 풀어"내는 것이다. 그렇게 풀어낸 전승의 "이야기들, 밤새 수면 위를 번져"가서 무엇이 될까. 감히 생각건대 재생이다. 파문은 반복이 아니라, 재생의 연속무늬인 것이다.

도리어 블랙리스트가 권력을 파멸시켰다
– 안도현 엮음『검은 시의 목록』

시집에 카피처럼 쓰인 "블랙리스트 시인 99명의 불온한 시 따뜻한 시"를 받아 적은 뒤, 한참을 손 놓고 있다. 이게 뭔가. 세상에, 어찌 이런 발상을 할 수 있었지? 문화융성을 정권의 기조 가운데 하나로 내걸지 않았나. 그 사이에 문화 용렬로 바뀌었던가. 문학을, 예술을 '블랙'으로 가두어 배제하고 차별하다니. 박정희군사독재정권 시절로 되돌아간 듯한 착각이 든다.

상상력에 재갈을 물린다고 상상력이 말살되던가. 억압하면 할수록 반탄력이 생기고 생기발랄해지는 게 문학이며 예술이다. 광화문광장에서 펼쳐지는 미술 퍼포먼스, 블랙텐트 연극, 길거리 시낭독, 자유공연 들을 좀 보라. 얼마나 다채롭고 기지 넘치는 예술행동인가. 어떤 채찍과 당근에도 예술은 길들여지지 않는다. 자유로운 창작의 숨결을 멈추지 않는다. 그런 점에서 나는 블랙리스트 사건을 다시 들여다본다. '블랙'을 쳐든 저들의 행태는 민주주의 기본권인 표현의 자유와 헌정질서를 파괴한 몰상식의 행정 집행임에 틀림없다. 하지만 그 덕분에 우리는 사상·표현의 자유를 더 깊이 새기게 되었다. 새삼 강조할 필요도 없이 사상·표현의 자유는 우리에게 밥과 물, 공기 같은 삶의 에너지라는 것을.

이 시선집 『검은 시의 목록』도 블랙리스트 사건의 예기치 않은 성과물이다. 도대체 어떤 시인들이 블랙인가, 하는 궁금증을 시로 엮어 보여 주고 있다. 읽으면서 독자들은 아마도 어이없어 실소를 머금을 수밖에 없을 것이다. '검은 시의 목록'이라 명명된 시집 속에 소위 선동시로 불림직한 시는 보이지 않기 때문이다. 대부분 함께 살면서 느끼는 일상의 정서를, 시인 특유의 색깔로 표현하고 있을 뿐이다. 굳이 시집 색채를 드러낸다면 엮은이 안도현 시인의 말대로, '무지개리스트'쯤으로나 부를 수 있을까.

그래서 더더욱 나는 이 시선집을 받아들고 오랫동안 상념 속에서 서성거렸는지도 모르겠다. 이런 시인들을, 이렇게 따뜻하고 여린 시들을 불온하다며 가두고 내치다니. 성명서에 사인하는 바람에 피해받았을 수많은 얼굴들에게 나는 미안하다고 말한다. 뜬금없이 배제당하면서 들었을 황당함에 속 끓이던 면면들의 어깨를 다독인다. 특히나 내가 직접 동참하라고 꼬드긴 이들에겐 전화라도 걸어 미안함을 전하고 싶다. 그런데 웬걸, 이들은 다 흔연해 하는 것처럼 보인다. 블랙이라니, 영광이네 하는 표정들이다.

나희덕은 「파일명 '서정시'」라는 시에 이렇게 쓴다. "이 사랑의 나날 중에 대체 무엇이 불온하단 말인가"라고. 그래, 이 사랑의 날들에서 도대체 무엇이 불온하단 말인가. 다만, 이들 시인들은 일상을 적었을 따름이며 사람들의 슬픔에 눈물 떨어뜨렸을 뿐이다. 부당함에 대해 부당하다고 외쳤을 뿐인 것이다. 무엇이 잘못되었단 말인가. 아마도 저들이 이렇듯 상식적인 일상을 견디지 못하는 것은 이러한 삶에서 사람들이 발견하는 희망 때문이 아닐까 생각한다. 김사이는 시 「묻지마 따지지 마」에서 이에 대해 명확하게 꿰뚫고 있다. "희망은 위험한 전염병 같은 것이어서 공포에 젖은 군중"이 "광장으로 희망을 불러내"면 권력에겐 큰일이다. "군중이 불안할수록 권력은 거대해"질 수 있는데 희망이 그 불안을 제거하여 군중을 통제할 수 없도록 만들기 때문이다.

그러니 권력은 그 희망 싹틔우는 모든 움직임들을 얼마나 잘라 버리고 싶을 것인가. 바로 그때, 그들 눈에 가장 먼저 띈 대상이 예술인, 문인들이었을 것이다. 이들은 정권의 부조리와 부패를 참지 못하고 그 즉시 잘못이라고, 고치라고 온갖 예술장치들로 떠들어 대었으니 말이다. 그들은 마침내 손봐 줄 대상들을 리스트로 만들어 영화를 막아서고 연극을 쫓아내고 문학을 내쳤다.

그런데 참으로 궁금하다. 저들은 이와 같은 블랙 칠로 문학과 예술이 망가질 것이라고 생각했을까. 박정희만 보아도 알 수 있지 않은가. 독재에 맞선 문학은 살았으나 그는 비참한 최후를 맞고 말았다. 그러니 어떤 권력이든 명심해야 할 것이다. 음모적이고 불법적으로 저 같은 '블랙' 휘둘러선 안 된다는 것을. 문학예술은 아연 생생하고 검은 권력은 백골이 되어 가고 있다. 누가 파멸의 블랙홀에 빠졌는가.

바다에는 두고 갈 수 없는 그 무엇이 있다
– 박형권 시집 『가덕도 탕수구미 시거리 상향』

아직도 물속을 떠나지 못한 아이들이 세월호를 밀어올리고 있는 새벽, 바다는 잔잔하고 방송 시청하는 사람들 마음은 들끓는다. 올라오라, 세월호. 기원의 신호들로 세상천지가 먹먹하다. 침몰한 세월이, 그와 함께 가라앉아 멈춰 버린 심장이 약동하고 있다. 저 맹골수도는 삼 년 동안 제 살 태워 비는 그리움의 피눈물이었다.

그러니 제발 아홉의 영령들이여, 이 간절한 부름에 응답하시라. 부디 돌아와 가족 품에서 기꺼이 안식하시라. 빌고 빌면서 나는 박형권 시집 『가덕도 탕수구미 시거리 상향』을 집어든다. 내용적으론 전혀 다른 바다를 그리고 있지만, 저 '상향'이란 제의적 어휘가 예사로 보이지 않는 것이다. 그는 표제작인 「가덕도 탕수구미 시거리 상향」 마지막 행을 다음과 같이 끝맺는다. "가덕도 탕수구미의 황홀한 말씀이시여…… 상향!" 하고. 나는 이에 빗대어, "팽목항 맹골수도 애타는 세월호여, 상향!"이라고 쓴다. 그래, 상향이다. 상향(尙饗)은 제례 축문 마지막에 쓰이는데, '신명이시여, 이 제물 받으십시오'의 뜻을 담고 있다. 그런 점에서 상향은, 세월호 무사히 인양하고 영령들 돌아오시라고 올리는 축원의 마감으로 적합한 예의라고 여긴다.

물론, 박형권의 시에서 쓰이는 '상향'은 여기 내 의미와는 사뭇 다르다. 잃어버린 삶과 그리움에 대한 향수로서의 상향에 더 가깝다. 제의에서 쓰이는 상향이 극진한 종결을 품고 있다면, 그의 시에서는 아프고 안타까운 정감을 띄워 표출한다. 아마도 이는 이 시집의 성격과도 관련이 있지 않을까 싶다. 이번 시집의 주조는 박형권 시의 탯자리에 대한 돌아봄이자, 바닷삶에 대한 그리움이다. 그래서일까. 그 주된 흐름이 미래로 열리는 게 아니라, 과거에서 맺힌다. 그가 꿈꾸던 삶이 이젠 벌써 저물어 기우는 것이다.

그의 시 「폐가」에 그 안타까운 현재가 잘 나타나 있다. "청정해역에서만 산다는 해마를 한 번도 만나지 못하고/동화 속의 해마를 그리워만 하다가/거제 해금강 바다에서 그를 만났"는데, "올려놓고 보니 폐통발이었다." 해마는 그곳에서 "쑥쑥 솟아오르는 가을비를 온몸으로 막아 내고 있었다/쑥쑥 솟아오르는 고층빌딩 속에 '알박기'로 남아 있는/담배 가게처럼/마을 앞 빈집처럼." 하지만, "화려한 해금강의 바닷속에서 그의 우거는 제거대상 1순위였다/모든 가족에게 집을 제공하겠다는 혁명가를 찾아/그는 이제 막 말 달려가려 하는 중이었다." 그리하여 그는 "안심하고 갔다 오라고 내 소식도 전해 달라고/그의 고귀한 폐가를 다시 내려 보"낸다. 해마와 시인의 동일시가 이렇게 안쓰러울 수가. 파괴된 자연 속 해마와 자본의 탐욕에 내몰린 그의 처지가 어쩌면 이렇게도 비슷한지.

그런데 알고 보면, 이런 위기가 어찌 그들만의 일이랴. 다 내 일이고 우리의 처지다. 문제의식을 공유하게 되어 그런지, 바다 이야기만 나오면 주눅 들곤 하던 산골내기가 바다와 상당히 가까워졌다. 여러 가지 호기심도 동해서 눈과 귀가 언제든 열릴 태세를 갖추고 있다. 나는 항구의 바위틈이나 테트라포드 주변 낚시를 구경하듯 그의 시를 들썩였다. 알 수 없는 비린내와 고린내가 왈칵 달려들었다. 평소에는 그다지 좋아하지 않았는데 꽤는 익숙하게 코를 맡기고 있다. 그가 불러내는 할아버지, 아버지, 나, 아들 등 4대의 거칠지만 살내 나는 삶들이 실감나게 펼쳐지기 때문일 것이다. 사내 냄새는 꼬들꼬들하고, 늘 죽음과 맞닥뜨리는 바다에서의 생존은 뜨겁고 끈질기다.

그중에서도 무엇보다 나를 들뜨게 한 작품들은 현대판 자산어보 같은 그의 물고기 시편들이다. 내 상상 밖에 있는, 희한한 이름의 생명들. 그가 가진 '어류도감'에도 언급되지 않는 물고기들. 풀무대가리, 꼬랑치, 좇노래미, 꺽두구. 지역에서만 통용되는 이 같은 물고기들이 호명될 때마다 나는 몹시 즐거워졌다. 그가 "죽을 때까지 난 곳을 떠나지 않는다"는 '꺽두구'로 읽어 내는 바다를 보라. 해심(海心)을 독파하고 있지 않은가. "고독하지 않다고 외치는 순간이 가장 고독한" 것임을 익히 아는 그는 "진정 물빛 당신의 심해를 독해하고 있는 것일까" 자문하면서 이렇게 시를 맺는다. "아, 두고 갈 수 없는 무엇이 있는 바다."

그렇다. 바다에는 정말 도저히 두고 갈 수 없는 그 무언가가 있다.

사월에 올리는 간절한 시의 경배

– 김명기 시집 『종점식당』

　며칠 사이에, 여러 권의 시집이 찾아와서 벅찬 마음으로 펼쳤다. 그런데 참 민망하게도 몇 권에겐 쉬 다가가지 못했다. 소통을 방해하는 막들이 겹으로 쳐진 듯한 느낌이 들었다. 세대 차이 때문이라고만 하기에는 시의 비틀림이 심한 것처럼 보인다. 기를 쓰고 집중하여 몇 편과는 얼굴을 맞댔으나 적지 않은 에너지를 소비해야 했다. 난감한 도전이구나 싶을 때, 새 시집 한 권이 도착했다. 『종점식당』 시집 제목부터 살갑다. 은근히 기다렸던 터라, 배고픈 사람처럼 허겁지겁 봉투 연다.

　시집을 꺼내어 앞뒤 살피다가, '김금자(시인의 엄마)'에 딱 눈이 멎는다. 아는 시인의 또 다른 표사가 그 위에 적혀 있었지만, 미안하게도 엄마의 표사가 먼저다. 이 시집 펼치는 누구라도 나와 같은 생각이지 않을까. 이런, 시인의 엄마라고? 엄마가 표사를 쓰셨단 말이지? 어찌 눈 둥그레지지 않을 것인가.

　기억을 잠시 뒤적거려 봤는데, 이제껏 만난 그 어떤 시집에서도 엄마의 표사는 없다. "잘 쓰는지는 모르겠으나 시 쓰는 네가 자랑스럽다."로 시작되는 엄마의 표사를 읽으며 눈시울 절로 뜨거워진다. 표사에는, 어머니의 사랑과 대견함과 걱정스러움이 조심스레 갈무리되어 있다. "부모가 되어서 큰 유산을 물려주지 못했지만 아들이 쓰는 시 속에 내 피가 흐른다는 생각을 하면 흐뭇하다." 여기에 이르러서는 마치 내가 아들인 양 입가에 퍼지는 미소를 주체할 수가 없다.

한참 동안 표사에 젖어 있다 보니, 슬금슬금 어떤 염려가 자라나기 시작한다. 혹시, 시가 표사를 감당하지 못하면 어떡하지? 떨리는 손가락 애써 진정시키며 첫 시를 연다. 제목이 「팽목」이다. 다 읽기도 전에 난, 휴우, 기우를 내려놓는다. 그래, 시가 이쯤 되니 어머니께서도 "아들! 일하며 시 쓰고 시 읽느라 고생 많았다"라고 말씀하셨겠지.

시 「팽목」은 누구나 짐작할 수 있듯, 팽목항 소회이다. 애달픈 죽음이 바다 가득 서려 있는 곳, 그곳 팽목항. 그 죽음의 바다에 다다른 그가 맨 처음 한 일은 아이러니하게도 밥 먹는 것이었다. "밤새 달려와" "살아야겠다는 본능"으로 먹는 첫 끼와 "펄럭이는 주검의 표식들 앞에서 마주 대한 밥"의 대비가 뜨겁게 아프고 목메인다. 그의 말대로 밥이 "명치 끝에" 걸리겠다. 누구라도 그럴 것이다. 저 팽목항 앞에서 어찌 밥인들 쉬 넘어 가겠는가. 그러나 우리는 꾸역꾸역 밥 삼키지 않으면 안 된다. 살아야 저 억울한 죽음들 밝혀 다시 되살릴 수 있지 않겠는가.

나는 서시처럼 배치된 시 「팽목」에서 보이는 이 '따뜻한 밥'과 '명치 끝에 걸리는 밥'을 주목하라고 권하고 싶다. 밥이라는 어휘가 주도적으로 나타나지는 않지만, 결국 그가 하고 싶은 말들이 다 '밥'에 포용된다고 생각한다. 그렇지 않은가. 우리는 모두 '따뜻한 밥'을 살고 싶지만, 거의 대부분 '명치 끝에 걸리는 밥'을 먹고 살아간다.

그런데 김명기는 『종점식당』에서 이렇게 쓴다. 명치 끝에 걸리는 밥이 알고 보면 간절한 경배라고. "여기서 몸 수그리며 밥 먹는 일은/길 나서는 세상 모든 허물어지는 것들에게/뼈마디처럼 단단한 마음을 다해/간절한/아주 간─절한 경배를 올리는 일"이라고. 그리하여 나는 듣는다. "사람들아, 이 밥 먹고 어서 든든해지시라." 하는 그의 염원을.

　이런 염원에서 파생된 것인지는 모르겠으나, 나는 그의 시들 마지막 행이 끝날 때, 맥락없이 '밥은 먹고 다니냐' 하는 음성을 듣는다. 때로는 엄마의 목소리로, 때로는 그의 목소리로 들리는 이 말이 얼마나 다감한 위로가 되던지. 예컨대 시 『바람의 눈물』 마지막 행은 "나는 요즘 너무 자주 눈물을 훔친다"로 끝나는데, 그 뒤에 '밥은 먹고 다니냐'라는 음성이 덧붙어 울리는 것이다. 시인에게는 결례일 이 독법이 희한하게도 그의 시 『바람의 눈물』을 내게 더 밀착시켜 주고 있다. 저 음성이 그의 시와 나 사이에 어떤 완충지대를 열어놓는 모양이다.

　나는 이와 같은 뜬금없는 여백이 시를 또 다른 상상력의 세계로 이끌어 간다고 여긴다. 묘한 시적 울림을 피워 내는 김명기의 시들로 사월이 분분하다.

사람이 사람답게 사는 세상을 위하여

– 김요아킴 시집 『그녀의 시모노세끼항』

김요아킴 시집 『그녀의 시모노세끼항』에는 사람들로 북적인다. 수 많은 사람들이 그의 시집 속으로 찾아드는 것이다. 꾸역꾸역 몰려와 그냥 편하게 아무 자리에나 자리 잡는다. 시에 걸터앉는 이들도 여럿 이다. 앉든 서든 눕든 다 제멋대로 자유롭다. 다들 그렇게 편한 자세로 자기 얘기들 늘어놓고 있다. 나는 그저 듣는다. 듣고 있다. 듣고 있는 것만으로도 시가 느껴지고 사람들이 보인다. 위로가 따로 없다. 조곤 조곤 들려주는 삶의 곡절들은 아프고 안타깝지만 맘 상하진 않는다. 상했다면 오래 듣고 있지 못했을 것이다.

소통하고자 찾아온 사람들이라 그럴까. 말이든 숨결이든 눈빛이든 한결같이 정겹다. 삶에 시달려 지나친 이들의 발자취가 이렇게나 진 진하다니. 나는 연신 감탄하며 장터를 순례하듯 시집 여기저기 들여 다본다. 아하, 게다가 장터 옆에선 야구 경기도 한창이다. 삶의 희로 애락이 공과 배트의 궤적을 따라 펼쳐진다. 흥미만점이다. 그래, 내게 도 한 방은 있을 거야. 다짐도 해 보며 투수도 되고 타자도 되어 본다.

다급함은 없다. 서로 섞이되 자기 차례를 기다리는 사람처럼 느긋하고 한가롭다. "세상은 각기 다른 생의 지층으로 다져져 오롯이 존재한다." 이렇게 쓴 그의 '시인의 말'을 적이 실감하는 중이다. 그의 말을 가감없이 인정한다면, 이 시집은 아마도 각기 다른 생의 지층 탐색쯤 될 것이다. 이중에서도 유달리 내 귀를 쫑긋거리게 하는 시들이 있는데, 여기에는 주로 사회적 약자들이 등장한다.

「순걸이 형」이란 시를 펼쳐 본다.

> 그는 지표면과 연신 타진할 막대기만 있으면 어디든 간다 했다
>
> 봄날 나무껍질을 뚫는 싹의 몸살도 보이지 않는다
> 그는 코 끝에 서성이는 바람으로도 봄을 안다 했다
>
> 곁에 누운 아내도 그림자만 보인다
> 그는 점자로도 읽을 수 없는 사람들의 체온이 있어 고맙다 했다.
>
> —「순걸이 형」 부분

장애를 괴로워하는 이의 표정이라곤 보이지 않는다. 눈물겨운 긍정이 듬뿍 담겨 있다. 나는 이런 시선이 김요아킴의 시의 남다른 면모라 본다. 그는 장애인이라고 해서 특별히 동정과 연민을 얹어 놓지 않는다. 장애를 갖지 않은 이들과 그들이 전혀 다를 게 없다는 뜻일 것이다.

맞다. 다만 그저 조금 다를 뿐이다. 지표면을 타진할 수 있는 막대기만 있으면 그도 어디든 다닐 수 있는 것이다. 무엇이 다르단 말인가.

시 「등산복을 입다」에 나오는 '그'는 장애 없는 사람 못지않게 활달한 삶을 영위하고 있다. 등산하듯 올라야 하는 산에서 살고 있는 그는

등산복을 입고 다닌다. 등산복이 작업복인 셈이다. 그는 "해가 뜨면 어김없이 하산하여 수레를 끈다//그가 몇 번의 생을 바꾼 공간은 왁자한 시장 한복판," 그가 "왼손으로 타는 커피 맛이 현란하다//오가는 발걸음들이 펄럭이는 오른쪽 소매를 지켜본다." 이에서 보듯 그는 오른팔이 없다. 그렇다고 해서 그의 삶이 지리멸렬해 보이진 않는다. 두 팔 가진 이들에 비해 약간 어려울 수는 있을 테지만, 그의 삶은 멀쩡하다. 현대사회를 산다는 것은 장애 유무와는 상관없이 누구에게나 어렵고 힘든 도전 아닌가. 삶의 의지가 투철하다면 이 같은 장애가 삶의 실패 요인으로만 작용하진 않는다.

물론, 여기에는 전제가 깔려 있다. 함께 사는 사회 구성원들이 반드시 편견을 버리지 않으면 안 된다. 어울려 사는 데 조금 불편할 테니 돕고 살자, 하는 공감의 연대가 필요한 것이다. 열린 마음 없이 같이 어울려 살기는 어렵다. 인종차별을 넘어선 미국 프로야구선수, 재키 로빈슨 사례가 이를 잘 보여 준다 할 것이다. 김요아킴은 그를 기리어 쓴 시 「재키 로빈슨 Jackie Robinson」에서 이렇게 말한다. "한사코 그를 허락하지 않는 자리, /불가능을 가능으로 만드는 것이 역사라면/ 그 속엔 누런 흙먼지와/소금에 절은 그의 유니폼이 있었다"고. 그러나 지금은 어떤가. "4월 15일, 메이저리그 선수들은/혁명적으로 모두" 그의 이름이었던 "42번이 된다." "그을린 사막의 선인장 같은, 수많은/ 재키 로빈슨이 스타디움으로 나"서는 것이다.

이런 게 바로 '사람 사는 세상'일 것이다. 사람과 사람이 사람답게 사는 세상, 그 꿈이 실현되기 위해서는 이처럼 우리 자신의 편견부터 먼저 지워야 하지 않을까.

스며 고이네, 천진한 시의 역동들
— 이재무 시집 『슬픔은 어깨로 운다』

흔히 말한다. 욕망을 버리고 유혹을 견뎌야 좋은 작품을 쓴다고. 맞는 말이다. 특히, 다른 장르에 비해 시가 더 그렇지 않은가 싶다. 욕망이 눈을 가리고 유혹이 귀를 열어젖히는 순간, 시는 허물어지기 시작한다. 그러나 생각해 보라. 욕망도 없고 유혹에도 흔들리지 않는 사람이 어찌 시를 쓸 수 있겠는가. 시인의 딜레마는 여기서 비롯된다. 세상에 단 하나뿐인 시를 열망하면서도 그 유혹을 벗어야 시의 진경이 비로소 스미는 것이다. 그런 점에서 보면 시는 욕망과 절제, 유혹과 초연의 아슬아슬한 줄타기 같기도 하다. 삐끗하면 하품(下品)에 떨어지는 것이다. 시인이라면 누구나 이를 경계하지만, 그 유혹은 얼마나 강렬한가. 참으로 헤어나기 어렵다.

그런데 최근, 이재무의 시가 그 욕망과 유혹을 넘어 자유로워지고 있는 것처럼 보인다. 어찌 반갑지 않으랴. 이를테면 이런 시이다.

비 다녀간 산길
오르다가

길가 지워지다 만,

낮달처럼 희미한,

발자국 하나를 보았네

귀의 형상을 한

그 발자국 속으로

그늘이 고이고

바람이 고이고

새소리가 고이고

밤이면 달빛,

별빛도 고이겠지

오가는 발소리

쫑긋, 귀 세워 듣겠지

— 「산 발자국」 전문

'희미한 발자국'에 고여 서리는 자연이 얼마나 자유롭고 평온한가. 수많은 곡절들이 지우고 지워져 마침내 고요 속에 잠기는 평안이 고즈 넉하게 아름답다. 게다가 거기, 귀는 "쫑긋," 세워져 "오가는 발소리" 가 들려주는 삶의 역동을 끌어안는다. 관찰과 격절이 아니라, 함께하 는 고요이며 너그러운 적요이다. 자연과 고요와 자아가 서로 엮이고 섞이어 천진하다.

이런 천진함이 바탕에 깔려서일까. 제목인 「산 발자국」의 함의가 여 러 겹으로 비친다. 욕망을 걷어내자, 오히려 상상의 통로가 한껏 열리 는 것이다. 그리하여 「산 발자국」은 사람의 발자국이면서 산의 발자국 이자, 살아 있는 발자국으로 다가온다. 어디 그뿐인가. 그 발자국에 고이는 삼삼함이라니. 그늘과 바람, 새소리와 달빛, 별빛들이 모여 고양되는 삶의 자취가 천진한 고요로 느긋하다.

이재무의 이같은 천진한 고요의 역동은 뜻밖의 눈을 뜨기도 하는데, 시 「구정물 통 속의 별」의 발견이 대표적이다. 그는 "한여름 밤 시골집에서 무심코 돼지우리 밖 구정물 통 속을 들여다보다가" "깜짝 놀"란다. "별 하나가 그 속에 천연덕스럽게 들앉아 있다가 저도 나를 보고 깜짝 놀랐는지 눈을 동그랗게 뜨고 있"었기 때문이다. 알다시피 대개의 구정물은 지저분하다. 하지만 그 더러운 구정물 통도 한여름 밤 별이 들면 아연 딴 세상이다. 그 순간만큼은 더 이상 우리가 알던 구정물 통이 아니다. 눈 동그랗게 뜬 별이 말갛게 되비치는 거울로 바뀌는 것이다.

'구정물의 성찰'이라 이름 붙일 수 있는 이 발견은 이번 시집 득의의 성취가 아닐까 싶다. 나를 성찰하게 할 뿐만 아니라, 깨끗함과 더러움이라는 정오(淨汚)의 관념을 선뜻 전복시킨다. 제3의 시안이 열린 것이다.

시 「기도」는 그 제3의 시안이 포착한 또 다른 영역이라고 할 수 있다. 그에게 "기도란 무릎 꿇고 두 손 모아 하늘의 소리를 듣는 것이 아니라 바람 부는 벌판에 서서 내 안에서 들려오는 내 음성을 듣는 것이다." 그는 기도를, 무릎 꿇고 절대자에게 기대는 것이 아니라, 내 안의 내 소리를 듣는 것이라 본다. 이는 '기도'에 대한 우리의 인식을 뒤집는 일대 선언이 아닌가. 절대자의 자리에 그는 '나'의 성찰을 들여앉히는 것이다. 나는 이 시적 반란에 기꺼이 동참한다. 그렇지 않은가. 나를 성찰할 수 있어야 비로소 하늘의 소리도 들을 수 있을 터이다. "바람 부는 벌판"이라는 세파를 견디며 나를 깨우칠 때 울려 나오는 간절함이야말로 참다운 기도가 아닐 것인가. 그는 잊을 수 없는 것이다. "물에 젖었다 마른 갱지처럼/부어오른 생활의 얼룩들"(「엎지르다」)을. 나는 이 지점이 이재무 시의 둥두렷한 면모라고 여긴다. 그가 다다른 통찰에는 우리가 부대끼는 삶의 얼룩들이 진하게 배어 있는 것이다.

참으로 환한, 암흑의 시

— 손병걸 시집 『통증을 켜다』

손병걸의 시는 평형을 유지하며 읽기가 쉽지 않다. 시의 밑자락에
는 어쩔 수 없이 그의 불행이 깔린다. 시력 상실이라는 그의 현실이 그
의 시를 읽는 데 훼방을 놓는 것이다. 그가 "보이지 않는 눈동자가 자
꾸 돌아간다/분명히 앞을 보고 있는 것 같은데/끝내 다 돌아간 눈동자
가/몸속에 웅크리고 있는 어린 나를 본다"(「돌아가는 길」)고 쓸 때, 이
시는 볼 수 없는 실제 눈 쪽으로만 기울어져 읽히기 십상이다. 그가 성
찰하는 회상의 시선으로 자아를 돌아보고 있음을 발견하기까지에는
적잖은 시간이 걸린다. 사정이 이렇다 보니 그의 시가 품고 있는 한 인
간의 진진한 삶의 곡절들은 뒷전이다. 누구든 장애 시인의 남다른 시
선만을 흥미롭게 들척이려 하는 것이다.

그러나 감히 말하건대, 손병걸 시가 이렇게 허비되어서는 안 된다.
그는 '검은 안경의 시인'일 뿐만 아니라, 눈에 보이지 않는 암흑세계를
제대로 발견한 거의 최초의 시인이다. 물론, 나도 가끔 "한 발짝 한 발
짝 간신히 내딛는/발걸음을 뚝뚝 끊는 유도블록/연거푸 발목을 턱턱
거는 턱" 같은 시행을 만날 때는 그의 본의를 놓치고 그의 장애에 발목

잡힌다. 시보다 먼저 그의 안타까운 시련이 나를 압박해 오는 것이다. 그럴 때, 그는 바로 이렇게 한 방 날린다. "캄캄한 벽 앞에서 한계를 느낄 때마다/나는 오히려 한 번씩 기쁘다"고.

손병걸은 이러한 시인이다. 불굴의 의지로 자기 불행을 넘어서서 인간 실존을 더듬고 있다. 동정이나 연민은 그의 몫이 아니다. 인간 손병걸의 삶과 시는 이처럼 온전하다. 다만, 누구나 그렇듯 삶의 지난한 굽이굽이들 속에서 잠깐씩 멈칫거릴 따름이다. 그러니 그가 멈칫거린다고 해서 더 이상 안타까워하지 말 일이다. 그는 분명히 알고 있다. "발자국이 없는 쪽으로 발끝을 향하고 내딛는 발걸음 발걸음이/비로소 길이 되는 것 자유가 되는 것"(「흰 지팡이」)임을. '보이지 않는 곳에서 무언가를 발견하는 능력자'를 시인이라 일컫는다면, 손병걸은 이미 상당한 경지를 열어젖힌 것이다. 이로 보건대 그는 이제 자유인 아닌가.

그의 지난 번 시집 『나는 열 개의 눈동자를 가졌다』에는 그만의 현묘한 시촉들이 곳곳에서 발현된다. 우리는 엄두도 내지 못할 어둠 속 시의 공간에서 그의 시선은 자유분방하다. 이번 시집에서도 이러한 자유분방함은 여실하다. 그중에서도 특히, 내가 눈 기울인 작품은 「점핀」이다. 시 속에서 '점핀'은 실제의 현실과 시적 상상의 중요한 매개자이자, 지상과 천상을 연결하는 영혼의 사다리로 기능한다. 그리하여 그가 "새파란 하늘에 어둠이 번져 갈 무렵/몹시 그리운 한 사랑을 떠올리며" 잡는 점핀에는 어떤 숭고함마저 실려 있는 것처럼 비친다. 우리에게는 단지 점찍는 행위에 불과하지만, 그의 상상 속에서 그것은 드넓은 꿈의 실현이기 때문이 아닐까.

그런데 문제는, 그가 이와 같은 점핀의 상상을 현실화하려면 "꺼진 별들 뒤에 감춘" "통증을 켜야" 한다는 점이다. 통증의 "작은 별빛 점 자 하나를 찍"어야 "빈틈없이 어둠 물든 하늘도화지"가 비로소 밝아 오는 것이다. 그렇다. 어쩔 수 없이 통증이다. 일상의 그가 너무도 유 쾌하여 우리는 놓치고 있지만, "명백한 실존이"며 "농도 짙은" 삶의 기 록을 찍어 내기 위해서 그는 우선 통증부터 켜야 하는 것이다.

나는 그의 이 '통증'이란 말에 깊숙이 찔렸다. 아프다. 그의 장애만 생각했지, 그가 시를 쓰고 살아가며 겪게 되는 통증에는 둔감했다. 통 증을 켜야 세상이 보인다니. 이 얼마나 뼈아픈 세상과의 소통이란 말 인가. 그럼에도 그는 일상에서 너무도 태연하게 낄낄거린다. 보이지 않는 눈 속에 깃든 유머와 재치로 상황을 느슨하게 풀어헤치는 것이 다. 시 「소주 반병」에 보면, 한 친구가 그에게 이렇게 말한다. "사회 부 적응자인 넌 좋겠다"고. 나라면 대뜸 욕설부터 내지를 터인데, 그는 "넘치지 않는 그렇다고 부족하지도 않은/저 얼큰한 시시비비가 언제나 좋다"고 정리한다. 통증으로 세상을 건너다니는 그에게 친구의 이런 투정쯤은 애교로 와 닿는 모양이다. 아하, 밝다. "끝내 닫혀 버린 두 눈 이지만" 그러니 "흰 지팡이 걸음이" 늘 "환한 외출"(「비 갠 후」)일 밖에.

저물어 가는 뒷모습이
아름다운 사람들을 위하여
– 박성우 시집 『웃는 연습』

박성우는 요즘 시의 흐름을 거슬러 가는 시인이다. 그의 시에서는 모나고 날카로운 이질감이 거의 드러나지 않는다. 모던함의 표상인 '모호한 갈등'들도 보이지 않아서 읽는 데 어려움이 없다. 그럼에도 낡은 것 같은 느낌은 들지 않는다. 왠지 새롭다. 그의 시 샘에서는 순정한 새 서정이 그침없이 솟아 나오는 것 같다. 말갛고 말개서 어쩔 줄 모르게 선한 시의 서정들이.

이번 시집 『웃는 연습』에서도 이는 한결같다. 현대사회의 속물성을 몸피에 둘러 그린 시는 시집을 통틀어 서너 편이나 될까. 그의 시선은 오롯이 사람 냄새나는 선한 맘결에 바쳐진다. 아직도 이런 삶들이 있나 싶을 만큼 살가운 이들이 고샅길 내왕하며 속정을 나누고 있다. "핫따 일찍 나오셨네요 잉, 인사를 건네면/마을 어른들은 고개를 끄덕 끄덕 씨익, /아, 안 나와도 된디 머덜라고 나왔디야!" 하고 그를 말린다. 고맙다는 마음을 마을 어른들은 이렇게 에둘러 표현하는 것이다. 그런데 마을 어른들과 함께 "등허리 축축하게" 울력 보태고 "집으로

들다 보니/안 쳐도 되는 우리 집 마당 앞 풀을/누군가가 참 깨끗하게
도 싹싹, 쳐두었다."("풀」) 일종의 마음 품앗이이다. 마치 내 마당인 것
처럼 "싹싹" 쓸어 주는 인정 어린 손길이 얼마나 고운가. 집 안으로 걸
어 들어가는 그의 뒷모습이 흥겨움으로 건들거리는 것도 같다.

삶이 이렇게만 이어진다면 굳이 '웃는 연습' 같은 건 할 필요조차 없
을 터이다. 그렇지 않은가. 절로 입 벙그러질 텐데 웃는 연습이 뭔 소
용인가. 나눔과 베풂이라고 하는 것은 이처럼 은근히 보이잖게 건네
져야 하지 않을까 싶다. 그래야 너도 나도 서로의 벽을 넘어 맘 편히
각자를 받아들일 수 있지 않을까. 봉화의 '김정자'와 정읍의 '김정자'가
그러하듯이. 갑자기 무슨 뜬금없는 소리냐고? 박성우의 설명이다.

> 내 어머니도 '김정자'고 내 장모님도 '김정자'다
> 내 어머니는 정읍에서 정읍으로 시집간 김정자고
> 내 장모님은 봉화에서 봉화로 시집간 김정자다
> 둘 다 산골에서 나서 산골짝으로 시집간 김정자다.
>
> — 「다정다한 다정다감」 부분

이처럼 경상도, 전라도로 전혀 달리 살아온 '김정자'가 박성우를 통
해 연이 닿은 것이다. 참 묘한 인연이랄 수 있는데, 어느 날 장모님 내
외분이 정읍에 인사차 들르셨다. 그러자, "정읍 김정자는 봉화 김정자
내외에게/장판과 벽지를 새로 한 방을 내주었"는데, "봉화 김정자는
정읍 김정자 방으로 건너갔다/혼자 자는 김정자를 위해"서다. "혼자
자지 않아도 되는 김정자가 내 장인님을 독숙하게 하고/혼자 자는 김
정자 방으로 건너가 나란히 누"운 것이다. 이후의 진행은 충분히 예측

할 수 있을 것이다. "두 김정자는 잠들지도 않고 긴 밤을 이어 갔다." "죽이 잘 맞는 '근당게요'와 '그려이껴'는/다정다한한 얘기를 꺼내며 애면"(「다정다한 다정다감」) 그의 잠을 가져가고 말았다.

지금 우리의 현실에서 경상도와 전라도라는 동서의 이질감은 어떤 극점에 이른 느낌이다. 못된 독재자가 심어 놓은 지역감정이 사람 사이의 틈을 한껏 벌려 놓은 것이다. 그러나 삶에서 터득한 인정의 발로는 까짓 지역감정쯤 가뿐히 넘어선다. 물론, 자식 사랑이라는 기본적인 유대가 깊이 개입되어 있기는 하지만, 반드시 그것 때문만은 아닐 것이다. '저 김정자가 혼자 자지 않는가. 오늘 밤만이라도 내가 말동무해 줘야지.' 하는 사람의 도리가 그 벽을 간단히 젖혀버렸으리라 짐작한다.

사람살이의 이 같은 다정다감의 교류를 드러내고자 애쓰는 데에 박성우의 진면목이 있다고 나는 생각한다. 「다정다한 다정다감」처럼 사람을 사람답게 만드는 마음결을 아름다이 포착하여 과하지 않게 시적으로 펼쳐 놓는 것이다. 바로 이런 관점에서 나는 그가 시집 맨 마지막에 실어 놓은 「또 하루」의 마지막 두 행을 뜻깊게 받아들인다. "종연이 양반이 염소에게 먹일 풀을 베어 가고 있었다/사람은 뒷모습이 아름다워야 한다고 생각했다." 무심한 듯 바라보는 그의 시선이 예사롭지 않다. 노자가 말하는 바, 무위(無爲)의 숨결이 거기에 닿아 있는 것처럼 느껴지는 것이다. 저물어 가는 뒷모습이 아름다운 사람들을 위해 그는 다음에 또 어떤 시의 무늬를 내어 비칠까. 나는 벌써 사뭇 기다리고 있다.

좌절과
성찰의 시

대지인으로서의 김남주

'전사시인' 김남주와 '대지인' 김남주

새삼 다시 그와 그의 시를 언급하지 않아도 될 만큼 김남주는 한국 문학에서 뚜렷한 봉우리이자 역사이다. 1980년대 우리 문학의 저항과 비판은 그에게서 나와 그에게로 돌아간다. 어찌 1980년대뿐이랴. 민족민중문학의 중심에는 여전히 그와 그의 시가 올연히 서 있다. 감히 말하건대 이후 그 누구도 이와 같은 그의 입지를 넘어서지 못하고 있다. 김남주를 넘어서는 '김남주 이후'는 나타나지 않은 것이다. 나는 이 점이 한편으로 우리 문학의 불행이 아닐까 생각한다. 김남주에게는 김남주만이 긴장 팽팽하다.

그래서 그럴까. 김남주와 그의 시가 요즘 들어 조금씩 뒤로 물러서는 느낌이다. 근래의 독자들 시 맛에는 그의 시가 어울리지 않는 것인가. 나는 그렇지 않다고 믿는 편이지만, 현실은 녹록지 않다. 그를 찾는 독자는 확실히 줄어들고 있는 것처럼 보인다. 서점에서 그의 시집을 구하기가 쉽지 않다. 이러다간 그의 시는 사라지고 김남주라는 전설로만 남을 것 같아 적이 불안하다.

가만히 생각해 본다. 왜 이와 같은 결과가 빚어졌을까. 위에서 말한 것처럼 김남주 이후 문학의 부재 때문인가. 혁명적 시기가 아니라서 그가 관심 밖으로 멀어진 것인가. 현실 사회주의권의 몰락과 그 궤적을 함께하는 것인가. 나는 셋 다 영향을 끼쳤으리라 여긴다. 변화하는 시대적 흐름을 어찌 무시할 수 있으랴. 하지만 내게는 이것만으로는 부족하다고 생각된다. 김남주 시의 홀대를 설명하기에는 어쩐지 미흡한 것이다.

그러면서 나는 내가 기억하는 그의 시들을 조용히 읊조려 본다. 세 다. 지금 읽어도 센 시들만 남아 전율의 기억들을 간추리고 있다. 이를테면 다음 같은 시들이다. 「학살 1」, 「전사 1」, 「종과 주인」, 「조국은 하나다」. 김남주를 단호한 전사적 시인의 이미지로 남아 있게 하는 시들이다. 가슴에 박히어 통렬한 분노를 불러일으키고 터뜨린다. 얼마나 선연한가. 그러니 이러한 시들이 김남주의 얼굴로 살아나는 것은 어쩌면 당연한 일인지도 모른다. '전사시인'이라는 호칭은 그 귀결이었으리라.

하지만 나는 이 호명이 김남주에게는 영광이자 동시에 불행이라고 여긴다. 이 호명 아래로 김남주의 중요한 한 축이 가라앉아 버렸기 때문이다. 내가 보기에 그는 전사이자 시인이면서 또한 '대지인'이었다. 김남주의 지향을 가른다면 나는 그를, '전사시인'이자 '대지인'으로 나눠야 한다고 믿는다. 그는 혁명의 무기로 시를 택했으나 삶의 지향으로는 대지를 꿈꿨던 것이다.

그의 이와 같은 대지적 풍모를 받치고 있는 시들, 예컨대 「사랑 1」, 「농부의 밤」, 「농민」, 「물 따라 나도 가면서」 같은 시들은, 단호함보다는 다사로움이 그 저변에 깔려 있다. 그의 본래적 성격은 이런 것이 아닐까 싶게 살가운 인정의 아름다움을 담고 있는 것이다. 사람들이 왜 그에게 '물봉'이란 별명을 붙여 주었는지 알 수 있을 만큼 다감한 시들이기도 하다.

나는 전사의 시들과 함께 이와 같은 대지의 시들도 함께 읽어야 김남주의 총체적 면모가 드러날 것이라고 믿는다. 김남주는 단순하지 않다. 그의 시에는 한 몸이 감당하기 쉽지 않은 한국사의 다양한 모순이 들어 있다. '대지인'으로서의 김남주를 수면 밑에 놓고 그의 시를 말하는 건 따라서 그의 시 일부만을 언급하는 셈이다.

하여, 나는 이와 같은 문제의식을 심저에 깔고 대지인으로서의 김남주를 불러내고자 한다. 그는 과연 어떤 대지인이었을까.

그전에 김남주를 대지인이라 부르는 이유를 먼저 정리할 필요가 있겠다. 그가 대지인일 수밖에 없는 건, 그가 우리나라 땅끝마을 해남의 궁벽진 농가에서 태어났다는 사실과 무관치 않다. 농촌은 그를 이룬 몸이자 그의 정신세계의 기반이었던 것이다. 하지만 우리가 익히 알다시피 그가 꿈꾸는 농촌은 종래의 농촌이 아니었다. 그는 새로운 대지의 아들이고자 했던 것이다. 그때까지의 농촌이 전근대적인 생활공동체를 의미한다면, 그가 이루고자 한 대지의 삶은 미래 지향적인 생활공동체라고 할 수 있다.

나의 피이고 나의 살이고 나의 뼈인 대지

김남주가 대지인일 수밖에 없는 이유는 그의 시 「편지1」에 잘 드러나 있다. 그의 발언을 우선 들어보자.

내 시의 기반은 대지입니다

대지를 발판으로 일어서서 그 위에

노동을 가하는 농부의 연장과 땀입니다

씨를 뿌리기 위한 바람과의 싸움입니다

뿌리를 내리기 위한 어둠과의 격투입니다

노동의 수확을 지키기 위한 거머리와 진드기와의 피투성이의
실랑이입니다

추위를 막기 위한 벽과의 싸움이고

불을 캐기 위한 굴속과의 숨바꼭질입니다

대지 노동 투쟁이 기반을 잃으면

내 팔의 힘은 깃털 하나 들어올릴 수 없습니다

이 발판이 없어지면 나는 힘센 자의 입김에도 쓰러지고 마는 허
깨비입니다

내가 한 줄의 시를 쓸 수 있는 것은

가뭄을 이기는 저 농부들의 두레에 내가 낄 때입니다

그들과 더불어 내가 있고

그들과 더불어 내가 사고하고

그들과 더불어 내가 싸울 때

그때 나는 한 줄의 시가 됩니다

　　　　　ー「편지 1」 부분(시집 『나와 함께 모든 노래가 사라진다면』, 창비, 1995)

　김남주가 이렇듯 스스로 "내 시의 기반은 대지"라고 했음에도 불구하고 그를 대지의 시인이라 부르기에는 어쩐지 조금 망설여진다. 위의 시에서도 보이듯이 그가 대지의 포용성이 아니라, 역동성을 강하게 드러내고 있기 때문이다. 우리가 대지의 시인이라고 부를 때에는

왠지 드넓은 포용과 관용을 내보여야 할 것 같은데 말이다. 게다가 그의 대지는 결코 순응하는 모양새도 아니다. 그의 아버지처럼 그저 묵묵히 참고 농사짓는 그러한 농부가 그려지지 않는 것이다.

이처럼 김남주의 대지 관은 통상의 대지 관과 다르다. 김남주가 그리는 대지와 농부는 강건하다. 그가 바라는 농부는, "대지를 발판으로 일어서서 그 위에/노동을 가하"며 "씨를 뿌리기 위한 바람과의 싸움"과 "뿌리를 내리기 위한 어둠과의 격투"를 벌인다. 그들은 그야말로 "대지 노동 투쟁"의 기반이자 전사의 '발판'이다. 김남주는 그가 "한 줄의 시를 쓸 수 있는 것은/가뭄을 이기는 저 농부들의 두레에" 낄 때라고 여긴다.

나는 이들 시행이 굉장히 중요한 함의를 품고 있다고 생각한다. 김남주가 시를 혁명의 무기라고 말할 때, 그 힘의 원천적 '발판'이 대지임을 밝히는 부분이 여기인 까닭이다. "그들과 더불어 내가 있고/그들과 더불어 내가 사고하고/그들과 더불어 내가 싸울 때/그때 나는 한 줄의 시가 됩니다"라는 고백은 그래서 의미심장하다. 이는 단순히 동지적 연대와 유대감만을 표시하는 게 아니다. 이 발언에는 그의 시의 몸과 맘이 다 들어 있다. 스스로 대지적 시인임을 구체적으로 천명하고 있는 것이다. 이로써 그가 중요한 비유를 쓸 때, 왜 대지의 움직임과 농부의 삶, 낫 등 농기구가 동원되는지 알 수 있다. 김남주의 시의 맘도 실은 대지이며 시의 몸도 대지인 것이다.

"내 시의 기반은 대지다"라는 선언은 「다시 시에 대하여」(시집 『사상의 거처』, 창비)에도 나온다. 그는 이 시에서도 "생활의 이 기반에서 내가 발을 떼면/내 시는 깃털 하나 들어올리지 못"할 것이라고 말한다. 대지라는 현실에서 발 떼 버린 시들에 대한 경고로도 읽히지만,

주요하게는 대지를 디뎌야 한다는 스스로의 다짐이라 느껴진다. 그는 생활이라는 대지를 떠난 관념시들은 세상의 "깃털 하나 들어 올리지 못"하는 공허한 것이라 믿고 있다. 그런 점에서 그에게 대지, 곧 현실을 떠난 시는 시가 아니다. 리얼리티에 기반한 김남주의 현실 인식이 명확해지는 대목이 아닐 수 없다.

「다시 시에 대하여」에는 주목해야 할 시행이 또 있다. "노동과 인간의 대지에 뿌리를 내리고/생활의 적과 싸우는" 사람, "피와 땀과 눈물로 빚어진 이 사람의 얼굴"이라는 표현이 그것이다. 이 농부의 얼굴, 이 민중의 표상은 과연 누구일 것인가.

나는 김남주의 아버지와 어머니로 읽는다. 실로 누구든 그렇지 않겠는가. 대지의 동의어는 자기 몸의 본체인 아버지와 어머니일 것이다. 김남주라고 다를 것이랴. 그의 대지관의 바탕에는 이처럼 그의 아버지와 어머니의 삶이 내재하고 있다. 그러나 안타깝게도 김남주의 아버지와 어머니의 삶은 그가 부정하고 극복해야 할 대상이기도 했다.

> 그래 그런 사람이었다 나의 아버지는
> 공책이란 공책은 다 찢어 담배말이로 종이로 태워버렸다
> 내가 학교에서 상장을 타 오면
> "아따 그놈의 종이때기 하나 빳빳해 좋다"면서
> 씨앗봉지를 만들어 횃대에다 매달아 놓았다
>
> 그는 이름 석 자도 쓸 줄 모르는 무식쟁이였다
> 그는 밭 한 뙈기 없는 남의 집 머슴이었다
> 그는 나이 서른에 애꾸눈 각시 하나 얻었으되

그것은 보리 서너 말 얹혀 떠맡긴 주인집 딸이었다

그는 지푸라기 하나 헛반 데 쓰지 못하게 했다
어쩌다 내가 그릇에 밥태기 한 톨 남기면 죽일 듯 눈알을 부라렸
다

그는 내가 커서 어서어서 커서
사람이 되어 주기를 바랐다
농사꾼은 그에게 사람이 아니었다
뺑돌이의자에 앉아 펜대만 까딱까딱하고도
먹을 것 걱정 안 하고 사는 그런 사람이 되어 주기를 바랐다

그는 못되도 내가 면서기쯤은 되어야 한다고 했다
그러면 자기도 면에 가면 누구 아버지 오셨냐며
인사도 받고 사람 대접을 받는다 했다
그는 내가 고등학교 대학교 다닐 때
금판사가 되면 돈을 갈퀴질한다고 늘상 말해 왔다
금판사가 아니라 검판사라고 내가 고쳐 일러 주면
끝내 고집을 꺾지 않고
금판사가 되면 장롱에 금싸라기가 그득그득 쌓일 거라고 부러
워했다

그는 죽었다 홧병으로
내가 자본과 권력의 모가지에 칼을 들이대고

경찰에 쫓기는 몸이 되었을 때

식구들에 둘러싸여 마지막 숨을 거두면서

그는 손을 더듬거리고 나를 찾았다 한다.

　　　－「아버지」 부분(김남주 옥중시전집 『저 창살에 햇살이 1』, 창비, 1992)

　김남주에게는 이 시 「아버지」가 대지 시인으로서의 출사표와도 같
다. 이 시 속에는 대대로 이어지는 농민 삶의 모순과, 개인으로서 그의
아버지의 기구한 생애가 한꺼번에 들어차 있다. 뿐만 아니라, 수탈의
삶을 끝내고자 하는 비원도 절절하며 아버지라는 땅을 딛고 새로운 대
지를 열고자 하는 숨 가쁜 욕구도 들끓는다.

　위의 시에서 알 수 있는 것처럼 김남주의 아버지는, "일제시대 때
태어나 거의 삼십 년 간을 남의 집 머슴살이를 했"으며 "꼴머슴에서
시작해서 중머슴 상머슴에 이르기까지 청춘을 거의 종으로 살았"다.
그러다가 "마지막으로 머슴살이했던 바로 그 주인집의 딸과 결혼"했
는데, 주인집 딸인 그의 "어머니는 한쪽 눈이 불구"인 사람이었다. 이
렇게 신체적으로 모자란 탓에, "아버지가 머슴살이했던 집의 주인이
밭 몇 뙈기를 떼어서 그 딸을 시집 보낸 것"이다(『시적인 내용은 생활
의 내용』, 「김남주 문학에세이―불씨 하나가 광야를 태우리라」에서 가
려 뽑음, 이하 이 글에서는 이 책을 '김남주 문학에세이'라 부름).

　사정이 이러하므로 그의 아버지는 그에게 딱 하나, '사람'이 되기를
바란다. 이게 무슨 소리인가. 사람이 되라니. "농사꾼은 그에게 사람
이 아니었"던 것이다. "뺑돌이의자에 앉아 펜대만 까딱까딱하고도/먹
을 것 걱정 안 하고 사는 그런 사람"이 아버지가 생각하는 '사람'이었
다. 차별 받지 않고 살고 싶은 아버지의 비원이 이 '사람'이라는 말 속

에는 녹아 있다.

그러나 또 달리 보면, 이 아버지는 얼마나 모질고 무식한가. "어쩌다 내가 그릇에 밥태기 한 톨 남기면 죽일 듯 눈알을 부라렸다"고 하니 자식 사랑이라곤 눈곱만큼도 없어 보인다. 하지만 당시의 시대상황으로 보건대 이러한 형편이 김남주 아버지의 유난함만은 아니었다. 그의 아버지가 가진 세상 인식은 당대를 살아간 보편적인 아버지들 상에서 크게 비껴나지 않는다. 그 시절 아버지들은 누구나 '잘난 자식의 아버지'로 살고 싶었던 것이다. 그의 아버지의 한계는 따라서, 그만의 독특한 습성이 아니라, 폐허 속에서 살아남아야 했던 가장들의 처절한 몸부림이었다고 할 수 있다.

김남주도 바로 이 점을 의식한 듯 자전 에세이에서 다음과 같이 쓰고 있다. "제 핏속에는 제가 알게 모르게 어떤 인간적인 권리도 없는 그런 삶을 살았던 사람에 대한 애정이랄까 안타까움의 정서가 흐르고 있는 것 같아요. 그와 반면에 제 아버지와 같은 사람을 종살이시켰던 그 대상과 그런 사회에 대한 어떤 악감정, 이를테면 적개심 같은 것이 나도 모르게 어렸을 때부터 내 몸속을 흐르고 있었지 않나 생각합니다. 내가 철이 들면서 그것이 이제 의식적으로 되었을 뿐이죠."("시적인 내용은 생활의 내용」, 『김남주 문학에세이』, 시와사회사)

나는 그의 이 발언이 김남주의 행로를 이해하는 데 아주 중요한 시사점이라고 여긴다. 그의 시를 이루는 기본 정서와 사유가 잘 드러나고 있기 때문이다. 그의 가슴 밑바닥에는 아버지의 저 기구한 삶을 통해서 받아들인 "어떤 인간적 권리도 없는 그런 삶을 살았던 사람에 대한 애정"과 "안타까움의 정서"가 동시에 깃들어 있었던 것이다. 나는 이러한 애정과 안타까움의 정서가 그를 대지의 시인으로 이끌어 갔으리라 짐작한다.

그러나 한편으로, "아버지와 같은 사람을 종살이시켰던 대상"과 "그런 사회에 대한 악감정, 이를 테면 적개심 같은 것"도 그의 "몸속을 흐르고 있었"다. 아마도 이 적개심이 자라나 이후 그를 전사의 길, 혁명의 길로 나아가게 하지 않았을까.

이렇게 볼 때 김남주에게 아버지는 마치 대지처럼 그가 품어야 할 대상이자 극복해야 할 난관이었다. 아이러니하게도 그는, 아버지와 같은 사람들이 제대로 사는 세상을 만들기 위해서는 그 자신 아버지의 기대를 접을 수밖에는 없었다. 아버지의 바람이 깃든 '사람'으로서의 면서기나 '급판사'는 그가 가야 할 길이 아니었기 때문이다.

김남주의 삶과 문학에서 거의 언급되지 않지만 내가 보기에는 아주 중요한 캐릭터가 아버지와의 관계에서 등장한다. 김남주의 아버지가 "마지막으로 머슴살이했던 바로 그 주인집"의 '주인'이다. 알기 쉽게 말하면 김남주의 '외할아버지'다. 그런데 김남주는 그 어디에서도 그를 외할아버지라고 부르지 않는다. 그 사람은 통상 '주인집'으로 표현될 뿐이다.

이에 관해서 김남주는 「문학은 주장이 아니고 느낌이다」(『김남주 문학에세이』)에서, "내가 최초로 이런 의식을 갖게 된 것은 책이나 사회의 선배를 통해서가 아니라 외갓집에 대한 반감에서 싹트지 않았나 하는 생각을" 한다고 말하고 있다. 초가삼간인 그의 집과 구조도 다르고, "또 어엿이 머슴 2~3명을 부리고 사는 것들에 대해 어린 나이에도" 그는 거부감을 가졌다고 쓴다. 외할아버지와의 관계에서도 아버지는 사위와 장인이라기보다는 머슴과 주인의 위상이었을 테니 김남주가 봤을 때 외갓집은 '주인집' 이상도 그 이하도 아니었음이 분명하다. 우리가 통상적으로 그리는 외할아버지, 외할머니의 인자함이 완전히 거세된 채 외갓집은 '주인집'으로, 김남주의 가슴에 각인된 것이다.

아마도 그의 대표작 중 하나인 시 「종과 주인」의 배경도 여기서 연원하고 있을 것이다. 어린 시절부터 몸에 밴 이같은 거부감이 적개심으로 자라나 시로 맺힌 것 아닐까.

> 낫 놓고 ㄱ자도 모른다고
> 주인이 종을 깔보자
> 종이 주인의 목을 베어 버리더라
> 바로 그 낫으로.
>
> ─「종과 주인」 전문(시집 『나의 칼 나의 피』, 실천문학사, 1988)

참으로 강하고 섬뜩하다. 전후좌우 살핌 없이 주인이라는 수탈자를 단칼에 날려 버린다. 단호하게 쓰여진 이 시의 이 같은 계급 척결 의지가 내게는 오랫동안 쌓인 증오의 한 발로로 읽힌다.

그렇다면 이런 추정도 가능할 것이다. 계급 모순의 맹아를 키울 수 있었다는 점에서 불행하긴 해도 '주인집'은, 그의 세계관에 남다른 토양으로 기능하지 않을까 하는. 하지만 나는 이 특이한 환경의 부정적인 측면에 더 주목하고 싶다. '주인집'이라 불릴 수밖에 없는 환경이 어린 김남주에게서 외갓집 정서를 앗아가고 말았다는 점이다. 외갓집 정서란 무엇인가. 넉넉하게 감싸안아서 대지적 모성을 키워 주는 훈김 같은 것이다. 어머니의 어머니라는 포괄은 궁극의 모성이다. 그 어떤 분란과 대치도 포옥 휘감아서 가라앉힌다. 그런데 김남주는 저 '주인집'이라는 특수성으로 인해 그 대지적 모성에서 원천적으로 배제되고 만 것이다.

김남주의 대지시를 읽을 때 내가 아쉬워하는 부분이 도식적이고 메마른 감성들의 혼재이다. 만일 그가 어린 시절 외할머니의 품속에서 실컷 놀면서 컸더라면 어땠을까. 역사에서 가정은 무의미하지만, 그의 시가 보다 넉넉하고 포용적인 따스함을 품지 않았을까. 물론 이는 양날의 칼이어서 자칫 쩡하게 울리는 그의 혁명성을 약화시킬 수도 있었겠지만.

그의 시 「어머니」를 읽고 난 잠시 당황했다. 통상의 어머니와는 전혀 달랐다. 내 어머니가 아니라, 이 땅의 보편적인 어머니가 거기에는 들어 있다. 냉철한 이성으로 들여다본 한국의 어머니 상을 그는 그리고 있는 것이다. 그는 "이 사람을 좋아했고 사랑했다"고 쓰지만 어쩐지 딱딱하다. 모자간의 교감은 보이지 않고 선지자가 돌아다본 어떤 '한 어머니'만 처연하다.

일흔 넘은 나이에 밭에 나가
김을 매고 있는 이 사람을 보아라

아픔처럼 손바닥에는 못이 박혀 있고
세월의 바람에 시달리느라 그랬는지
얼굴에 이랑처럼 골이 깊구나

봄 여름 가을 없이 평생을 한시도
일손을 놓고는 살 수 없었던 사람
이 사람을 나는 좋아했다

자식 낳고 자식 키우고 이날 이때까지
세상에 근심 걱정 많기도 했던 사람
이 사람을 나는 사랑했다
나의 피이고 나의 살이고 나의 뼈였던 사람.

— 「어머니」 전문(김남주 옥중시전집 『저 창살에 햇살이 1』)

안기고 싶은 어머니라기보다는 거리감을 두고 서 있는 어머니 같다. 관계에 어떤 선이 그어져 있는 것처럼 느껴진다. 김남주는, '보라, 여기 이 여인이 내 어머니다.' 이렇게 외치며 "이 사람을 나는 좋아했다", "이 사람을 나는 사랑했다"라고 표현한다. '사랑해요, 어머니'가 아니다. 어머니와 나 사이에 어떤 격절감이 끼어드는 것이다. 그런 까닭에 그가, "나의 피이고 나의 살이고 나의 뼈였던 사람"이라고 어머니를 지칭해도 그 말이 살갑게 다가들지 않는 것이다.

어머니를 사랑하지 않는 것도 아니면서 그는 왜 이렇게 썼을까. 오래된 의문 하나를 나는 외갓집 정서의 결핍으로 푼다. 누군가가 세상과 교감할 때에는 어머니와 그 어머니의 어머니 같은 대지적 모성이 함께 어우러져 감싸 주기도 해야 하는 것이다.

물론, 「어머니」가 이렇게 묘사된 데에는 그의 시적 전략이 숨어 있기도 하다. 그는 시에서 "생활의 군더더기 살을 빼야 한다"고 보았다. "지금 이 땅에서 가장 건강한 문학, 가장 인간적인 문학은 자본의 폭력과 비인간성에 저항하는 문학"이라고 믿고 있기 때문이다. 그는 문학이 "뼈처럼 단단하기 위해서"는 정서보다는 인식을 개조해야 한다고 본다. 이러한 생각이 이 시에도 반영되어 있는 것이다.

그가 감옥에 있을 때, 동생 덕종에게 보낸 편지에 이런 구절들이 보인다. "어머니에게 쉽게 이야기해 드려라. 자본가들은 거머리들이라고. 어머니가 모심기할 때 허벅지에서 떼어내고는 했던 피둥피둥 살이 찐 그 징그러운 흡혈귀 말이다." 이것이 그의 대지적 시관이고 그의 사랑법이다. 그의 사명도 바로 여기에 놓인다. 그는 이어서 쓴다. "이들 거머리와 진드기가 없으면 세상은 좋아질 일이고 우리 농민들은 물론 노동자들도 제 피와 땀을 자본가들에게 빨리지 않고 건강하게 살아갈 것이다. 이들 흡혈귀들이 없어지면 산적과도 같은 저 독재자들도 없어질 것이다."(「나는 왜 남민전에 참가했는가」, 『김남주문학에세이』 중)

농민이라는 존재의 위대함

아버지, 어머니를 통한 그의 대지관이 형성된 것은 어쩌면 태생적이라 할 수 있다. 아버지가 이룬 가족관계에서 이미 모순의 집적이 이뤄지고 있기 때문이다. 하지만 이는 그의 품성을 간과한 채 그의 일부만 들여다본 것에 지나지 않는다. 김남주에게 외갓집 정서의 결핍을 넘어서는 '부끄러움'이라는 각성이 찾아든 것이다. 부끄러움을 모르는 인간은 반성할 수 없으며 반성하지 않는 자는 혁명을 말할 수 없을 것이다. 그런 점에서 대학생이 되자 찾아온 부끄러움은 김남주에게 일생일대의 전기(轉起)를 불러일으킨다.

대학교 1학년 여름 어느 날의 일이다. 방학을 해서 고향을 찾아 마을로 들어서는데 밭에서 김을 매던 늙수그레한 동네 아줌마가 일손을 놓고 일어서더니 머릿수건을 벗고는 "유순이 오빠 오시요" 하고 공손하게 절을 하는 것이었다. 나는 엉겁결에 "예"하며 맞절은 했지만 여간만 당황한 게 아니었다. 또 얼마쯤 가다가 길가에서 풀을 베고 있는 마을 어른도 벌떡 일어서더니 "어이 오신가, 방학해서"라고 공대말을 하는 것이었다. 나는 너무 무안해서 대답도 제대로 못하고 그 자리를 피해 버렸다. …(중략)… 흙이나 파먹고 사람대접도 받지 못하는 무지렁이들이라고 늘 자기를 비하하며 살고 있는 그들의 눈에 대학생인 나는 딴 세상의 사람으로 보였던 것일까.

이런 당황스럽고, 무안하고, 부끄러운 장면을 피하기 위해서 나는 그후 고향을 찾게 되면 주로 밤을 이용했다.

– 「반유신투쟁의 대열에서서–나의 문학체험2」 부분(『김남주 문학에세이』)

나는 바로 이 지점에서 김남주의 어제와 오늘이 달라졌을 것이라고 짐작한다. 부끄러움이라는 염치의 자각이 그것이다. 대학생이 되어 돌아온 그를, 자기들과는 뭔가 다른 인종으로 우러러보는 저 동네 사람들의 공대를 통해 그는, 계급모순의 단면을 확 깨우친 것이다. '배운 자들, 가진 자들은 배우지 않은 자들과 가지지 못한 자들에게 아주 삶을 시달리게 하는 존재'라는 사실. 그 계급모순의 실체를 확인한 그는 이후 밤을 타서 고향을 찾을 수밖에는 없었다. 자신을 다른 계급으로 바라보는 이웃들의 시선을 그는 차마 부끄러워서 마주할 수 없었던 것이다.

이는 참 보기 드문 김남주만의 품성과 각성이라고 나는 생각한다. 대개의 경우, 사람들이 이렇게 대할 때면 우쭐하게 마련이다. 신분 상승의 어리둥절함은 곧 사라지고 그것을 당연한 지위쯤으로 착각하는 것이다. 하지만 김남주는 그 상황에서 오히려 부끄러운 자신을 들여다본 뒤 새로운 단계로 나아갔다.

공기와도 같은 것

공기 속에 보이지 않는 산소와도 같은 것

물과도 같은 흙과도 같은 것

질소와도 같은 것

어디에나 있으면서 어디에도 없는 것

존재하고 존재하지 않는 것

흔해 빠져 아무도 눈여겨보지 않으면서도

내가 없으면, 일 분 일 초도 없으면

세상은 순식간에 죽음의 바다, 나는 농민이다.

조상 대대로 농민이다.

천 지 현 황 삼라만상이 생긴 이래 으뜸가는 농민이다.

보라

이글이글 검게 탄 얼굴 나를 보라

보라

무릎까지 빠진 대지의 기둥 나를 보라

더는 빠질 수 없는 밑바닥 인생 나를 보라

나는 쩍쩍 벌려진 가뭄의 논바닥이다

나는 수마와 모기와 거머리에 할퀴고 뜯기고 빨린 상처투성이

나는 천년을 하루같이 가을이면 빈손으로 그득한 쭉정이

…(중략)…

값은 고하간에 규격 미달 반팽이 나는 농민이다.

읽을 줄도 모르는 까막눈이다.

화물차에 실려 도시의 잡담에서 밟히고 뭉개지는 배추 포기이
다.
　　도시의 어금니에서 씹히는 보리알이고
　　도시의 뱃속에서 부글부글 끓어오르는 터럭의 통닭이다.
　　뿐이랴! 네놈들 인육의 시장에서 매매되는 노예이다.

　　　　　　　　　　　　　　　　　　－「농민」 부분(시집 『나의 칼 나의 피』)

　'농민'이라는 존재의 위대함을 발견한 것이다. 그들의 시선으로 바
라본 '나'라는 존재의 부끄러움을 통해 그는 오히려 '그들이라는 존재',
곧 '나의 아버지이자 어머니들이라는 존재'의 위대함을 깨닫게 되었
다. 아, 이들이 바로 세상의 으뜸이구나 하고 깨닫는 순간, 그에게는
전율이 타오르지 않았을까. 그렇지 않은가. 농민이야말로 "공기 속에
보이지 않는 산소와도 같은 것/물과도 같은 흙과도 같은 것/질소와도
같은 것"이다. 그것이 없으면 우리의 목숨도 없다.
　　그는 농민의 아들로서 자각한다. "흔해 빠져 아무도 눈여겨보지 않
으면서도/내가 없으면, 일 분 일 초도 없으면/세상은 순식간에 죽음의
바다"라고. 그런데 지금 농민인 나는 무엇인가. 어떤 취급을 받고 있
는가. "쩍쩍 벌려진 가뭄의 논바닥이"며 "도시의 잡담에서 밟히고 뭉
개지는 배추 포기이다." 어디 이"뿐이랴!" 가진 자들, 배부른 자들, 도
시놈들 "인육의 시장에서 매매되는 노예"로 전락해 버리기까지 했다.
　　그러니 이제 그의 분노, 대지의 분노를 어찌 멈출 수 있겠는가. 그
는 이 땅의 모든 농부들이자 생산자들에게 묻는다. "지상의 모든 부
(富)/쌀이며 옷이며 집이며/이 모든 것의 생산자여" "그대는 충분히
먹고 있는가/그대는 충분히 입고 있는가/그대는 충분히 쉬고 있는가"

하고. 이 물음에 대한 답은 너무 쉽다. 누구나 알고 있다. "그렇지 않다 결코." 이것이 그 답이다. 그리하여 그는 외친다. "이것은 부당하다 형제들이여/이 부당성은 뒤엎어져야 한다"(「민중」부분, 시집 『나의 칼 나의 피』)고.

그는 생산자의 삶이 "부자들의 웃음처럼 펴지는"걸 보지 못했다. "제 입으로 쌀밥 가져가는" 것을, "춤이 되고 노래가 되어" 퍼져 나가는 것을 그는 한 번도 본 적이 없었다. 이 세상에서 생산자는 완벽하게 소외되어 있는 것이다.

> 그러나 나는 보지 못했네 아직
> 이 손의 주름이 부자들의 웃음처럼 펴지는 것을
> 제 노동의 주인이 되어 이 손이
> 제 입으로 쌀밥을 가져가는 것을
> 노동의 기쁨이 되어 이 손이
> 춤이 되고 노래가 되는 것을
> 제 노동의 계산이 되어 이 손가락이
> 나락금을 셈하는 것을 나는 한 번도 본 적이 없네
>
> 나는 묻겠네 친구
> 따가운 햇살 등에 받으며 한낮의 이랑 속에서 배추 포기를 키우
> 는 사람이
> 가장 싱싱한 채소를 먹어서는 안 되는가
> 척박한 땅에 사과나무를 심고 땀을 흘리는 사람이
> 지성으로 자식보다 귀하게 소를 키운 사람이

겨울의 화롯가에서 등심구이를 먹어서는 안 되는가
연장 대신에 이 손에 무기를 쥐어 주고
그 무기를 내 시가 노래해서는 안 되는가

－「손」 부분(시선집 『사랑의 무기』, 창비, 1989)

그리하여 그는 친구에게 묻는다. "따가운 햇살 등에 받으며 한낮의 이랑 속에서 배추 포기를 키우는 사람이/가장 싱싱한 채소를 먹어서는 안 되는가"고. "연장 대신에 이 손에 무기를 쥐어 주고/그 무기를 내 시가 노래해서는 안 되는가"고. 왜 안 되겠는가. 그러라고 있는 '손' 아닌가. 손은 일하라고 있는 손이면서 동시에 쓰라고, 또 싸우라고 있는 손이기도 하다.

이처럼 이 땅의 모순을 자각한 김남주는 친구들과 함께 동학농민전쟁의 현장을 더듬게 되는데 그때 녹두장군 전봉준과 조우한다. 우리도 익히 알고 있는 그 사진 속의 전봉준이다. 그는 "들것에 실려 서울로 압송되어 가는" 그 전봉준의 얼굴에서 "두 개의 눈"을 본다. "양반과 부호들에 대한 증오의 눈과/가난한 민중에 대한 사랑의 눈"(「녹두장군」 부분, 시집 『조국은 하나다』, 실천문학사, 1988)을. 이 두 눈은 계급적으로 확연히 갈라진 눈이며 이후 김남주를 밝히는 바로 그 눈이다.

대지인의 꿈은 조선의 마음에 서려 있다

더 이상 다른 선택지는 없었다. 그의 일생은 이 두 개의 눈－'양반과 부호들에 대한 증오의 눈'과 '가난한 민중에 대한 사랑의 눈'－에 바쳐진다. 하지만 그 어느 때라도 그의 행보 밑바탕에는 대지적 염원이 자리하고 있었을 것이다. 그 염원이 시에서는 "조선의 마음"으로 나타난다. 그가 "찬 서리/나무 끝을 나는 까치를 위해/홍시 하나 남겨둘 줄 아는"(「옛 마을을 지나며」 부분, 시집 『나의 칼 나의 피』) 마음으로 묘사한 그 마음은 기실 대지의 마음이다.

그런데 그는 왜, 조선의 마음이라 부르는가. '조선'이야말로 그가 꿈꾸는 대지의 원형이며 그것이 곧 우리의 오랜 전통이었기 때문이다. 그에 의하면 "무릇 먹고 마시고 하는 것은 예부터/남몰래 혼자 먹는 게 아니"었다. "모자라면 모자라는 대로 나눠 먹어야 제멋이"었던 것이다.(「황영감」 부분, 시집 『사상의 거처』, 창비, 1990) 예컨대 새참을 먹다가도 지나가는 길손이 있으면 불러 함께 나누는 게 사람살이의 참멋이었다. 그는 이 같은 전통이 우리의 미래인 '조선의 딸'에게도 이어지길 바란다. "지나가는 낯선 사람도 불러/이웃처럼 술도 한잔 드시게 하는/조선의 딸 그 마음을"(「조선의 딸」 부분, 시선집 『사랑의 무기』) 오래도록 보존하고 싶은 것이다.

그의 '대지인의 꿈'은 이와 같은 "조선의 마음"에 서려 있다. 그가 바라는 이상사회의 전범은 "조선의 마음"이 살아 숨쉬는 농촌공동체인 것이다. "조선의 딸"과 같은 사람들이 모여 "조선의 마음"으로 인정을 나누고 살피는 세상이다. 이는 그야말로 쉽고도 어려운 꿈이다. 당연히 가꾸어야 할 바람이기에 쉽고 착취의 자본주의를 거슬러야 하기에 어렵다.

김남주는 시 「이 세상 넘으면」(시집 『저 창살에 햇살이 1』)에서 여든 아홉 정정한 노인을 통해 이상적인 우리의 삶을 제시한다. 노인이 바라는 삶은 아주 단순하다. 배고픈 설움을 면하고, 밥 잘 먹고 즐겁게 일하는 것이며, 기쁨도 없이 살 때 서로 나눠 먹는 것이다. 노인은 "사람에게 배고픈 서럼보다 더한 서럼이 없"는 것을 잘 알고 있다. 그러니까 "기쁨도 없이 살 때 서로 나눠 묵는 기쁨이 제일"이라고 여기는 것이다. 이런 삶이 그가 미래에서 불러들인 정정한 노인, 곧 그의 바람이며 동시에 민중의 바람이다. 사람이 사람을 억압하지 않고 서로서로 기쁘게 나누는 세상. 그런데 한편 생각해 보면 이 자본주의사회에서 이는 얼마나 멀고도 아스라한 꿈인가.

> 대지에 뿌리를 내리고
> 해를 향해 사방팔방으로 팔을 뻗고 있는 저 나무를 보라
> 주름살투성이 얼굴과
> 상처 자국으로 벌집이 된 몸의 이곳저곳을 보라
> 나도 저러고 싶다 한 오백 년
> 쉽게 살고 싶지는 않다 저 나무처럼
> 길손의 그늘이라도 되어 주고 싶다.
>
> – 「고목」 전문(시집 『조국은 하나다』)

하지만 김남주는 죽어서도 꿈꿀 것이다. 이 고목처럼 "대지에 뿌리를 내리고" 살아갈 수 있기를. 비록 "주름살투성이 얼굴과/상처 자국으로 벌집이 된 몸"일망정 지나는 "길손의 그늘이라도 되어 주고 싶"은 바람이 실현되기를. 그리하여 이 땅에서 사람들이 "사방팔방으로 팔을 뻗"어 서로 온기 나누며 살 수 있기를. 이런 게 바로 고목의 마음이자, 대지인으로서 김남주의 마음이며 또한 조선의 마음이 아닐 것인가.

돌이켜 보면 한동안 '김남주'라는 이름은, 내게 어떤 원죄처럼 남아 있었다. 김남주가 지향했던 대지의 마음은 어디론가 사라지고 탐욕과

겉치레만이 나를 옥죄곤 했다. 나태해진 것이다. 그러다가 다시 그에게 이렇듯 딱 붙잡히고 말았다.

　나는 김남주 시를 처음 만나던 때로 돌아간 듯 찬찬히 그의 시들을 살핀다. "주름살투성이 얼굴과/상처 자국으로 벌집이 된 몸"으로도 "쉽게 살고 싶지는 않다"며 "해를 향해 사방팔방으로 팔을 뻗"고 있는 저 고목을 떠올리며. 그 어떤 침탈에도 오연히 대지를 딛고 선 저 김남주라는 고목. 대지인 김남주가 실로, 오늘 몹시 그립다.

신동엽, 금강의 신생을 살다

민생의 장구한 역사가 깃든 서사시 「금강」

부여(扶餘)는 한미한 소도시다. 지금도 부여는 그리 문명화된 자취가 짙지 않지만, 30여 년 전 내가 처음 부여를 찾았을 때에는 더 초라했다. 저녁 무렵이라 더욱 그러했을까, 백제의 서울이었다고는 생각할 수 없을 만큼 쇠락해져 있었다. 대표적인 백제시대 절터인 정림사지(定林寺趾)나 백제 궁의 연못이라는 궁남지(宮南池)도 빛바랜 기억 속에 잠겨 있었다.

당시 부여에서 내 눈을 잡아끈 것은 신동엽밖에는 없었다. 서둘러 금서(禁書)의 시인 신동엽의 자취를 찾던 발길이 선명하다. 그가 태어난 곳, 부여읍 동남리 249번지. 그 추레한 골목을 걸어 그의 생가를 들어서던 순간을 잊을 수가 없다. 아담한 그 집이 아연 생생하게 내 마음 속으로 파고들어 왔다. 어쩌면 그것은 거처라는 의미로서의 집과의 만남이 아니었을 수도 있다. 1930년 8월 18일, 그 집에서 태어난 신동엽은 거기서 어린 시절과 청년기를 보낸다. 그러니 그 집은 신동엽의 태실(胎室)이면서 동시에 신동엽 문학의 태실이기도 한 것이다.

부여의 그 집은 그런 점에서 신동엽과 그의 문학의 온전한 토대가 아닐 수 없다. 아니 더 나아가서 그 집은, 신동엽이자 부여이며 금강(錦江)이고 백제이기도 하다. 내가 어찌 그 만남에서 흔들리지 않겠는가.

이 만남 이후, 신동엽은 내게 시적 사표가 되었고, 부여라는 이름은 남몰래 그리는 연모의 대상이 되었다. 이를테면 부여앓이라고나 할까. 신동엽은 이미 가고 없으니 그곳이 내겐 대신 갈구하는 정(情)붙였던 셈이다. 그러고 보니, 금강에 대한 애착이 생긴 것도 그 무렵이다. 내 고향은 산골이어서 물에 대한 내 경험은 작은 개울의 물장구질을 벗어나지 않는다. 섬진강도 지척을 흐르지만, 나와는 별다른 연이 닿지 않았다.

큰물이 유장(悠長)함으로 내 기억에 들어온 것은 금강이 처음이다. 물론, 금강에 얽힌 직접적인 추억은 없다. 전라북도 장수읍의 신무산(神舞山)에서 발원하여 군산에서 황해로 흘러드는 금강이 내게 남긴 흔적은 대개 웅진대교를 건너 고향에 갈 때뿐이다. 그러므로 내가 느낀 유장함이란, 다 서사시 「금강」이 중첩시킨 이미지들이다. 부여를 마음에 앉힌 게 신동엽이라면 금강을 내 맘에 흐르게 한 것은 신동엽의 서사시 「금강」이라고 할 수 있다.

이처럼 내게 금강은, 실제에서 빚어낸 허구가 실제보다 더 깊이 각인된 경우라고 할 것이다. 우리는 흔히 역사적 사실과 그 흔적을 추념하지만, 허구가 실체화된 예도 적지 않다. 소설 『토지』의 배경인 하동 악양의 최참판댁이나, 『춘향전』의 무대인 남원의 광한루가 그 대표적인 사례일 것이다.

내게는 「금강」이 그렇게 다가온다. 나는 실제 금강의 여기저기보다 신하늬와 인진아의 금강이 더 구체적이며 실감도 크다. "고구려의 밭"

인 인진아와 "백제의 씨"인 신하늬가 "차령산맥 남쪽" "서기(瑞氣)" 어린 "금강 언덕"에 얹은 "초가 삼간"이 금강을 지나칠 때마다 눈에 선히 다가든다.

그래서 그럴까. 나는 서사시 「금강」을 따라가는 '금강길'을 열어 보는 꿈을 자주 꾼다. 최참판댁이나 광한루처럼 허구를 실제화해 보는 것이다. 서사시 「금강」은 충분히 그럴 만한 자격을 갖추고 있다고 생각하면서.

펜클럽작가기금을 받아 1967년 12월, 전 26장 4,800행으로 발표된 서사시 「금강」은 여러 면에서 신동엽이 열어젖힌 우리 문학의 두드러진 대하(大河) 아닌가. 문학평론가 구중서는, "「금강」은 한국 근대민중사의 도도한 흐름을 일깨우고 있"으며, "이 서사시에는 이 땅 민생(民生)의 장구한 역사가 담겨 있다"고 「금강」의 문학사적 의의를 밝히고 있다. 신동엽의 「금강」은 한국문학사에서 드물게 만나는 문학사적 사건이 된 것이다.

"껍데기"가 사라진 평화의 해방구

그런데 아쉽게도, 신동엽의 문필 활동 기간은 그리 길지 않았다. 「이야기하는 쟁기꾼의 대지」가 〈조선일보〉 신춘문예에 가작 입선한 게 1959년이고 간암으로 1969년 4월 7일 세상과 작별했으니 불과 십일 년이다. 그 십일 년 동안 그는 대단한 문학적 성과를 한국문학사에 새긴 것이다. 무엇보다 그가 우뚝한 지점은 백제문화와 정신의 되살림, 동학농민혁명의 뚜렷한 역사적 소명과 위상의 재발견, 그리고 평화공존의 희구라고 본다. 신동엽의 「금강」은 금강의 올연한 역사이자 백제혼의 재현이며 동학 정신의 웅혼한 외침이고 평화공존의 현현인 것이다.

백제 유민의 정신사를 축으로 하여 동학과 3·1운동, 4·19혁명으로 이어지는 민중사를, 꿈틀거리는 자강성(自彊性)으로 그려 낸 작품은 더 이상 나오지 않을지도 모른다. 그만큼 「금강」은 뚜렷하고 깊게, 민중의 과거를 오늘에 비추어 미래로 활짝 열어 놓았다.

그런 점에서 '금강길'을 걷는다는 건 신동엽문학을 체화하는 것인 동시에, 백제의 얼과 동학정신을 새기는 순례이기도 할 것이다. 현실의 금강은 하굿둑에 막혀 썩고 4대강 개발로 그 품위를 잃었으나, 문학적 「금강」은 그에 아랑곳없이 여전히 청신하고 의연하다. 이 청신함과 의연함으로 저 썩은 금강을 '살아 있는 금강'으로 되돌릴 수도 있지 않을까, 나는 열심히 궁리해 보는 것이다.

그러다가, 일순 모든 궁리를 멈춘다. 신동엽은 '금강길' 같은 구상에 대해 어떻게 생각할까, 하는 물음이 불쑥 켜진 것이다. 그는 혹 내가 설정하는 이 지역성에 혀 차지 않을까. 왜냐하면 그의 눈은 1960년대 초에 이미, 지역성을 넘어 국경선마저 해제하는 인류 보편을 지향하고 있기 때문이다. 신동엽은 1961년 『자유문학』 2월호에 발표한 「시인정신론」에서, 시는 "항시 보다 광범위한 정신의 집단과 호혜적 통로를 가지고 있어야" 한다고 쓴다. 그렇게 해야 "지상에 얽혀 있는 모든 국경선"이 "그의 주위에서 걷혀져 나갈 것"이라는 것이다. 이와 같이 인류 보편을 지향하는 그를, 금강에만 국한시킨다는 게 어쩐지 불경스럽게 느껴진다.

그렇게 졸아들어 있을 때, 1968년 『월간문학』 창간호에 실린 그의 「산문시 1」의 첫 행이 머리를 스쳐 간다. "스칸디나비아라든가 뭐라구 하는 고장에서는 아름다운 석양 대통령이라고 하는 직업을 가진 아저씨가 꽃 리본 단 딸아이의 손 이끌고 백화점 거리 칫솔 사러 나오신단다."하는 구절이다. 이 부분의 '스칸디나비아'를 '부여'로 바꾸자, 걸쳐졌던 여러 거추장스러움이 문득 해소된다. 그가 정작 말하고자 하는 것은 '스칸디나비아'가 아니었던 것이다. 저 스칸디나비아를 통한 여기, 여기를 통한 저 스칸디나비아이다.

그가 개념화한 '호혜적 통로'도 아마 이런 것일 터이다. 그의 꿈은 스칸디나비아로 가는 게 아니라, 여기를 스칸디나비아로 만드는 데 있다. 그래야, 시의 마지막 행에 등장하는 "황토빛 노을 물든 석양 대통령이라고 하는 직함을 가진 신사가 자전거 꽁무니에 막걸리병을 싣고 삼십 리 시골길 시인의 집을 놀러 가더란다"하는 그의 바람이 현실로 살아날 수 있다.

나는 이제 "삼십 리 시골길 시인의 집"이 다른 데가 아니라, 금강 가 어디쯤이라고 확신하며 다시 '금강길' 구상을 다듬는다. 그런데 내가 미처 한 걸음 내딛기도 전에, 또 다른 난관이 슬근 나를 가로막는다. 우리 삶과의 연관성이다. 현실의 금강이든, 서사시 「금강」이든 간에 우리의 '금강'이기 위해서는 능히 금강이 우리 삶 속으로 들어와야 한다. 삶과 떨어진 금강, 신동엽의 말처럼 '호혜적 통로'가 닫힌 금강은 별 의미가 없다.

그의 시 「산에 언덕에」에서 보이는 것과 같은 교감(交感)의 호혜적 통로가 열려야 하는 것이다. "그리운 그의 얼굴 다시 찾을 수 없어도/화사한 그의 꽃/산에 언덕에 피어날" 수 있어야 하고, "그리운 그의 노래 다시 들을 수 없어도/맑은 그 숨결/들에 숲 속에 살아갈" 수 있어야 한다. 그렇지 않은 관계는 다 헛것이며 껍데기에 불과하다. 그 연대와 유대 위에서만 금강은 금강일 수 있는 것이다.

이러한 면으로 살펴도 1967년 「52인시집」에 신동엽이 발표한 「껍데기는 가라ّ는 절창이다. 이 시는 4월혁명을 배경으로 하여 쓰여졌으나, 단순히 4월혁명만을 대상으로 하지는 않는다. 시인 김수영은 이 시에 대해, "강인한 참여의식이 깔려 있고, 시적 경제를 할 줄 아는 기술이 숨어 있고, 세계적 발언을 할 줄 아는 지성이 숨 쉬고 있고, 죽음의 음악이 울리고 있다."고 쓴 바 있다. 모든 뛰어난 문학작품이 그렇듯이 해석에 따라 의미의 확장이 넓고 깊게 이뤄진다. 시에 나를 가져다 대면 내 삶의 허울이 비치고, 금강을 대입하면 금강의 삶이 드러나는 것이다.

껍데기는 가라.
사월도 알맹이만 남고
껍데기는 가라.

껍데기는 가라.
동학년 곰나루의, 그 아우성만 살고
껍데기는 가라.

그리하여, 다시
껍데기는 가라.
이곳에선, 두 가슴과 그곳까지 내논
아사달 아사녀가
중립(中立)의 초례청 앞에 서서
부끄럼 빛내며
맞절할지니

껍데기는 가라.
한라에서 백두까지
향그러운 흙가슴만 남고
그, 모오든 쇠붙이는 가라.

- 「껍데기는 가라」 전문

　내가 이 시에서 관심을 기울이는 부분은, "동학년 곰나루의, 그 아
우성만 살고"와 "두 가슴과 그곳까지 내논/아사달 아사녀가/중립(中
立)의 초례청 앞에 서서/부끄럼 빛내며/맞절할지니"이다. 이 시행에
는 교감하며 포용하는 금강의 삶이 구체적으로 들어 있다. 곰나루의
아우성이 들리고 태초의 아사달, 아사녀가 맞절하는 곳이 보인다. 게
다가 우리가 잃어버린 '향그러운 흙가슴'도 있다. 이는 「산문시 1」에서
그가 불러낸 스칸디나비아에 다름 아니다. 사람과 사람이 어우러지고
사람과 자연이 하나되는 평화지대(平和地帶)이다. 신동엽은 이를 '중
립의 초례청' 혹은 '완충지대'라고 부르는데, 나는 이를 모든 외세가 거
세된 해방구라고 하고 싶다. 그렇다, 해방구다. "그, 모오든 쇠붙이"와
"껍데기"가 사라진 평화로서의 해방구.
　그리하여 나는 다시 꿈꾼다. 저 살림이 되는 '금강길'의 개척을. 하
지만, 나는 안다. 내 꿈은 굽이굽이 축적된 금강에 관한 신동엽문학의
오마주에 불과함을. 그럼에도 불구하고 나는 이 꿈꾸기를 멈출 수가
없다. 이것이 결국은 내 나름의 문학 실천이기도 한 것이다. 모든 문학
은 불가능을 꿈꾸지 않는가.
　4월의 분노에서 미래를 읽었던 신동엽은 1969년 4월 7일, 서울 동

선동 자택에서 이승을 벗는다. 경기도 파주군 금촌읍 얼룽산 기슭에 묻혔던 그는, 1993년 금강 변의 부여군 부여읍 능산리로 옮겨져 안식에 든다. 그리고 2013년 5월, 부여읍 동남리 그의 생가 일원에 신동엽 문학관이 세워짐으로써 그와 그의 시는 새로운 전기를 맞는다. 도도하게 흘러가는 저 금강과도 같이 신동엽 문학의 현재를 흘러가는 물줄기가 생성된 것이다. 이렇게 됨으로써 신동엽 문학정신은 실제적으로도 금강과 어우러지는 '금강의 생애'가 되었다.

'금강 언덕 초가삼간'의 평화를 꿈꾸며

그러면 이제 그의 문학은 완결된 것인가. 무슨 말씀. 나는 신동엽문학은 비로소 시작된 것이라고 여긴다. 그가 바라는 문학적 세계와 현실 세계, 그 어느 것도 아직은 성취되지 않았다. 우리가 살아가는 동안 그의 문학은 끊임없이 되살아날 것이다. 그 누군가에겐가 되살아나서 저 금강이 쌓아 둔 기억의 주름들, 마저 펼칠 듯하다.

『자유문학』에 발표한 「시인정신론」에서 신동엽은 이렇게 예견하고 있다. "마침내 인간은 아마도 지구를 벗어날 것이며 지구의 파괴를 기억할 것이며 인조 두뇌를 만들어 자동시작(自動詩作)을 희롱할 것이다." 그의 이 같은 직관은 인공지능이 글쓰기를 시작함으로써 다 실제가 되었다. 나는 그의 '문학정신'도 이와 같으리라 믿는다. 소멸되지 않는 시적 영감과 삶의 에너지를 후생에게 부어 주는 것이다.

그러니 어느 날인가 이 척박한 땅에도, '알맹이와 흙가슴이 절묘하게 결합된 신생의 세기'가 활짝 열리지 않을까. 대통령이 자전거 타고 시인 찾아가는 '금강 언덕 초가 삼간'의 평화가 실현되는 그날이.

윤동주, 부끄러움이라는 단단한 성찰

한국인이 가장 사랑하는 시인

윤동주는 이제 국민시인이 되었습니다. 1917년에 태어났으니 2017년은 그의 탄생 100주년이 되는 해입니다. 그런데도 그는 늙지 않는 것 같습니다. 그래 그런지 2016년과 17년에 걸쳐 시 분야는 말할 것도 없고, 영화와 소설, 심지어는 랩까지 그를 기리는 작업들이 적지 않았습니다. 독자와 관객들의 호응도 커서 그는 이제, 한국인이 가장 사랑하는 시인의 반열에 올랐습니다.

처음에는 저도 그의 이 같은 독자들 반향에 흡족했는데요, 차츰 우려하는 마음이 들기 시작했습니다. 시인을 시로 보는 게 아니라, 자꾸 다른 방향으로 몰고 가는 것 같았거든요. 독립지사나 애국열사쯤으로 그를 영웅시하려는 흐름이 읽혔습니다. 물론, 스물여덟, 윤동주의 안타까운 죽음은 분명 일본제국주의의 만행입니다. 뜨거운 젊은 지성을 감옥에서 파괴해 버렸으니까요. 그런 점에서 윤동주의 삶과 죽음을 역사에의 헌신으로 새기는 것도 틀린 일은 아닙니다. 하지만 저는 윤동주의 친구인 문익환 목사의 견해에 더 귀 기울이고자 합니다. 그는 윤동주의 죽음을, '파시즘의 제물이 된 맑은 지성인의 비극'이라 말합니다. 이 발언 속에는 윤동주의 섣부른 영웅시와 신화화에 대한 경계가 들어 있습니다.

윤동주에게 신화화의 공간이 열려 있음은 당연한 일입니다. 해사한 그가 일제 감옥에서 비극적인 죽음을 맞이했다는 점은 신화를 자극합니다. 그의 시는 또 어떤가요. 사람들이 짐짓 뭉개고 있는 부끄러운 자화상을 들추어내는 시혼을 담고 있습니다. 게다가 그의 사진들은 영원한 청춘 시인의 이미지마저 갖추고 있습니다. 그러니 애국이라는 포장이 아니어도 그는 이미 충분히 신화적인 인물입니다.

그래서 저는 불안합니다. 신화로 접어드는 순간, 윤동주와 그의 시는 금세 바래지게 될 것입니다. 신화적 인간에게 시인의 삶과 시는 부차적입니다. 설령 시가 읽힌다 해도 신화성이나 계몽성에만 초점이 맞춰질 겁니다. 윤동주에게 이것은 크나큰 불행이며 한국문학에게도 재앙일 것입니다. 한국문학사의 큰 별 하나가 신화 속으로 사라질 테니까요.

저는 윤동주 스스로도 그저 시인으로 남길 바랄 거라 여깁니다. 어쩌면 그는 지금과 같은 환호에 부끄러워할지도 모릅니다. 그만큼 그는 부끄러움을 새길 줄 아는 순정한 시인이기 때문입니다. 저는 우리가 그의 이 부끄러움을 먼저 살펴야 한다고 생각합니다. 신화가 그를 우리로부터 떼어 놓으려 한다면, 그의 부끄러움을 읽는 행위는 그와 우리를 한 몸이도록 만들 것입니다.

바로 이 점이 제가 윤동주 시의 '부끄러움' 쪽으로 그를 들여다보려 하는 이유입니다. 제가 보기에, '부끄러움'은 윤동주 시의 모태입니다. 윤동주의 유일한 시집 『하늘과 바람과 별과 시』의 맨 처음에 실린 「서

시」를 가만히 읊조려 보세요. 이 시의 중추에 '부끄럼'이 놓입니다. 왜 그는 그렇게도 "한 점 부끄럼이 없기를" 갈망했을까요.

부끄러움을 새길 줄 아는 순정함

윤동주는 이 땅에 부끄러움과 성찰, 참회가 무언지 알려 주기 위해 왔다간 시인처럼 비칩니다. 그만큼 그는 살아가는 동안 끊임없이 자신을 돌아다보고 또 들여다봤습니다. 그의 삶과 시의 족적에는 놀라울 만큼 짙게 자아 성찰의 눈매가 깃들어 있습니다. 하루하루의 삶 속에서 그는 끊임없이 참회하며 앞으로 나아갑니다. 우리 문학사에서 이러한 시의 선인, 참으로 드뭅니다. 그는 참된 사랑의 목소리에 귀 기울인 시인이었습니다. 부끄러움을 망각해 버린 현대인에게 그의 시편들은 큰 경종입니다. 그런 점에서 윤동주의 저 맑은 열정들은 현대인의 거울이자, 마음의 창 아닐까 싶습니다.

그의 대표작인 「서시」를 먼저 만나 봅니다.

죽는 날까지 하늘을 우러러
한 점 부끄럼이 없기를.
잎새에 이는 바람에도
나는 괴로워했다.
별을 노래하는 마음으로
모든 죽어 가는 것을 사랑해야지.
그리고 나한테 주어진 길을
걸어가야겠다.

오늘밤에도 별이 바람에 스치운다.

—「서시」 전문

　너무나 많이 알려져서 오히려 해석하기 어려운 시가 「서시」입니다. 흔히 맑은 영혼의 부끄러운 서정으로 이 시를 읊곤 하지요. 그러나 저는 달리 봅니다. 이 시에는 부끄러움을 넘어서고자 하는 강고한 인식이 담겨 있습니다. "잎새에 이는 바람에도" 괴로워하던 이가 "죽는 날까지 하늘을 우러러/한 점 부끄럼이 없기를" 서원하고 있기 때문입니다. 이뿐만 아닙니다. 그는 "별을 노래하는 마음으로/모든 죽어 가는 것을 사랑해야지" 하고 밝히고 있습니다. 여기에서 제 눈을 끄는 시구는 '죽어 가는'입니다. 이미 죽어 버린 과거도 아니고 죽음이 예정된 미래도 아닙니다. 지금 여기의 삶 속에서 '나와 함께 죽어 가는 현재'를 사랑하겠다는 것이지요.

　그런 뒤에 이 시에서 제가 주목하는 시행이 나옵니다. "그리고 나한테 주어진 길을/걸어가야겠다"는 그의 다짐입니다. 이 다짐은 시 「십자가」에서 보이는, "모가지를 드리우고/꽃처럼 피어나는 피를/어두워 가는 하늘 밑에/조용히 흘리겠습니다"라는 의지와 같은 맥락입니다. "한 점 부끄럼 없이 모든 죽어 가는 것을 사랑하며 내 인생을 걸어가겠다"는 맹세를 하늘에 고하고 있는 것이지요. 이렇게 볼 때 「서시」는 부끄러워 수줍어 하는 시가 결코 아닙니다. 제게는 하늘에 대고 맹세하는 강골의 자기고백처럼 들립니다.

　시 「참회록」도 예사롭지 않은 단단함을 품고 있습니다.

　　파란 녹이 낀 구리 거울 속에

내 얼굴이 남아 있는 것은
어느 왕조(王朝)의 유물(遺物)이기에
이다지도 욕될까.

나는 나의 참회(懺悔)의 글을 한 줄에 줄이자.
– 만 이십 사 년(滿二十四年) 일 개월(一個月)을
　　무슨 기쁨을 바라 살아 왔던가.

내일이나 모레나 그 어느 즐거운 날에
나는 또 한 줄의 참회록(懺悔錄)을 써야 한다.
– 그때 그 젊은 나이에
　　왜 그런 부끄런 고백을 했던가.

밤이면 밤마다 나의 거울을
손바닥으로 발바닥으로 닦아 보자.

그러면 어느 운석(隕石) 밑으로 홀로 걸어가는
슬픈 사람의 뒷모양이
거울 속에 나타나 온다.

– 「참회록」 전문

　'과거–현재–미래–현재–미래'의 순서로 이어지고 있는 이 시의 정
점은 "밤이면 밤마다 나의 거울을/손바닥으로 발바닥으로 닦아 보자"
에 놓입니다. 부끄러움의 수련이라고 할까요. 자아 성찰이라고 할까

요. 스스로를 단련하고자 하는 그의 의지가 뜨겁습니다.

「참회록」은 윤동주가 조국에서 남긴 마지막 작품입니다. 그에게는 이 날이 특별하지 않았겠지만, 제게는 이 땅에서 쓴 마지막 작품이라는 점이 어쩐지 짠합니다. 아마도 "나의 거울을/손바닥으로 발바닥으로 닦"으며 자기의 정체성을 찾으려는 젊은 영혼의 안간힘이 실려 있어 더 그럴지도 모르겠습니다. 이 시에 나오는 '거울'은 「자화상」의 '우물', 「서시」의 '하늘'과도 같은 속성을 지닙니다. '나를 들여다보는' 자아 성찰의 인식 틀이지요. 윤동주는 이처럼 철저하게 자기 자신을 갈고 닦으며 앞으로 나아고자 합니다. 그저 여린 감성의 시인이 아닌 것이지요.

문제는, 예감처럼 그가 "어느 운석(隕石) 밑으로 홀로 걸어가는/슬픈 사람의 뒷모양"을 그리고 있다는 점입니다. 당시의 현실이 "슬픈 사람"을 떠올릴 수밖에 없는 조건이었다고 하더라도 안타까운 영상이 아닐 수 없습니다. "운석"과 "슬픈 사람의 뒷모양"이라는 표현에서는 어쩔 수 없이 그의 요절이 읽혀 드는 까닭이지요.

윤동주는 「쉽게 쓰여진 시」에서도 "시가 이렇게 쉽게 쓰여지는 것은/부끄러운 일이다"라고 고백합니다. 시를 쓰면서 그는 무엇이 그토록 부끄러웠을까요.

> 창밖에 밤비가 속살거려
> 육첩방(六疊房)은 남의 나라,
>
> 시인(詩人)이란 슬픈 천명(天命)인 줄 알면서도
> 한 줄 시(詩)를 적어 볼까,

땀내와 사랑내 포근히 품긴
보내 주신 학비(學費) 봉투(封套)를 받아

대학(大學) 노트를 끼고
늙은 교수(教授)의 강의(講義) 들으러 간다.

생각해 보면 어린 때 동무를
하나, 둘, 죄다 잃어버리고

나는 무얼 바라
나는 다만, 홀로 침전(沈澱)하는 것일까?

인생(人生)은 살기 어렵다는데
시(詩)가 이렇게 쉽게 쓰여지는 것은
부끄러운 일이다.

육첩방(六疊房)은 남의 나라.
창(窓)밖에 밤비가 속살거리는데,

등불을 밝혀 어둠을 조금 내몰고,
시대(時代)처럼 올 아침을 기다리는 최후(最後)의 나,

나는 나에게 작은 손을 내밀어

눈물과 위안(慰安)으로 잡는 최초(最初)의 악수(握手).

— 「쉽게 쓰여진 시」 전문

"창밖에 밤비가 속살거려"라는 첫 시행에 이 시를 쓰고 있는 윤동주의 내면 풍경이 담겨 있습니다. "육첩방은 남의 나라"라는 표현은, 시인의 내면이기도 하고 현재적 조건을 표시하기도 합니다. 내 나라가 아니라는 자각, 그래서 내가 있을 곳이 아니라는 인식입니다. 여기에는 "인생은 살기 어렵다는데" 이렇게 살아도 될까, 하는 부끄러움과 안타까움이 함께 실려 있습니다. "생각해 보면 어린 때 동무를/하나, 둘, 죄다 잃어버리고" 나는 왜 여기 이 낯선 곳에서 "홀로 침전(沈澱)하는 것일까?" 그는 반성하면서 심중을 들여다봅니다. '살기 어려운 인생을 과연 나는, 내 시는 바꿀 수 있을까' 자문해 보는 것이지요. "땀내와 사랑내 포근히 품긴/ 보내 주신 학비(學費) 봉투(封套)를 받아" 들고 그는 송구스러웠을지도 모릅니다. 조국에 계신 부모의 학비 지원으로 "육첩방 남의 나라"에서 "강의" 듣는 스스로가 말이지요.

그러나 무기력하게 자기 자신을 버려둘 수는 없겠지요. 그는 속으로 결심합니다. "등불을 밝혀 어둠을 조금 내몰"겠다고. 그리하여 "나는 나에게 작은 손을 내밀어" 화해를 청합니다. "눈물과 위안으로 잡는 최초의 악수"입니다. 그런 다음 "최후의 나"로서 "시대처럼 올 아침을" 기다리지요. 선지자 같은 풍모가 아닐 수 없습니다.

그가 쓴 "시대처럼 올 아침"은 확신과 의지의 표현입니다. '어제와 같은 아침'이 아니라, 반드시 다가올 '재생, 혹은 부활의 아침'이지요. 그런데도 그는 얼마나 순수하고 세밀한지 "등불을 밝혀 어둠을 '조금' 내몰고"라고 씁니다. 성찰을 통해 자기 자신을 자각한 그에게 과장은 없습니다. 다짐은 크지만, 혼자만의 힘으로 저 어둠을 다 몰아낼 수 없음은 자명합니다. 그래서 '조금'이 기어이 따라 붙는 것입니다. "시인이란 슬픈 천명"임을 알고 있는 이 순정한 시인의 부끄러운 소심함이 눈물겹습니다.

삼동을 찾아온 풀포기처럼

그럼에도 불구하고 그의 '봄'에 대한 기대는 어둡지 않습니다. 낙관적으로 뜨겁게 흐르지요. 그의 작품 「봄2」에 이와 같은 의식이 잘 드러나 있습니다.

> 봄의 혈관(血管) 속에 시내처럼 흘러
> 돌, 돌, 시내 가까운 언덕에
> 개나리, 진달래, 노ー란 배추꽃,
>
> 삼동(三冬)을 참아 온 나는
> 풀포기처럼 피어난다
>
> 즐거운 종달새야
> 어느 이랑에서 즐거웁게 솟쳐라.
>
> 푸르른 하늘은
> 아른, 아른, 높기도 한데……
>
> ㅡ「봄2」 전문

윤동주가 지상에 남긴 마지막 글입니다. 부끄러움도 없이 참 맑기만 합니다. 그저 봄날 움트는 꽃들과 종달새의 지저귐으로 싱그럽지요. 푸르른 하늘은 높기만 하구요. 마침내 "삼동을 참아 온" 그가 맞은 새 세상입니다. 하지만 현실은 거꾸로 흐릅니다. 이 순수한 영혼은 저들 일본 제국주의에 의해 비참하게 저물고 맙니다. 부끄러움을 갈고 닦으며 헤쳐 온 그의 삶은 예기치 않은 죽음으로 막을 내렸습니다. 하지만 그는 죽지 않았습니다. 우리의 "혈관 속에 시내처럼" 흐를 것이며 "삼동을 참아 온" "풀포기처럼" 그는, 해마다 봄이 되면 이땅에 다시 피어날 것입니다. 그는 비록 사라졌으나, 그가 온 생을 바쳐 이룬 '부끄러운 성찰'은 이렇게 남았습니다. 그가 우리를 사랑한 것처럼 우리가 그를 사랑하는 한, 그는 불멸입니다. 그의 삶은 우리와 함께 시가 되었기 때문입니다.

섬광과 울림의 이육사 시 평전[3]

내면의 시원이 되는 섬광과 울림을 찾아서

돌이켜 보면, 계몽적인 시 작품들을 나는 그다지 좋아하지 않았다. 시에서 계몽이라니. 어쩌다 이런 시를 마주할 때에는 오글거려서 시선 처리가 난감한 적도 있었다. 윤동주나 이육사의 시들도 내게는 오랫동안 이 범주에 속했다. 얼마 전 예기치 않게 윤동주 특강을 맡지 않았더라면 나는 오랫동안 이 편견에서 벗어나지 못했을 것이다. 다시 봐야 새로 보인다. 윤동주는 독립지사가 아니었다. 다만, '부끄러움이라는 단단한 성찰의 시'로 살아내고자 몸부림친 식민시대 젊은 지성이었다.

이 체험이 떠올라 나는 이육사 시도 새로 읽고자 하였으나, 선뜻 그 계기를 찾지 못했다. 이때 마침, 도진순의 『강철로 된 무지개—다시 읽는 이육사』가 나왔다. 나는 '강철로 된 무지개'라는 제목보다 부제인

---

3 이 글은 이육사 시인론이라기보다는 이육사 평전에 대한 내 나름의 소회에 가깝다. 하지만 주된 내용이 이육사 시의 평석에 할애되어 있어 시인론에 덧붙인다.

'다시 읽는 이육사'에 더 끌렸다. 사학자인 그도 나처럼 문학연구자들의 '계몽적인' 기존 해석에 동의하지 못하는 것인가 속으로 생각했다. 그러나, 허어, 이는 나만의 착각이었다. 그는 이육사가 얼마나 뜨겁고 냉철하게 '일제시대에 항거하는 혁명시인'이었는지를, '보다 정확하고 깊이 있는' 시적 탐구로 펼쳐 내고 있었다. 이육사 시에 드리워진 부정확한 해석들을 거둬 냄으로써 그는, "눈물과 피의 현실에 맞서면서 이를 기어코 변혁하려 하였던 육사의 진정성"을 오늘에 되새기고자 하는 것이다.

그런데 참 이상하기도 하여라. 이 '정확한 계몽성'의 해석에 내가 빠져드는 것이다. 무엇 때문일까. 서문격인 「책머리에」에 도진순은 이렇게 쓴다.

> 역사에 길이 남는 사람들이 있다. 그것은 그들의 인생이 길어서가 아니라 그들 내면 깊숙이에서 발산된 '공간을 넘어서는 섬광'과 '시간을 벗어나는 울림' 때문일 것이다. 이러한 섬광과 울림은 인간 누구에게나 영혼 깊숙이 자리하고 있을 터, 문제는 그것을 잡아채 자기의 것으로 발산하는 일이다. …(중략)… 지나간 사실의 기록이 아니라 그것이 비롯된 내면의 시원이 되는 섬광과 울림을 찾아 엮어내, 우리 모두의 내면 깊숙이에도 이러한 섬광과 울림이 있다는 공감을 두루 나누고 싶었다.

나는 이에서 연구자의 음성이 아니라, 창작자의 목소리를 듣는다. 이육사 내면에서 발산된 '공간을 넘어서는 섬광'과 '시간을 벗어나는 울림', 거기에, '두루 나누고 싶은 공감'까지. 그는 어쩌면 연구라는 이름의 시를 적고 싶었던 것은 아닐까.

적어도 이 책에 관한 한, 그는 그 어떤 문학 연구자보다 뛰어난 텍스트 분석자이다. 때로는 그 적실한 논리 전개의 문장이 시적인 그것처럼 아름답기조차 하다. 감성적 논증방식을 선택한 듯, 사학자답게 실증적임에도 불구하고 그의 문장은 다사롭다. 그렇다고 해서 그의 분석 작업을 허투루 여겨서는 곤란하다. 시 한 편의 어휘 하나를 해석하기 위해 그는 방대한 자료들과 관련 연구들을 두루 섭렵하고 있다. "『시경』과 두보와 한시, 사마천의 『사기』와 역사, 퇴계 이황과 다산 정약용, 향산(響山) 이만도(李晚燾)와 독립운동, 루쉰(魯迅)과 중국의 혁명문학, 니체와 예이츠, 경주와 불교, (청)포도와 매화의 식물학, 달과 별의 천문학" 등, 그야말로 종횡무진이다.

이렇게 방대한 정보들을 손에 쥐었으면서도 그의 방점은 실증자료에 찍히지 않는다. 나는 이 점이 이 책의 큰 매력이라 여기는데, 그에게 보다 더 귀하게 다가온 것은 앞에서도 적은 "육사 내면과의 만남이었"다. 그는 육사의 삶과 시, 그리고 숱한 자료들을 통해 "겨우 40년간 이 세상에" 머물렀던 육사의 내면이 얼마나 "광활하고 깊었으며, 그 밑바닥은" 또 얼마나 "금강석처럼 단단하고 빛이 났"는지 깨달은 것이다. 육사의 시가 저 "일제의 삼엄하고 촘촘한 검열망을 헤집고 나올" 수 있었던 데에는 이처럼 단단하게 빛나는 금강석 같은 내면의 힘이 작용하지 않았을까 싶다. 단단한 금강심으로 뭉쳐진 그의 열정과 시는 검열이라는 현실의 장벽마저 넘어선 것이다.

이 책 『강철로 된 무지개』는 이처럼 "시를 통해 육사의 내면 깊숙이 자리하고 있는 섬광과 울림을 만"나기 위한 도진순의 도도한 육사 시 탐문기이다. 그는 이 작업을 통해 육사 시에 서린 "난(蘭)꽃의 아름다운 향기"와 "현실을 베어 내는 서늘한 난잎의 검기(劍氣)"를 이 땅에 되살리고자 한다. "난의 향기인 양, 검의 기세인 양, 금강심에서 자라난 그의 시"야말로 "육사가 죽음을 넘어" 오늘날까지 "우리와 함께"해야 하는 이유이다. "역사는 자주 패배로 끝나지만 그것이 '시'가 되었을 때, 그것은 또 다른 시대, 또 다른 장소에서 살아나 새로운 역사를 추동한다. 그렇기에 육사는 '시 한 편'에 일생을 걸었"을 것이며 도진순은 집념 어린 방외(方外)의 글쓰기에 매진했을 것이다.

「청포도」와 「절정」, 그리고 「광야」 분석

이 책은, 크게 8장으로 구성되어 있다. 1장 난(蘭)과 검(劍)의 노래, 2장 「청포도」와 향연, 3장 「절정」과 의열(義烈), 4장 한시 「만등동산」과 「주난흥여」, 5장 비명(碑銘) 「나의 뮤즈」, 6장 초혼가 「꽃」, 7장 유언 「광야」, 8장 '내' '노래' 「광야」의 순(順)이다.

어느 한 장(章) 빠짐없이 다 살펴야 하나, 나는 사정상 「청포도」와 「절정」, 「광야」를 중심에 놓고 들여다보고자 한다. 나머지 장들이 헐거워서 비켜간 것은 결코 아니다. 책을 펼쳐 보면 알겠지만, 어느 한 곳 만만한 데가 없다. 4장의 '한시 분석'은 그것이 육사 시의 구성원리로 작동한다는 측면에서 내게 놀라운 성과로 비쳐졌다. 심지어는, '서검 40년, 이육사 연보'와 '의의가패, 이육사 작품연보'로 나누어 정리한 작가작품 연보마저 흥미롭다.

특히, 작품 연보의 한 칸을 차지하는 '비고'는 압권이다. 이를테면, 1930년 1월 3일 이활(李活)이란 이름으로 〈조선일보〉에 게시된 「말」이라는 시에 대해, '비고'에는 이렇게 적혀 있다. "이육사 최초의 시로 소개되고 있으나(박현수a, 26~27), 이활(李活)이 육사인지에 대해서는 논란이 있음." 나는 그의 연보를 읽어 보고 나서야 연보에도 격이 있음을 깨달았다.

「청포도」와 「절정」 그리고 「광야」에 대한 내 감상은 참으로 부끄러운 수준이었다. 도진순을 통해 이들 시의 온전한 텍스트를 비로소 발견한 느낌이다. 그의 집요한 텍스트 분석과 해석이 없었더라면 나는 여전히 이육사 시에 관한 한 '물구나무 서 있기' 상태일 것이다. 늦게나마 그의 안내로 육사 시의 내밀한 세계를 찾아들어 공감할 수 있음이 얼마나 다행인지.

내 고장 칠월(七月)은
청포도가 익어 가는 시절

이 마을 전설이 주저리주저리 열리고
먼 데 하늘이 꿈꾸려 알알이 들어와 박혀

하늘 밑 푸른 바다가 가슴을 열고
흰 돛단배가 곱게 밀려서 오면

내가 바라는 손님은 고달픈 몸으로
청포(靑袍)를 입고 찾아온다고 했으니

내 그를 맞아 이 포도를 따 먹으면
두 손은 함뿍 적셔도 좋으련

아이야 우리 식탁엔 은쟁반에

하이얀 모시 수건을 마련해 두렴

— 「청포도」 전문

　「청포도」는 이육사 시의 대표작이라 할 수 있다. 시적 대상이 참신하기도 하고 딱히 이해하기 어려운 부분도 없어 잘 읽히지 않나 싶다. 게다가 이 시에서는 이육사 시의 지사적 강고함도 거의 드러나지 않는다. 오히려 '좋으련', '두렴' 같은 종결어미에는 정감 깊은 내면의 부드러움이 스며 있기조차 하다. 그래서인지 이육사 스스로도 "내가 어떻게 이런 시를 쓸 수 있었을까?" 대견해 하면서 「청포도」를 가장 아끼는 작품이라고 고백한 바 있다고 한다.

　그런데 아무런 문제도 없을 것 같은 이 시에서도 도진순의 날카로운 분석력은 빛을 발한다. 그의 문제의식을 그대로 가져오면, "청포도는 청포도가 아니"라는 것이다. 그렇다면 이 청포도는 과연 무엇이란 말인가. 그에 따르면, "청포도는 품종으로서 '청'포도가 아니라 익기 전의 '풋'포도여야 시 「청포도」가 제대로 독해된다." 시 「청포도」가 발표될 당시에는 청포도를 거의 찾아볼 수 없었으며 일반 포도마저 아주 귀했다고 한다. 그는, "우리말의 '풋포도'를 '청포도'라 표현한 것이 지금의 시점에서 보면 어색한 표현이지만, 한자어 접두사를 즐겨 쓰던 당시의 풍습에서 '청(靑)'은 '풋'을 강조한 것으로 이상한 낱말이 아니"라고 주장한다.

　그런데 왜 이렇듯 그는 청포도와 풋포도를 가르려 할까. "'청포도'를 '풋포도'로 해석해야" 1연의 "'익어 간다'란 말의 의미가 온전해"지기 때문이다. 또 이 '익어 간다'에 시선이 모여야 육사가 말한 "'청포도'는 우리 민족인데, 청포도가 익어 가는 것처럼 우리 민족이 익어 간다. 그리고 일본도 끝장난다"와 그 맥을 같이하게 되는 것이다. 이처럼 '익어 간다'는 말의 중의성을 제대로 담기 위해서 7월의 청포도는 아직 풋포도여야 한다. 그래야 시적 정황도 맞아떨어지는 것이다.

그가 이와 같이 '청포도'와 '익어 간다'에 큰 의미를 부여하는 이유는 뭘까. 이를 이해하기 위해서는, 4연의 "고달픈 몸으로/청포(靑袍)를 입고 찾아온다"를 먼저 해결해야 한다. 도진순은 이 부분이 아직까지 온전히 해독되지 못했다고 하면서, '청포'가 한시에도 많이 등장하는 '청포백마(靑袍白馬)'에서 온 표현임을 논증한다. 한시에서 백마는 다양한 이미지로 변용되는데, 이것이 청포와 결합하여 '청포백마(靑袍白馬)'로 쓰일 경우, '비천한 자' 또는 '난신적자(亂臣賊子)'를 뜻한다고 한다. 하지만 이육사는, 두보를 비롯한 한시에서 부정적인 반란자로 쓰인 이 '청포백마'를 긍정적인 '혁명가'의 이미지로 바꾼다. 그리하여 '청포'는 '고달픈 몸으로 오는 손님'과 아무런 모순도 일으키지 않게 되는 것이다. '고달픈 몸'은 이제 '혁명가의 신산한 삶을 상징하는 표현'이 되며, 육사의 시 곳곳에는 이 같은 혁명가의 모습이 도처에 스며 있다.

한데, 어찌할거나. 저 손님이 '혁명가'가 아니어도 괜찮지 않을까 하는 생각이 문득 고인다. 그가 혁명가라면, 이육사 스스로 "내가 어떻게 이런 시를 쓸 수 있었을까?" 하고 대견해 했을까. 나는 아니라고 생각한다. 이는 일제에 대한 저항 류의 시와는 달리 써진 「청포도」에 대한 그의 반응처럼 느껴진다. 바로 그런 점에서, 이육사 시의 진면목을 알았으니 다른 해석도 시도해보자고 제안하고 싶다. 오로지 한 방향은 시를 가두어 썩게 만들 수도 있다. 저 '고달픈 몸으로 오는 손님'이 지금은 가난한 시인이어도 좋지 않겠는가.

　　　　매운 계절(季節)의 챗죽에 갈겨
　　　　마츰내 북방(北方)으로 휩쓸려 오다

　　　　하늘도 그만 지쳐 끝난 고원(高原)
　　　　서리빨 칼날진 그 우에 서다

　　　　어데다 무릎을 꾸러야 하나?
　　　　한발 재겨디딜 곳조차 없다

　　　　이러매 눈깜아 생각해 볼밖에
　　　　겨울은 강철로 된 무지갠가 보다.

　　　　　　　　　　　　　　　　　－「절정」 전문

　시 「절정」은 강인한 의지를 표출하고 있다. 읽다 보면, 절로 목소리에 힘이 실리고 허리도 곧추세워지며 스스로 의연해진다. "한발 재겨디딜 곳조차 없다"는 3연에서는 단애에 선 자의 어떤 결의마저 팽팽해진다. 그러다가, 마지막 시행인 "겨울은 강철로 된 무지갠가 보다"에 이르면 아연 긴장하게 된다. '강철로 된 무지개'라는 말은 강인하나 그 정서적 환기가 문득 애매해지는 것이다.

　도진순은 이 부분을 "「절정」의 미학적 성패를 좌우하는 핵심구절"로 인식하고 있는데, 그 의미가 왜곡되어 있다고 그는 지적한다. 지금까지 "'강철로 된 무지개'에 대한 주류적 해석은 김종길의 '비극적 황홀'"

이다. 김종길은 예이츠의 '비극적 환희(tragic joy)'란 말을 빌어와 '강철로 된 무지개'를 '비극적 황홀'이란 개념으로 정리했다.

하지만 도진순은 이와 전혀 다른 해석을 내놓는다. 그는 이 특이한 무지개의 원형을, 2,200여 년 전 진시황 암살에 나선 형가(荊軻)에게서 찾는다. 형가가 진시황을 암살하러 갈 때, 하늘에서 "흰 무지개가 해를 꿰뚫었다(白虹貫日)"고 한다.

여기서 '형가의 외침이 하늘에 뻗쳐 흰 무지개가 해를 찔렀다'는 고사가 생겨났는데, '해'는 진시황 같은 군주를, '흰 무지개'는 그 같은 군주를 찌르는 검(劍)을 상징한다. 도진순이 보기에, 이 '흰 무지개'가 바로 '강철로 된 무지개'이다. "매운 계절의 채찍에 갈겨" "서릿발 칼날진 그 위에 서서" 육사가 눈을 감고 곰곰이 생각한 '강철로 된 무지개'는 바로 검의 기세로 해를 찌르는 '흰 무지개'였다는 것이다.

이때 '강철'은 검(劍)이며, '흰 무지개'는 검의 칼날에 비치는 '서릿발' 같은 기운일 것이다. 그런데 일제 치하에서 '흰 무지개'는 금기어였다. 이육사로서는 이같은 검열을 넘어서기 위해 창의적인 표현을 사용하지 않으면 안 되었다. 그리하여 나온 구절이 일제 치하라는 차디찬 겨울을 꿰뚫어 버릴 "강철로 된 무지개인가 보다"라는 시행인 것이다.

도진순은 "육사가 해박한 안목으로 '흰 무지개'의 원천으로 올라가 그 건강성을 회복하고, 이를 바탕으로 오랫동안 권력에 의해 전복되어 온 이미지를" 강철로 된 무지개'로 "다시 전복하고자 하였다"고 본다. 그러므로 이 '강철로 된 무지개'는 단순히 "일제에 정면으로 맞서겠다는 투쟁선언"이 아니라, "변혁을 가로막아 온 권력 주도의 넓고도 긴 역사를 베어 내는 절창의 표현"이라고 말한다. 나도 이에 전적으로

동의한다. '강철로 된 무지개'를 인식하는 한, 시 「절정」은 절체절명의
한순간을 맞닥뜨린 현대인 그 누군가에게도 절창일 것이다.

까마득한 날에
하늘이 처음 열리고
어데 닭 우는 소리 들럿스랴

모든 산맥(山脉)들이
바다를 연모(戀慕)해 휘달릴 때도
참아 이곧을 범(犯)하든 못하였으리라

끈임없는 광음(光陰)을
부지런한 계절(季節)이 피어선 지고
큰 강(江)물이 비로소 길을 연엇다[열었다]

지금 눈 나리고
매화향기(梅花香氣) 홀로 아득하니
내 여기 가난한 노래의 씨를 뿌려라

다시 천고(千古)의 뒤에
백마 타고 오는 초인(超人)이 있어
이 광야(曠野)에서 목 노아 부르게 하리라

－「광야」 전문

「광야」를 읽고 있으면 숙연해진다. "가난한 노래의 씨를 뿌"리고자 하는 선지자의 염원에 절로 고개가 숙여지는 것이다. "일제의 베이징 지하 감옥에서 죽음을 앞두고 쓴 절명시"라는 정보가 없더라도, 유시(遺詩)라는 느낌을 지우기 어렵다. 시공간을 넘어서고자 하는 초인적 의지가 절로 배어드는 까닭이다. 감옥에서 떠올리는 광야, 얼마나 사무치는 그리움일까. 몸은 비록 영어일지라도 그의 기세는 참으로 광활하다. 이것이 이제껏 내 관념을 수놓은 광야의 기본 해석이었다. 그런데 도진순은 이러한 관점이 그릇된 해석이라고 밀친다.

대체로 이 시의 '광야'를, '넓은 평야', 혹은 '만주 벌판' 등으로 해석하곤 했으나, 그에 따르면 여기의 '광야'는 '황무지', '거친 들판'이라는 뜻의 '광야(曠野)'이다. 이 광야는 "육사가 읽었다는 중국어 번체자(繁體字) 성경에 모두 '曠野'로 표기되어 있으며, 의미 또한 시 제목의 '광야'와 거의 같다"고 한다. 그러니 '광야'는 광야(廣野)가 아니라, 광야(曠野)인 것이다. 거친 황무지, 식민의 땅이다.

이 시에서 '광야' 못지않게 중요한 개념 중 하나가 '천고(千古)'이다. '천고'는 그저 단순한 수평적·물리적 시간이 아니다. 그리되면 영원토록 광야에서 벗어날 수 없다는 모순 속에 빠진다. 따라서 도진순은 '천고(千古)'를, '죽음 이후의 영원'으로 정리한다.

'백마 타고 오는 초인'에 대해서도 그는 견해를 달리한다. 「광야」에는 분명 니체의 흔적이 보이지만, 그렇다고 해서 이 시의 '초인'이 니체의 그 '초인'은 아니라는 것이다. 니체의 '초인'이 그 자체로 완벽한 '대자유인'이라면, 이육사의 '초인'은 '강력한 자기 의지가 표출된 환생'을 의미한다는 게 그의 주장이다.

그리하여 도진순은 시 「광야」를 이렇게 다시 의미 짓는다. "베이징의 차디찬 지하 감옥, 그 절명의 시공간에서 아무것도 가진 것 없는 육사가 오로지 시 한 편으로 일제에 맞서 남긴 유언, 그것이 바로 「광야」라고. 또한, "자신의 죽음에 보내는 만가(輓歌)이며, 녹야였던 고향과 조국의 본래면목을 그리는 망향가(望鄕歌)"라고. 이런 게 바로 '죽어서도 사는 삶' 아닐까.

창의적 오독이라는 시적 행동

이육사는 본의(本意)를 먼저 찾아 읽어야 하는 시인이다. 그는 그렇게 암담한 식민시대를 살았다. 본의가 그대로 읽히는 시를 써내었다면 그는 아마 일찌감치 목숨을 내놓아야 했을 것이다. 끊임없이 숨기되 예리한 촉은 살아 있어야 했다. 그리하여 육사는, "당시의 가혹한 관헌의 검열을 피하기 위"한 목적으로 "즐겨 은유의 상징을 사용"하였다. 나는 이와 같은 암울한 조건이 도리어 그의 시를 더욱 빛나게 만들었다고 여긴다. 계몽이 창의 속에 스며든 것이다.

후학들에게는 그의 이러한 조건이 난항을 일으키기도 하였다. 도진순식으로 표현하면, "순국 70년이 지났건만 아직까지 육사의 시가 마치 물구나무 서 있는 듯하여 참으로 불편"할 만큼 시적 해석에서 오류를 저지르도록 만든 것이다. 그러나 이제 '이육사 시 평전'이라 부름직한 번듯한 책 『강철로 된 무지개-다시 읽는 이육사』가 세상에 출현했다. 지은이가 사학자라는 점이 문학인의 입장으로선 민망한 노릇이나, 아무런들 어떠랴. 그의 통찰력 있는 시 해석으로 우리는 "육사의 내면 깊숙이 자리하고 있는 섬광과 울림"을 이렇듯 뜨겁게 공감할 수 있는데.

그러니 이제 우리가 할 일은 창의적인 오독이다. 가능하면 시에서 이육사를 지우자. 그리고 그 자리에 여기의 너와 나를 세우자. 이것이 육사가 말하는 '시적 행동'이며 육사 시와 함께 우리가 영원을 사는 방식이다.

홍사용, 여명을 울린 거문고

'유파'의 함정에서 벗어난 홍사용을 읽고 싶다

문학사에서 어떤 '유파'로 묶인다는 것은 행운이면서 동시에 불운이다. 한 작가와 그의 작품이 그 유파를 대변할 경우, 그는 문학사에 한 획을 그었으므로 득의의 영역에 올랐다고 할 수 있으나, 역으로 바로 그 때문에 그와 그의 작품은 더 이상 확장되지 않는다. 다른 해석의 여지가 없게 되는 것이다. 나는 정말 좋은 문학은 그 중심을 잃지 않으면서도 다른 시대, 다른 사람들에게도 끊임없이 사랑받는 문학이라고 여긴다. 당대성과 보편성을 획득한 '고전'들이 여기에 해당될 것이다.

그럼 홍사용 문학은 어디에 속할까. 아쉽게도 홍사용 문학은 '유파'로 묶인 경우라고 해야 할 것처럼 보인다. 그러나 그마저도 여의치 않다. 『백조(白潮)』 동인으로서 중심 역할을 했음에도 불구하고 백조 문학을 말할 때 언급되는 홍사용의 작품은 통상 「나는 왕이로소이다」 한 편뿐이다. 그것도, 「나는 왕이로소이다」라는 작품의 보편적 가치로서가 아니라, 백조 동인 여럿을 언급하면서 홍사용의 대표작은 이것이다라고 치부하고 넘어가는 식이다. 그리하여 홍사용 문학은 백조 동

인들의 저 도저한 감상성과 허무의식에 갇혀 새로운 해석의 기회를 좀
체 얻지 못하고 있는 형국이다.

　나도 처음에는 이 지점에 묶여 있었다. '백조 동인 중 하나'인 홍사
용으로 생각을 밀어 가는 중이었다. 그러던 차, 소설가 김남일의 다음
과 같은 인터뷰를 만났다. 그는 〈한겨레신문〉과의 인터뷰에서 '30년의
세월, 작가로서 얻은 것과 잃은 것은?'이라는 물음에 이렇게 답한다.

> 　서경식 선생이 그랬나요? 지배층의 서사에 대항해서 억압받는
> 자의 서사를 발굴해내는 게 지식인의 임무라고. 하지만 이제 그 짐
> 도 내려놓고 싶을 때가 많습니다. 내가 진짜 하고 싶었던 건 문학
> 이었으므로. 그런데 시대가 문학이 아니라 운동을 하게 했잖아요?
> 후회하는 건 아니지만, 결국 작가에게는 작품입니다. 광석이 형 추
> 모비를 세운 게 우리지만, 지금은 우리조차 찾아가지 않잖아요?
> 작가라면 억울해 할 일은 아니라는 걸 우리도 압니다. 문학적 성취
> 가 없다고 그 사람을 부정할 수 없고 부정해서도 안 되지만, 대중
> 과 문학사가 기억하는 건 문학운동이 아니고 문학작품인 것을.
>
> 　　　　－ 김남일 인터뷰, 〈5·18 계기로 든 '저항의 펜' 아직도 유효하다〉,
> 　　　　　　　　　　　　　　　　　　　　　　　2010년 5월 17일자.

　나는 움찔할 수밖에 없었다. 느슨했던 내 눈이 잠시 홧홧해졌다. 김
남일이 나에게 묻는 것처럼 생각되었다. "지배층의 서사에 대항해서
억압받는 자의 서사를 발굴해 내는 게 지식인의 임무"라는 서경식 선
생의 말을 통해서 넌지시, 나의 탐색 태도가 어떤지를. 난 수긍했다.
'맞아, 그때 홍사용도 이런 문제의식이 있지 않았을까?' 하고. 또 다른

자각은 '대중과 문학사가 기억하는 건 문학운동이 아니고 문학작품'이라는 전언이다. 나는 여기서, '홍사용도 우선 그의 문학작품부터 분석해야 하지 않을까' 하는 생각을 품게 되었다. 김남일의 말대로, "시대가 문학이 아니라 운동을 하게 했"더라도 우리가 기억하고자 하는 것은 운동이 아니라, 문학이기 때문이다.

홍사용을 찾아가는 내 길은 이렇게 정해졌다. 나는 예단을 내려놓은 것이다. 나는 다시 『홍사용전집』(이하, 『전집』이라 표기함)을 펼쳐 들었다. 그때 내 눈에 새롭게 들어온 글들이 '수필'과 '평론'들이다. 나는 직접적인 그의 발언을 듣고 난 뒤 문학작품, 특히 그의 시들을 살펴보기로 했다. 가감없는 그의 시선으로 당대에 대응하는 그와 그의 문학을 느껴 보기로 한 것이다.

홍사용은 연민으로 교감하는 곡비의 시인이다

1919년 3·1운동의 실패 이후 많은 지식인들은 시대적 우울을 앓는다. 전염병처럼 도진 이 시대적 우울의 상흔은 문예지 『폐허』나 『백조』에 고스란히 반영되어 있다. 감상(感傷)과 허무의식(虛無意識)과 절망(絶望)이 문학의 전부인 것처럼 표현되어 있는 것이다. 홍사용도 이에서 자유롭진 않아서 이때 발표된 「나는 왕이로소이다」를 비롯한 상당수의 작품들에 이런 기조가 짙게 깔려 있다. 스무 살 시절에 마땅히 보여야 할 청춘의 활달한 기세가 아니라, 방황하는 영혼 혹은 달콤한 비애의 애상(哀傷)이 곳곳에 스며 있다.

그러나 적어도 홍사용의 경우, 이것이 전부는 아니다. 비록 『백조』 동인으로 함께 어울리기는 했어도 그에게서는 이들과는 전혀 다른 면모가 나타나는 것이다. 나는 그것이 무엇이고 작품에서는 어떤 양상으로 펼쳐지는지 찾아보려 하며, 이것이 다시 홍사용 문학을 들척이는 이유가 될 것이다.

홍사용 문학은 『백조』와 더불어 시작된다고 볼 때, 주의를 기울여야 할 작품이 『백조』 창간호 권두시로 실린 「백조(白潮)는 흐르는데 별 하나 나 하나」이다. '백조(白潮)'라는 단어를 제목에다가도 썼을 만큼 이 시는 백조 동인의 전반적인 방향을 암시하는 역할을 수행한다. 더불어 당시 나이 스물두 살인 홍사용의 시적 사유도 잘 드러나 있다.

저-기 저 하늘에서 춤추는 저것이 무어? 오- 금빛 노을!
나의 가슴은 군성거리며 견딜 수 없습니다.
앞 강에서 일상(日常) 부르는 우렁찬 소리가 어여쁜 나를 불러
냅니다.
귀에 익은 음성이 머얼리서 들릴 때에 철없는 마음은 좋아라고
미쳐서 잔디밭 모래톱으로 줄달음칩니다.

이러다 다리 뻗고 주저앉아서 일없이 혼자 지껄입니다.
은(銀) 고리같이 동글고 매끄러운 혼자 이야기를……
상글상글하는 태백성(太白星)이 머리 위에 반짝이니, 벌써 반가
운 이가 반가운 그이가 옴이로소이다.
분(粉) 세수한 듯한 오리알빛 동그레 달이 앞 동산 봉우릴 짚고
서 방그레- 바시시 솟아오르며, 바시락거리는 깁 안개 위로 달
콤한 저녁의 막(幕)이 소리를 쳐 내려올 때에 너른너른하는 허-연
밀물이 팔 벌려 어렴풋이 닥쳐옵니다.

이때올시다. 이때면은 나의 가슴은 더욱더욱 뜁니다.

어두운 수풀 저쪽에서 어른거리는 검은 그림자를 무서워 그럼이 아니라 자글대는 내 얼굴을 물끄러미 보다가 넌지시 낯 숙여 웃으시는 그이를 풋여린 마음이 수줍어 언뜻 봄이로소이다.

신부(新婦)의 고요히 휩싸는 치맛자락같이 달 잠겨 떨리는 잔살 물결이 소리없이 어린이의 신흥(新興)을 흐느적거리니 물고기같이 내닫는 가슴을 걷잡을 수 없어 물빛도 은(銀) 같고 물소리도 은(銀) 같은 가없는 희열(喜悅) 나라로 더벅더벅 걸어갑니다……

미칠 듯이 자지러져 철철 흐르는 기쁨에 뛰여서-.

아- 끝없는 기쁨이로소이다.

나는 하고 싶은 소리를 다 불러봅니다.

이러다 정처(定處) 없는 감락(甘樂)이 온몸을 고달프게 합니다.

그러면 안으로 기다리는 이에게 팔 벌려 안기듯이 어릿광처럼 힘없이 넘어집니다.

옳지 이러면 공단(貢緞)같이 고운 물결이 찰락찰락 나의 몸을 쓰담아 주노나!

커다란 침묵은 길이길이 조으는데 끝없이 흐르는 밀물 나라에는 낯익은 별 하나가 새로이 비칩니다.

거기서 웃음 섞어 부르는 자장노래는 다소이 어리인 금빛 꿈터에 호랑나비처럼 날아듭니다.

어쩌노! 이를 어쩌노 아- 어쩌노!

어머니 젖을 만지듯한 달콤한 비애(悲哀)가 안개처럼 이 어린

넋을 휩싸들으니……

심술스러운 응석을 숨길 수 없어 뜻 아니한 울음을 소리쳐 웁니

다

-「백조(白潮)는 흐르는데 별 하나 나 하나」 전문,

『전집』 12~13쪽(『白潮』 1호, 1922년 1월)

이상(理想)을 좇는 자의 철없는 마음으로 내딛는 발걸음, 그 부산한 발걸음과 "반가운 그 이", "자글대는 내 얼굴을 물끄러미 보다가 넌지시 낯 숙여 웃으시는 그이"를 향한 애잔한 그리움이 안타깝게 어리어 비친다. 가닿을 수 없는 "금빛 꿈터", "물빛도 은(銀) 같고 물소리도 은(銀) 같은 가없는 희열(喜悅) 나라로 더벅더벅 걸어"가는 것이나, 어쩔 것인가. "군성거리며 견딜 수 없"는 내 마음은 그이에게 닿을 수 없어, "달콤한 비애(悲哀)가 안개처럼 이 어린 넋을 휩싸들으니……." "심술 스러운 응석을 숨길 수 없"는 나는 "뜻 아니한 울음을 소리쳐" 울밖에.

이 시에서 보듯 시 속 화자는 아직 미몽에서 깨어나지 못하고 있다. 막연한 바람과 그리움을 좇으면서 달콤한 비애에 젖을 뿐이다. 이상과 현실의 괴리감이 확연하다. 그는 펼쳐지는 환경이 자아내는 호감만으로도(물론 그것도 스스로 우려낸 그런 감정이지만) "미칠 듯이 자지러져 철철 흐르는 기쁨에 뛰"고, "정처(定處) 없는 감락(甘樂)이 온몸을 고달프게" 하자마자 곧 또 뜻 아니한 울음 소리쳐 운다.

이 시 화자는 홍사용 자신의 말처럼, "자연적인 신비감에 도취하여 초자연적 의미 불가능의 예술미를 그러한 광란 상태 속으로 일부 뛰

어들어가서 엿보고 있"(「백조시대(白潮時代)에 남긴 여화(餘話)−젊은 문학도의 그리던 꿈」,『朝光』제2권 9호, 1936년 9월,『전집』326쪽)는 것인데, 이는 감정의 고저를 조절하지 못하는 '미성숙한 자아'에 다름 아니다. 홍사용은 같은 평론에서, "이상적 천재…… 그리고 확실히 불기(不羈)의 정서에 대한 갈망과 야생적인 우울 그것이 곧 그들의 예술이었었다."라고 씀으로써 이를 뒷받침하고 있다.

그러나 기억할 것은 이 시에 등장하는 화자의 성격이다. 그는 '이상에 대한 동경'과 함께 가슴 가득 희망을 품고 있는 것이다. 이상과 희망의 정체는 "상글상글하는 태백성(太白星)" 뒤에 숨어 있어 아직 뚜렷하지 않으나, 화자가 대변하는 "그들은 모두 젊은 영웅들이요 어린 천재들"인 것이다. "새로운 예술을 동경하고 커다란 희망을 가슴 가득히 품은 이들이라 한 번 금방에라도 일편에 귀신 도울 만한 걸작으로써 담박 채쭉에 문단으로 짓처 달리려 하는 그런 붉은 야심이 성하게 북받쳐 불붙는 젊은 사나이들"인 것이다. (같은 평론,『전집』323쪽)

"그런 붉은 야심이 성하게 북받쳐 불붙는 젊은 사나이들"인 만큼 "그들의 사상이나 행위가 모두 엄청나게도 대담하였었고 또 혹은 일부러 대담한 듯이 차리기도" 했다. "인습타파 노동신성 연애지상 유미주의…… 무엇이든지 꺼릴 것 없이 어디까지든지 자유롭고 멋있게 되는 대로 생각하고 그리고 행하자……. 그것이 그들의 한 신조였었다."(같은 평론,『전집』324쪽) 이와 같은 생각을 그대로 드러낸 작품이 바로「키스 뒤에」라는 시이다. 당시로선 정말 대담하다 싶게 제목에서부터 '키스'라는 단어를 사용한 이 작품의 내용은 기실 소박하다.

"여보셔요! 좇아오지 말고 저만치 서셔요 남들이 있거든……"

"아따, 이 사람아- 만날 때에면 참을 수 없구나 울렁거리는 가
슴을"

"입을 그리 마셔요 입맞췄다 하게요 남들이 보면은"
"아따, 이 사람아- 휘파람구누나 하자는 말이지 남몰래 올 때
에"

"쉬! 떠들지 말아요 우리 집의 사나운 개 또 짖고 나서요"
"아따, 이 사람아- 두 근 반 하더냐 너의 가슴이"

"내 속이 상합니다 웃지 말아요 허튼 웃음을"
"아따, 이 사람아! 못 만나 우랴? 만나서 웃지!"

"나는 싫어요 놀리지 말아요 그러면 나는 갈 터이야요"
"아따, 이 사람아! 마음대로 하려문 싫거든 그러면 나는 간다나"

- 「키스 뒤에」 전문, 『전집』 21쪽(「東明」 17호, 1922년 12월)

아마도 이런 정경을 보일 수 있는 대상은 여염집 여자라기보단, 당
시로선 신여성인 유학생이거나 혹은 기생 아닐까 싶다. 아무리 시대
를 앞서간다고 하더라도 1920년대에 이런 행위를 드러내 놓고 하기
는 쉽지 않았을 테니. 물론 이 자체가 다 몽상일 수도 있다. 당시에는
외국문물 흉내가 선진으로 비춰지기도 한 터라, 상상 속 정경을 시 속
에 그냥 차용해 버렸을 수도 있는 것이다. 그러나 이게 몽상이든 현실
이든 간에 1920년대 시 속에 이런 욕구와 본능을 펼칠 수 있다는 것은

홍사용이 관습에서 퍽 자유로워졌음을 의미한다. 홍사용을 비롯한 백조 동인들은 그때, 식민체제라는 질식할 것 같은 사회 분위기를 돌파할 덕목으로 낭만과 자유를 선택했던 것이다.

홍사용은 앞에 언급한 평론 「백조시대(白潮時代)에 남긴 여화(餘話)-젊은 문학도의 그리던 꿈」에서 보다 직접적으로 이렇게 말한다. "제아무리 추하든지 밉든지 간에 그것이 우리 생의 현실이라면 하는 수 없는 일이리라. 왜 애써 꾸미고 장식하고 있으랴. 거짓말을 말아라. 형식을 취하지 말라. 덮고 가리지 말라. 어디까지든지 적나라하게…… 자유주의가 가리킨 이러한 주장은 그들의 뻗칠 대로 뻗친 젊고 붉은 피를 힘껏 흔들어 솟구쳐 놓아서 뛰놀고 싶은 대로 뛰놀고 뒤높고 싶은 대로 뒤높게 하는 형편이었다."(같은 평론, 『전집』 324쪽) '뻗칠 대로 뻗친 젊고 붉은 피를 힘껏 흔들어 솟구쳐 뛰놀고 싶은 대로 뛰놀고 뒤높고 싶은 대로 뒤높되 어디까지든지 적나라하게……', 이것이 그들이 세상에 내놓은 문학적 화법이었다. 「키스 뒤에」는 바로 그런 생각을 시적 욕구로 풀어낸 홍사용식 자유연애, 혹은 인습 타파의 한 전형이다.

그런가 하면 또 홍사용은 「키스 뒤에」를 발표한 같은 지면인 『東明』 17호(1922년 12월)에 「별, 달, 또 나, 나는 노래만 합니다」라는 시를 게재하는데, 이 시는 또 다른 모습을 보인다. 어머니로 표상되는 고향 이야기 속에서 그는 한없이 평온한 일상에 젖는다. 모성, 혹은 대지로의 귀향처럼 비치는 이 시에는 '이상적 천재' 운운하는 모던보이 같은 느낌은 전혀 없다.

온 동리가 환한 듯하지요? 어머니의 켜 드신 횃불이 밝음이로소이다. 연자(燕子) 맷돌이 붕 하고 게을리 돌아갈 때에 온종일 고달 픈 검억 암소는, 귀치 않은 걸음을 느리게 옮기어 놉니다. 젊은이 머슴은 하기 싫은 일이 손에 서툴러서? 아니지요! 첫사랑에 게을 러서 조을고 있던 게지요. 그런데 마음 좋으신 어머니께서는, 너털 거리는 웃음만 웃으십니다. 아마도 집 지키는 나의 노래가, 끝없이 기꺼웁게 들리시던 게지요.

　하늘에 별이 있어 반짝거리고, 앞 동산에 달이 돋아 어여쁩니 다. 마을의 큰 북이 두리둥둥 울 때에, 이웃집 시악시는 모꼴을 내 지요. 송아지는 엄매- 하며 싸리문으로 나가고, 아기는 젖도 안 먹 고 곤히만 잡니다. 고요한 이 집을 지키는 나는, 나만 아는 군소리 를 노래로 삼어서, 힘껏 마음껏 크게만 부릅니다. 연맷간의 기꺼이 들으시라고…….

─「별, 달, 또 나, 나는 노래만 합니다」 전문.

『전집』 21쪽(『東明』 17호, 1922년 12월)

　'인습타파 노동신성 연애지상 유미주의'를 내세우던 백조 동인 홍사 용은 간데없다. 서구의 홍사용이 아니라, 조선의 한 청년과 그 동리가 보일 뿐이다. "어머니의 켜 드신 횃불"로 밝은 연자방앗간 정경이 다 사로운 웃음 속에 정겹다. 나는 이 시에서 홍사용을 새로 읽는다. 그는 시대적 우울에 빠진 자가 아니라, 연민과 그리움, 다사로움이 두루 섞 인 감성의 시인이었던 것이다.

　이런 생각으로 홍사용의 대표작 「나는 왕(王)이로소이다」를 다시 펼 친다. 홍사용은 정말 눈물의 시인인가 하는 의문이 들었기 때문이다. 시 「키스 뒤에」에 설핏 비치는 달콤함과 풍자, 위의 시 「별, 달, 또 나,

나는 노래만 합니다」에 어리는 전통과 향수에는 감상과 허무의 그림
자가 전혀 없지 않은가.

　　나는 왕(王)이로소이다. 나는 왕(王)이로소이다. 어머니의 가장
어여쁜 아들, 나는 왕(王)이로소이다. 가장 가난한 농군의 아들로
서……
　　그러나 시왕전(十王殿)에서도 쫓기어 난 눈물의 왕(王)이로소
이다.

　　"맨 처음으로 내가 너에게 준 것이 무엇이냐" 이렇게 어머니께
서 물으시면은
　　"맨 처음으로 어머니께 받은 것은 사랑이었지요마는 그것은 눈
물이더이다" 하겠나이다. 다른 것도 많지요마는…….
　　"맨 처음으로 네가 나에게 한 말이 무엇이냐" 이렇게 어머니께
서 물으시면은
　　"맨 처음을 어머니께 드린 말씀은 '젖 주셔요' 하는 그 소리였지
요마는, 그것은 '으아' 하는 울음이었나이다." 하겠나이다. 다른 말
씀도 많지요마는.

　　…(중략)…

　　할머니 산소 앞에 꽃 심으러 가던 한식(寒食) 날 아침에
　　어머니께서는 왕(王)에게 하얀 옷을 입히시더이다.
　　그리고 귀밑머리를 땋아 주시며

"오늘부터는 아무쪼록 울지 말아라."

아아, 그때부터 눈물의 왕(王)은!

어머니 몰래 남모르게 속 깊은 소리없이 혼자 우는 그것이 버릇
이 되었소이다.

누우런 떡갈나무 우거진 산길로 허물어진 봉화(烽火) 둑 앞으로
쫓긴 이의 노래를 부르며 어슬렁거릴 때에, 바위 밑에 돌부처는 모
른 체하며 감중련(坎中連)하고 앉았더이다.

아아, 뒷동산 장군(將軍)바위에서 날마다 자고 가는 뜬구름은
얼마나 많이 왕(王)의 눈물을 싣고 갔는지요.

나는 왕(王)이로소이다. 어머니의 외아들 나는 이렇게 왕(王)이
로소이다.

그러나 그러나 눈물의 왕(王)! 이 세상(世上) 어느 곳에든지 설
움 있는 땅은 모두 왕(王)의 나라소이다.

　　　　－「나는 왕(王)이로소이다」 부분, 『전집』 34쪽(『白潮』 3호, 1923년 9월)

　「나는 왕(王)이로소이다」를 제대로 이해하기 위해서는 우선 '왕'이
어떤 존재인지를 알아야 한다. 이 시의 핵심이 '왕'의 성격 규명에 있
는 것처럼 비치는 까닭이다.

　도대체 그가 말하는 '왕'은 누구인가. 이 왕은 "어머니의 가장 어여
쁜 아들"이고 "가장 가난한 농군의 아들"이며 무엇보다 "시왕전(十王
殿)에서도 쫓기어 난 눈물의 왕"으로 언급된다. 이로 보건대 이 '왕'은
임금이기는커녕 '비천한 신분의 울보'에 불과하다. 지금으로 보면 '왕

따'당하기 십상인 그런 역설로서의 왕, 모자란 왕이다. 그러나 그가 "오늘부터는 아무쪼록 울지 말아라."라는 어머니의 당부를 받아 "어머니 몰래 남모르게 속 깊은 소리없이 혼자 우는" 자가 되었을 때 그는 더 이상 모자란 왕이 아니다. 이 부분에서 나는 이 시의 자각 혹은 각성이 이뤄진다고 여긴다. "할머니 산소 앞에 꽃 심으러 가던 한식(寒食) 날 아침에/어머니께서는 왕(王)에게 하얀 옷을 입히"시는데, 이 흰 옷의 의미도 작지 않다. 제의(祭儀)의 제복인 이 흰 옷에서 나는 곡비(哭婢)를 읽는다. 곡비, 그렇다. 곡비이다. '왕'은 여기서 아픔을 대신 울어 주는 자인 곡비이자 시인인 것이다. 시인은 그야말로 상상력의 왕 아닌가.

그리하여 다시 그가 "나는 왕(王)이로소이다. 어머니의 외아들 나는 이렇게 왕(王)이로소이다./그러나 그러나 눈물의 왕(王)!" 이렇게 외울 때 이 '왕'은 새로운 왕이다. 물론 그가 흘리는 눈물도 더 이상 감상만이 아니다. 각성한 그가 흘리는 눈물에서 나는 연민(憐憫)을 본다. "남모르게 속 깊은 소리없이 혼자 우는 그것"의 정체는 연민인 것이다. 그가 감히 "이 세상(世上) 어느 곳에든지 설움 있는 땅은 모두 왕(王)의 나라소이다."라고 선언할 수 있는 것은 이런 연민을 기반으로 하는 곡비의 힘을 그가 믿고 있기 때문 아닐까.

감상(感傷)에는 힘이 실리지 않는다. 오히려 힘을 해체한다. 오직 눈물의 정화만이 연민이라는 연대의식을 이끌어 낸다. 아마도 이 점이 그를 다른 백조 동인들과 구분토록 만드는 지점일 것이다. 바로 이런 자각이 그를 이후 민요와 민요시로 이끌어 갔으리라 나는 짐작한다. '눈물의 힘'인 이런 연민을 밑자락에 깐 곡비의 교감을 통해 민요를 만나고 민요시를 쓰지 않았을까 싶은 것이다.

수필 「귀향(歸鄕)」에는 이 같은 홍사용의 연민의식이 그대로 드러나는 장면이 여럿 나온다. 파락호가 되어 그리운 고향에나 한번 가 봐야겠다고 작심하고 찾아온 고향, 그러나 그 고향은 이전의 고향이 아니다. 누이와 매부와 어머니가 살고 계시는 고향에서 그는 목메는 현실과 맞닥뜨린다.

> 우리는 모두, 불쌍한 사람들이다. 더구나, 어머니와 누이는, 정말 죄없이 불쌍한 이들이다. 그리고, 매부도 불쌍한 사람이다. 나도 퍽 불쌍한 사람이다. 나는 마음속으로 깊이, 누이와 매부에게 너무 미안해 못 견디겠다. 만일에 다른 까닭은 없이, 다만 내가 돌아온 그 때문이라면, 나는 또다시 나가 버리자, 멀리멀리 아주 끝없이 달아나 버리자. 그런데, 내가 또 그렇게 되면, 우리 어머니는 어떻게 되시나-.
>
> 바람이 또 이는가-. 굵은 빗방울이, '후두둑'하고 뒷문 창풍지(窓風紙)를 홀치여 때린다. 나는, 눈물 젖은 베개를, 둘러 베었다.
>
> - 「귀향(歸鄕)」 부분, 『전집』 297쪽(『佛敎』 53호, 1928년 11월)

이런 연민의식은 식구와 근친에게만 머물지 않는다. 이미 20대 초반부터 그의 심저에 자리 잡은 연민의식은 민요를 기반으로 하는 민족의식과 함께 커져 그의 문학 중심 영역이 되었던 것이다.

수필 「그리움의 한 묶음」에서 홍사용은, 조선의 천재와 조선의 예술과 조선의 조선다움을 애타게 그리워한다. 얼마나 그리움이 사무치던지 그는 "그리움! 그리움! 나는 얼마나 수 모를 그리움에서 울어왔는고."하고 울음 터뜨리듯 글을 마감하고 있다.

그리고 조선의 천재가 그리웁다. 시방의 조선은 얼마나 천재에
주리었느냐. 나타난 천재, 숨은 천재, 늙은 천재, 젊은 천재, 모두
그리웁다. 천재는 어떻게 생기었으며 어느 곳에 있으며 어느 곳에
서 무엇을 하고 엎드려 나오지를 아니하느냐.

 …(중략)…

일꾼도 없고 천재도 볼 수 없는 이 나라에서, 무슨 새삼스러웁게
알뜰하게 예술이란 그것을 바랄 수가 있으랴마는, 나는 다시금 조
선의 예술이 그리웁다. 우리 조상들의 내리어준 그 예술이 그리워
못 견디겠다. 예술로 불린 우리의 역사는 얼마나 찬란하였으며, 우
리의 가승(家乘)은 얼마나 혁혁하였느냐. 시방은 물론 볼 수도 없
고 들을 수도 없다. 모두 없어져 버리었다. 모두 어느 시절에 어느
곳에든지 사라져 버리었다. 그러나 우리가 있지 아니하냐. 우리가
살아 있지 아니하냐.

 …(중략)…

아— 청솔밭 밑 황토밭가 실버드나무 우거진 속의 한 채의 초가
우리 집이 그리웁다. 보리 마당질 터에서 돌이깨를 엇메이는 농군
의 얼굴이 그리웁다. 물동이를 이고가는 숫시악시의 사랑이 그리
웁다. 나는 모든 것이 그리워 못 견디겠다.

—「그리움의 한 묶음」 부분, 『전집』 279∼281쪽(『白潮』 3호, 1923년 9월)

거룩한 넋이여, 민요시로 흘러라

홍사용은 그로부터 5년여 뒤 우리 문학사뿐만 아니라, 민요 연구의
중요한 맥을 이루는 평론, 「조선(朝鮮)은 메나리 나라」를 잡지 『別乾

坤』 12·13호(1928년 5월)에 발표한다. 1928년에 쓴 희곡「벙어리 굿」
이 민족이념을 암시했다 하여 빼앗기게 되는데 이런 사정으로 미루어
이때쯤 홍사용의 민족의식은 상당히 고조된 상태였던 것처럼 보인다.
홍사용은 이 평론에서 민요를 빌어 우리 민족의 거룩한 넋과 주체성
에 대해 상세하게 적고 있다. 단지 민요에 국한된 평론이 아니라, 우
리 민족의 정체성을 고양시키고자 하는 의지가 문맥 곳곳에 담겨 있
는 것이다.

　　이제는 조선이 다─ 거지가 되었더라도, 그 보물만은 어느 때든
　지 거부자장일 것이다. 또 다른 걱정이 무어야. 그것을 가진 우리
　의 목숨은 살았다. 아직도 이렇게 살아 있다. 다른 것은 모두 쪽박
　을 차게 되었을수록, 그 보물만은 우리를 두긋겨 주고 귀여워한다.
　그러니 그 보물은 과연 무엇이냐. 무엇이 그리 자랑거리가 될 만한
　보물이더냐.
　　그것은 우리로서는 아주 알기 쉬운 것이다. 싸고도 비싼 보물이
　다. '메나리'라 하는 보물! 한자로 쓰면 조선의 민요 그것이란다. 그
　보물은 어느 때 어느 곳에서 생겨난 것이냐.
　　…(중략)…
　　메나리는 글이 아니다. 말도 아니요 또 시도 아니다. 이 백성이
　생기고 이 나라가 이룩될 때 메나리도 저절로 따라 생긴 것이니,
　그저 그 백성이 저절로 그럭저럭 속 깊이 간직해 가진 거룩한 넋일
　뿐이다. 사람은 환경이 있다. 사람은 사람만이 사는 것이 아니라,
　그 환경이라는 그것과 어울러서 한데 산다. 그래서, 사람과 사람,
　사람과 환경은 서로서로 어느 사이인지도 모르게 낯익고 속 깊은

수작을 주고받고 하나니, 그 수작이 저절로 메나리라는 가락으로
되어버린다.

— 「조선(朝鮮)은 메나리 나라」,
『전집』 316~317쪽(『別乾坤』 12·13호, 1928년 5월)

홍사용은 말한다. "이제는 조선이 다— 거지가 되었더라도, …… 다
른 것은 모두 쪽박을 차게 되었을수록" "싸고도 비싼 보물, '메나리'라
하는 보물! 한자로 쓰면 조선의 민요"라는 보물이 있어 "우리의 목숨
은 살았다"라고! 홍사용은 일제 압제를 살아내 온 목숨의 원천이 민요
에 있다는 것이다. 다른 모든 것은 다 내어 주고 쪽박을 찼을지라도 아
직 우리에게 '메나리'가 있어 우리는 살아 있는 것이라고 그는 믿는다.

그는 이어서 쓴다. "메나리는 글이 아니다. 말도 아니요 또 시도 아
니다. 이 백성이 생기고 이 나라가 이룩될 때 메나리도 저절로 따라 생
긴 것이니, 그저 그 백성이 저절로 그럭저럭 속 깊이 간직해 가진 거룩
한 넋일 뿐이다."라고. 왜 그가 메나리가 있으니 살아 있는 것이라고
보느냐 하면, "이 백성이 생기고 이 나라가 이룩될 때 메나리도 저절로
따라 생긴 것"이며 그것은 곧 "그 백성이 저절로 그럭저럭 속 깊이 간
직해 가진 거룩한 넋"이기 때문이다. 우리 민족혼으로서의 메나리, 그
존재가치의 역사적 천명이다.

우리나라에 다른 예술도 그렇게 잘 되고 많았던지는 모르나, 우
리는 민요국의 백성이라고 자랑할 만큼, 메나리를 퍽 많이 가졌다.
…(중략)… 사람마다 입만 벙긋하면 모두 노래다. 젊은이나 늙은
이나 사내나 계집이나, 모두 저절로 되는 그 노래! 살아서나 죽어

서나, 일할 때나 쉴 때나, 허튼 주정, 잠꼬대, 푸념, 넋두리, 에누
다리, 잔사설이 모두 그대로 그윽한 메나리 가락이 아니면 무어냐.
산에 올라 「산타령」, 들에 내려 「양구양천」, 「아리랑」 타령은 두 마
치 장단, 늘어지고 서러운 것은 「육자백이」, 산에나 들에나 메나리
꽃이 휘드러져 널리었다.

― 「조선(朝鮮)은 메나리 나라」, 「전집」 318쪽(「別乾坤」 12·13호, 1928년 5월)

21세기에 들어선 요즈음은 민요, 곧 메나리가 잘 불리워지지 않으
나 당시에 메나리는 삶의 중요한 구성 요소였다. "사람마다 입만 벙긋
하면 모두 노래"를 불렀던 것이다. 메나리는 "젊은이나 늙은이나 사내
나 계집이나" 할 것 없이 "모두 저절로" 읊었으며 "살아서나 죽어서나,
일할 때나 쉴 때나" 언제든 입에 달고 지냈다. 사람살이의 희로애락
(喜怒哀樂)을 다 담았으므로 민요의 내용에는, "허튼 주정, 잠꼬대, 푸
념, 넋두리, 에누다리, 잔사설" 등이 다 실려 있었다. 일어나 잠들 때
까지의 일상사가 노래 아닌 것이 없었던 것이다.

민요는 이처럼 백성들의 삶과 밀접하게 연결되어 있었으므로 민족
정기의 고양 대상으로 이만큼 좋은 양식을 달리 찾기 어려웠을 것이
다. '예술로 불린 우리 역사의 찬란함과 우리 가승(家乘)의 혁혁함'이
사라진 것에 대해 통탄하던 홍사용은 조선의 조선다움과 조선 예술의
빛나는 성취를 문학적으로 복원시키는 것에 특별한 사명감을 갖지 않
았나 싶다.

그 문학적 선언이 「조선(朝鮮)은 메나리 나라」라는 평론의 발표이
며, 그 실천이 민요를 기반으로 하는 민요시의 창작이다.

요사이 흔한 '양시조', 서투른 언문풍월(諺文風月), 도막도막 잘

터놓는 신시(新詩) 타령, 그것은 다— 무엇이냐. 되지도 못하고 어색스러운 앵도장사를 일부러 애써하는 것보다는 차라리 제 멋의 제 국으로나 놀아라. 앵도장사란 무엇인지 아느냐, 받아다 판다는 말이다. 양(洋)가 가에서 일부러 육촉(肉燭) 부스러기를 사다 먹고 골머리를 앓아 장발객들이 된다는 말이냐.

넋이야 넋이로다 이 넋이 무슨 넋?

— 「조선(朝鮮)은 메나리 나라」.
『전집』 320〜321쪽(『別乾坤』 12·13호, 1928년 5월)

홍사용이 보기에 "요사이 흔한 '양시조', 서투른 언문풍월(諺文風月), 도막도막 잘 터놓는 신시(新詩) 타령"은 참된 문학이 아니다. 그는 비아냥거리듯 말한다. "되지도 못하고 어색스러운" 짓일랑은 집어치우라고. 그러면서 그는 우리가 흔히 말하는 "넋이야 넋이로다 이 넋이 무슨 넋?"인지 아느냐고 일갈하며 평론을 마감한다. 나는 그 반어 속에서 우리 것, 바로 메나리 같은 우리 것을 진작시켜 꽃피우자는 열망과 다짐을 읽는다. 숙연해질 만큼 꼿꼿한 지사적 선언이다.

홍사용의 이런 다짐은 '민요 한 묶음'이란 부제를 달고 「붉은 시름」, 「각시풀」 등의 연작시로 나타난다.

이슬비에 피었소 마음 고와도 찔레꽃
이 몸이 시워져서 검부사리 될지라도
꽃은 아니 되올 것이 이것도 꽃이런가
눈물 속에 피고 지니 피나 지나 시름이라
봄꽃도 여러 가지 우는 꽃도 꽃이려니

미친 바람 봄 투세[妬視]하고 심술피지 말어도
봄꽃도 여러 가지 우는 꽃도 꽃이려니

굳은비에 피었소 피기 전(前)에도 진달래
이 몸이 쉬어져서 떡가랑잎 될지라도
꽃은 아니 되올 것이 이것도 꽃이런가
새나 꽃이 두견(杜鵑)이니 우나 피나 핏빛이라
새벽 반달 누구 설움에 저리 몹시 여웠노
봄꽃도 여러 가지 보라꽃도 꽃이려니

아지랑이 애 조려 가냘피 떠는 긴 한숨
봄볕이 다 녹여도 못다 녹일 나의 시름
불행(不幸) 다시 꽃 피거든 가시 센 꽃 되오리
피도 말고 지도 말어 피도 지도 않았다가
호랑나비 너울대거든 가시 찔러 쫓으리
봄꽃도 여러 가지 가시꽃도 꽃이려니

─ 「붉은 시름─민요 한 묶음3」 전문.
『전집』 38쪽(『三千里文學』1호, 1938년 1월)

　　이 작품은 제목부터 예사롭지 않다. '붉은'을 그냥 붉은꽃 색깔로 읽
을 수도 있지만, "새나 꽃이 두견(杜鵑)이니 우나 피나 핏빛이라"라는
시행에 보면 홍사용은 '붉은'을 '핏빛'으로 느끼고 있다. 여기서의 '붉
은 시름'은 '핏빛 시름'의 다른 표현인 것이다. 그러므로 "눈물 속에 피
고 지니 피나 지나 시름이라"라는 구절이나 "새벽 반달 누구 설움에

저리 몹시 여웠노", "아지랑이 애 조려 가냘피 떠는 긴 한숨/봄볕이 다 녹여도 못다 녹일 나의 시름" 등에 보이는 시름과 설움은 민초의 고달 픔에 더해 나라 잃은 민족의 한으로까지 승화되어야 하는 것이다. 그 래야 마지막 연의 "불행(不幸) 다시 꽃 피거든 가시 센 꽃 되오리/피도 말고 지도 말어 피도 지도 않았다가/호랑나비 너울대거든 가시 찔러 쫓으리"에서 보이는 결연한 의지가 납득될 수 있다. "가시 찔러 쫓"겠 다는 이런 결연한 의지는 아마도 "이 나라가 뒤죽박죽이 되며 짚신을 머리에 이고, 갓을 꽁무니에 차고 다니는 세상이 온다 할지라도 메나 리만은 그 세상 그대로 없어지지 않고 있을 것이다"(「조선(朝鮮)은 메 나리 나라」, 『전집』 320쪽)라는 믿음의 시적 전언일 것이다.

'민요 한 묶음' 연작은 다시 '속, 민요 한 묶음'이라는 부제의 「이한 (離恨)」과 「고초 당초 맵다 한들」 등으로 이어지는데 안타까운 것은 현 전하는 작품수가 적다는 점이다. 아마도 홍사용이 이후 희곡과 연극 운동 쪽으로 관심의 초점을 이동해 간 탓 아닐까 싶다.

> 밥 빌어 죽을 쑤어서
>   열흘에 한 끼 먹을지라도
> 바삐나 돌아오소
>   속 못 채는 우리 님아
> 타는 애 썩는 가슴도
>   그동안 벌써 아홉 해구려
> 내 나이 서른이면
>   어레 먹은 삼잎이라
> 아무려나 죽더라도

임자의 집 귀신이나

봄풀이 푸르러지니

　피리소리나 들으라오

동지(冬至) 섣달 기나긴 밤을

　눈물에 젖어 드새울 적에

마음을 다스리고

　이를 갈며 별렀어요

꿈마다 자로(紫鷺)가 튼 길

　머다사 얼마나 멀리

설움이 앞을 서니

　까마아득 주저앉소

남의 별 어떤 별이뇨

　내 직성(直星) 하마 베틀 할미

은하수(銀河水) 마를 때까지

예 앉아서 사위라오

> － 「이한(離恨)—속, 민요(民謠) 한 묶음」 전문,
> 『전집』 39쪽(『三千里文學』 2호, 1938년 4월)

　「이한(離恨)」에 이르면 민중의 목소리가 보다 더 직접적으로 표출된다. 지식인 홍사용이 아니라, 민중과 호흡하고 민중을 대변하는 시인 홍사용이 보이는 것이다. 천연덕스럽게 그리움을 펼쳐내는 화자의 그 어디에도 홍사용은 없다. 민요와 홍사용이 한 몸이 된 것이다. "메나리는 특별히 잘 되고 못된 것도 있을 까닭이 없으니 그것은 속임없는

제3부 좌절과 성찰의 시 319

우리의 넋 울리는 소리 그대로"라는 그의 문학적 곡비 의식이 작품 속에 확고하게 구현된 경우라고 하겠다.

하지만, 일부 연구자들은 이와 같은 홍사용 문학에 대해 부정적인 인식을 갖고 있기도 하다. 김형필(한국외대 한국어교육과 교수)은 「식민지시대의 시정신 연구 : 홍사용」에서 "김소월과 노작은 어떻게 다른가. 대칭되는 게 아니라 소월이 쓰는 민요시는 노작의 민요시보다 한층 위에 있었다고 하는 것이 옳을 것이다"라고 쓰고 있다. 아마도 이 말은 동시대에 같은 형식의 민요시를 써냈으나 김소월의 민요시가 홍사용의 민요시에 비해 문학성이 더 뛰어나다는 뜻일 것이다. 정말 그럴까. 나는 비교축이 잘못되었다고 생각한다. 홍사용의 민요시와 김소월의 민요시는 그 지향이 다른 까닭이다. 홍사용이 우리 것을 지키는 민족정기의 고양 의지로 민요시를 써냈다면, 김소월은 개인적인 서정과 한의 매혹적인 발로로 민요시를 펼쳐냈다. 홍사용은 민요의 대중성을, 김소월은 민요의 독자성을 상대적으로 강화시킨 것이다. 홍사용과 김소월은 각기 그 시대에 반응하는 양식이 달랐던 것이다.

이처럼 당대성을 없애 버린 채 문학작품을 재단하는 것은 심각한 오류를 저지를 수 있다. 후대의 눈으로 문학성을 읽어내면서 문학사적 가치까지 등급을 매기는 행위는 적절하지 않다고 여긴다.

홍사용의 재인식—우리 마음의 거문고를 깨워라

잘 알려져 있다시피 홍사용은, 창작자로서뿐만 아니라 문예운동의 기반작업에 충실한 문예기획자로서의 역할도 중요하게 생각했다. 그의 이력 중 특이하게도 잡지 창간과 발행 지원, 토월회 등의 극단 지원이 뚜렷한 까닭은 이 때문이다. 나는 그의 이런 행보가 그의 특별한 사명감에서 비롯되었을 것이라고 여긴다. 당시로선 문예운동 기반 구축이 그 무엇보다도 중요한 사업이었다. 그러나 그 역할을 아무나 맡을 수는 없었다. 열정도 있어야 하지만 무엇보다 세상을 보는 안목이 필요한 일이었다. 거기에다가 현실적으로 사업을 감당할 수 있는 풍족한 재산도 갖춰야 가능한 일이었다. 홍사용은 그 조건을 다 갖추고 있었으며 역사의 부름에 기꺼이 응해 그 모든 것을 바쳤다.

나는 그를 추동해 간 이 같은 힘이 그의 작품들을 통해 확인했듯 '연민(憐憫)'에서 싹텄을 거라고 생각한다. 그렇게 싹튼 그의 로망은, 이 땅으로부터 모든 설움을 거둬 내는 '눈물의 왕', 곧 곡비의식으로 나아간다. 그 곡비의식이 바로 문학이며 특히 민요시인 것이다. 홍사용의 이런 문학 행위는 '나'를 넘어서 이타적(利他的) 구현의 세계에까지 접어든 것처럼 보인다. 백조 동인들은 대체로 나의 세계에 머물러 있으나 홍사용은 '우리' 혹은 '민족'이라는 이타세계로 자신을 밀고 간 것이다.

오세영은 『韓國浪漫主義 詩 硏究』(일지사, 1980, 353쪽)에서 이 같은 홍사용의 행보를, "실질적인 백조 동인의 운영자, 한국 낭만주의 운동의 기수, 소월과 쌍벽을 이루는 민요시인"으로 읽고 있다. 그리고 그의 문학관은, "백조동인들이 주조를 이루었던 퇴폐적 감상주의와는 거리가 먼 한(恨)의 정서와 민요적 율조를 간직한 민족주의 이념과 민요시론으로 대변"된다고 쓴다. 오세영의 이 판단은 적절해 보인다. 문예운동가 홍사용의 문학사적 위치를 홀대한 듯한 느낌이 드는 것은 아쉽지만.

그러나 홍사용의 이러한 문학적 의지와는 상관없이 그의 작품들은 당시 민중들에게 그리 널리 전파되지 못했을 것이다. 워낙 문맹률이

높았기 때문이다. 하여 그는 곡비의 매체를 바꾸게 되는데 그게 바로 희곡 창작과 연극운동이다. 연극은 문학보다는 훨씬 더 직접적인 방식으로 민중들과 만날 수 있었으며 또 민중들 자신의 이야기를 곡진하게 펼쳐 낼 수 있었기 때문이다.

그러므로 홍사용을 총체적으로 인식하기 위해서는 그의 문학작품 전체와 연극을 총망라하지 않으면 안 된다. 이런 방식으로 연구가 진척된다면 우리는 우리 문예운동사에서 좀체 보기 드문 선지자 한 사람을 새롭게 만나게 되리라 확신한다. 우리 예술의 올바른 가치 정립을 통한 우리 민족의 소통을 홍사용만큼 애타게 호소한 문인은, 적어도 당대에는 거의 없었다. 홍사용은 자기 한 몸으로 한 시대 문예운동사를 통째로 책임진 '곡비의 시인'이자 연극인이며 문예운동가였던 것이다.

설령, 그의 업적이 몰지각의 세월에 다 묻힌다고 해도 홍사용의 다음과 같은 자각은 늘 현재형으로 남아 있을 것이라 믿는다.

> 아무리 무디고 어지러워진 신경이라도 우리는 우리의 메나리를 들을 때에, 저절로 느끼는 것이 있다. 아무나 마음이 통하고 느낌이 같다 좋다 소리가 저절로 난다. 대체 좋다는 그것이 무엇이냐. 우리의 마음의 거문고가 우리의 마음속에서 절로 울리여지는 그 까닭이다.
>
> 우리는 메나리 나라 백성이다. 메나리 나라로 돌아가자. 내 것이 아니면 모두 빌어온 것뿐이다.
>
> ─「조선(朝鮮)은 메나리 나라」, 『전집』 320쪽(『別乾坤』 12·13호, 1928년 5월)

우리의 폐허를 직시하라[4]

– 백무산 시집 『폐허를 인양하다』

어디에도 의탁하지 않는 자활의 시인

그가 써내는 시의 눈빛은 아직도 성성하다. 짓무르거나 낡지 않았다. 요즘 흔히 보이는 자폐의 시들에 비하면 그의 시는 얼마나 패기에 차 있는가. 백무산. 이름만으로도 이미 뜨거운 시인. 나는 그의 시집 『폐허를 인양하다』를 읽다가 스스로 부끄러워졌다. 일상에 매몰된 게으른 타협들이 어찌나 환히 비치는지. 내 수치를 모르고 남의 그늘을 어둡다 하고 있었다. 그의 시가 밝혀 주는 내 허물이 적나라하다. 그와 마주 앉는다는 게 그런 면에서 좀 멋쩍다. 더욱이 그의 시를 본격적으로 살피자니 낯익어 보였던 시들마저 왜 그리 새로운지.

마치 전혀 알지 못하는 시인처럼 그와 그의 자취들을 챙기면서 그를 떠올린다. 그는 여전히 호기심 번득이고 있다. 그렇지, 호기심이다. 그의 바탕에는 저 호기심 짙게 깔려 있어서 온전히 그의 시적 면모

---

4 이 글은 백무산 시인과 나눈 대담이 중심입니다. 직접 만나고 여러 번 통화했으며 메일을 주고받았습니다. 그런 점에서 저 혼자만의 글은 아니지만, 정리한 자의 몫을 내세워 백무산 시인의 양해를 구하고 여기 함께 싣습니다.

들여다보는 게 쉽지 않다. 이 다음엔 또 어디로 튈지 모른다. 그의 시적 탐구는 생명체처럼 스스로 자활(自活)하고 있는 것일까. 어디에도 의탁하지 않는다.

그는 내가 만난 사람들 중 가장 자활적인 사람이다. 무언가를 만들어 내는 데 그는 탁월한 재능을 발휘한다. 아무리 가혹한 곳에 데려다 놓아도 너끈히 자기 삶을 영위해 갈 것이다. 그는 환경에 지배당하는 게 아니라, 환경을 호흡한다. 나는 그가 물길 잡고 터를 앉혀 혼자 지었다는 절을 보고 깜짝 놀란 적이 있다. 산자락과 물길과 절집이 오묘하도록 다정하게 펼쳐져 있었다. 마치 오래전부터 거기 그렇게 함께 지내온 존재들처럼 자연 속에 깃든 자활의 조화로움이 따사로웠다.

그런데 그의 자활은 독특하다. 그는 자신의 삶을 채워 가기 위해 자활하지 않는다. 그가 세운 저 절집들이 그렇다. 이 절집은 내가 아니라, 너를 위해, 너와 함께 살기 위해 지어진 집이다. 너를 들여앉히는 집이다. 내가 사는 집이 아니라 네가 사는 집인 것이다. 절집은 스님이 아니라, 손인 네가 주인이다. 나는 그의 이타성이 최적화된 게 이 절집이라 여긴다. 그의 시집도 또한 이와 같은 것 아닌가 생각한다. 그는 너인 우리의 자활을 돕기 위해 시집을 또한 짓는다고.

그래서 그럴까. 그의 시집들을 찬찬히 넘기다 보니 자활은 처처인데 포옹이 눈에 들어오지 않는다. '어라, 포옹이 없네?' 난 사뭇 놀랐다. 시에는 대개 내가 대상을 껴안는 포옹의 포즈가 있게 마련인데 그의 시에는 드물었다. 아니, 거의 발견할 수 없었다. 거리감을 두고 바라보거나 하는 시들은 있는데, 어떤 대상을 폭 끌어들이거나, 심장과 심장이 맞닿는 것 같은 포옹의 자세는 보이지 않는 것이다. 포옹보다 연대를 그는 더 좋아하는 걸까. 나는 말머리의 처음을 포옹으로 열었다.

정우영　포옹을 그다지 좋아하시지 않는가 봐요? 시에서 잘 찾을 수가 없는데요.

백무산　포옹이라? 내 시에서 그런 게 있었는지 없었는지조차 잘 모르겠는데요? 하하. 그런데 어떤 부정성을 앞세웠다거나 그런 건 있지요. 사회성을 얘기할 때 부정성이 앞서는 게 있긴 있었어요. 하지만 어떤 것은 강하게 포옹하고 또 어떤 것은 배제하고 하는 그런 전달을, 나는 별로 생각해 본 적이 없는 것 같긴 해요.

낙관이란 말 있잖아요. 난 포옹이 인간에 대한 낙관이라고 봐요. 포옹이라고 하는 게 인간에 대한 낙관 없이, 어떤 회의적인 시각과 부정의 방식으로는 성립하기 곤란하잖아요? 이때 낙관이라면 인간에 대한 믿음, 신뢰 같은 것인데, 그런 문제는 의도적으로 놓치지 않으려고 했던 건 있습니다. 인간에 대한 회의를 느껴야 될 지점에서도 그걸 붙잡고 있었단 말이지요.

그런데 실은 포옹이라고 하면 개인적인 끌림이잖아요. 그렇잖아도 지난번에 황현산 선생이, 백 시인 시에는 연애 시가 없다고 그러시더라고요. 그래서 내가 연애를 앞세우면 현실이 죽을 것 같다고 말한 적이 있죠. 강박적입니다.

현실 조건 때문이라고 볼 수가 있겠죠, 아직까지는. 난 '아직까지'라고 생각을 하는데, 아직까지는 내가 마음껏 나의 얘기를 할 수 없었습니다. 지금껏 나는 사회와 우리 현실을 주로 얘기해 왔지요. 그러다 보니까 내가 가지고 있는 사적 의지나 사적 감정이 노출되는 경우를 자제하거나 혹은 그것을 노출시키지 않으려는 의도가 강하게 작용한 것 같아요. 나라는 개인에 관해서든 뭐든 객관적이고 현실적인 방식으로 다뤄 보려고 하는 의지가 셌다는 겁니다. 시로서는 문제가 많죠.

정우영 흠, 아마도 황현산 선생은 제가 말하는 포옹을, 연애 시로 언명하신 것 같군요. 저는 시가 어떤 사물과 서로 눈을 마주 보는 것이라고 생각합니다. 내가 사물을 보고, 사물도 나를 바라보는. 그런데 형의 시는 나를 바라보는 시선이 아니라, 내가 너를 바라보는 시선이 압도적으로 많다는 겁니다. 왜 그런가 했는데 이제 형 말을 들으니 알겠군요. 아직까지, 현실이나 사회, 내가 아닌 타자에 대한 시선으로 해야 될 얘기가 계속해서 찾아오는 까닭에 시의 시선이 내적으로 들어오기 힘든 거네요, 사실은.

백무산 그렇지요. 말하다가 보니까 나도 그렇다는 생각이 드네요. 이 지점이 내가 시를 대하는 태도이자, 내가 왜 시를 쓰는가 하는 문제죠. 나는 시를 전공이나 직업으로 여겨본 적이 없어요. 그렇다고 해서 고립된 개인의 자기 고백서로 쓰고자 하는 것도 아니었고, 굳이 시를 쓰려고 할 때에는 사회성 안에 있는 어떤 것을 쓰려고 했으므로, 거기서 벗어나지 않으려 애썼습니다. 요즘은 시인들이 사회적 발언을 시로 담아내는 게 드물잖아요. 하지만 나한텐 여전히 그 역할이 남아 있는 거죠. 그래서 개인적인 시화(詩化)는 나중 것이다 하고 있는 거지요. 아마 나는 처음 시를 쓸 때부터 은연중에 그렇게 생각해 왔던 것 같아요. 내 얘기는 나중에야 쓸 수 있을 것이라고.

나는 늘 이런 현실에서 조금 벗어나야 된다, 시대가 지나야 된다, 이렇게 지내 왔다고 생각해요. 각박하고 열악한 시대상황에 대한 부채와 소명의식이 앞서서 그렇다고 볼 수 있죠.

정우영 세어 보니까, 『만국의 노동자여』로 시작된 형의 시집이 『폐허를 인양하다』까지 해서 아홉 권이네요. 어느 틈에 이렇게나 많이 쓰셨을까 놀랍습니다. 다른 글에서도 썼지만, 제가 시에서 충격 받은 게 형의 시에 나오는 '밥'이었어요, 밥. 노동의 밥. 아주 못 사는 시골이었지만 저는 밥을 굶어 본 적은 없었습니다. 농촌에서는 아무리 못 살아도 밥은 먹으니까. 그러니 제게 밥은 언제나 '주어지는 밥'이지요. 근데 형 시에서는 이 밥이, 그냥 주어지는 밥이 아니잖아요. 노동의 밥, 피가 서린 밥이지요. 내가 얻지 않으면 밥은 없는 거예요. 시를 읽는데 '밥'이 얼마나 귀하게 여겨지던지. 제게 그때 '밥'이라는 말은 '공구와 무기'라는 말과 더불어 큰 떨림이었지요.

> 피가 도는 밥을 먹으리라
> 펄펄 살아 뛰는 밥을 먹으리라
> 먹은 대로 깨끗이 목숨 위해 쓰이고
> 먹은 대로 깨끗이 힘이 되는 밥
> 쓰일 대로 쓰인 힘은 다시 밥이 되리라
> 살아 있는 노동의 밥이
>
> — 「노동의 밥」 부분

지옥선과 헬 조선

정우영　그런데 그런 '밥'으로부터 떠난 시의 여정이 이제 '폐허'에 이르렀어요. 박근혜정권도 하는 짓을 보면 1970년대로 돌아갔으니 시도 따라서 돌아가는 게 맞나요. 폐허의 지점으로 다시 돌아가는 게. 그래서 그런지 저는 꼭, 형이 출발점에서 다시 어떤 출발점으로 돌아와 버린 것 같은 느낌이 든단 말이지요.

조금 부연할까요. 예전에 배 만드는 작업을 하면서 형은 거길 지옥선이라고 표현했잖아요. 지옥선. 그런데 요즘 아이들이 이 나라를, '헬 조선'이라고 부르거든요. 헬 조선. 지옥선, 이건 배지만, 사실은 지옥의 조선이기도 하잖아요. 아이들의 언어 조합이 참 기막히게 뛰어나요. 이 땅이 지옥의 조선, 헬 조선이라는 거지요. 이로 미루어 보면, 삼, 사십년이 지났는데도 당대의 삶을 바라보는 젊은이들에게 여기는 다 지옥인 거지요. 이게 돌아온 건지 어떤지 모르겠지만, 이 점이 굉장히 아픕니다. 현실을 지옥으로 느끼는 아이들의 상황인식이.

백무산 나는 인간이 사실은 굉장히 아슬아슬한 지점에 처해 있다고 여기는 편입니다. 굉장히 아슬아슬한 지점에. 아주 순박한 농부가, 전쟁터에서 몹시 잔인한 살인을 일상적인 관계로 받아들이는 그런 기록물들을 본 적이 있는데, 이 기록이 얼마나 인간이 아슬아슬한 지점에 처해 있는지를 여실히 보여 준다고 생각합니다. 감옥에서도 그래요. 처음 보면 모두 착한 사람만 감옥에 오는구나 하는 생각이 들 정도죠. 조금 지나면 슬슬 감추어진 사악함이 드러나기도 하지만, 착하고 평범한 사람들이 많아요. 얘기를 나누다 보면 그들이 저지른 흉악 범죄도 아주 아슬아슬한 지점에서 일어나거든요.

이 아슬아슬한 지점에서 한 발만, 한 발만 떨어지면 폐허예요. 인간은 그와 같은 지점에 늘 놓여 있습니다. 그 지점을 견지하는 것이 사회고 공동체인데 이게 조금만 무너져도 평범한 사람이 극단적이 될 수 있습니다. 어떤 시점에 인간은, 아주 작은 문제로 폐허가 될 수도 있다, 충분히 그럴 수 있다 하는 생각이 많이 들어요.

개인적으로 나도 아슬아슬한 지점에 늘 놓여 있다고 생각하죠. 가다가 언제 어디서 싱크홀 같은 나락으로 떨어질지 모른다는 느낌들을, 늘 갖고 삽니다. 내가 사회문제와 같은 주제를 주로 다루니까 의지적인 인간으로 보일지 몰라도, 심리적으로 불안정한 편이죠.

아마도 인간이 자연으로부터 분리되면서 갖게 된 불안감도 중요한 원인이라 여깁니다. 게다가 현대사회로 오면 인간은 사회적 불안감까지 중첩되게 되거든요. 사회로부터 소외되는 불안감, 실패할 수 있다는 불안감. 이런 게 과중되어 있으므로 인간은 언제든 자기 생존의 나락으로 떨어질 수 있는 조건을 갖춘 사회적 존재지요.

정우영 '지옥선'과 '헬 조선'이라는 말의 구조적인 유사성을 통해서 우리 사회의 후진적 폐해를 들여다보려 했는데 인간의 원초적인 불안감으로 진입해 들어가니까 조금은 복잡해졌습니다. 어찌 됐든 간에 당대의 '지옥선'과 '헬 조선'의 현실이 같은 거라고 보시는 거지요?

백무산 자본주의는 경쟁 체제를 부정하는 논리를 자꾸 묻어 버리려 합니다. 왜냐하면, 계속 성장을 해야 하니까요. 그것이 희망의 속성이겠죠. '헬 조선'은 과잉된 희망이 만든 거죠. 세월호 1년도 안 되었는데 보수언론들은 뭐라 했습니까. "이제 정상으로 돌아가자, 정상 사회로 돌아가자." 읊어 댔거든요. 하지만 세월호는 정상사회에서 일어났죠. 그걸 정상사고라고 합니다. 이 희망이 현실을 직시하지 못하도록 하는 기제로 작용합니다. 희망이란 이름으로 현실을 묻어 버리게 되는 결과를 빚게 되지요. 사실 이때 희망이라는 것은 지배 이데올로기 그 자체지요. 희망은 언제나 제도권 안에서 체제를 강화시키는 질서로 작용합니다. 부정적 시각이 아니라 직시와 회의가 필요하죠. 그러한 감정을 함께 안고 갈 수밖에 없습니다. 그 지점을 좀더 표현하고 싶었던 게 시집 『폐허를 인양하다』입니다. '인양하다'는 표현에도 중의적인 뜻이 있는데 그중에 한 가지는 바로 현재 내가 안고 있는 '나의 폐허를 직시하라'입니다.

가라앉은 것은 건져 올리지 못한다 그것은 항해를 계속하고 있기 때문이다 캄캄한 수심 아래 무거운 정적 속으로 배는 멈추지 않고 항해를 계속하고 있다

…(중략)…

물에 잠긴 것은 그대로 놔두고 이제 애도도 거두고 정상 사회로 가라고 재촉하고 화를 내고 폭력을 행사하듯이 그들은 안다 버림받고 가라앉은 것이 정상 사회를 들어올리는 부력이라는 것을

비참한 신체들 튀어나온 눈들 문드러진 손톱들 함몰한 가슴들 폐를 잠식하는 울음들 절단된 신체들 구조의 대상이 아니라 버림받음과 떨어져 나감과 절단은 관리의 대상일 뿐

…(중략)…

무엇을 인양하라는 것인가 누구는 그걸 진실이라고 말하고 누구는 그걸 희망이라고 말하지만 진실을 건져 올리는 기술은 존재하지 않고 희망이 세상을 건져 올린 적은 한 번도 없다 그것은 희망으로 은폐된 폐허다 인양해야 할 것은 폐허다 인간의 폐허다

— 「인양」 부분

정우영 '폐허'와 '인양'이라는 말이 아프게 다가옵니다. 인간의 폐허를, 나 자신의 폐허를 냉철하게 직시해야겠습니다. 하지만 말은 이렇게 해도 나 자신의 폐허를 직시하기란 쉽지 않을 것 같습니다. 대개는 나를 인정하고 내가 속한 체제 속에서 안주하려 하거든요. 이 안주하고자 하는 바람, 이것을 저는 희망이라고 보는데요. 문학하는 자로서 이 희망을 받아들이는 한, 문학의 생명이 끝날 수도 있다고 봅니다.

이 희망은 체제와 연동되어 있기 때문에 언제나 체제 속으로 귀속되는 희망이거든요. 체제 바깥을 향하는 새로움은 전혀 없는 셈이지요. 이 체제를 벗어나려고 하는 자라면, 문학을 꿈꾸는 자라면 희망이 아니라 절망을 봐야 하지 않을까요. 절망 속에 역설적으로 희망이라는 새로움이 있는 거지요. 그래서 절망을 직시하고 말할 수 있어야 그것이 희망의 행위가 아닐까, 하는 생각이 들어요.

백무산 반복되는 재앙은 역설적이게도 희망 때문이라고 할 수도 있습니다. 동물들은 진화 과정에서 생명에 위협이 되는 걸 더 잘 기억해 왔다고 하는데, 현실은 그 반대죠. 인간의 행동은 쾌락원리에 따릅니다. 희망 역시 쾌락원리에 따르고 국가는 그 쾌락을 질서로 줄을 세우죠. 파시즘을 희망이데올로기라고 해도 틀리지 않을 겁니다. 국가 대통합이라는 말은 국가 전체가 부흥회를 하자는 말입니다.

목에 딱 걸려 있는 생각의 가시

정우영 그렇게 직시할 때, 어떻습니까. 우리가 우리의 목을 걸어야 할까요. 『폐허를 인양하다』에서 제게 콕 박힌 시들이 '목'의 시들입니다. 목은 「참수」에도 나오고 「피의 대칭성」에서도 언급되는데요, 읽으면서 절로 제 목으로 손이 가더군요. 상황 속으로 들어가면 꽤 섬뜩했지만 통쾌함을 어찌할 수가 없었습니다. 우리가 너무 모가지에 연연하여 삶을 그르치는 건 아닌가 싶거든요. 행동해야 할 때 멈칫거리고 체제에 안주하고 하는 거지요. 시에 나오는 '네원 이을드름'이 그런 우리의 비겁함을 목 베어 내던진 것 같았어요. 저릿하면서도 시원했지요.

네윈 이을드름(26)은 터키에 사는

두 아이의 가난한 엄마

남편이 멀리 일하러 가고 집을 비울 때면

이웃에 사는 친척 누레틴 기데르(35)가

그녀를 성폭행하고 학대했다 그의 아이까지 임신했다

반항하는 그녀를 협박하고

아이들 목을 칼로 위협하기도 했다

남편이 일하러 떠난 그날도 남자가 담을 넘어오고 있었다

그녀는 아버지의 총을 들고 나와 쏘았다

그래도 분이 풀리지 않았다

맨발로 거리에 나갔다

모여 앉아 빈둥거리는 남자들에게 다가갔을 때

그녀를 본 남자들은 또 쑤군대며 낄낄거렸다

그녀는 남자들 한가운데에 손에 든 것을 내던졌다

모두 기겁을 하고 뒤로 나자빠졌다

남자의 머리통이었다 그녀는 말했다

내 뒤에서 쑤군거리지 마라

내 명예를 우습게 여기지 마라

쑤군거리는 자들 가운데 머리통을 던졌다는

기사 대목에서 내 가슴에 불이 활활 일었다

우리는 지난 시절 더러운 체제의 목을 베어
광화문 네거리에 내던지고 싶었다 하지만
우리들 비루한 모가지들도 그 더러운 체제에 기생해 있었다

어두운 곳으로 가서 나는
안이비설신의(眼耳鼻舌身意) 내 모가지를 참수하여 거리에 내
던지고 싶어
거울을 만들려고 벽돌을 갈고 또 간 일이 있었다

내 생의 최대의 불안은 내 모가지가 든든히 붙어 있는 거였다

                                                    ─「참수」 전문

백무산 우리도 과거에 체제의 더러운 목을 원했지만, 사실은 우
리의 모가지 역시나 그 체제에 기생해 있다는 사실을 깨닫게 되었죠.
얼마나 슬픈 일입니까? 칼로 내리치지 못합니다. 어찌할 수 없죠. 그
걸 개인적인 문제로 끌고 오는 수밖에 없었습니다. 아무것도 하지 못
하면 자기 혁명이라도 하자는 심정이었습니다. 나름 인식 혁명의 대
체자로 선의 세계를 끌어온 거죠. 세상이 바뀌지 않으면 자기 자신이
라도 바꾸어야지요. 자기 스스로 발견한 자아상에 세계를 극복해 나
갈 수 있는 계기가 들어 있다는 생각이었죠. 그걸 나는 모가지로 표현
했지만, 이목구비 인식의 얼굴입니다. 자기 존재를 결정짓는 인식의
얼굴이 그 모가지에 다 있죠. 그래서 이른바 안이비설신의(眼耳鼻舌
身意), 이 육근(六根)을 여섯 도적이라고 부릅니다.
  그런데 실은 이와 같은 내 생각은 『만국의 노동자여』에도 이미 들어

있습니다. 거기에 실린 「까마귀」라는 시가 내게는 유일하게 애틋해요. 이 시가 어쩌면 그 시절 나의 내면을 그대로 표현하고 있다고 봐요. 까마귀가 해골에 붙어 있는 내 눈과 귀, 혀와 입, 이런 걸 다 파먹어 줬으면 하는 뜻을 담고 있습니다. 정말 내가 깨끗한 해골이 되었다, 새롭게 되고 싶다는 갈망 같은 거죠. 이런 인식은 '밥'과도 연결이 됩니다. 밥이라는 게 결국은 생명의 기초에 대한 인식이거든요. 그러니까 밥은 단지 어떤 사회적인 조건만을 얘기하는 것은 아니었어요. 밥 먹는 일이 생명의 기초 활동이라는 인식이고 이는 까마귀가 파먹은 해골과도 같은 맥락입니다. 이것을 사회적 조건과 동시에 말하고 싶었던 겁니다. 나는 존재와 사회 문제는 늘 동시적이고 중첩적이라는 인식을 가지고 있어요.

정우영 그러고 보면 「까마귀」라는 시가 굉장히 중요한데 그 누구도 「까마귀」에 주목하지 않았군요. 「까마귀」야말로 백무산 시의 근원적인 뿌리이자, 원형이기도 한데 말이지요. '까마귀'라는 새가 등장한다는 사실도 흘려버릴 수만은 없겠습니다. 갱신과 각성의 매개자로서의 까마귀로군요. 당시까지 까마귀는 불길함의 상징이었을 텐데, 자아 인식의 본원성을 까마귀로 대상화한 점이 독특합니다. 발견이라는 측면에서 보면 '까마귀'라는 새의 등장도 예사롭진 않습니다. 까마귀 '오(烏)' 자가 나 '오(吾)', 깨달음 '오(悟)'와 동음이어서 그런 걸까요. 왜 하필 까마귀를 상징물로 썼을까 궁금한데요.

백무산 나는 생명에 대한 근원적 의문을 내려놓은 적이 없는 것 같아요. 공허한 질문이라서 엄청난 시간과 에너지를 소비하고 있지만 끊어지지 않아요. 애당초 내 인생의 실패는 여기서 연유했을 겁니다.

어릴 적부터 과학을 좋아하고 동시에 종교에 대한 관심도 많았어요. 둘 다 같은 이유에서이지요. 하지만 한쪽에 관심을 두면 다른 쪽이 공허해서 견딜 수가 없었죠. 이쪽저쪽을 늘 옮겨 다녔습니다.

또 한편으로는, 나의 몸과 마음에 붙어 있는 내 의지가 통제할 수 없는 그 무언가를 떨쳐 내었으면 하는 갈망이 늘 있었죠. 그것들은 내게 늘 긴급해서 현실적인 문제는 매우 소홀히 하는 경우가 많아요.

까마귀는 흉조라고 어른들이 불길하게 취급해도 나는 까마귀가 하늘을 덮고 날아오는 것이 그렇게도 좋아 보였어요. 어릴 적에는 그걸 몰랐겠으나, 내게는 묵시록적인 상황에 대한 잠재적 끌림이 있는 게 분명합니다.

목을 말하다가 얘기가 다른 지점으로 조금 비켜갔는데요, 난 목에 딱 걸려 있는 생각이 있어요. 항상 그게 목에 걸려 있어서 되살아나곤 하지요. 초등학교 입학할 무렵쯤일 겁니다. 한여름 밤에 애들하고 공터의 평상에서 하늘을 보고 있는데, 누가 하늘에는 "끝이 없다." 그러는 거예요. 그러자 그 옆에 있는 애가 "그럼 끝이 없겠지." 하고 받았어요. 그러면 대체로 애들 얘기는 거기서 진전이 안 되고 끝나잖아요. 그런데 또 한 애가 있다가, "아냐, 끝이 없는 게 어디 있겠어. 끝이 있지." 이러는 겁니다. 그래, 옆에서 가만히 듣는데, '끝이 없는 건 없댔는데, 그럼 끝이 있는 건 또 뭐야? 끝이 있으면 그 다음엔 또 뭐가 있지?' 하는 생각이 도무지 그치질 않는 거예요. 그 다음에 다른 게 나오고 이어서 또 다른 게 나오고… 그렇게 또 다른 게 나올 게 아니냐.

지금도 내게 그때 기억이 충격으로 남아 있는데, 문제는 이 생각이 멈추지 않는다는 거예요. 바퀴가 돌다가 중력의 힘에 의해 멈추는 것처럼 얼마쯤 진행되다가 생각이 딱 그쳐야 하는데, 이게 안 되는 거예요. 더 세게 돌아요. 그냥 애가, 미칠 지경이 돼 버렸지요. 에너지가 줄어야 되는데 에너지가 빠지지 않으니까, 머리가 터질 것 같았어요.

살면서 이와 같은 생각이 불쑥불쑥 튀어나오는데 이게 내 공포와 불안의 근원 같기도 해요. 무한에 대한 공포는 폐소 공포와도 연결되는 거 아닌가 싶습니다. 나는 정상적으로 가다가도 이제 좀 괜찮겠어, 이대로 가도 되겠어, 그런 적이 거의 없어요. 예기치 않은 어느 순간, 마치 싱크홀 같은 데 툭 떨어지는 느낌으로 안정이 어려웠어요. 그 때문인지 몰라도 자기혐오도 적지 않아요.

정우영 그게 참 어려운 것 같아요. 우리는 대체로 회의하면서도 그 회의를 발전시키지 않거든요. 회의하는 순간, 딱 멈추잖아요. 이쪽이냐 저쪽이냐 하다가 불편하면 멈춰 버리거나, 아님 도망가 버립니다. 물론 회의하면서 한쪽으로 그냥 기울어지는 경우도 있지요. 그에 비해 형의 경우는, 전혀 다른 측면이군요. 끊임없이 회의를 직시하려고 한단 말이지요. 이와 같은 회의에 대한 직시가 어찌 보면 시를 쓰거나 삶을 이뤄 나가는 형의 에너지가 아닐까 생각됩니다.

이때 회의가, 좀 전에 형이 얘기한 싱크홀 아닐까요. 대부분 사람들은 이 싱크홀에 빠지는 걸 두려워할 겁니다. '이게 왜 생겼지? 왜 나한테 일어나지?' 하는 회의를 진척시키지 않지요. 회의와 싸우면 싸울수록 버겁거든요. 게다가 부단히 현실을 살아야 하니까 에너지를 거기에 다 투여할 수도 없습니다. 그러니 회의를 길게 끌고 가는 게 아니라, 그냥 선택해 버리지요. 한데, 형은 회의의 순간에 그 회의를 직시하려고 하는 자아가 발동된다는 거잖아요. 좀체 접할 수 없는 경각(警覺) 아닐까 싶어요.

백무산 흠, 그런가요? 이런 얘기를 누군가와 해 본 적이 없어서 나도 잘 모르고 있는 측면인데. 지뢰처럼 묻힌 싱크홀에서 벗어나고 싶지만 그게 안 되어서 그런 거죠. 회의하는 것이 아니라 회의가 들어와 버리니까 선택의 여지도 없지요. 살면서 항거할 수 없는 상황에 자주 맞닥뜨린 것 같아요.

정우영 항거할 수 없는 그런 상황들이 형에게 문학을 들이민 건가요? 문학으로 안내한 어떤 사건이나 계기가 혹 있는지요. 제가 알기로는 독학파시지만, 그렇다고 하더라도 문학으로 끌어들인 어떤 촉매는 있지 않았을까 싶거든요.

백무산 청소년기에 내가 정말로 감명 깊게 읽은 책은 헤르만 헤세의 『나르치스와 골드문트』입니다. 내가 보기에는 까다로운 책이었는데 조금 읽다 보니 엄청나게 빨려들었어요. 내가 읽으려고 산 게 아니라 표지에 끌려 친구 생일선물로 주려고 헌책방에서 2백 원에 구한 건데, 그 친구가 생일 전날 죽어 버렸어요. 그 바람에 나는 학교도 가지 않고 그걸 읽게 되었습니다. 특별한 상황에서 읽었던 책이라 그런지 지금도 그 기억이 아주 또렷이 남아 있어요. 문학의 원체험 같은 것이었는데, 강렬했지만 그때는 그게 내 길이라고 생각하진 않았지요.

20대에 공장 생활을 하면서는 내 조건들과 맞지 않는 책들을 읽으면서 적잖이 방황했습니다. 여러 책을 섭렵하다가 그 와중에 집어든 게 시 잡지들입니다. 시집들도 읽었죠. 1년 정도는 읽었으나 대부분은 도무지 무슨 소린지 모르겠더군요. 그전에 니체나 쇼펜하우어, 데카르트도 대충 떠들쳐 봤고 과학 책도 꽤는 들여다봤는데 시가 이해 안 되니까 참 답답했습니다. 이걸 이해하면 내 삶의 문제를 이해할 수 있을 거라 생각했죠. 그러다가 나중에는 내가 시를 잘못 읽고 있었다는 걸 알았습니다. 시에 너무 많은 걸 기대한 거예요. 아니라는 걸 안 다음에는 관심을 접었지요.

그랬는데 그게 내면의 바탕을 깔았는지 어느 때부터 누구의 자극도 없이 시를 쓰게 됐어요. 그렇게 한 번 시작한 짓이 30년 넘게 이어졌습니다. 전혀 기대하지 않았던 일이지요.

중심에서나마 뒤집어져야 한다

정우영　친구의 죽음과 방황, 삶에 대한 모색, 이런 것들이 시를 쓰게 한 근본적인 힘이었군요. 당대 현실의 그늘만이 아니라, 문학과 만나기 위해 기울인 1년여의 분투가 어쩌면 지금의 백무산 시를 만들지 않았을까 싶기도 합니다. 이때 문학의 자양분인 자기 인식과 점검의 기본태도를 익힌 것으로 보이거든요. 이런 회의와 방황들이 혹 불교와 선을 받아들인 한 요인이 된 것은 아닌가요.

백무산　그렇다고 봅니다. 그래서 내가 불교에 접근하게 된 게 굉장히 쉬웠던 것 같아요. 불교는 늦게 만났지만, 초보적인 이데아라고도 부를 수 있는, 어릴 때부터 느꼈던 의문과 무한에 대한 공포 같은 것이 늘 잠복해 있었기에 친근하게 느끼지 않았나 싶어요.

정우영　이런 점이 저하고는 다른 것 같습니다. 저는 무언가에 집중하다 그것에 홀라당 빠질까 봐 두려워서 어느 순간에 딱 멈추거든요. 불교도 마찬가집니다. 친연성으로 얘기하면 저는 불가에 가깝습니다. 쉴 때 내 맘이 움직여 가는 곳은 대개 절이거든요. 그런데, 불경은 안 읽어요. 기본적인 어떤 가르침 정도나 알고 있지 그 이상은 들어가지 않아요. 읽기를 두려워하는 거지요. 그래서 나는 왜 이 모양일까를 고민해 본 적이 있습니다. 제게는 이것이 나의 전체가 되어 버리면 어떡하나, 하는 생각이 기본적으로 있는 것 같아요. 중력에 저항하는 것처럼 그 자장에서 벗어나고 싶어하는. 나 아닌 것에 통째로 나를 맡기지 않으려는 안간힘이 작용하는 것 같기도 합니다.

백무산　　그게 주체성 아닌가요. 나도 그렇습니다. 주변 얘기에는 아무런 관심이 없어요. 이른바 불교적인 시들이 대체로 절 주변과 절 간에 얽힌 얘기, 법당 처마에서 낙숫물 떨어지는 소리, 이런 걸 쓰는데요. 난 그런 주변적인 걸 표현하고 싶은 생각이 하나도 없었어요. 교회와 성당에 다닐 때도 마찬가지였고. 성서에만 관심이 있었지요. 나는 절도 불경도 관심이 없고 오로지 선(禪)에만 끌리는 겁니다. 이게 아니면 마음이 놓이지 않는 거예요, 자꾸만. 나의 다른 갈등, 다른 불안을 죽이기 위해서 그러는 것 같기도 해요. 나는 주변이 아니라, 중심에서 내가 뒤집어져 버려야 된다고 생각하거든요. 「패닉」이라는 시에서도 썼는데, 내가 뒤집어져 버려야 현재 내가 가지고 있는 다른 모순들이 없어진다고 보는 게 나한테는 있는 것 같아요.

> 어쩌다 한밤중 산길에서
> 올려다본 밤하늘
> 만져질 듯한 별들이 패닉처럼
> 하얗게 쏟아지는 우주
>
> 그 풍경이 내게 스며들자
> 나는 드러난다
> 내가 폐허라는 사실이
>
> 죽음이 갯벌처럼 어둡게 스며들고
> 사랑이 불같이 스며들고

모든 질서를 뒤엎고 재앙의 붉은 피가 스며들 때
나는 패닉에 열광한다

내게 고귀함이나 아름다움이나
사랑이 충만해서가 아니다
내 안에 그런 따위는 눈을 씻고 봐도 없다
그런 따위로 길이 든 적도 없다

다만 가쁜 숨을 쉬기 위해서
갈라 터진 목을 축이기 위해서
존재의 소멸이 두려워 손톱에 피가 나도록
매달린 적은 있다
고귀함이나 사랑 따위를 발명한 적은 있다

패닉만이 닿을 수 없는 낙원을 보여 준다
나는 그 폐허를 원형대로 건져내야만 한다

—「패닉」 전문

정우영　형의 얘기를 듣고 있자니 갑자기 태풍이 연상되는데요? 인간의 입장에서 태풍은 굉장한 공포지만, 자연으로 보면 태풍은 중요한 흐름입니다. 태풍은 사실 순환이잖아요, 천지간의 순환. 순환해야 세상이 바뀌고 또 정화된다는 측면에서 태풍이 없으면 자연은 망할 겁니다. 우리가 태풍을 두려워하는 나머지 생기지 말았으면 하고 바라지만, 저 태풍이 없으면 우리의 여기가 있을 수 없지요. 그런 점으로 보면, 패닉의 어떤 추구가 태풍의 발생, 태풍의 순환과 맞닿아 있는 것 아닌가 생각돼요. 태풍이야말로 가장 큰 불안이지만 또 어쩌면 우리는 간절히 그 태풍의 시간을 기다리기도 하거든요.

백무산 그래요. 딱 맞는 얘기예요. 나는 태풍이 오면 굉장히 들떴죠. 적막한 한겨울이나 사막 같은 풍경에도 나는 푹 빠집니다. 내가 왜 이런 극단적인 공간들을 좋아하는가. 생각해 보면 특별난 취향이 아니라, 내 안의 무엇을 지우고 싶어 하는 심리 때문이 아닐까 하는 생각이 들어요. 어떤 넘침이 아니라 결함이라고 봐야 할 겁니다.

정우영 어릴 때부터 체질적으로 절체절명의 순간을 즐기신 건가요. 아까 말씀하신 아슬아슬한 지점과도 이어지는 것 같습니다. 전 절체절명의 한 순간이 사람을 바꾼다고 생각합니다. 당시에는 모르지만, 자기가 맞닥뜨린 어떤 절체절명의 순간이 지나고 나면 스스로 달라졌음을 느끼게 되거든요. 형의 경우에는, 그게 체질적으로 강화되어 있는 것처럼 보입니다. 그렇지 않고서야 태풍에 들뜰 수는 없을 테니까요. 하지만 그게 실은 삶을 추동하는 에너지일지도 모르겠어요. 이를 개념적으로 정리하면 '불안과 응전' 혹은 '자기 결핍에 대한 탐구와 모색'이라고 할 수 있을 것 같은데요. 이쯤에서 우리 얘기를 오므려야 할 듯싶습니다.

서른 해, 백무산 시의 궤적을 따라가 봅니다. 밥을 지나 인간의 시간을 넘어 길과 광야로 나섰다가 그는 다시 일상에서 폐허를 직시하고 있는 것처럼 보입니다. 자, 그러면 이제 그의 다음 시선은 어디에 머물까요.

백무산 매번 이번 시는 좀 다를 거라고 생각하지만, 쓰고 나면 별 차이가 없어 보입니다. 그래서 내가 나를 못 믿어요. 나는 시를 오래

매만지지 못합니다. 좀 붙잡고 있다 보면 시가 증발해 버려요. 달아나는 새 붙들듯이 해봐야 허망하기만 하죠. 이상하다고 생각하실지 몰라도 나는 언어를 별로 믿지 않는 것 같아요. 윌리엄 예이츠 전기를 쓴 사람이 예이츠는 명백한 난독증 환자라고 하더군요. 기회가 되면 그를 이해하고 싶습니다.

슬픔이 자꾸 커지고 있는 점이 요즈음 변화라면 변화라고 할 수 있겠는데요. 처음 지적하신 '포옹'이 뇌리에 오래 남을 것 같습니다. 슬픔이 찾아오기 때문이겠죠.

'아직까지' 나는 내 시를 쓰지 않았다

좀 더 내밀한 개인적인 대화들, 이순에 이른 동년배 시인들에 대한 소회 등 남은 얘깃거리들이 더 있지만, 여기서 줄인다. 내게 허용된 말의 양을 이미 적잖이 넘어섰다.

그의 말을 들으면서 아셨으리라 여기는데, 여전히 그는 사회와 사물을 객관적인 시선으로 바라보고 있다. 보편의 경험을 나의 인식으로 끌어들여 너에게 돌려주는 시들, 선지자적 울림 깊은 시들이라 할 수 있을 것이다. 하지만, 잊지 말아야 할 게 있다. 철탑 농성 노동자들에게 마음 기울여 「대지의 인간」을 적어 내는 것 못잖게 그가, "거시기에 먹물 찍어 네 이름을 크게 쓴다 S민주주의여 만세를 외치지도 못하는 민주주의"를 담은 「난해한 민주주의」식 작품들도 기꺼이 써낸다는 점이다. 그의 시에 이런 의외성, 뜻밖의 진행이 있어 그의 시가 더 뜨거운 반향을 일으키는 건 아닐까.

아, 그리고 그의 말법. 그의 시에서 보이는 독특한 말투와 어조를 또한 놓쳐서는 안 된다. 그는 글의 시를 쓰지 않고 말의 시를 쓴다. 묘사의 언어가 아니라, 직정적인 언어를 구사하는 것이다. 그는 그만이 가진 구어체로 세상의 탐욕과 허물들을 거침없이 찔러댄다. 우리의 삶에서 반드시 제거되어야 할 소외와 부조리의 어둠을 헤집는 것이다. 아프지만 시원하다. 통각의 어떤 깨우침 같은 게 가슴에 맺힌다.

　사람들은 백무산 시의 이 통렬함에서 어떤 단호함만을 읽고 갈지 모르지만 나는 안다. 그는 저 「까마귀」에서처럼 자기 인식의 살을 발라내어 길을 내어 준 것임을. 아마도 그는 그가 바라는 참세상이 오기 전까지 이렇듯 스스로를 발라 세상 밝히는 시들을 짓고 지을 것이다. 그는 대담 곳곳에서 "'아직까지' 나는 내 시를 쓰지 않았다"고 말하는데 나는 그 '아직까지'라는 말이 몹시 안타깝다. 그가 '나'를 쓸 수 있는 때는 도대체 언제쯤 여기에 다다를 것인가.

무중력과
중력 사이

리얼리즘은 융합하며 새로워진다

서설

지난봄을 잊을 수 없습니다.

망각의 바다는 넓고도 깊지만, 잊지 말 것은 잊지 말자고 내게
부탁합니다.

잊지 않기 위해 마지막까지 창작자로 살게 해 달라고 내게 기도
합니다.

기꺼이 저는 그 간절한 기도를 들어주겠습니다.

김중일이 시집 『내가 살아갈 사람』(창비, 2015)을 펴내면서 쓴 '시인
의 말' 중 일부이다. 마음 먹먹하게 간절하다. 그가 말하는 '지난봄'이
무엇을 의미하는지 익히 알 수 있었으므로 나는 그의 기원에 내가 함
께할 수 있기를 진심으로 빌었다. 304명의 목숨이 창졸간에 수장당한
세월호 참사를, 결코 잊지 않기 위해 죽을 때까지 창작자로 살게 해 달
라는 서원(誓願). 이는 2014년 4월 16일을 함께 겪은 문인이라면 누

구든 짐 져야 할 몫이 아닐까.

그런데 솔직히 나는 그의 이 바람에 살짝 놀랐다. 내 견문이 넓지 않아서 그런지 모르겠으나, 이제까지 내게 김중일은 당대의 현실에서 어느 정도쯤 비켜나 있는 시인으로 여겨졌던 것이다. 현실보다는 그 너머의 구름 이미지나, 어떤 미지의 공간 탐색에 주력하고 있지 않나 싶었다.

그러던 그가 이와 같은 '시인의 말'을 적다니. 게다가 그는 '2014년 봄'이라는 부제를 단 「꽃처럼 무거운 마음」이란 시에 이렇게 쓴다.

> 나의 뇌수를 고요히 헤집자 온갖 기억이 새 떼처럼 날아오른다
> 나의 코끝을 스치자 물양동이 같은 내 얼굴 속에 그득했던 눈물이
> 출렁이며 넘친다 내 목구멍을 꺽꺽 긁으며 내려가다가 멀미처럼
> 울컥 솟구치는 마음 다시 내 기도를 막으며 가라앉는 마음
>
> — 김중일, 「꽃처럼 무거운 마음」 부분

나는 이 시를 마지막까지 채 다 읽지도 못하고 눈물 툭 떨어뜨렸다. 시를 읽는 동안, "바다 속에 산 채로 던져진 마음"의 서러운 전율이 내 몸통을 꽉 채웠던 것이다. 시를 쓰면서 느꼈을 김중일의 슬프고 아픈 통증이 내게로 와 오래도록 머물렀다.

세월호 참사는 이처럼 시인들에게 큰 충격과 상흔을 안겨 주었다. 나는 그가 어떤 경향 쪽에 시의 눈을 두었던가에 관계없이, 시인이라면 세월호의 이 같은 비명에 치를 떨 수밖에 없었을 것이라 여긴다. 그만큼 세월호 참사는 우리 사회의 모든 패악과 비인간성이 저지른 최악의 재난이었다. 눈으로 보면서도 도저히 믿기지 않는 세월호 침몰

의 비극적 현실 앞에서 한 개인의 삶이 얼마나 위태로운지, 체제의 사슬이 얼마나 간악하고 무능한지 비로소 눈뜬 시인도 적지 않았을 것이다.

다 살릴 수도 있었는데 다 죽여 버렸다는 참혹한 현실은 시인뿐만 아니라, 문인들 모두에게 끔찍한 공포였음에 틀림없다. 그 몇 달 동안 문학은 그야말로 참담한 무기력과 공황에 포획당해 있었던 것이다. 세월호 참사 이전에도 인간 소외를 심화시키는 여러 사회적 병폐가 만연했던 터라, 이에서 상처 받은 문인들이 적지 않았다. 하지만, 세월호 참사처럼 직접적으로 심리적인 타격을 입힌 경우는 저 80년대의 '오월 광주'를 제외하고는 달리 없었다.

세월호 참사라는 이 대재앙은 예기치 않게, 최근 우리 시의 한 흐름을 형성하고 있던 '자폐와 불안'을 뿌리째 뒤흔들어 버렸다고 나는 생각한다. 내 자리가 결코 안전하지 않다는 자각이, 그들의 폐쇄적인 소통 불능의 경향성에 경종을 울린 것이다. 목도한 현실의 충격이 자폐를 금 가게 만들었다고도 할 수 있을 터이다.

이뿐만 아니라, 혼자만의 시공간에서 '날카로운 감수성을 기반으로 한 언어적 실험'을 시의 주요 뼈대로 삼았던 시인들에게도 이는 가혹한 운명으로 다가갔을 것이라 여긴다. 시적인 감수성과 언어적 실험만으로 감당하기에 이 현실의 삶은 얼마나 냉혹한가. 세월호 참사를 통해 역으로 사람들은, 산다는 게 가상현실이 아님을 절실히 깨닫게 되었을지도 모른다.

그러니 시인인 자로서 너와 나는, 이제 무엇을 어떻게 써야 할 것인가. 김중일의 저 '시인의 말' 속 기도에는 이 지난한 모색과 궁리도 함께 스며 있으리라 나는 짐작한다.

융합적 리얼리즘

'세월호 이전과 이후로 우리 문학이 나뉠 것'이라고 언급하는 사람도 있을 만큼 세월호 참사가 끼친 영향은 이처럼 지대하다. 나의 삶이 나와 함께하는 여럿과의 삶인 것처럼, 내 문학도 나와 함께하는 여럿의 문학이어야 한다는 것을 새삼 확인한 것이다. 소통 부재를 파고들 게 아니라 더 자유롭게 소통해야 한다는 지상명령을, 시인들은 아울러 부여받았다. 그런데 실은 직관과 이성의 변주를 통해 당대를 들여다보는 시인들이라면 이는 당연한 과업이라 여기지 않을까. 세상을 함께 보듬고 쓰다듬으며 깨우치고 또 함께 멀리 내다보는 일.

물론, 작품으로 이를 수행하기란 쉽지 않다. 기존의 구습을 고집해서는 여러모로 심리적 공황상태인 현대인들의 삶을 제대로 구현하기 어렵다. 그러므로 시인들은 자기만의 독자적인 득의의 영역을 통해 끊임없이 자기 자신을 갱신해 나가야 한다. 새로운 내용과 형식을 계속해서 퍼올리고 다듬지 않으면 안 되는 것이다. 모든 창작의 궁극적인 목적은 '세상에서 오직 하나뿐인 새로움' 아닌가.

나는 최근 문학의 이러한 과업과 기조를, 당대가 시와 시인에게 바라는 일대 변전의 중요한 요구라고 본다. 시의 경우는 아니지만, 이 같은 관점으로 생각할 때, 소설가 윤대녕의 이즈음 발언은 몹시 흥미롭다. 장편소설 『피에로의 집』 출간 인터뷰에서 윤대녕은, 다음과 같이 말한다.

> 저는 모든 소설은 리얼리즘에 속한다고 생각합니다. 왜냐하면
> 작가들마다 가장 절박하다고 느끼는 삶의 문제를 소설로 써내기
> 때문입니다. 저 또한 제 방식으로 지금껏 리얼리즘을 추구해 왔고

앞으로도 그럴 것입니다.

– 〈경향신문〉, 2016년 4월 11일자

　다른 누구도 아닌, 바로 그 윤대녕이다. 스스로도 "존재의 본질 추구, 구원 가능성, 삶의 생태성 회복"이란 주제로 소설을 써 왔다고 하는 윤대녕. 내가 아는 한에서는 한때 '존재의 시원'을 찾아 헤맨다던 윤대녕. 그 윤대녕이 "저는 모든 소설은 리얼리즘에 속한다고 생각"한다고 발언하면서 "저 또한 제 방식으로 지금껏 리얼리즘을 추구해 왔고 앞으로도 그럴 것"이라고 답하고 있는 것이다. 물론, 그가 리얼리즘을, "'작가들마다 가장 절박하다고 느끼는 삶의 문제'를 '자기 방식으로 써내는 것'"이라고 칭하고 있으니 기존의 리얼리즘을 더 넓게 해석하고 있다는 생각은 든다. 그럼에도 불구하고 그의 이 발언은 '윤대녕의 리얼리즘 선언'이라 부르고 싶을 만큼 내게 의미 깊게 다가왔다.

　무엇이 그를 이렇게 바꾸었을까. 그의 작품 기저를 뒤흔든 것은 도대체 무엇일까. 그의 말을 좀 더 살펴 들어 볼 필요가 있다.

　40대에서 50대로 넘어오는 과정에서 저 자신이 비로소 '기성세대'라는 인식을 뚜렷이 하게 되었습니다. 그전까지는 저 자신을 나이와 상관없이 그저 작가로서만 인식하고 있었거든요. 아무튼 그 시기에 매스컴을 통해 보도되는 사회적 사건이나 재난들을 지켜보면서 '내'가 그 속에 연루돼 있는 게 아닌가, 하는 의혹에 시달리곤 했습니다. 또 그때마다 어느 정도 고통을 느끼곤 했습니다. 이는 제가 작가이기 때문에 그러한 윤리적 압박을 받았다고 볼 수도 있습니다. 그러한 시기를 지나면서 타자, 공동체에 대한 고민을 자주

하게 되었습니다. 그것이 어떤 식으로든 글쓰기에 영향을 주었다
고 봐야겠죠.

— 〈경향신문〉, 위와 같음

내가 주목하는 지점은, "매스컴을 통해 보도되는 사회적 사건이나
재난들을 지켜보면서 '내'가 그 속에 연루돼 있는 게 아닌가, 하는 의
혹에 시달리곤 했습니다. 또 그때마다 어느 정도 고통을 느끼곤 했습
니다."라는 부분이다. 그는 '사회적 사건이나 재난'이라고 표현하고 있
지만, 나는 그게 무능한 박근혜정권이 야기한 이 체제 속의 여러 사건
을 가리키며 '재난'은 세월호 참사일 거라고 미루어 짐작한다. 작가가
최근에 고통과 윤리적 압박을 받을 일이 이 말고 달리 무엇이 있겠는
가. 세월호 참사와 같은 재난과 부조리한 현실에 대한 각성이 그를 타
자와 공동체 쪽으로 밀고 가지 않았을까. 그가 언급하는 '기성세대'로
의 진입도 중요한 변곡점일 수 있겠으나, 인식의 파장이라는 측면에
서는 현실의 재난과 각성이 더 세게 그를 리얼리즘 쪽으로 끌어들이지
않았을까 추측된다.

시인으로서는, 최근 시집 『분홍 나막신』을 펴낸 송찬호의 발언이 눈
에 띈다. 자신의 시집 『분홍 나막신』을 소개하면서 그는, "일상적인 소
재보다는 사회적 현실에 더 가까이 다가간 것 같다."고 말하는데, 그
의 시력으로 보면 이는 의외의 발언이다. 그래 그런지 그도 "이런 시들
이 마뜩지는 않"다고 덧붙인다. 그러나 "완전히 현실을 떠난 시란 존
재할 수는 없"으니 "현실문제를 어떤 방식으로 건드리느냐"가 관건이
라고 그는 밝힌다. 자기 나름의 시적인 태도와 방식으로 현실을 들여
다보겠다는 의지의 표현이다. 그러면서 송찬호는 스스로의 시작법을

이렇게 정리한다.

> 다만 저는 시를 쓸 때 구체적으로 희로애락을 직접적으로 표현
> 하진 않아요. 그걸 감추거나 구부려서 제가 드러내고자 하는 시적
> 의도대로 언어를 운용해 온 편입니다.
>
> — 〈세계일보〉, 2016년 4월 1일자

어쩐지 이 말에서 앞의 윤대녕 발언이 떠오르지 않는가. 나는 시에
대한 그의 이 정리를 무척 중요하게 생각한다. 우리 시의 한 지향점을
그가 이미 선취하고 있는 것처럼 보이기 때문이다. 그는 현실을 직접
적으로 표현하지 않고 "그걸 감추거나 구부려서" 그가 "드러내고자 하
는 시적 의도대로 언어를 운용 해 온 편"이라고 말한다. 그의 이 말을
요약하면 현실을 기반으로 하되 자기만의 감수성과 실험정신으로 작
품을 쓰겠다는 것이다.

나는 송찬호의 이 언급과 앞서 살핀 김중일, 윤대녕의 속내가 동일
한 범주 안에 놓인다고 본다. 이들의 발언을 다시 다듬어 읽으면 요즈
음 우리 시와 문학에 흐르는 어떤 새로운 기류를 발견할 수 있다.

혹시 당신에게도 보이는가, 이들 모더니스트의 리얼한 글쓰기. 그래
서 나는 이 흐름을 '리얼한 모던', 곧 '모더니즘을 기반으로 하되 내용적
인 면에서 리얼을 추구하는 시적 흐름'이라고 부르고자 한다(윤대녕은
스스로를 리얼리스트라고 했지만, 내 분류로는, 아직까지는 '리얼한
모던'쯤 되지 않을까 싶다). 온갖 간난신고(艱難辛苦)의 피폐한 당대성
이 모던한 그들을 현실 쪽에도 눈 돌리게 만들었다고 보는 것이다.

그렇다면 물을지도 모르겠다. '모던한 리얼'의 흐름도 있느냐고. 이

를테면, '리얼리즘을 기반으로 하되 태도와 표현을 모던하게 하는 시적 흐름'을 이렇게 부를 수 있을 텐데, 이런 조류도 당연히 존재한다. 현실의 몸을, 실험적 언어와 감수성으로 표현하는 시인들이 이미 적지 않다. 작품도 활발히 발표하고 현장 활동도 열심인 시인들 중 진은영과 심보선, 신용목 등의 시가 이런 흐름 속에 있다고 나는 생각한다.

> 한 바닥씩 누운 배고픈 자들이 아득히 별과 별을 이어 그렸을 별
> 자리들 저 암호는
> 너무 쉬워 신호등이 바뀌자
> 거리는 환하게 어둠을 켰다 빈 내장처럼
>
> 약국 간판에는 절망이 걸려 있다
>
> — 신용목, 「아무 날의 도시」 부분

  신용목의 시집 『아무 날의 도시』(문학과지성사, 2012)의 표제작 마지막 부분이다. 어떤가. 리얼리즘의 서정성과 사회성이 비유적 언어와 버무려져 도시의 절망적 비애를 적실하게 그려 내고 있지 않은가.
  어쩌면 내가 쓰고자 하는 시적 지향도 여기에 속할지 모르겠다. 나도 이 간극에서 엷게나마 흔들려 왔던 것이다. 리얼과 모던 사이, 그 틈새. 리얼리즘과 모더니즘의 틈새를 왔다갔다하다가 종국에는 그 경계를 흐릿하게 지워 버리면 어떨까, 가끔 꿈꾸고는 했다. 리얼리즘의 현실과 저항, 모더니즘의 언어와 실험. 둘 다 얼마나 유혹적인 정경인가. 그러니 어찌 한쪽을 아예 포기할 수 있을 것인가.
  하지만 내 시는 오랫동안 리얼리즘 지향이었다. 삶을 말살하는 자

본주의 체제 아래서 시는 마땅히 저항과 자유를 위해 나서야 한다고 보았다. 그런데 때로는, 서정만으로 적기에는 불편한 지점에 다다른 다. 감수성 날카로운 언어적 기지로 돌파해야만 할 것 같은 순간들에 봉착하는 것이다. 그러할 때, 불현듯 시에 관한 내 보수성이 기지개를 켠다. 리얼리즘 시가 그래서는 안 되지, 현실을 잘 보고 서정에 충실하라구 하는. 그러면 나도 잘됐다는 듯 그에 응해 버리고는 하는데, 이 앞에 적은 진은영, 심보선, 신용목 같은 시인들은 나의 이 보수성을 훌 넘어선다. 내가 시에서 기존의 리얼리즘에 머물러 있다면, 이들은 '모 던한 리얼'을 구현하는 것이다.

이제껏 살펴본 바와 같이 몇 년 사이 우리 시에는 '모던한 리얼'과 '리얼한 모던'의 경향이 비교적 젊은 시인들에게서 상당한 세를 형성하고 있다. 이러한 흐름이 물론 요즈음 불쑥 태동한 건 아닐 것이다. 다만, 이와 같은 조류가 더욱 넓혀진 것은 세월호 참사 같은 지울 수 없는 기억의 생채기가 시인들을 세게 타격했기 때문이 아닐까 여긴다.

나는 모든 시는 리얼하고 동시에 모던하다고 믿는다. 당대의 현실과 서정을 깊이 담고 있으므로 리얼하고, 당대성을 뛰어넘는 새로움을 발견하려 하므로 모던하다. 이렇게 생각할 때, '모던한 리얼'과 '리얼한 모던'의 모색은 아주 중요한 시사점을 띤다. 리얼과 모던은 분리가 아니라 통합적이어야 하는 것이다.

이때 내게 퍼뜩 떠오른 단어가 바로 '융합'이다. 이 말이 떠오르자마자, 김중일과 윤대녕, 송찬호를 잇는 끈과 진은영과 심보선, 신용목을 잇는 끈이 같은 범주 속에서 팽팽해졌다. 하여, 나는 이와 같은 조류를 거칠게 함께 묶어 '융합적 리얼리즘'이라 불러 보기로 했다(아, 물론 이 호칭은 편의상 내가 붙인 개념이니 보다 적절한 다른 용어가 있거나 혹은 전혀 가당치 않아서 폐기해야 한다고 평가될 경우, 기꺼이 철회할 수 있다).

이렇게 '융합적 리얼리즘'이라는 개념까지 붙여 놓았으니 잠깐 그 졸가리를 정리하고 넘어가야 할 것 같다. 나는 '융합적 리얼리즘'을, '당대의 사회현실과 서정성을 기반으로 하되 언어적 감수성과 실험 정신을 구현하고자 하는 개방형 리얼리즘'이라 정리하려 한다. 여기엔 리얼리즘과 모더니즘이 나뉘는 게 아니라, 서로 간섭하고 통합하여 그 의미가 더 깊어지고 넓어진 리얼리즘의 새로운 흐름이라는 함의도 포함되어 있다. 이 흐름은, 앞에서 예를 든 것처럼 크게 '리얼한 모던'과 '모던한 리얼' 경향으로 분류할 수 있다.

이렇게 용렬하게 정리하면서도 나는, 어쩌면 이 융합적 리얼리즘이 김수영까지도 거슬러 올라갈 수 있지 않을까 궁리해 본다. 그의 시에서 '리얼한 모던'의 자취를 적잖이 찾아낼 수 있는 까닭이다. 게다가 그의 유작인 「풀」은 '리얼한 모던'이 아니라, '모던한 리얼'의 경향을 보이고 있지 않은가. 그의 이러한 작업들을 살피면서 나는, 이때 이미 김수영은 리얼과 모던을 양손에 들고 그만의 융합적 리얼리즘을 펼쳐 낸 것 아닐까 눈 조아려 보는 것이다.

실제로 문학평론가 최원식은 김수영의 이와 같은 독특한 면모를, 「'리얼리즘'과 '모더니즘'의 회통」(『문학의 귀환』, 창비, 2001)이라는 글에서 모더니스트인 김수영이 "철저히 '지금 이곳'의 현실로 자신의 육체와 영혼을 투입한다"고 설파하고 있다. 내게는 이 말이 '김수영은 리얼과 모던을, 시와 몸으로 융합하며 회통시킨다'고 바뀌어 들린다. 그리하여 나는 이를, 내가 가고자 하는 방향의 든든한 표지석으로 내심 갈아 두려 한다.

매개의 시인들

이문재와 송찬호

용합적 리얼리즘이 본격적으로 개화하기 전에, 김수영으로부터 발아된 문제의식을 자기 시의 중심에 놓고 써 내려간 시인들이 있다. 나는 이들을 '융합적 리얼리즘의 교량과도 같은 시인들'이라 생각하는데, 이러한 시인들의 모색이 있어 이후의 시인들도 융합적 리얼리즘을 배태한 작품들을 충실히 써낼 수 있었으리라 여긴다.

이와 같은 교량을 떠올릴 때, 맨 처음 떠오른 시인이 이문재이다. 이문재는 리얼리즘을 모토로 하지 않는 것 같으면서도 종국에는 리얼리스트의 면모를 보인다. 그는 한때 모더니즘 세례를 받은 시작(詩作)들을 적잖이 발표해 왔으나, 시의 연치가 쌓이자 '모던한 리얼' 쪽으로 그 지향을 옮겨가기 시작했다. 그리하여 시집 『제국호텔』과 『지금 여기가 맨 앞』에 이르러서는 융합적 리얼리즘의 본보기가 되는 작품들을 여럿 발표하고 있다. 그의 시에는 당대에서 요구하는 사회현실의 고발과 지향이 아프게 반영되어 있으며 실험적인 의식과 창의적인 발상들이 짙게 스며들어 있다.

그의 작품 중 특히 눈에 들어오는 시가 「물의 결가부좌」이다. 이 시는 '물의 결가부좌'라는 제목만으로도 범상치 않은 효과를 누린다. 물과 결가부좌의 느닷없는 병치, 이는 쉽게 떠올리지 못할 조합인데도 그 울림이 자못 두렷하다.

거기 연못 있느냐.
천 개의 달이 빠져도 꿈쩍 않는, 천 개의 달이 빠져나와도 끄떡
않는 고요하고 깊고 오랜 고임이 거기 아직도 있느냐.

오늘도 거기 있어서

연의 씨앗을 연꽃이게 하고, 밤새 능수버들 늘어지게 하고, 올 여름에도 말간 소년 하나 끌어들일 참이냐.

…(중략)…

고개 들어 보라.

이런 날 새벽이면 하늘에 해와 달이 함께 떠 있거늘, 서쪽에는 핏기 없는 보름달이 지고, 동쪽에는 시뻘건 해가 떠오르거늘, 이렇게 하루가 오고, 한 달이 가고, 한 해가 오고, 모든 한살이들이 오고 가는 것이거늘, 거기, 물이, 아무 일도 아니라는 듯, 다시 결가부좌 트는 것이 보이느냐.

— 이문재, 「물의 결가부좌」 부분
(시집 『지금 여기가 맨 앞』, 문학동네, 2014)

물에서 결가부좌를 본다는 것은 그가 차원으로 나뉜 어떤 경계를 이미 허물었음을 뜻한다. 생각해 보라. '물'이라는 물질과 '결가부좌'라는 형상의 질감은 이질을 넘어 다른 차원이다. 물이 무의식과 모성의 차원이라면 결가부좌는 의식과 부성의 차원이다. 게다가 물은 수평적이요 결가부좌는 수직적이다. 서로 대조적인 범주에 있다. 그런데 이문재는 이 둘의 경계를, 잔잔한 역동성과 마침내 다다른 자애로 지워 버린다. 근원에서 물과 결가부좌는 모든 분별을 넘어 하나인 것이다. 그러므로 "물이, 아무 일도 아니라는 듯, 다시 결가부좌 트는 것"이다. 물의 근원적인 생명력과 자연의 숭엄함이 절묘하게 무늬져 고여 있지 않은가. '융합'의 품격이 넉넉하다 할 것이다.

나는 송찬호의 시적 궤적도 흥미롭게 지켜보는 중이다. '융합적 리얼리즘'으로 그를 불러내는 게 그에게는 어쩌면 뜬금없을지 모르지만, 어쩌랴. 그가 쓴 「저수지」 같은 시에서 드러나는 파격적 현실성은 영락없이 '리얼한 모던' 지향인 것을. 물론, 이때 송찬호의 '물'은 위의 이문재의 물과는 전혀 다른 물성(物性)을 갖는다.

　　저 물의 깨진 안경을 보오
　　저 물의 젖은 손수건도 보오
　　물속에서 4인 가족 자동차가 살아 있소

　　물은 고요하고 깊으오
　　물의 벽지를 바꿔도 좋소
　　물의 침대를 새로 들여도 괜찮소
　　자동차는 바닥의 진흙에 박혀 더 산뜻하오

　　유서는 없었소,
　　저들은 지상에서 맨몸으로 날을 세워
　　수없이 폭풍과 눈보라를 찍었소
　　그러니, 물에 빠진 저 도끼를 다시 꺼내지 마오

　　저들이 어떻게 사나 가끔씩
　　돌을 던져 보아도 좋소
　　물가까지 쫓아온 빚쟁이들도 안부를 묻고 가오
　　찢어진 물은 곧 아물 거요

벌써 미끄러운 물 위로 바람이 달리고 있소

— 송찬호, 「저수지」 전문(시집 『분홍 나막신』, 문학과지성사, 2016)

어떤 가족이 빚에 시달리다 못해 자동차를 몰고 저수지로 돌진하여 생을 마감한 모양이다. 그는 그 정황을 냉철한 관찰자의 시선으로 그려 낸다. 감정은 거의 드러내지 않고 상황만 전달하는 것처럼 비치는데 그게 또 묘한 떨림을 이끈다. 가족을 품은 저수지의 경악이 "깨진 안경"으로, 포용이 "젖은 손수건"으로 묘사되는데 어떤 감정 이입보다 강렬하다. 서정의 잔 물결을 독자의 감정에 맡기는 게 아니라, 아예 "찢어진 물은 곧 아물 거요/벌써 미끄러운 물 위로 바람이 달리고 있소"라고 이지적인 이미지로 표현하고 있는 점도 주목할 만하다. 더불어, 생명의 기본인 물이 생명을 거두는 물로 환치되어 있는 부분도 예사롭지 않다. 물론 그 물은 "지상에서 맨몸으로 날을 세워/수없이 폭풍과 눈보라를 찍"은 저 가족을 받아들여 안식처를 제공하지만, 어디 그게 안식이겠는가. 한 가족을 사지로 몰아넣은 자본의 비애가 끔찍하게 선명하다. 당대가 요청하는 문제의식에 시인이 작품으로 적극 호응한 사례가 아닌가 싶다.

최종천

이문재, 송찬호 못지않게 융합적 리얼리즘의 연결고리로서 중요한 시인이 최종천과 정한용이다. 최종천은 자기만의 독특한 의식화 작업들로 새로운 흐름에 동참하고 있으며 정한용은 태생이 리얼리스트인 것처럼 최근 당대에 대응하는 분노와 저항의 사유가 예리하다.

최종천은 주로 노동자 시인으로만 알려져 있으나 그렇지 않다. 노동자 시인이라는 그의 평가는 한 면만을 조명한 것이다. 그는 노동시의 한계를 넘어서는 노동시를 끈질기게 써내고 있다. 그는 어떤 지식인 못지않게 탐구력이 높으며 클래식 음악에 대한 조예도 깊다. 그러니 그의 사유와 감성에는, 노동자의 현실과 독서, 음악이 함께 어울려 들어 있을 뿐더러, 그것도 아주 독특하게 혼용된 채 의식화되고 있다. 어쩌면 그는 이와 같은 의식화를 시로 풀면서 자신의 독자적인 사유를 키워 가는지도 모른다. 현실에 대해 비판하거나 대안을 제시하는 논점에서도 그는 상당히 독특한 방식으로 접근한다.

하지만 혼자만의 체계 속에서 사유를 키워 가다 보니 어떤 지점은 아슬아슬하다. 사유가 감동으로 가라앉기보다 사변으로 풀리기 십상이다. 이 지점이 나로서는 불만인데 어떤 이에게는 바로 이 점이 최종천 시의 매혹일지도 모르겠다. 현장에서 발견하는 삶의 부조리를, 습득된 탐색을 통해 자신만의 시적 논리로 치환하는 그의 능력이 때로 놀랍기 때문이다.

최종천은 이처럼 현실이라는 기반을 시의 줏대로 세우면서도 자기만의 사유를 멈추려 하지 않는다. 현실에 발 딛고 서되 머리는 현실을 벗고자 하는 것이다. 리얼을 기반으로 하되 모던을 바라보는 형상이다. 그런 점에서 그를, '모던한 리얼' 경향이라고 부를 수 있을 것이다.

시집 『고양이의 마술』에 수록된 「일 죽이기」가 대표적이다.

> 일 죽이는 것 한 가지로 사는 것이 노동자다.
> 모든 건축물과 문화재가 다 일의 시체다. 일의 시체,
> 시체를 뜯어 먹고 사는 존재에게만 허락된 것들
> 추상적, 구체적, 상징적 전쟁처럼

불꽃이 튀는 사유와 미친 짓들

수천 년을 죽였는데도 여전히 죽여야 할 일이 있다.

오늘은 망치 대신 파리채나 들고

인간의 목적은 자연의 힘에 대한

인간의 지배에 있다고 한 데카르트를 위해

공간에 좌표를 그리는 파리나 잡아 죽이자.

이제 게으를 수 있는 권리를 얻었으니

그간 죽여 놓은 시체를 살려내자.

오늘은 금속노조 동맹파업 첫날이다.

이제부터라도 살리는 일을 시작하자.

내 몸에 누적된 피로부터 풀고 보자.

일을 죽일 것이 아니라 살리자.

자연은 저절로 살아날 것이다.

내가 덤으로 살 것이다.

     – 최종천, 「일 죽이기」, 『고양이의 마술』(실천문학사, 2011. 이하 같음)

통렬하다. 노동해방 시가 이쯤은 되어야 하지 않을까. 그는 일을 죽여서 일에서 해방되자고 주장한다. 그는 말한다. "일 죽이는 것 한 가지로 사는 것이 노동자"라고. 그러니 그가 보기에, "모든 건축물과 문화재"는 "다 일의 시체다, 일의 시체." 인류가 건설한 문화유산들은 그러므로 "시체를 뜯어 먹고 사는 존재에게만 허락된 것들"이다. 대단한 역설이 아닐 수 없다.

그는 왜 감히 이러한 궤변 같은 주장을 늘어놓고 있는가. 그는 익히 알고 있는 것이다. 인류 문화유산이란 것들에 배어 있는 엄청난 노동 착취를. 지금껏 남아 있는 모든 문화유산들은 거의 다 일꾼들이 목숨 바쳐 이룬 것들이다. "시체를 뜯어 먹고 사는 존재"들인 지배자들이 건설한 게 아니다. 그러니 그에게 "동맹파업"은 "그간 죽여 놓은 시체를 살려내"는 "첫날"이다. "살리는 일의 시작"이며 "내 몸에 누적된 피로"를 푸는 날이다. 이렇게 해야 일이 살고 자연도 저절로 살아나며 나 또한 덤으로 살아날 수 있다고 그는 생각한다.

노동해방과 동맹파업의 논지가 그의 요설 같은 전개를 지나오자 묘하게 설득력을 얻는다. 이런 게 최종천의 시이다. 그는 그만의 논점으로 시와 요설의 경계를 넘나들며 노동시의 한계를 돌파하고 있는 것이다.

최종천의 행보에서 또 하나 기억해야 할 것은, 지식 탐구에 대한 욕망이다. 그의 지식 욕구는 현장의 노동자 범주를 넘어선다. 그는 그가 읽은 책들에서 추출한 관념들을 현장과 결합하여 그만의 독자적인 사유체계를 만들어 간다. 이를테면 그가 비트겐슈타인을 읽었다고 치자. 비트겐슈타인의 눈으로 사물을 읽던 그는 어느덧 비트겐슈타인을 해석한 자기만의 방식으로 사물을 바라본다. 나는 이것이 최종천식 창조적 변용이라 여기는데, 「노동은 인간의 光合成이다」에 그의 이러한 관점이 잘 드러나 있다.

세계는 일어나는 모든 것이다.[5]
세계는 사실들의 총체이지, 사물들의 총체가 아니다.[6]

5, 6 비트겐슈타인, 『논리–철학 논고』

바다의 고등어는 하나의 사물이고
내가 먹고 있는 고등어는 하나의 사실이다.
사물은 노동에 의하여 사실로 된다.
인간을 위해서는 노동에 의하여,
최초의 에너지가 생산된다.

세계는 이 사실들에 의하여,
그리고 그것들이 모두 노동이라는 점에 의하여 확정된다.

자연에서의 식물들과 같이 노동계급은
인간 세계의 최초 에너지 생산자이다.
노동이 인간의 광합성인 것이다.
노동 착취가 없는 사회가 곧 원시사회이다.
노동 착취를 통해서만 사회는 발전한다.

이것이 노동 착취의 비밀이다.

               — 최종천, 「노동은 인간의 光合成이다」

    비트겐슈타인을 따라가는 시가 아니라, 비트겐슈타인을 끌어들여 새로워지는 시이다. 비트겐슈타인의 『논리-철학 논고』를 읽고 그는 중요한 명제 하나를 얻는다. "사물은 노동에 의하여 사실로 된다." 맞다. 노동력이 없다면 사물은 물(物) 자체로 머물러 있을 뿐이다. 물을 사실로 만드는 것은 노동이다. 그러니 노동자야말로 식물의 광합성처럼 "인간 세계의 최초 에너지 생산자이다." 그런데 생각해 보자. 인간의 광합성인 노동은 어떻게 쓰였는가. 원시사회에는 없었을 노동 착취가 이후의 역사 속에서는 어떻게 강화되었던가. 그에 따르면 모든 사회 발전의 토대를 이룬 것은 바로 노동 착취였다. 그리하여 그의 결론은, 앞의 시에 나온 대로다. '인간들아, 일을 죽여라. 그래야 인간이 살고 자연도 산다.' 만만찮은 패러독스이다.

앞의 시 「일 죽이기」에서 드러나는 문제의식도 비트겐슈타인이 말하는 바, "문제 자체를 없애 버리는 게(dissolve) 문제를 해결하는 데 더 효과적일 것"이라는 사유를 기본 축으로 하여 구상되었음 직하다. 이로부터 짐작건대 이 시를 쓸 무렵 최종천은, 비트겐슈타인에 푹 빠져 지냈음이 분명해 보인다. 그럼에도 불구하고 여전히 최종천은 최종천이다. 비트겐슈타인에 점령당하지 않는다. 다만, 비트겐슈타인에게서 시적 사유의 새로움을 가져올 따름이다.

정한용

정한용은 어떤가. 최종천이 '모던한 리얼'이라면 정한용은 '리얼한 모던'의 경향을 띤다. 정한용이 최근 펴낸 『거짓말의 탄생』을 보면, 태생이 리얼리스트인 것처럼 오늘 여기에 대응하는 분노와 저항의 사유가 예리하고 풍자적이다. 그는 가열찬 현실을 긋는 날카로운 풍자를 시집 곳곳에 펼쳐 놓고 있다. 마치 새로운 시인을 만난 듯한 눈으로 나는 시집 『거짓말의 탄생』을 읽었다. 이전의 시집에서도 그가 이처럼 단단하고 뜨겁게 현실을 읽어 내었던가 자문하면서.

나는 까닭 없이 정한용을, 현실과 초현실을 가로지르며 그 틈새를 늘리려는 시인이라고 심정적으로 규정해 놓고 있었음을 깨닫는다. 편견이었다. 그는 인류문명과 생태 등에 대한 관심을 지속적으로 갈고 닦은 것 아닌가 싶다. 「거짓말의 탄생」은 그의 이 같은 오랜 숙고가 '리얼한 모던' 형태로 맺힌 결과물일 것이다.

「그곳에 가고 싶다」처럼 여기와 저기를 환상적 알레고리로 드러낸 작품도 눈에 띄었지만, 단도직입의 풍자가 내게는 더 흥미롭게 다가왔다. 그중 한 작품을 고르라면, 단연 「아름다운 시절」이다.

'아저씨도'가 '아씨좆도'로 읽힌다. '아홉시반'이 '아씨발년'으로, '제대로'가 '지랄도'로, '겐세이 놓는다'가 '개새끼 낳는다'로 읽힌다. 세월이 좆같고 씹 같다, 아프가니스탄에서 테러가 일어나고, 가자지구에선 이스라엘 새끼들이 웃고, '점령하라'에 나갔던 젊은 이들은 모조리 감옥으로 가고, 홍콩 민주화를 외치던 깃발에 불이 붙는다.

…(중략)…

바야흐로, 아름다운 시절이다. 아동 교육비 최고, 저출산율 최고, 노인 빈곤율 최고, 빈부 격차 최고, 얼씨구, 기록 풍년이다. 단식 농성 최고, 공권력 남용 최고, 간첩 조작 최고, 법인세 감면 최고, 황혼 이혼 최고, 절씨구, 사는 게 지랄이다. 전화 감청 영장 최고, 사생활 침해 최고, 개인 정보 유출 최고, 기업 친화 정책 최고, 독서 빈곤율 최고, 비정규직 증가 최고, 잘한다, 죽여준다, 끝내준다, 낙하산 인사 최고, 핸드폰값 최고, 간접세율 최고, 중산층 감소 최고, 언론 자유 순위 하락 최고, 전셋값 폭등 최고, 권력에 빌붙기 최고, 약한놈 짓밟기 최고, 옳거니, 이게 우리네 민낯이다.

…(중략)…

그런데 오빠, 돈 많아? 난 돈 많은 남자가 좋더라, 안 되는 게 없

잖아, 씨발, 돈만 있으면 세상이 아름답잖아, 시간 끌지 말고 빨랑
해, 좆도.

  – 정한용, 「아름다운 시절」 부분, 『거짓말의 탄생』(문학동네, 2015)

 첫 행부터 내 수치심을 구정물로 뒤발하던 시는, 끝에 가서는 내 도
덕관념을 맘껏 조롱한다. 내가 오늘, 여기에 살고 있음이 얼마나 부끄
러운지 자각하라는 듯 그 강도가 세다. 틀린 말이 아니다. 그가 적시한
대로 우리 사는 세상이 얼마나 도착(倒錯)되었는지 "'아저씨도'가 '아
씨좆도'로 읽힌다." "'아홉시반'이 '아씨발년'으로, '제대로'가 '지랄도'
로, '겐세이 놓는다'가 '개새끼 낳는다'"로 읽힌다. 그러니 "세월이 좆같
고 씹 같다"는 욕설, 절로 튀어나올 수밖에.
 이뿐인가. 그가 시에 열거한 세목들은 제대로 된 사회라면 꿈도 못
꿀 반인간의 항목들이다. 그런데 지금 여기의 현실은 어떤가. 바로 저
와 같은 반인간, 반평등, 반생명의 세목들로 넘쳐난다. 이 시의 결말
처럼 모든 가치들이 거꾸로 서서 움직이는 것이다.
 특히, 이 시의 결말 부분에서 성매매하는 여성으로 보이는 화자의
다음과 같은 토로는 몹시 쓰리고 아프다. "그런데 오빠, 돈 많아? 난
돈 많은 남자가 좋더라, 안 되는 게 없잖아, 씨발, 돈만 있으면 세상이
아름답잖아, 시간 끌지 말고 빨랑 해, 좆도." 충격적이라고만 말하진
못하겠다. "돈만 있으면 세상이 아름"답다는 사실, 이미 우리는 익히
알고 있고 또 경험하지 않았던가. 그러함에도 천민자본주의의 민낯이
너무 적나라해서 머리가 계속 지끈거린다.
 이 밖에도 이 시집에는 그 어떤 리얼리스트보다도 더 예리하게 세
상을 까발리는 시들이 적잖이 포진해 있다. "짝퉁 가방, 짝퉁 전화, 짝

통 교회, 짝퉁 방송, 짝퉁 도시, 짝퉁 애인, 짝퉁 인권보호 센터" 등 온 갖 '짝퉁들' 천지 속에 짝퉁이 되어 버린 '나'의 비애를 해학으로 버무린 「짝퉁들」은 의미심장하고, 대뜸 "지랄하고 자빠졌네,"로 시의 처음을 열어, 물질만능 사회의 단면을 죽은 자의 발언으로 적어 낸 「내가 모를 줄 알고」는 통쾌하다. 융합적 리얼리스트로 건너가는 다리의 면모가 충일한 시인의 시집이라 하겠다.

지금까지 융합적 리얼리즘의 매개자로서 이문재, 송찬호, 최종천, 정한용 시인들을 거칠게나마 둘러보았다. 이 시인들은 어떤 형태로든 모더니즘에 발을 대고 있던 시인들이다. 그런 그들이 현실 쪽으로 몸을 적잖게 비틀어 두고 있다. 나는 이들을 '융합적 리얼리즘의 교량과도 같은 시인들'이라고 명명했으나, 최근 작품으로만 보면 '융합적 리얼리스트'로 불러도 그리 어긋날 것 같지 않을 변모다. 그만큼 오늘 여기의 부조리와 불합리가 극심해진 탓에 모던한 시인들조차 현실 속으로 맘 기울이는 것이 아닐까. 시적 토대인 사회의 양심과 언어가 무섭도록 흔들리고 뒤틀려 버렸으니 어떤 시인인들 온전할 것인가 싶다. 그런데 참 세상은 요지경인 것이 이와 같이 뒤엉킨 현실이 '융합적 리얼리즘'이란 새로운 흐름을 이끌어 내지 않았는가. 만물의 인과란 게 소인의 눈으로 측량하기 얼마나 어려운지 이제 알겠다.

글을 마무리해야 하는 지점에 이르니 조심스럽다. 최근에 한 흐름을 형성하고 있는 시인들의 새로운 모색을 담아내려다가 의도치 않게 '융합적 리얼리즘'이라는 개념을 불러내었는데, 자칫 이 개념으로 호명된 시인들이 갑갑해 하면 어떡하지 하는 생각이 스친다. 이는 어떤 흐름을 지칭하려는 나만의 자의적인 분류이니 그리 괘념치 마시라고 부탁드리고 싶다.

서툴고 모자라지만 새로운 조류를 타고 흐르는 시인들의 움직임을, 계속해서 성심껏 들여다보려 한다. 앞에서 언급한 최원식의 「'리얼리즘'과 '모더니즘'의 회통」에 보이는, "리얼리즘/모더니즘의 창안된 정체성을 떠나 작품의 실상으로 직핍하면, 리얼리즘의 최량의 작품들은 통상적 리얼리즘을 넘어서는 순간 산출되었으며, 모더니즘의 최량의 작품들도 통상적인 모더니즘을 비월(飛越)하는 찰나에 생산되었다는" 혜안도 이마에 달고 나아가다 보면, 홑겹의 시선일망정 시인들의 저 고단한 분투에 작은 격려나마 될 수 있지 않을까.

현실에서 느끼는 기척의 공감
― 융합적 리얼리즘의 실제 1 : 김소연

슬픔의 정조에서 어찌 자유로울 수 있는가

융합적 리얼리스트라고 부를 수 있는 시인들 중 내가 맨 먼저 맞이하고자 하는 시인은 김소연이다. 그의 네 번째 시집인『수학자의 아침』에 실린 작품들을 다시 읽으면서 나는 깜짝 놀랐다. 내가 '당대의 사회 현실과 서정성을 기반으로 하되 언어적 감수성과 실험 정신을 구현하고자 하는 개방형 리얼리즘'이라고 정리한 '융합적 리얼리즘'의 골간들이 그의 시집에 고스란히 담겨 있었던 것이다.

본격적으로 그를 살피기 전에 나는 먼저, 김소연에 대해 가지고 있던 내 선입견부터 비워야 했다. 이 시집을 다시 펼치기 전까지 웬일인지 그를, 도회적 이미지의 시인으로만 가두어 놓았던 것이다. 그의 이 도저한 슬픔들은 그저 맥락 없이 뿜어져 나오는 단순한 애도가 아닌데 나는 왜 느끼지 못했을까. 아마도 나는 그때 그의 시가 아니라, 시집 속에 있는 글자들만 스쳐 읽었음이 분명하다.

우연히 그의 시집을 다시 들척이다가「열대어는 차갑다」를 눈에 담은 뒤, 나는 자세 가다듬었다. 등줄기에 소름이 좌악 흘러내렸다. '시인의 말'부터 아프게 들어와 박힌 것이다.

"애도를 멎게 하는/자장가가 되고 싶다."

나는 움찔했다. 애도를 멎게 하는 자장가가 되고 싶다고? 이게 무슨 뜻인가. 나는 단박에 세월호 대참사를 떠올릴 수밖에 없었다. 하지만, 세월호 대참사가 터진 날은 2014년 4월 16일이고, 이 시집은 그 전해인 2013년 11월에 나왔으니 이는 터무니없는 내 기시감이었다.

그럼에도 불구하고 나는 이 '애도'와 '자장가'라는 표현에 딱 붙잡혔다. 시인만이 포착할 수 있는 어떤 직감적 예지로 읽혔던 것이다. 나를 긴장케 했던 그 시, 「열대어는 차갑다」를 마주하면 누구라도 그렇게 여기지 않을까.

사월은 차갑다
사월의 돌은 더 차갑다
사월의 돌을 손에 쥔 사람은 어째서 뜨거운가
그는 어째서 가까운가

마루 아래 요정이 산다고 믿은 적이 있다
잃어버린 세계는 거기서 잘 살고 있다
이 사실만으로도 뜨거워질 수 있다

하나의 문장으로도 세계는 금이 간다
이곳은 차가우므로 더 유리하겠지

뒤뚱거리는 아기처럼

닫힌 문이 뒤뚱거린다
문에게도 가능성이 있다

맥주가 목젖을 가시화한다
안주가 어금니를 가시화한다
우리의 대화를 대신한다

대화는 기억해 둔 것들을 잃게 한다
사월은 유실물 보관소일지 모른다

솥에 뚜껑이 없었다면
쌀은 밥을 견디지 못했을 것이다

뜨거운 밥에 차가운 숟가락을 넣는 건
어째서 기예에 가까운가

손이 시린 자가 장갑을 낀다
손목을 그어본 자가 시계를 찬다

문이 열린다
찬바람이 들이친다

바다는 사월의 날씨를 집결한다
해파리가 뜨겁다 가오리가 가깝다

열대어는 차갑다

심해어는 내 방을 엿본다

　　　　　　　　　　　　　　─「열대어는 차갑다」 전문.
　　　　　　　　　　　『수학자의 아침』(문학과지성사, 2013. 이하 같음)

　이 시의 전반적인 흐름은 물론, 세월호로 수렴되는 내용이 아니다. 여기의 '사월'과 '바다'는 아마도 단순한 우연의 조합일 것이다. 그러나 이 시를 읽으며 나는 다른 생각을 떠올릴 수가 없었다. 상상이 자꾸만 세월호 참사 쪽으로 흘러갔다. "바다는 사월의 날씨를 집결"하고 "심해어는 내 방을 엿본다"는 시행을 반복해서 읽고 또 읽는데, "내 방을 엿"보는 "심해어"가 어쩐지 눈물 글썽이는 아이일 것만 같아 오래도록 가슴이 먹먹했다. 게다가 그는 "사월은 유실물 보관소일지 모른다"라고도 쓴다. 이 시행을, '세월호 참사'가 아니라 '다른 무엇'으로 어찌 상상할 수 있을 것인가. '시인의 말'에다가 "애도를 멎게 하는/자장가가 되고 싶다."고 쓰고 있는 마당에.

　그가 무슨 예언자도 아니고 이 시의 지향이 그쪽으로 열린 것도 아니니 이는 내 오독임이 분명하다. 그런데 나는 왜 이와 같은 오독에 빠져든 것일까. 나는 이 시집의 주조를 이루는 '뼈저린 슬픔'에 그 혐의를 둔다. 『수학자의 아침』 곳곳에 깔려 있는 애도는 나를 몹시 흔들어놓았다. 시어 하나하나가 다 근원적인 슬픔을 내장한 것처럼 내게 가라앉은 것이다.

　그러니 생각해 보라. 「열대어는 차갑다」에 스며 있는 저 슬픔의 정조에서 내가 어찌 자유롭겠는가. 그 깊은 곳에서 너울지는 슬픔들은 어쩔 수 없이 세월호의 통증으로 발현될 수밖에 없었다.

이제 당신도 궁금할 것이다. 김소연은 왜 이렇듯 뼈저린 슬픔 속에 잠겨 있는지. "애도를 멎게 하는/자장가가 되고 싶"은 걸 보면, 세월호 대참사 이전에도 그는 그에 못지않은 슬픔들을 부여안고 있었음에 틀림없다. 시인 스스로에게도 슬픈 곡절이 있었을 것 같으나 직접 들을 수는 없으므로 제외한다면, 남는 건 여기, 오늘 우리 사는 곳에 고인 슬픔들일 것이다.

근래에 그가 부딪쳤을 '숱한 죽음들'과 절망을 떠올려 본다. 시인마다 다르긴 하겠지만, 감성 여린 시인들에게 요즈음 우리 사회의 피폐화는 죽음과 좌절의 행로, 그것과 다르지 않았을 것이다. 용산 참사는 말할 것도 없고 쌍용자동차 해고 노동자들의 죽음, 세계 제일의 자살률로 드러나는 온갖 죽음들이 실은 다 타살 아닐 것인가. 잘못된 사회가 초래한 죽음들인 까닭이다. 설령 살아 있다고 해도 이 사회 속 현대인들은 온전히 살고 있는 게 아니다. 출구 없는 삶은 절망과 분노로 인해 폭발 일보 직전에 내몰려 있다.

바로 이와 같은 천민자본주의의 흐름 속에서 그가 어떤 내상을 입지 않았을까 짐작한다. 특히나 다양한 사회 활동을 통해 사회적 약자에 깊이 공감하는 그로서는 견디기 힘든 나날들이었을 것이다. 세월호 대참사가 아니더라도 이미 그에게 이 땅은 충분히 애도해야 할 불행의 '격전지'로 비쳐졌음에 틀림없다.

또 하나 간과할 수 없는 것은, 도착(倒錯)된 현실과 전도(顚倒)된 언어의 일상화이다. 깨끗해야 할 현실과 순정한 언어들이 부패 권력의 심각한 오용(汚用)에 의해 썩어 가는 현실은 당대의 누구에게든 치욕으로 다가갈 것이다. 하물며, 현실과 언어에 가뜩이나 민감한 시인들임에랴. 나는 김소연이 이 뒤틀린 현실과 훼절의 언어 속에서 우리 사

회의 어떤 절망을 예감했으리라 여긴다. 그의 시 「격전지」에 이러한 내
용이 안타까이 담겨 있다.

　　할 수 있는 싸움을 모두 겪은 연인의 무릎에선 알 수 없는 비린
　　내가 풍겨요, 알아서는 안 되는 짐승의 비린내가 풍겨요, 무서워,
　　라고 말하려다, 무사해, 라고 하지요, 숟갈을 부딪치며 밥을 비빌
　　때 살아온 날들이 빨갛게 뒤섞이고 있어요, 서로의 미래가 서로의
　　뒷덜미에서 창끝처럼 날카롭게 반짝여요, 아슬아슬해, 라고 말하
　　려다, 아름다워, 라고 하지요, 한 사람에게 한 사람이 초라해질 때,
　　두 사람이 더디게 몸을 바꾸며 묵직한 오후를 지나가고 있어요, 할
　　수 있는 고백을 모두 나눈 연인의 두 눈엔, 알 수 없는 참혹이 한 글
　　자씩 새겨져요, 알아서는 안 되는 참혹을, 매혹으로 되비추는 서로
　　의 눈빛은 풍상, 아니면 풍경, 이제 당신은 나의 유일무이한 악몽
　　이 되어간다고 말하려다, 설거지를 하러 가지요, 향유고래가 수돗
　　물에서 흘러 들어와요, 심해에 손끝을 담그고 푸른 핏줄에 갇힌 붉
　　은 피에 대해 생각하지요, 저녁이 낭자해져요, 할 수 있는 사랑을
　　모두 끝낸 연인의 방에는 낯선 식물들이 천장까지 닿고 있어요, 알
　　수 없는 음산한 향기를 풍겨요, 알아서는 안 될 거대한 열매들에
　　고름 같은 과즙이 흘러내려요, 맙소사, 라고 말하려다, 사랑스러워,
　　라고 하지요.

— 「격전지」 전문

　　김소연의 「격전지」를 읽는데 어쩐지 정한용의 「아름다운 시절」이 오
버랩된다. 강도는 다르지만, 도착된 세상을 살아야 하는 시인의 동일

시가 같기 때문이 아닌가 싶다. 두 작품 다 A를 말하지만, 결국 B일 수밖에는 없는 도착된 현실의 무게감이 크다. 게다가 「격전지」의 경우에는, 암울한 정조가 온통 시를 짓누르고 있다.

김소연은 연인 관계의 관점에서 표현하고 있지만, 나는 그가 세상을 읽기 위해 연인관계를 동원한 것이라 본다. 그가 읽은 세상은 어떤 정황에 놓여 있는가. "무서워,라고 말하려다, 무사해,라고 하"고, "아슬아슬해,라고 말하려다, 아름다워,라고" 한다. 사실이 완전히 전도되었다. 그야말로 '참혹'이자 '풍상'이며 악몽인 세상이다. 그러니 이런 세상에서는, "낯선 식물들이 천장까지 닿"고, "알 수 없는 음산한 향기를 풍"기며 "알아서는 안 될 거대한 열매들에 고름 같은 과즙이 흘러내"리게 된다. 얼마나 끔찍한 디스토피아인가. 그래서 '맙소사'가 튀어나와야 하는데, 어쩌면 좋을까, '사랑스러워'라는 말을 내뱉고 만다. 도착(倒錯)된 현실과 착종(錯綜)된 언어가 가히 전율스럽다 할 것이다. 정체성의 혼란이 극에 달해 있는 상황이 아닐 수 없다. 문제는, 이와 같은 상황의 끝이 보이지 않는다는 점이다. 그리하여 시의 모든 행은 마쳐지지 않는 쉼표(,)로 연결된다. 연쇄와 연쇄의 이어짐이며 중첩이다. 끔찍하다.

우리 사회라는 곳의 사정이 이러하니 시인의 감성이 어찌 애도 쪽으로 열리지 않겠는가. 세월호 대참사라는 전대미문의 사건은 그러므로 우연히 일어난 게 아니다. 도착된 현실과 전도된 언어로 망가질 만큼 망가진 사회에서 부패한 인간들이 빚어낸 대재앙인 것이다.

나는 김소연이 이와 같은 당대 현실의 처참한 불안에 떨며 그도 모를 어떤 징후를 포착한 것 아닌가 하는 생각을 떨칠 수가 없다. 시인의 직감은 때로 과학적인 상식과 시공간을 벗어나 어떤 기억들을 미리 감촉하기도 하는 것이다. 그런 면에서 나는 그의 시, 「누군가 곁에서 자꾸 질문을 던진다」도 범상하게 읽어 내릴 수 없다.

살구나무 아래 농익은 살구가 떨어져 뒹굴 듯이
내가 서 있는 자리에 너무 많은 질문들이
도착해 있다.

다른 꽃이 피었던 자리에서 피는 꽃
다른 사람이 죽었던 자리에서 사는 한 가족
몇 사람을 더 견디려고 몇 사람이 되어 살아간다

우리는 같은 사람을 나누어 가진 적이 있다
같은 슬픔을 자주 그리워한다

내가 누구인지 도무지 알 수 없을 때마다
나를 당신이라고 믿었던 적도 있었다

지난 연인들이 자꾸 나타나
자기 이야기를 겹쳐 쓰려 할 때마다
우리는 같은 사람이 되어 간다

당신은 알라의 얼굴에서
예수의 표정이 묻어 나는 걸 보았다고 했다
내 걸음걸이에서 이제는

당신이 묻어 나오는 걸 아느냐고
당신에게 물어보았다

우리는
두 개의 바다가 만나는 해안에
도착해 있다

늙은 아이가 햇볕에 나와 앉아 바다를 보고 있다
바다가 질문들을 한없이 밀어내고 있다

우리에게 달라진 것은 장소뿐이었지만
어느새 우리들 기억이 달라져 있었다
나는 다른 사람이 되었다

— 「누군가 곁에서 자꾸 질문을 던진다」 전문

    세월호 대참사는 우리 시대의 트라우마가 되었다고 나는 생각한다. 마음에 슬픔이 고이지 않는 괴물들을 제외한다면, 동시대의 누구에게든 4월의 바다는 통곡일 것이다. 어쩌면 평생 동안 이들이 왜 이렇게 죽어야 했을까 하는 "질문들을 한없이 밀어내"는 바다를, 우리는 "늙은 아이"인 채로 바라봐야 할 수도 있다. 트라우마는 그대로인데 몸만 늙어 버린 아이로서 말이다. 우리가 아무리 진실을 인양한다고 해도 저 가엾은 죽음들은 되돌아올 수 없기 때문이다.

    세월호 참사 이전에 쓰인 시를, 내가 너무 과하게 세월호 참사 쪽으로 끌어당겨 해석했음을 부인하긴 어렵다. 하지만 김소연이 보인 징후적 예감은 내가 이렇게 견강부회(牽强附會)하지 않을 수 없도록 만들었다. 무서운 예지력인데, 나는 김소연이 "누군가 곁에서 자꾸" 던지는 질문의 기척을 마음으로 알아들었기에 가능했을 것이라고 믿는다. 기척을 마음으로 알아듣는 것, 이런 게 공감이다. 그의 공감력은 그의 의지와는 전혀 상관없이 과거와 현재만이 아니라, 이처럼 미래로도 열려 있었던 것이다.

살아남은 자는 준비해야 한다

나는 김소연의 이와 같은 공감력에서 융합적 리얼리즘을 읽는다. 그가 그려 낸 '현실에서 느끼는 기척의 공감'은 예사롭지 않다. 이를 개념적으로 정리하면, '도착(倒錯)된 현실과 전도(顚倒)된 언어가 보여 주는 기척을 감지하여, 이를 시 속에서 감동적으로 통합함'이 될 것이다. 나는 이러한 성취가 리얼리즘과 모더니즘이 그에게서 긍정적으로 혼융되었기 때문에 가능했을 것이라 여긴다. 스스로는 미처 몰랐겠지만, 김소연은 융합적 리얼리스트로서 새로운 흐름을 이렇게 열어 가고 있었던 것이다.

예컨대 그가 시 「강과 나」에서 "지금" "강을 건널 준비가 다 됐다고 말해 줄게,"라고 쓰는 순간, 그의 '준비'라는 단어에서 나는 연대의 어떤 짙은 공감대를 받아 안을 수밖에는 없다.

지금이라고 말해 줄게, 강물이 흐르고 있다고, 깊지는 않다고, 작은 배에 작은 노가 있다고, 강을 건널 준비가 다 됐다고 말해 줄게,

등을 구부려 머리를 감고, 등을 세우고 머리를 빗고, 햇볕에 물
기를 말리며 바위에 앉아 있다고 말해 줄게, 오리온 자리가 머리
위에 빛나던 밤과 소박한 구름이 해를 가리던 낮에, 지구 건너편
어떤 나라에서 네가 존경하던 큰사람이 죽었다는 소식을 나도 들
었다고 말해 줄게,

돌멩이는 동그랗고 풀들은 얌전하다고 말해 줄게, 나는 밥을 끊
고 담배를 끊고 시간을 끊어버렸다고 말해 줄게, 일몰이 몰려오고,
알 수 없는 옛날 노래가 흘러오고, 발가벗은 아이들이 발가벗고,
헤엄치는 물고기가 헤엄치는 강가,

뿌리를 강물에 담근 교살무화과나무가 뿌리를 강물에 담그고,
퍼덕이는 커다란 물고기가 할아버지의 낚시 항아리에서 쉴 새 없
이 퍼덕이고, 이 커다란 물고기를 굽기 위해 조금 후엔 장작을 피
울 거라고,

구불구불한 강을 따라 구불구불한 길이 나 있는 이곳에서, 구불
구불한 길에 사는 구불구불한 사람들과 하루 종일 산책을 했다고
말해 줄게, 큰 나무 그늘 아래 작은 나무, 가느다란 나무다리 아래
가느다란 나무 교각들이 간신히 쉬고 있다고,

멀리서 한 사람이 반찬을 담은 쟁반을 들고 살금살금 걸어오고
있다고 말해 줄게, 물고기는 바삭바삭하다고, 근사한 냄새가 난다
고, 풍겨 온다고, 출렁인다고, 통증처럼 배가 고프다고, 준비가 다

됐다고, 지금이라고, 말해 줄게

— 「강과 나」 전문

이 시는 '물에서 죽임만을 떠올리지 말라'는 뜻을 전면적으로 드러내고 있다. 비록 강이 "구불구불"하고 "간신히" 숨만 쉴 수 있는 삶을 허용한다고 할지라도 강은 죽임의 강이 아니라, 본래 살림의 강이라고. 맞다. 강이 없으면 무엇이든 목숨을 부지하기 어렵다. 강은 생물들이 살아갈 수 있는 물과 먹을 것과 정령을 나누어 주지 않던가. 그 품 안에서 "돌멩이는 동그랗고 풀들은 얌전하"며, "일몰이 몰려오고, 알 수 없는 옛날 노래가 흘러오고, 발가벗은 아이들이 발가벗고, 헤엄치는 물고기가 헤엄"친다. 할아버지는 잡은 물고기를 굽고 아이는 그 근사한 냄새에 "통증처럼 배가 고파"진다.

이런 게 강이고, 강가의 삶이다. 넉넉하지는 않아도 팍팍하지만은 않은 일상들로 이어지는. 물론 누군가는 이 강에서 "밥을 끊고 담배를 끊고 시간을 끊어" 자기의 일생을 마감하기도 할 것이다. 안타깝긴 하지만 그런다고 한들 강이 제 모습을 바꾸진 않는다. 강은 저 갈 데로 흘러가는 것이다. 우리의 일상도 마찬가지다. 저 강처럼 쉼 없이 또 흘러갈 것이다.

그러니 여기에 살아남은 자는, 준비해야 한다. "반찬을 담은 쟁반을 들고 살금살금 걸어오"는 이를 기다리는 한 사람이거나, 혹은 "반찬을 담은 쟁반을 들고 살금살금 걸어"가는 한 사람이 되어야 하는 것이다. 나는 이것이 강이 우리에게 건네주는 당부라고 여긴다. 그런데 또 한편으로 생각하면 이 당부는 마치, 재난을 견디며 비탄의 강을 건너야 하는 사람들을 위해 김소연이 준비한 '작은 배와 작은 노' 같기도 하다.

소략하게 살펴보았지만, 『수학자의 아침』에서 보이는 김소연의 성취는 이처럼 남다르다. 융합적 리얼리즘의 두렷한 개화(開花)가 그에게서는 이루어지고 있다. 그의 시 저변에는 이미 '리얼-모던'의 혼융적 사유가 두터이 자리하고 있는 것이다. 앞에서도 밝혔듯이 그는, '도착된 현실과 전도된 언어가 보여 주는 기척을 감지하여, 시 속에서 감동적으로 통합하는 능력'이 뛰어나다. 이와 같은 그의 행보로 미루어 짐작컨대 이후 그의 작업에는, 융합적 리얼리스트라 이름직한 성과들이 훨씬 더 풍성하게 쏟아지리라. 그래서 나는 은근히 욕심을 내게 되는 것이다. 날카로운 예지의 눈으로 그가 보다 더 깊게 '리얼-모던'의 세계와 물상들을 파고들어 주기를.

부조리한 세상을 파헤치는 '독한 온기'들

– 융합적 리얼리즘의 실제 2 : 이현승과 박소란

자기 시층을 파놓은 시인들

김소연처럼 이 부조리한 현실의 중압을 견디며 자기 시의 지층을 찾아낸 젊은 시인들이 적지 않다. 무엇보다 뜻깊은 건 이 시인들이 한결 젊다는 점이다. 나이로도 젊을 뿐만 아니라, 시적 연륜도 오래지 않다. 2000년대 이후 시단에 나와 작품 활동을 시작한 시인들이 대부분이다. 그런데 이들에게서 묘한 동질성이 나타났고 그 세력이 점점 두드러지고 있는 것이다.

애초에 나를 뜨겁게 달군 것도 이들 시인군(群)이다. 경향성이 분명 서로 다름에도 불구하고 시의 지향이 동류대(同流帶)를 형성하고 있었던 것이다. 이를테면 모더니즘 성향의 시인들조차 '나와 현실, 생활과 나'와 같은 문제의식을 공유하고 있었다. 이 공유지가 궁금해져서 내 탐색은 시작되었는데, 그렇게 하여 다다른 태반이 앞에서 정리한 '융합적 리얼리즘'이었다.

도대체 누가 그 공유지에 자기 시층(詩層)을 파놓았을까. 내 눈길이 우선 가닿은 시인이 이현승과 박소란이다. 알고 보면 이 두 시인의 공통점은 별로 없다. 시의 결도 사뭇 다르다. 비슷한 시기에 시집을 펴냈지만, 제목에서도 한 사람은 '생각'을, 또 한 사람은 '심장'을 들먹인다. 그런데도 나는 이 둘을 함께 묶어 놓고 싶어졌다. 무엇 때문일까. 나도 짐작하지 못하는 어떤 공통점이 있는 것일까. 내 무의식에서 '리얼한 모던'과 '모던한 리얼'의 어떤 촉이 작동한 것은 분명해 보이는데.

이현승, 부조리한 사회의 증강현실을 설하다

내게 이현승은 뜻밖이었다. 미안하게도 나는 시집 『생활이라는 생각』(창비, 2015) 이전의 그에게 별로 관심 기울이지 못했다. 『생활이라는 생각』을 다 읽은 뒤에야 비로소 그의 이전 시가 궁금해졌다. 좀 성글게 읽어 이전 시집들에 대해 말하긴 난처하나, 나는 시집 『생활이라는 생각』과 이전 시집들이 다른 궤적을 그리고 있다고 여긴다. 그동안 그에게 무슨 일이 벌어졌나 싶을 만큼 변별되는 시선이 『생활이라는 생각』을 끌고 간다. 시집 『아이스크림과 늑대』, 『친애하는 사물들』을 지배하는 건 관조의 포즈이다. 사물이나 현실에 밀착하기보다는 일정한 거리를 두고 이들을 관찰하고 있다. 그 거리두기로 만들어진 공간에 그는 충동과 성찰 '사이'의 자의식을 깔아 놓는다. 그는 '나'와 '현실'이 아니라, 그 '사이의 자의식'에 더 큰 의미를 부여하고 있는 것처럼 비친다.

이 '사이'에 관한 그의 관조적인 몰두는 「생활이라는 생각」에서도 여전해 보이지만, '생활'이라는 현실과의 거듭된 맞닥뜨림 속에서 변이(變移)된다. '사이의 자의식'이 '생활' 쪽으로 그 무게중심을 옮기는 것이다. 그는 고백한다. "참으로 이기지 못할 것은 생활이라"고.

꿈이 현실이 되려면 상상은 얼마나 아파야 하는가.
상상이 현실이 되려면 절망은 얼마나 깊어야 하는가.

참으로 이기지 못할 것은 생활이라는 생각이다.
그럭저럭 살아지고 그럭저럭 살아가면서
우리는 도피 중이고, 유배 중이고, 망명 중이다.
그럼에도 불구하고 더 뭘 해야 한다면

이런 질문,
한날한시에 한 친구가 결혼을 하고
다른 친구의 혈육이 돌아가셨다면,
나는 슬픔의 손을 먼저 잡고 나중
사과의 말로 축하를 전하는 입이 될 것이다.

회복실의 얇은 잠 사이로 들치는 통증처럼
그렇게 잠깐 현실이 보이고
거기서 기도까지 가려면 또
얼마나 깊이 절망해야 하는가.

고독이 수면유도제밖에 안되는 이 삶에서
정말 필요한 건 잠이겠지만
술도 안 마셨는데 해장국이 필요한 아침처럼 다들
그래서 버스에서 전철에서 방에서 의자에서 자고 있지만
참으로 모자란 것은 생활이다.

– 이현승, 「생활이라는 생각」 전문

이 시에서 그가 내비치는 현실 인식은 암울하고 무기력하다. 사람들은 "그럭저럭 살아지고 그럭저럭 살아가면서" "도피 중이고, 유배 중이고, 망명 중"이다. 현실을 주체적으로 살아가는 사람들은 거의 없는 것 같다. 그에 따르면, "회복실의 얇은 잠 사이로 들치는 통증처럼/ 그렇게 잠깐 현실이 보"인다. 그러니 그의 표현대로 "꿈이 현실이 되려면 상상은" 몹시 아파야 할 것이다. 마찬가지로, "상상이 현실이 되려면 절망"도 그 못지않게 깊어야 할 것이다. 이와 같은 무기력의 현실 속에서는, 꿈이나 상상마저 통증이며 절망일 수밖에는 없다. 그런데도 우리는 모두 이런 현실을 살고 있다. "고독이 수면유도제밖에 안되는 이 삶에서" 잠까지 놓쳐 가면서 살아 내고 있는 것이다. 왜 우리는 이러한 삶을 살아 내어야 할까. 그의 말대로 우리에게 "참으로 모자란 것은 생활"인데도 말이다. 누가 뭐래도 열심히 생활해야 하지만 우리는 이처럼 한결같이 무기력하다. 어쩌다가 우리는 이와 같은 존재가 되어 버렸을까.

이 질문에 답하려면, 그의 "참으로 이기지 못할 것은 생활이라는 생각이다"라는 시행부터 먼저 살펴야 한다. 이 시행에서 방점은 어디에 찍혀야 할까. "참으로 이기지 못할 것은 생활"일까, 아니면, "생활이라는 생각이다"일까. 나는 '둘 다'라고 본다. 그는 생활과 생각을 등가로 여긴다. 생활하면서 생각하는 인간인 것이다. 그의 몸은 생활이라는 세목에 가닿지만, 그의 사유는 '생각이라는 나의 관념' 쪽으로 기운다. 그의 시선은 '생각'이라는 필터링을 거쳐 생활에 이르는 것이다. '사이의 자의식'이 '생활' 쪽으로 그 무게중심을 옮겼지만, 그는 여전히 그 간극을 왔다 갔다 하고 있다. 왜 그럴까. 시「봉급생활자」에 그 일단의 실마리가 들어 있다.

우리는 나가고 싶다고 느끼면서

갇혀 있다는 사실을 깨닫고

나갈 수 있다는 희망을 포기하면서 더 간절해진다.

간절해서 우리는 졸피뎀과 소주를 섞고

절박한 삶은 늘 각성과 졸음이 동시에 육박해 온다.

우리가 떠나지 않는 이유는 여기가 이미 바깥이기 때문이다.

기다리는 일이 일상이 되어 버린 삶이 바로 망명 상태이다.

얼음으로 된 공기를 숨 쉬는 것과 같다.

폐소공포증과 광장공포증은 반대가 아니며

명백한 사실 앞에서 우리는 되묻는 습관이 있다.

그것이 바로 다음 절차이기 때문이다.

저것은 구름이고 물방울들의 스크럼이고 눈물들의 결합의지이고

피와 오줌이 정수된 형태이며 망명의 은유이다.

그러므로 왜 언제나 질문을 바꾸는 것에서 시작해야 하는가?

어제 꿈에 당신은 죽어 있었어요.

나는 당신이 살아 있는 시점에서 정확하게 그것을 보았어요.

지금 당신은 죽어 있지만요.

구름의 그림자가 도시를 뒤덮었다.

파업이 장기화될 것 같았다.

— 이현승, 「봉급생활자」 전문

나(우리)의 삶에서 '나(우리)'가 소외되었기 때문이다. 나를 포함한 우리는 자본 현실에 포박된 자들이다. "우리는 나가고 싶다고 느끼면서/갇혀 있다는 사실을 깨닫고/나갈 수 있다는 희망을 포기하면서 더 간절해"한다. 그런데 그 간절함은 불행스럽게도 "졸피뎀과 소주를 섞"는 방향으로 나아간다. 좌절을 극복하려 한다기보다는 도취와 몽환으로 대체하고 마는 것이다. 그는 왜 이러한 선택을 할까. "여기가 이미 바깥"임을 알아 버린 소외자인 까닭이다. 소외자는 이미 삶의 동력을 잃은 자이다. 따라서 그는 "기다리는 일이 일상이 되어 버린" "망명 상태"의 삶을 취할 수밖에는 없다. 그러니 소외된 자의식으로 생활하는 그의 삶은 "얼음으로 된 공기를 숨 쉬는 것과 같"다. 이율배반의 좌절적인 현실에 목숨이 베이는 것이다.

이와 같은 기조는, "김 부장은 사직을 제안받았다."로 시작되는 「평균적인 삶―증강현실」에도 그대로 드러난다. 이 시에서는 삶을, "줄 것을 주고 받을 것을 받는 것/처음부터 이것은 거래였다."에서 보듯 '거래'로 규정하는 것처럼 보이지만, 실은 이 시선도 소외자의 그것이다. "순순히 자리를 물리고 빠져나와" 건너다 보는 회사는 "남의 사람이 된 애인의 고친 화장처럼/짠하고 착잡하기만 하다." 회사가 나인 것처럼 생활하던 때가 있었으나, 그건 그저 증강현실에 불과했던 것이다. 삶의 비애만이 증강되어 쫓겨난 자를 내리누른다. 이것이 평균적인 삶이라고 하는 듯이.

나는 만약 '김 부장'이 노조와 함께했더라면 어땠을까 상상해 본다. 소심한 소시민은 회사라는 거대조직과 싸울 수 없지만 연대는 다르다. 연대 없는 개인의 싸움은 돈키호테보다도 어리석을 수 있으나, 노조라는 연대 틀이라면 해 볼 만한 싸움이 된다. 시스템과 맞설 때에는 시스템 속으로 들어가야 한다. 그럴 때 노조라는 연대는 얼마나 합리적인 체제 안의 투쟁기구인가.

「봉급생활자」의 마지막 연에서 보이는, '파업'이라는 연대 행위는 그런 점에서 중요한 포인트를 제공한다고 본다. 한심하게 물러나 자괴를 씹을 게 아니라, 연대하여 보란 듯이 대들어 일손 놓고 대결해 보는 것이다. 부당한 "구름의 그림자가 도시를 뒤덮"을 때, 파업은 인간들의 정당한 무기이다. 포기하면 안 되는 것이다. 하지만 '김 부장'의 인식은 그쪽으로 나아가지 않는다. 안타깝게도 죽음과 같은 상태의 소외자로 머문다. 아마도 이것이 '김 부장'의 한계이자, 시인 이현승의 벽일 것이다.

그럼에도 불구하고 나는 이현승이 고발하는 부조리한 사회의 '증강현실'을 뜻깊게 받아들인다. 그는 현실 너머를 바라보지 않는다. 현실 속에 온갖 부조리한 증강현실을 끌어들여 보여 주고자 한다. 그의 이와 같은 발언들에서 나는 모던과 리얼의 상생과 경합을 읽는다. 평균적인 삶을 저당잡힌 자의 반작용으로서의 상생이며 생각과의 사투(思鬪)를 자극하는 의미로서의 경합이다. 그의 이 상생과 경합은 다시, 시「씽크홀」에서 "거대한 동굴 같고" "거대한 짐승의 아가리 같"은 어둠으로 변주된다. 우리 삶이란 결국 처처가 어둠이며 씽크홀이라는 것일 테다.

박소란, 생생한 반전의 '독한 온기'를 풀어내다

박소란은 새로운 발견이다. 그는 허수경이나 김선우하고도 달랐으며 나희덕과도 변별점을 보였다. 넉넉한 모성과 활달한 자주, 섬세한 의식의 자유로운 분출은 그의 몫이 아니었다. 시집『심장에 가까운 말』

(창비, 2015)에서 그는 여리면서 담대하고, 익으면서도 낯선 정경들을 그려가고 있었다. 간난신고(艱難辛苦)를 몸으로 겪은 자의 진지한 통증과 변주가 아릿하게 표출되어 나왔다.

요즘 내가 통증의 시에 민감한 터라, 혹 그런 건 아닌가 싶어 적이 조심스럽게 그의 시들을 마주했다. 시를 몇 편 뒤적이지도 않았는데 내 감각에 불꽃이 톡 켜졌다. 그만이 가진 '다른 겹의 시선'이 눈에 들어온 것이다. 친숙한 소재인데도 그가 토설(吐說)하면 시가 아연 새로운 빛깔을 띠고 있었다. 내 말이 의심스럽다면, 그가 그리운 허기를 채우는 장면이나 용산 철거 싸움을 추억하는 방식을 세심하게 살펴보라. 대상을 냉철하게 인식하고 써 가는 그만의 시적 운용(運用)에 맥박이 다급해질 것이다.

박소란은 낯익은 감정이입(感情移入)을 그다지 반겨하지는 않는 것 같다. 오히려 그는 낯선 서정을 환기시키는 데 더 주력하는 것처럼 보인다. 다소간 이질적인 대상들을 끌어들여 버무린 뒤 거기서 환기되는 질감을 전달하는 데 빼어난 능력을 발휘한다. 그런 생각으로 시 「배가 고파요」를 펼쳐 드는데, '그리운 허기'가 낯설게 입맛을 건드린다.

삼양동 시절 내내 삼계탕집 인부로 지낸 어머니

아궁이 불길처럼 뜨겁던 어느 여름
대학병원 중환자실에 누워 까무룩 꺼져 가는 숨을 가누며 남긴
마지막 말
애야 뚝배기가, 뚝배기가 너무 무겁구나

그 후로 종종 아무 삼계탕집에 앉아 끼니를 맞을 때

펄펄한 뚝배기 안을 들여다볼 때면

오오 어머니

거기서 무얼 하세요 도대체

자그마한 몸에 웬 얄궂은 것들을 그리도 가득 싣고서

눈빛도 표정도 없이 아무런 소식도 없이

늦도록 돌아오지 않는 어머니

느른히 익은 살점은 마냥 먹음직스러워

대책 없이 나는 살이 오를 듯한데

어찌 된 일인가요

삼키고 또 삼켜도 질긴 허기는 가시질 않는데

— 박소란, 「배가 고파요」 전문

처음 삼계탕이란 걸 먹게 되었을 때 그 탕 속에 들어 있는 허연 형상을 보고 움찔했다. 그 뚝배기 속, 발 꼬고 들어앉은 닭에서 언짢게도 사람이 연상되었기 때문이다. 그 영상은 나만의 것이 아니었던 듯하다. "펄펄한 뚝배기 안을 들여다볼 때면" 그도 나처럼 어머니가 떠오르는지 이렇게 뇌까린다. "오오 어머니/거기서 무얼 하세요 도대체."라고. 삼계탕 속에 어머니가 저렇듯 닭처럼 들어가 있다고 상상해 보라. 얼마나 끔찍한가. 그런데도 연상은 얄궂어서 도무지 멈추질 않는다. 더욱이 그의 어머니는 삼계탕 인부로 살다가 삶을 마치지 않았던

가. "까무룩 꺼져 가는 숨을 가누며 남긴" 어머니의 "마지막 말"조차 "얘야 뚝배기가, 뚝배기가 너무 무겁구나."였다. 아마 그가 '삼계탕'이라는 단어를 떠올리기만 해도, 돌아가신 어머니는 저처럼 매번 탕 속에 드러누워 계시지 않을까.

상황이 이쯤 되면 누구라도 한 생애의 무거운 삶에 짓눌려 안타까운 회한을 끼적여 둘 만하다. 하지만 박소란은 다르다. 냉정하게 나아간다. 나는 목이 메는데 그는 감정의 누설 없이 "자그마한 몸에 웬 얄궂은 것들을 그리도 가득 싣고서/눈빛도 표정도 없이 아무런 소식도 없이/늦도록 돌아오지 않는 어머니"로 방향을 튼다. 그러고는, "느른히 익은 살점은 마냥 먹음직스러워/대책 없이 나는 살이 오를 듯한데"라고 이어 간다. 온갖 연상에도 불구하고 그는 닭 살점 뜯어 먹는 것이다. 그리움은 그리움이고 배고픔은 배고픔이라는 듯이. 아하, 이런 현실감이라니. 이 같은 그의 현실 인식과 감상성(感傷性) 배제가 나는 몹시 반갑다.

물론, 아무리 그가 살점 "삼키고 또 삼켜도 질긴 허기는 가시질 않"을 것이다. 모성에 대한 원초적 그리움은 채우고 또 채운들 가셔질 수 있는 허기가 아니지 않는가. 그런데 이처럼 마땅히 튀어나올 수밖에 없는 서정적 자아를 억누르고 감상성도 배제한 채 써 내려간 냉정한 시가 왜 뜨겁게 느껴질까. 거리두기를 활용하여 정서를 환기시키는 방식이 심저를 울리는 까닭이라고 나는 생각한다. 이는 시 「용산을 추억함」에서 보다 두렷하게 드러난다.

폐수종의 애인을 사랑했네 중대병원 중환자실에서 용산우체국
까지 대설주의보가 발효된 한강로 거리를 쿨럭이며 걸었네 재개발

지구 언저리 함부로 사생된 먼지처럼 풀풀한 걸음을 옮길 때마다 도시의 몸 구석구석에선 고질의 수포음이 새어 나왔네 엑스선이 짙게 드리워진 마천루 사이 위태롭게 선 담벼락들은 저마다 묽은 객담을 쏟아 내고 그 아래 무거운 날개를 들썩이던 익명의 새들은 남김없이 철거되었네 핏기 없는 몇 그루 은행나무만이 간신히 버 텨 서 있었네 지난 계절 채 여물지 못한 은행알들이 대진여관 냉골 에 앉아 깔깔거리던 우리의 얼굴들이 보도블록 위로 황망히 으깨 어져 갔네 빈 거리를 머리에 이고 잠든 밤이면 자주 가위에 눌렸네 홀로 남겨진 애인이 흉만(胸滿)의 몸을 이끌고 남일당 망루에 올라 오 기어이 날개를 빼앗긴 한 마리 새처럼 찬 아스팔트를 향해 곤두 박질치는 꿈이 머릿속을 낭자하게 물들였네 깨진 유리창 너머 파 편 같은 눈발이 점점이 가슴팍에 박혀 왔네 한숨으로 피워 낸 시간 앞에 제를 올리듯 길고 긴 편지를 썼으나 아무도 돌아올 줄 모르고 봄은 답장이 없었네 애인을, 잃어 버린 애인만을 나는 사랑했네

— 박소란, 「용산을 추억함」 전문

위의 시에서도 보이는 것처럼 그는 대상과 직접적으로 만나는 방식을 애써 피한다. 지름길로 진입해 들어가는 건 그의 태도가 아니라는 듯이 그는 에돌아가는 방식을 택하는 것이다. 「용산을 추억함」의 메시지는 분명 용산 철거민 싸움의 비애에 닿아 있다. 그러나 표면적으로는, 폐수종 앓는 애인에 대한 서사를 중심으로 엮는다. 폐수종 앓는 애인조차 "찬 아스팔트를 향해 곤두박질치는 꿈이 머릿속을 낭자하게 물들였"다고 했으므로 이중적 자아임이 드러나지만, 시의 겉은 연인의 추억으로 짜인다. 시의 마감도 "잃어 버린 애인만을 나는 사랑

했네"이다. 그는 연모하는 애인을 그리지만, 나는 용산의 처절한 슬픔에 마음 저린다. 그가 원경으로 적은 "위태롭게 선 담벼락들"이 "저마다 묽은 객담을 쏟아내고" "깨진 유리창 너머 파편 같은 눈발이 점점이 가슴팍에 박혀" 올 때, 나는 몸부림이라도 치고 싶었다. 어찌 나만이겠는가. 용산의 그 기막힌 죽음 앞에서는 누구라도 그렇지 않을까.

이렇게 쓰고 「용산을 추억함」이라는 시를 다시 보니 시 전체가 은유로 휩싸이는 것처럼 비친다. 폐수종 앓는 애인이 다른 누구가 아니라 용산 철거 현장이라 생각하자, 아프고 슬픈 현재의 신음이 터져 나오는 것이다. 나는 바로 이런 형태가 그만의 '겹의 시선'이라 여긴다. 현장을 투사(投射)하되 그대로 가져오는 것이 아니라, 은유적으로 빗대어 보여 주는 것이다. 이렇게 함으로써 그는 리얼한 시들이 빠지기 마련인 '계몽'이라는 선전의 상투성과 '대의'라는 엄숙한 의식의 포즈에서 벗어날 수 있게 된다.

물론, 거리두기에 의한 정서적 환기와 은유적 접근이 시집 모두를 아우르는 건 아니다. 어떤 작품에서는 '나'라는 서정적 자아가 직접 화자로 나와 시를 이끌어 가기도 한다. 시 「아현동 블루스」가 대표적인데, 자아를 대상과 밀착시켜서 그런지 울림의 밀도가 높다. "부랑의 어둠이 비틀대고 있"는 "텅 빈 아현동", "넋 나간 꼴로 군데군데 임대 딱지를 내붙인 웨딩타운"의 '추억의 현재성'이 짠하고 허랑하다.

한데 문제는, 「아현동 블루스」류의 시들이 익숙한 화법을 벗어나지 못한다는 점이다. 당연히 이들 시에서는 그만의 특장점인 '겹의 시선'도 보이지 않는다. 이에 비해, 절제라는 외피로 서정적 자아를 감싼 채 둘러지는 시 「머플러」는 어떤가.

목에 감고 있던 것을 풀어 내게 건넸지

오슬오슬 떨던 겨울 어느 밤

늘 하나쯤 갖고 싶던 머플러, 너는

참 따뜻하구나

얼어붙은 말은 쉽게 바깥으로 나오지 못했지

괜한 침묵만 웅얼거리고 섰을 때 목은

나의 목은

기형의 나무처럼 불쑥 돋아나 어째서

입김을 담은 두 손은

아픈 가지를 보살피듯 조용히 머플러를 둘러 주었지

이내 나는 뜨거워지고

목은 자꾸만 따끔거려 참을 수 없이

쓰디쓴 침이 고였지 목구멍에 엉긴 침은

멋대로 튀어나와 퉤-

아름다운 하나의 얼굴을 뭉개고

나는 놀라서

바닥에 내동댕이쳐진 눈처럼 하얗게 질려서

황급히 돌아섰지 싸늘한 기색으로

바람이 뒤통수를 노리는

얼룩진 눈길을 저벅거리며

나는 달아나

어둠 속으로 어둠 속으로

기다란 머플러는 바닥에 질질 끌려 급기야

줄이 묶인 나무를 치받고 도망치는 잡종의 개처럼

달리고 또 달렸지

아무도 뒤쫓아 오지 않는 골목을 혼자서

참 따뜻하구나, 알 수 없는

그 독한 온기를 온몸으로 움켜쥐면서

– 박소란, 「머플러」 전문

　나는 시 「머플러」를 보자마자 반했다. 이 시는 나의 기대를 저버리고 제멋대로 흘러간다. 얼마나 재미진 진행인가. 게다가 시는 선의(善意)마저 배반해 버린다. 예기치 않은 반전의 연속이다. 선의는 삶을 살갑게도 하지만, 때론 삶의 굴레가 되기도 한다. 따르고 싶지 않을 때조차 거스를 수 없는 제약으로 작동하는 것이다. 이러한 선의가 예술로 들어올 때는 특히 더 위험하다. 계몽이라는 하나의 선택만을 강요하기 때문이다.

　시 「머플러」 속 환경에서도 마찬가지이다. "오슬오슬 떨던 겨울 어느 밤", 누군가 "목에 감고 있던" 머플러를 풀어 건네준다면 어떻게 할 것인가. 누구라도 그 선의에 고마워하며 머릴 조아릴 것이다. 하지만, 시 속 화자는 뜻밖의 행동을 저지른다. "목구멍에 엉긴 침"이 "멋대로 튀어나"오더니 "퉤-/아름다운 하나의 얼굴을 뭉개" 버린 것이다. 그는 "바닥에 내동댕이쳐진 눈처럼 하얗게 질려서/황급히 돌아"선다. 그도 깜짝 놀랐을 것이다. 이 반응은 그의 것이 아닌 까닭이다. 그는 "어둠 속으로 어둠 속으로" 달아나고 "기다란 머플러는 바닥에 질질 끌려 급기야/줄이 묶인 나무를 치받"기도 한다. 당황스런 도피이지만, "아무도 뒤쫓아 오지 않는 골목을 혼자서" 달리면서도 그는 온몸으로 움켜쥔다. "알 수 없는/그 독한 온기를."

이 대목에서 나는 순간, 카타르시스의 독에 빠진다. "독한 온기"라? 얼마나 매혹적인 조합인가. 그래, 바로 여기다. 반전의 리얼리티 생생한 "독한 온기"야말로 새로운 가능성인 것이다. "독한 온기" 스멀거리는 「머플러」에서 나는 '모던한 리얼'의 통쾌한 융합을 읽는다.

차이는 키우고 거리두기는 강화하라

읽으시면서 이미 짐작하셨겠지만, 이제껏 살펴본 내용을 내 식으로 정리하자면 이현승은 '리얼한 모던' 계열, 박소란은 '모던한 리얼' 계열이다. 그런데 정말 그런가, 정색하고 묻는다면 나는 우물쭈물 망설일지도 모르겠다. 이현승과 박소란을 굳이 '모던'과 '리얼'로 구분할 필요가 있을까 싶기 때문이다. 그만큼 이들의 시는 융합의 정도가 깊다. 더욱이 이들은 둘 다 시적 대상과의 사이에 일정 정도 거리를 두는 시적 태도를 견지하고 있다. 내가 이 글의 모두(冒頭)에서 적은, '나도 짐작하지 못하는 어떤 공통점'이 이것이다. 이들은 '거리두기'라는 방식을 통해, '마땅히 튀어나올 수밖에 없는 서정적 자아를 억누르고 감상성도 배제한 채' 시를 적어 내려간다. 언뜻 보면 냉정한데, 그 시의 울림은 그렇지 않다. 왜 그럴까. '거리두기'가 오히려 정서를 환기시키는 울림통으로 작용하는 까닭이다. 물론, 이현승은 그 거리두기가 '생각'이라는 관념을 돌아 나오고, 박소란은 가슴속에서 스멀거린다는 차이는 있다. 하지만 그 차이마저 없다면 어찌 개인일 것인가. 나는 이러한 차이는 키우고 거리두기는 강화하여 이 두 시인이 더욱 굳건히 자기 세계를 진척시켜 나가기 바란다. 이들을 따라 융합적 리얼리즘의 두께도 한결 두터워질 터이니.

후천성 불안과 선천성 불안의 역동

– 융합적 리얼리즘의 실제 3 : 이재훈과 안주철

마침내 광장이 열렸다

융합적 리얼리즘을 연재하는 동안 박근혜 대통령 탄핵이라는 역사적 사건이 벌어졌다. 촛불 광장의 민주정의가 무지 독선과 반민주의 철판을 뚫어 버린 것이다. 헌법재판소에서 탄핵심판이 진행 중이긴 하지만, 민심은 이미 박근혜를 대통령 직위에서 끌어내린 것이나 진 배없다. 대통령이라는 한 나라의 지도자가 이렇게도 적나라하게 하찮 아지고 비루해진 사례가 또 있을까. 사상 그 유례가 없을 역사적인 평화시위가 철갑 같은 부패 정권을 무장 해제시키던 순간, 그야말로 광장은 민주 축제의 도가니였다. 너도 나도 통쾌했다. 시민들의 자발적 참여가 이루어낸 '들끓는 민주정의'로 민주주의의 엑스터시(ecstacy)는 최고조에 달했다.

이제까지의 과정으로만 보면, 2016년 11월과 12월의 촛불광장은 격변적인 민의 분출이 이끌어낸 무혈혁명의 쾌거로 기록될 것이다. 이 분노와 환희의 광장에서 몸과 마음을 함께 태우며 나는 틈틈이 문학을 떠올렸다. 이 촛불광장의 시대에 우리 문학은, 나의 시는 무엇을 태울 것인가.

이렇게 의식의 부침(浮沈)을 따라가다가 퍼뜩, 내 사념의 행로가 어쩐지 세월호 참사 이후와 닮아가고 있음을 깨달았다. 그렇다면 이 연재를 시작하던 때로 돌아가 내가 쓴 글을 찬찬히 더듬어 볼 필요가 있었다. 나는 연재글 말머리 부분을 가만히 들쳐 보았다. 세월호 참사가 문학에게 끼친 영향에 대해 나는 다음과 같이 쓰고 있었다.

> 다 살릴 수도 있었는데 다 죽여 버렸다는 참혹한 현실은 시인뿐만 아니라, 문인들 모두에게 끔찍한 공포였음에 틀림없다. 그 몇 달 동안 문학은 그야말로 참담한 무기력과 공황에 포획당해 있던 것이다. 세월호 참사 이전에도 인간 소외를 심화시키는 여러 사회적 병폐가 만연했던 터라, 이에서 상처 받은 문인들이 적지 않았다. 하지만, 세월호 참사처럼 직접적으로 심리적인 타격을 입힌 경우는 저 80년대의 '오월 광주'를 제외하고는 달리 없었다.
>
> — 「문학들」 2016년 여름호, 212∼213쪽

세월호 참사는 이처럼 문학에게 참담한 심리적 타격을 가했다. 나는 그 성찰과 각성으로 문학이 최근, 음습하게 덮여 있던 자폐를 걷어내려 애쓰고 있다고 생각한다. 그렇다면 저 11월과 12월 촛불광장을 품고 넘어온 문학은 어떨까. 나는 의식이 송두리째 뒤흔들렸을 거라 여긴다. 민주와 자유, 거짓과 진실, 부조리와 허위 등 가지고 있었던 모든 관념들을 새로 짜지 않으면 안 되는 상황에 놓인 것이다.

그러니 세월호 참사와는 또 다른 의미에서 문학은 충격에 빠지지 않을 도리가 없다. 박근혜−최순실 게이트는 우리 예상 밖 너머까지,

전 사회적으로 뻗어 있지 않은가. 부패한 정권의 썩은 정치로 사회가 무너지기 일보 직전이라 살아내기 버겁다. 체제를 바꾸지 않고서는 제대로 된 창작 행위조차 할 수 없을 것 같은 위기감이 커진다. 게다가 블랙리스트라니. 독재체제에서나 저질러졌던 행태들이 문학을 윽박지르고 상상력에 재갈을 물리고 있었다고 생각하자 오금 저린다. 참혹하다.

그러나 광장은 문학조차 상상하지 못했던 방식으로 어그러진 삶들을 제자리에 돌려놓고 있다. 함께 어울려 모아 내는 평화적인 힘으로 저 악의 체계를 무너뜨리고 있는 것이다. 이 열린 광장에서 터져 나오는 공동체의 가쁜 숨결들로 문학은 엄청 뻐근해지지 않았을까. 세월호 참사가 문학을 자기 폐쇄와 소통 불능에서 건져 올렸다면, 광장의 촛불은 함께하는 연대기의 뜨거운 숨결을 문학에게 부어 넣은 것이다. 그야말로 통쾌한 민주주의가 문학 속으로 왈칵 뛰어든 셈이다. 어찌 문학이 놀라지 않았으리.

물론, 문학이 이렇게 놀라고만 있어서는 곤란하다. 이제 광장의 요구에 문학이 응답해야 할 차례이다. 문학은 어떻게 해야 광장을 제대로 담아낼 수 있을까. 나는 광장의 외침과 움직임 속에 이미 그 답안이 제시되어 있다고 본다. 광장의 촛불들이 어디를 향하여 어떻게 일렁였는지부터 살펴야 하는 것이다. 나는 촛불의 지향을, '자폐와 불통은 벗고 지금 여기, 우리의 삶에 공감하고 확장하라'로 해석한다. 단순하게 말하면, 소통하는 삶의 공감적 연대기이다.

그런데 이 요청, 어쩐지 좀 익숙하지 않은가. 그렇다. 이 행보는, 이제껏 우리가 살펴 온 '융합적 리얼리즘' 시들의 추구 방향과 다르지 않다. 이로 짐작건대, 이후 문학에서 '융합적 리얼리즘'이 저류를 흐르는 창작물이 상당히 씌어질 것이라고 기대해 봄 직하다. 광장이 갑자기 열린 탓에 시인들의 얼이 서는 데 약간의 시간이 걸릴지는 몰라도, 그 분출은 막을 수 없을 것이다.

이 격동의 시기에, 내 눈을 사로잡은 시인들이 있었다. 이재훈과 안주철이다. 이재훈은 시집 『벌레 신화』(민음사, 2016)에 실린 시 「녹색 기사」의 첫 줄을, "이제 군주는 필요 없다."로 시작한다. 나는 시인의 이 같은 직관적 선언에 전율했다. 더 이상 무슨 말을 덧붙이랴. 그렇다. 여기 우리의 삶에 군주는 이제 전혀 필요 없다. 안주철은 시집 『다음 생에 할 일들』(창비, 2015)에 시 「형은 어느 날 누나가 되어 돌아왔다」라는 시를 싣고 있다. 나는 정체성 상실의 시대를 증거하는 이 상징적 선언에 모골이 송연했다. 이처럼 이재훈과 안주철은 광장 이전에 이미 광장을 예감하는 시들을 써내고 있었다. 불안을 통한 시적 조짐과 모색의 흔적이 직관적 예후로 드러나는 것이다.

나는 이 시선을 중심으로 이들을 살펴볼 예정인데, 누군가 다른 이가 광장 이후 이들의 행보를 유심히 좇아가 보았으면 하는 바람이 크다. 남다른 각성을 통과하고 있는 시인들이므로 흥미로운 탐구 결과를 얻게 되지 않을까.

이재훈, 불안을 넘어서는 무한생명의 오르가즘

이재훈의 세 번째 시집 『벌레 신화』는 이전 시집과는 다른 궤적을 그리는 것처럼 보인다. 시인 정재학은 이재훈을, "'온건한 모더니즘' 계보를 잇는 중요한 시인"이라 부르고 있는데, 그런 점에서 나는 의견을 좀 달리한다. 『벌레 신화』라는 시집만으로 보건대 이재훈은 '모던한 리얼' 경향의 융합적 리얼리스트로 호명하는 게 적절할 듯싶은 것이다. 이번 시집에 실린 시 「악행극」을 비롯한 여러 작품에서 그는 실험보다는 현실 쪽으로 한결 더 눈을 가까이 대고 있다. 불안으로 점철된 현실 응시가 만만치 않은 것이다. 불안에 먹힐 것인가, 불안을 지울 것인가 하는 시적 대응과 모색이 밀도 깊게 전개된다.

이제 군주는 필요 없다.
해거름 만나는 노을만 있다면
세계는 그럭저럭 굴러갈 것이다.
비파 소리 들리는 낮은 식탁.
느릿한 음악 소리에 몸을 뭉개는 시간.
음식은 부패해 가고
우리들은 취해 간다.
부족한 것 없는 삶이 가능할까.
꿈도 없이 빠져드는 색(色)을 탐할 때
예언자는 나타나야 한다.
하지만 녹색 망토를 입은 시인은 이제 없다.
들끓는 색에 몸을 담그고
안달하던 시간도 이제는 없다.
예언도 사라지고
초월도 사라지고
왜소한 지식을 입에 문 기사(騎士)들만 즐비한 곳.
자기 경험을 강요하는 꼰대들.
침을 질질 흘리며 풋풋한 냄새를 킁킁대는 위정자들.
그 범벅에서 더러운 꽃으로 피고 싶었다.

호랑가시나무는 어디에 피었는가.

꽃도 가지도 없는 막막한 땅 위에

녹슨 도끼만 덩그마니 놓여 있다.

저 도끼로 당신의 몸을 쪼개고 싶다.

꽃잎 터지는 소리 들릴 듯 말 듯하다.

— 이재훈, 「녹색 기사」 전문

　누구에게나 이 시의 첫 줄은 감동적일 것이다. 얼마나 통쾌한 선언
인가. 최근에 씌어진 시가 아님에도 이처럼 시의적절할 수가 있을까.
그래, 우리에게 "이제 군주는 필요 없다." 군주라니. 봉건국가도 아니
고 어디 당키나 한가. 한데도 우린 너무나 오랫동안 군주에 짓눌려 살
았다. 민주주의 아래에서도 '군주'로 상징되는 권위 아래 우린 얼마나
생존에 떨었던가. 지난 시절을 돌이켜 보면 자괴감만 깊다. 반민주,
반인간, 반생태적 삶이 지독히도 길었다.

　하지만, 군주가 필요 없음에도 불구하고 우리의 현실은 어떠한가.
"해거름 만나는 노을만 있다면/세계는 그럭저럭 굴러갈 것이"나, 여
기는 "예언도 사라지고/초월도 사라지고/왜소한 지식을 입에 문 기사
(騎士)들만 즐비"하다. "자기 경험을 강요하는 꼰대들"과 "침을 질질
흘리며 풋풋한 냄새를 킁킁대는 위정자들"뿐이다. 우리가 먹어야 할
"음식은 부패해 가고" 희망 없는 곳에서 술에 의지해 "우리들은 취해
간다." 도무지 살아갈 수 있는 땅이 아니다. "꽃도 가지도 없는 막막한
땅 위에/녹슨 도끼만 덩그마니 놓여 있다." 누군가가 저 녹슨 도끼 들
어 이 막막한 현실 체제를 쪼개지 않는다면 도저히 희망이 없을 것 같
다. 하지만 이 부조리하고 허위로 가득 찬 세상을 정화시킬 수 있는

"녹색 망토를 입은 시인은 이제" 여기에 없다. 그러니 누가 저 도끼 들어 '당신'이라는 군주를 쪼개 버릴 것인가. 쪼개어 "그 벽벽에서 더러운 꽃으로"나마 피어났으면 싶지만, 도끼 잡을 주체마저 존재하지 않는다.

정체성이라고 할 "뿔"이 사라져 버렸기 때문이다. 예전 언제인가는 그들에게도 "작은 뿔이 있었"다. "죽여도 늘 기억 속에서 살아 있는 작은 뿔." 사람들은 그 뿔이 있는 "머리를 매만지"며 "존재의 날들"을 살아 왔으나, 지금은 그저 "뿔의 흔적을 기억"할 따름이다. "아무 이야기도 기억나지 않"고 "뿔이 달린 것"만 "선명하게 기억나"는 생활.(「작은 뿔」) "뿔, 하고 혼잣말을 되뇌면 한동안 행복했는데. / 잠깐이라도 내 머릿속을 텅 비울 수 있었는데."(「뿔」) 어떻게 해야 이 뿔을 다시 찾을 수 있을까. 다시 찾아 저 도끼로 세상 쪼개는 주체로 설 수 있을까.

그러나 그들은 적극적으로 움직이지 못했다. "언제나 고개만 숙였"다. 그야말로 길들여진 자의 처신에 충실했던 것이다.

한 줄의 글도 적지 못했습니다. 그것으로 미안함과 비겁함을 속죄 받을 것 같아서, 혹시 나 스스로를 용서할 것만 같아서. 당신은 물었습니다. 가슴에 촛불을 켜고 저 이글거리는 광장에 나가지 않았느냐고.

언제나 고개만 숙였습니다. 변명은 늘 부끄러우니까요. 아프면 그냥 아파야 합니다. 견딜 수 없어도 견뎌야 한다죠. 게으름을 좋아하는 저는, 참는 것이 제일 쉬운 저는, 겨우겨우 살아갑니다. 다만 구걸하지 않았으면 좋겠습니다. 꽃이라는 말, 약속이라는 말을 좋아했던 때가 떠오릅니다.

당신에게 가는 길목엔 늘 햇살이 있었습니다. 씹지 못할 만큼 입
속 가득 껌을 넣었습니다. 가난한 부요입니다. 높이 올라가라고 하
고, 좀 독해지라고 합니다.

제겐 침묵이 필요합니다. 제 자신을 용서할 것 같아 두렵습니
다. 드라마를 보며 자꾸만 훌쩍이게 됩니다. 이제 곱은 손으로는
쓰지 않을 겁니다. 아픈 마음자리에 꽃망울이 머리를 내미네요. 노
랗고 환하게 번지는 날입니다.

— 이재훈, 「악행극」 전문

그들은 왜 그랬을까. "아프면 그냥 아파야" 하고, "견딜 수 없어도
견뎌야 한다"는 것에 익숙해져 있기 때문이다. 이들은 "게으름을 좋아
하"고 "참는 것이 제일 쉬운" 사람들로 순치되어 "겨우겨우 살아"간다.
다만 구걸이나 하지 않았으면 좋겠다고 생각하면서 모든 굴욕을 참고
견디는 것이다. 그러자, 어느 날 "당신"이 묻는다(아마도 이 '당신'은
앞의 시에서 보인 '뿔' 같은 성격의 양심이나 각성 아닐까). "가슴에 촛
불을 켜고 저 이글거리는 광장에 나가지 않았느냐고."
　그는 이에 대한 대답을 글로 쓰고자 하나, 적지 못한다. "미안함과
비겁함을 속죄 받을 것 같아서"이기도 하고, "혹시 나 스스로를 용서
할 것만 같아서"이기도 하다. 자기 혐오를 주체할 수 없어 한 발짝 나
아가지 못하는 것이다. 이처럼 용렬하기 짝이 없는 그에게 중요한 계
기가 찾아온다. 훌쩍임이다. "드라마를 보며 자꾸만 훌쩍이게" 되는

데, 이 훌쩍임을 통해 그는 회오와 반성, 정화와 각오를 다지게 된다. 아마도 드라마는 핑곗거리일 것이다. 그게 무엇이 되었든 간에 그는 눈물로 닦아낼 때를 기다리고 있었음에 틀림없다. 포인트는 "이제 곱은 손으로는 쓰지 않을" 거라는 데에 있다. 그가 그렇게 결심하자, "아픈 마음자리에 꽃망울이 머리를 내"밀어 "노랗고 환하게 번"진다. 이로써 악행극은 비로소 끝이 나는 것처럼 보인다.

과연 그럴까. 웬 천만에. 욕망을 버리지 않는 한, 인간은 "어쩔 수 없이 사악하고/어쩔 수 없이 비겁"하다. 악행극은 그 욕망의 틈새를 비집고 자라난다. 욕망의 포로가 된 인간에게 끊임없는 멸시의 악행극은 멈추지 않을 것이다. 그렇다고 해서 비관에 빠질 필요는 없다. "멸시는 인간들을 억척스럽게 살아가게 하는 힘"이기도 하니까("주술적 인간」).

그러면 도대체 어떻게 이 현실을 극복할 수 있단 말인가. 누가 있어 저 도끼를 손에 쥔다는 거지? 이재훈은 이 난관을 헤쳐 가는 데에 두 가지 해결 방안을 제시한다. 두 가지라고 나는 쓰지만, 생태적인 생명의 순환이라는 측면에서는 종국적으로 같을 수도 있는 방식이다. 이재훈의 미래는 이것들에 목줄을 거는 것처럼 보이는데, 하나는 '씨앗'이고, 다른 하나는 '벌레들'이다.

> 씨앗이 되고 싶었다.
> 아스팔트를 뚫고 올라가
> 역전에 누워 있는 노숙자들에게 닿고 싶었다.
>
> — 이재훈, 「주술적 인간」 부분

노란 제 몸이 터져요. 쉿 비밀이에요. 저는 남편도 없이 잉태를
했어요. 바람으로 잉태했어요. 이 바람에 몸을 넣을래요. 저 하늘
에 흠뻑 싸고 싶어요. 저기 봐요. 노란 몸들이 하늘가에 폭폭 터지
는 여름날. 벌레들이 한가득 붕붕거리는 소리 들려요.

– 이재훈, 「벌레들」 부분

"아스팔트를 뚫고 올라가/역전에 누워 있는 노숙자들에게 닿고 싶"
은 씨앗도 대단하지만, "저 하늘에 흠뻑 싸고 싶다"는 벌레들의 생명
의지는 발랄하고 후끈하다. 게다가 "남편도 없이 잉태"했다고 하잖은
가. 굴욕적인 삶과 출구 없는 현재를 넘어서는 획기적인 생태 응전이
다. 아스팔트를 뚫어 낸 씨앗들이 눈을 틔워 노숙자들을 일으켜 세우
고, "노란 몸들이 하늘가에 폭폭 터지는 여름날"을 상상해 보라. 제 몸
터뜨려 빚어내는 무한 생명의 오르가즘으로 세상은 참으로 찬란하고
아름답지 않은가. 이렇게 볼 때 이재훈은 영락없이 융합적 리얼리스
트의 면모이다. '리얼한 모던'을 기반으로 그가 펼쳐 갈 '광장 이후'의
시세계가 그래서 더 기다려진다.

안주철, 불안 너머로 스며드는 자유로움

안주철은 우리 시단에서는 드물게도 태생의 불안을 넘어서려 애쓰
는 시인이다. 하지만 그에게 둘러진 '천형의 불안'은 쉬 가실 것 같지
않다. 그의 시집 『다음 생에 할 일들』을 읽는 내내 나는 그와 함께 불안
을 앓았다. 불안이 끌어들인 비애와 연민이 내 몸을 타고 들어와 고통
스럽게 흐느끼다 스러지곤 했다. 읽는 내가 그러할진대 그걸 몸소 견
뎌 낸 그는 어떨 것인가. 그가 통과해 왔을 통절한 슬픔의 연대가 내게

무겁게 가라앉는다.

　이렇게 쓰고 있는데 어쩐지 내 말이 관념적으로 들린다. 차라리 시를 직접 펼쳐보는 게 더 낫겠다 싶다.

> 달 뜨는 밤이다.
> 어제저녁 엄마의 발가락에서
> 뼈 한 마디가 떨어진다.
> 희다. 피에 젖은 뼈는 더 희다.
> 엄마가 해 주는 팔베개를
> 처음으로 마다하는 밤이다.
>
> 　　　　　　　　　　　　－ 안주철, 「달뜨는 밤」 전문

　무슨 설명이 더 필요하랴. 누구라도 한하운의 시들이 겹쳐 떠오를 것이다. 다르지 않다. 한하운의 처절한 비애가 달뜨는 밤, 그에게로 와서 엄마의 팔베개를 앗아갔다. "어제저녁 엄마의 발가락에서" 떨어진 뼈 한 마디는, 아마도 그에게서 다사로운 엄마 품마저 영영 빼앗았을지도 모른다. "희다. 피에 젖은 뼈는 더 희다."라는 시행 속 난감한 현실의 통각이 그래서 더 처연하게 아리다. 이 처연하게 아린 현실은 시 「겨울이 내 살을 만진다」에서 꽃으로 변주되어 나타난다.

> 등 너머에 엄마의 발가락이 보인다.
> 발가락 끝이 벌어지고 뼈 한 마디가 톡
> 대야에 떨어진다.
> 대야에 붉은 꽃잎이 한 장 두 장

오래도록 펼쳐진다. 한 송이가 될 때까지

물을 버리기 위해 대야를 들고 밖에 나가
엄마의 허연 뼈 한 마디를 들고 서서 고민한다.
누구에게 엄마라고 불러야 하지?

— 안주철, 「겨울이 내 살을 만진다」 부분

그가 이 시에서 대야에 떨어지는 핏방울들을 "붉은 꽃잎" 펼쳐지는 한 송이 꽃으로 형상화하고 있음에 주목할 필요가 있다. 이 지점으로부터 그의 현실인식이 대상화되는 까닭이다. 물론 더욱 극적인 부분은, 그가 "엄마의 허연 뼈 한 마디를 들고 서서 고민"할 때 나온다. "누구에게 엄마라고 불러야 하지?"라는 마지막 시행이 그것인데, 그의 이 방백은 이후 안주철의 분열과 각성을 일러 주는 복선으로 작용한다.

엄마를 둘로 인식한다는 것은 엄마와 내가 분리된다는 뜻이다. 이 같은 분리는 개적 자아의 탄생이기도 하지만, 동시에 분리 불안의 격랑에 그가 몸 싣게 되었음도 의미한다. 이럴 때 그가 핏방울을 꽃으로 인식하는 것은 분리 불안에 따른 방어기제의 작동이라고 볼 수 있다. 피가 불길함으로 그를 물들인다면 그의 삶은 지옥일 것이다. 하지만 다행스럽게도 그는 피를 꽃잎으로 펼쳐 든다. 아마도 이때 그는 본능적으로 상상력을 입힌 완충지대의 필요성을 깨달았는지도 모른다.

대상과 나 사이의 대치공간에 들이는 완충지대가 현실로부터 멀어질수록 시의 모더니티는 강화된다. 그러다가 어느 순간 완충지대는 사라지고, 거기에 실험이라든지 몽환이라든지 하는 비현실만 첨예해질 때 시는 언어 유령의 강고한 노예가 된다. 다행히 안주철의 각별한 현실 인식은 피를 꽃잎으로 보되 모성을 버리는 게 아니라, 모성을 인정하고 받아들이는 쪽으로 나아간다.

대야에 든 뼈 한 마디를 버리지 못하고 그가 분리된 모성으로 고민할 때 그의 시적 모색은 이미 갈 길이 정해졌다고 볼 수 있다. 현실 부정의 비현실이 아니라 현실 인정의 고난 행로이다. 그가 천형을 벗어내는 방식으로 몽환이 아니라 현실을 선택함으로써 그의 중심에는 '모던-리얼'의 구도가 자리 잡게 되었다. 하지만 그 결과 그는, 시적 행보 속에서 치열하게 현실과 현실 부정의 지난한 고투를 견뎌 내지 않으면 안 되게 되었다. 웬만한 사람들은 감당하기 쉽지 않은, 천형에서 파생된 갖가지 불안 징후와 맞닥뜨리게 되는 것이다.

성적 정체성에 관한 충격을 던지는 시 「형은 어느 날 누나가 되어 돌아왔다」도 그 한 양상으로 읽힌다.

> 형은 어느 날 누나가 되어 돌아왔다.
> 형의 얼굴을 만져 보고 싶다고 생각했지만
> 누나의 가슴이 먼저 내 가슴을 밀치며
> 들어왔다. 순식간에
>
> 형을 부르면 누나가 돌아본다.
> 형이 저렇게 야했었나?
> 다시 누나라고 고쳐 부르고 나는 웃는다.
>
> 형은 울지 않았다.
> 누나가 되어서도

형은 어느 날 누나가 되어 돌아왔다.

저렇게 야한 형은 처음이다.

형과 누나를 동시에 떠올리면서 수음을 했다.

형에게 미안하지 않았다.

누나의 등을 보면 등줄기처럼 안고 싶다.

누나가 거울을 들여다볼 때마다

거울 속에서 형이 기어 나올 것 같아서

자주 눈을 감는다.

눈을 감을 때마다 누나가 형을 벗으며 웃는다.

— 안주철, 「형은 어느 날 누나가 되어 돌아왔다」 전문

　이 도치된 성 정체성을 어떻게 풀어야 할까. 누나가 되어 돌아온 형을 어떻게 받아들인단 말인가. 동생의 입장에서 보면 참 난감한 현실이다. 형으로 불러야 하나, 누나로 불러야 하나. 형이 누나가 되어 버린 현실은 곤혹스럽지만, 그는 어쨌든 이 현실을 받아들여야 한다. 그러면 형은 어떨까. 형의 입장으로 시선을 돌려 보자. 그는 왜 어제의 나를 부정하고 새로운 나를 찾는 성전환 수술을 감행한 것일까.

　태생적 성 정체성을 견딜 수 없었기 때문일 것이다. 불안에 떨며 남성으로 사느니 후천적으로나마 아예 여성성을 획득하는 게 더 나은 삶이라 여겼으리라. 그런데 문제는, 동생의 시선 속에 포착된 '누나 형'의 모습이다. 형이 아름다운 누나, 살가운 누나로 다가오지 않고 '야한

형'으로 비쳐지는 것이다. 그 야한 모습에 취해 동생이 수음까지 하게 될 정도로 성적인 이미지가 강력하다.

'야하게 다가온 형'을 거듭 읽다가 나는 시 전체를 고쳐 생각하게 되었다. 아무래도 형이 잘못된 성 정체성을 바로잡으려고 성전환 수술을 감행한 것으로 여겨지지 않는 것이다. 내게는 형이 자신의 정체성을 찾은 게 아니라, 마치 거세당한 것처럼 비쳤다. 태생적 불안이 야기한 성 정체성 혼란이 자본의 탐욕에 의해 남성성을 거세당한 상징과도 같이 해석된 것이다.

지나친 상상력의 소산이라 볼 수도 있지만, 자본주의의 탐욕에 내몰린 현실은 만만치 않다. 불안은 존재를 잠식하고 자본은 영혼을 팔아 치운다. 그런 점에서 나는 이 시를, 천형의 굴레에 관한 안주철의 은유로 읽는다. 이러한 그의 은유는, 시 「나는 사내를 낳는다」에도 이어진다. 현대사회의 이탈자에 관한 구슬픈 응답인 이 시는 사회 부적응자의 자폐적 신음이자, 자아 분열의 안타까운 오열이다.

사정이 이러하니 불안에 떠밀린 그의 삶은 '서식'으로밖에 표현될 수 없을 것이다. 우리 사회의 소외자인 소위 루저(loser)들은 사회적 존재가 아니라, 마치 유령들처럼 취급된다.

> 나는 일초와 이초 사이에 서식한다.
> 일초가 지나면 새해가 시작될 것이다.
> 나는 지난해가 되기도 하고
> 다음 해가 되기도 하겠지만
> 경계를 구걸할 만큼 가난하지는 않다.
> 나는 집히는 대로 서식한다.

…(중략)…

나는 서식한다.

내가 나에게서 가장 멀리 떠나는 순간에

용도와 흥미가 폐기된 가구처럼

나는 모든 것에 서식한다.

– 안주철, 「나는 모든 것에 서식한다」 부분

안타깝게도 서식이다. 그는 "일초와 이초 사이에 서식한다"고 쓰고, "비가 내리고 비가 그친 오후에"도, "어슬렁거리는 무릎에"도 서식한다고 쓴다. 어디에도 있고 어디에도 없으며 어느 순간이든 나타나고 어느 순간에도 사라질 투명한 존재이다. 그러니 "집히는 대로 서식"하며 "모든 것에 서식"할 수 있을 것이다. 이러한 존재를 뭐라 해야 할까. 이러한 삶을 어떻게 불러야 할까. 그야말로 "용도와 흥미가 폐기된 가구처럼" 허울이며 헛것인 삶, 그런 존재.

그래서 그럴까, 그는 능동성이 없다. 다만, "모든 것에" 서식할 따름이다. 아마도 그는 스스로 그 어떤 정체성조차 가지려 하지 않는 것처럼 보인다. 부정형의 부박한 존재로 시공간을 떠돈다.

그런데 혹 느껴지는가. "내가 나에게서 가장 멀리 떠나는" 저 비움과 가벼움. "경계를 구걸할 만큼 가난하지는 않"다면서 시간을 초월하여 "지난해가 되기도 하고/다음 해가 되기도 하"는 저 자유로움. 사람들은 부적응자를 유령같이 취급하지만 아니다. 그는 결코 허깨비가 아닌 것이다. 다만 자신을 비워 있는 듯, 없는 듯 세상에 스며들었을 뿐.

그가 다다른 이 스며듦은 뜻깊다. 마침내 그가 적응과 부적응의 경계를 넘어서서 그만의 방식으로 현실에 머물렀기 때문이다. 이런 면에서 나는 그를, '모던한 리얼'의 융합적 리얼리스트라고 부를 수밖에는 없다. 하지만 안심할 순 없다. 그를 핍박하는 천형의 불안은 참으로 강력해서 언제든 그를 비현실적 몽환 세계로 유혹할 것이다. 나는 그가 그 유혹에 끊임없이 저항하고 반기 들며 구체적인 이 생(生)을 살갑게 펼쳐 나가길 바란다. 그가 시 「다음 생에 할 일들」에 적은 여러 가지 기약은 '다음 생'이 아니라, 이번 생에서 마땅히 지켜져야 할 것들이다. '돈 많이 벌어 집 사고 아프리카에도 가고' 하는 일상적 성취를 어찌 다음 생에다 미룰 수 있을 것인가.

저 광장에서 상상하고 실험하라

불안을 대처하는 방식이 이처럼 다르다. 이재훈이 다소간 몽상의 판타지와 이미지를 거쳐 현실을 굽어본다면, 안주철은 관계 속 자아 분열의 열림과 닫힘으로 현실에 스미려 한다. 이재훈의 불안이 후천성이라면 안주철의 불안은 선천성이어서 언뜻 보기에는 안주철의 그것이 더 막막하게 비친다. 하지만 불안을 앓는다는 것은 선천적이든 후천적이든 가리지 않고 공포를 유발한다. 자기 폐쇄와 부적응 상태에 놓이는 것이다. 그런 점에서 불안은 무기력의 늪이라고 할 수도 있다. 한 번 빠지면 쉽게 헤쳐 나오지 못하는.

그런데 이들 시인은 독자적인 분투를 통해 불안이라는 폐쇄를 넘어 광장으로 나왔다. 불안의 속성으로 볼 때 이는 쉽지 않은 성취이다. 대부분은 현실에서 일탈하거나 더 심한 자폐적 경향에 기운다. 불안에 대항하기보다는 비현실을 강화시키는 것이다.

이렇게 생각하자니, 이재훈과 안주철의 리얼리티가 얼마나 귀한지.

그리하여 나는 이들에게 이렇게 당부하고 싶어졌다. '리얼한 모던'이든, '모던한 리얼'이든 간에 저 열린 광장을 무대 삼아 관계 맺고 상상하고 실험하라고. 그러면 불안조차 예기치 않은 역동의 에너지가 되지 않을까 싶은 것이다.

좀 더 어두워지기로 한 시대의 해원

– 융합적 리얼리즘의 실제 4 : 이설야

가난과 폭력, 성차별로 왜곡된 구체제를 밀어내고 등장한 시적 이데 올로그

어둔 삶의 그늘을 완전히 벗고 그저 문학에만 집중하는 때를, 남은 생의 어느 한 구비에서 만날 수 있을까. 아마도 이생에서는 불가능할 것이다. 1980년대에서 싹을 틔운 내 문학은 현실 너머보다는 지금 여기 속에서 성장해 왔기 때문이다. 그렇다고 해서 꿈을 버린 적은 없다. 나는 문학이 현실과 꿈의 조화로운 간극 속에 놓여야 한다고 여긴다. 문학은 세상에 대한 저항의 숨이면서 동시에 새 꿈의 숨이기도 한 것이다. 그래서 가장 아름다운 문학은 저항의 숨결이 틔워 내는 새 바람의 꿈에서 나온다. 그 모진 저항의 몸부림에서 싹튼 상상력과 정서적 울림들이 언어적 현실을 통해 뿜어져 나와 세상에 퍼지는 것이다.

그러나 글 쓰는 입장에서 보자면, 이는 참으로 지난하고 모진 시련이기도 할 것이다. 게다가 여기, 우리는 물질만능의 비인간적인 시대에 살고 있지 않은가. 즐겁고 신나는 글쓰기란, 저 먼 세상의 신기루에 지나지 않는다. 하지만, 이제 잠깐 느른해져도 되지 않을까. 현대사회는 여전히 탐욕의 날 시퍼렇게 벼린 채 도발하고 있으나, 사람 사는 나라 건설의 계기가 불현듯 찾아왔으니 말이다.

그러니 나는 이제 또 다른 반전을 위하여 뭔가 좀 느른해져서 문학적 숙성의 시간 같은 걸 가져 보고 싶다. 아예 멈추자는 게 아니다. 쉼의 미학을 체득해 보자는 것이다. 그렇지 않은가. 계속 달리기만 하는 것은 어리석다. 멈추어 자신을 돌아다볼 수 있어야 비로소 제대로 된 앞날을 기약할 수 있다. 숙련된 성찰의 문학이 숙성된 창작의 아름다움을 피워 낸다. 현장의 팔팔 뛰는 날것의 상상력도 숙련된 언어를 얻지 못하면 그 생명력이 떨어지게 마련이다.

근래 나는 이와 같은 숙성된 사유의 문학적 성취를 드물지 않게 접한다. 삶의 여러 곡절들을 견디면서 문학적 현실에 눈뜨고 언어와의 부단한 쟁투 속에서 자기만의 색채를 드러내는 시인들이다. 이러한 경향성은 특히, 자기 시를 오래 숙성시킨 뒤 등장한 시인들에게서 두드러진다. 아마도 삶이라는 리얼한 실제와 시라는 언어적 간극 사이에서 오랫동안 자신을 단련시켰기 때문이 아닐까 싶다. 그래 그런지 이들 작품 속에서 보이는 '나'는, 세계 속의 나이되 오로지 나만의 뚜렷한 정체성과 개성으로 세계를 넘어서려는 나이기도 하다.

그런데 잘 들여다보면 이들에게서는 중요한 공통점이 나타난다. 하나같이 여성이라는 점이며 가난과 가부장적 이데올로기의 옥죄임 속에 유년기와 청년기를 보냈다는 점이다. 가난과 가부장적 폭력과 성차별의 삼중 굴레에 노출된 존재들이다.

익히 알다시피 가난한 가부장제 이데올로기 아래에서 '나'는 철저하게 부정된다. 이때의 '나'는 아버지를 축으로 하는 가족체제에 종속되는 한 개체에 불과하다. 문제는, 이러한 종속적 가족관계가 아버지의 폭력성을 조장한다는 사실에 있다. 현실에 찌든 아버지 혹은 수컷들이 만만한 아내와 아이들을 공격하고 학대하는 것이다. 이는 사회적 욕망이 좌절된 자들의 한심하고 비겁한 욕구가 가정 내 폭력으로 일상화되는 것이라고 볼 수 있다.

하지만 불행하게도 우리 사회에서의 이러한 일탈 행위는 오랫동안 묵과되었다. 심지어는 폭력으로 얼룩져 숨 막히는 가정질서가 '가정교육'이란 이름으로 그럴싸하게 포장되어 선전되는 경우마저 적지 않았다. 그러니 생각해 보라. 감수성 예민한 여자아이들에게 이처럼 폭압적인 가족제도가 얼마나 비참한 지옥도일 것인지. 아마도 가난과 성차별보다 더 견디기 어려운 게 아버지의 까닭 없는 매질이 아니었을까.

이렇게 끔찍하게 자행된 가정 폭력은 당연히 여성들의 심층에 짙은 트라우마를 드리우게 마련이다. 나는 이 트라우마가 많은 여성들에게 왜곡된 부성상(父性像)을 심화시켰을 뿐만 아니라, 남성 혐오증까지 부추겼을 것이라 짐작한다. 인간으로서 갖춰야 할 삶의 근본 축을 흔들어 버린 것이다.

그러나 세상사 참 아이러니하다. 이렇게 근본 축이 흔들린 여성들이 독자적인 자기 세계를 구축한 시인들로 문학판에 등장한 것이다. 나는 이들의 출현을, 가난과 폭력, 성차별로 왜곡된 구체제를 밀어내고 합리적 이성으로 감싸는 인간사회를 꿈꾸는 시적 이데올로그의 등장이라 여긴다. 의도하든 그렇지 않든 간에 이들의 미션은 필연적으로 가부장적 봉건사회를 파괴하고 사람다운 세상을 구현하는 데에 놓인다. 이는 구체제에 대한 저항이자 쇄신이며 새로운 사회 건설을 향한 꿈으로 외화된다.

이와 같은 문제의식이 시적 내공으로 체화되어서 그런지 이 시인들은 숙련된 시적 체계를 갖추고 있다. '모던한 리얼' 혹은 '리얼한 모던'을 구별할 필요도 없이 '융합적 리얼리스트'의 면모를 갖추고 있는 것이다. 여기에 드는 시인들 중 유달리 내 눈을 사로잡은 시인들이 있었는데, 허은실, 김개미, 이설야가 그들이다. 이 가운데에서도 나는 이설야의 시에 더 관심이 쏠렸다. 오랫동안 그를 봐 왔으면서도 내가 미처 느끼지 못했던 성취가 그의 시 속에는 들어 있었던 것이다. 그가 내보이는 시적 환기는 뜻밖에도 흥미로웠으며 시집 전체를 아우르는 융합적 리얼리티는 새로운 서정들을 품고 있었다. 잘 숙성된 융합적 리얼리스트라고 부를 수 있을 만큼.

모든 신산스러운 삶을 다독거리는, 해원(解冤)

2011년 『내일을 여는 작가』 신인상을 받으며 작품활동을 시작한 이설야는, 1968년 인천에서 태어났다. 1968년과 2011년 사이는 멀다. 등단시기로만 보면 꽤 늦은 나이에 시력을 쌓기 시작한 것처럼 비치는데, 실제로는 그렇지 않다. 공식적인 등단 이전에 이미 그는 꽤 긴 시적 수련기를 거친 것이다. 아마도 그래서일 것이다. 그의 첫 시집인 『우리는 좀 더 어두워지기로 했네』에는 만만치 않은 실제적 체험과 시적 사유, 그리고 언어적 실험들이 공존하고 있다. 이와 같은 그의 시적 특징에 대해 나는 어느 신문 서평에서 이렇게 요약한 적이 있다.

> 이설야 시집에는 음울하고 스산한 삶의 회억(回憶)들이 첩첩인데, 희한하게 낡아 보이지 않는다. 무언가 오래오래 삭힌 시들을 맛보는 느낌이다. 흔히 '오래'라는 단어는 '낡음'을 끌고 오게 마련

이지만 그의 시는 전혀 그렇지 않다. 「레드 멜랑콜리아」와 「날짜변경선」 같은 시들은 심지어 풋풋하기조차 하다.

ㅡ「조등은 꺼지고 꽃등이여 환히 타올라라」
〈내일신문〉, 2016년 12월 30일자

　그렇다. 위의 서평에 쓴 것처럼 이설야의 시를 느끼기 위해서는, "음울하고 스산한 삶의 회억들이 첩첩인데"와 "오래 삭힌 시", 그리고 "풋풋하기조차 하다"는 점에 주의를 기울일 필요가 있다. 이 어휘들이 곧 이설야 시집을 아우르는 독자적인 색채이면서 동시에 시의 맥락을 이어 주는 매개재로도 기능하기 때문이다. "음울하고 스산한 삶의 회억들이 첩첩인데"에서는 그의 시적 기반이 무엇인지를, "오래 삭힌 시"와 "풋풋하기조차 하다"에서는 그의 시의 제련과정과 참신함의 정도를 읽어 낼 수가 있을 것이다.

　그의 시적 노정에 따르면, '회억들 속 현재'는 음울하고 스산하며 굶주려 있고 가난하다. 게다가 삶의 양태는 비인간적 폭력구조에 노출되어 있다. 정상적인 보통 사람들이라면 굳이 회상하고 싶지 않은 과거일 것이다. 생각해 보라. 온통 부정적인 과거상을 누가 굳이 들춰내 보려 하겠는가. 하지만, 이설야는 시의 목적이 마치 이를 현재화하는 데에 있는 것처럼 집요하게 이를 파헤치고자 한다. 오히려 과거 속 장면들이 혹시라도 망실되지 않았을까 염려하는 사람과도 같이 섬세하다. 누군가는 잊고자 했던 시공간을 그는 '왜' 이렇듯 실제적 감정까지 이끌어 내어 열어젖히려 하는 것일까. 시 「백마라사」에서 그 단초를 읽을 수가 있다.

백마처럼 하얀 양복 입고 오랜만에 아버지가 나타났다. 사나워진 말굽이 방 안을 한바탕 휩쓸고 지나가자 백마라사에서 사 온 검정 재봉실이 거미줄처럼 계속 풀려나왔다. 엄마가 손목에다 칭칭 감곤 하던

발정 난 도둑고양이, 아기 울음소리가 귓속을 파고들던 밤, 잠결에 아버지에게서 빠져나온 엄마의 거뭇한 아랫도리를 보았다. 피 묻은 내 얼굴이 간신히 통과한 곳, 세상의 모든 울음이 처음 터지던 곳간.

가래 끓던 바람이 문지방을 밟고 오면 도둑고양이와 생쥐와 지렁이들도 함께 울어 주던, 백마라사 상표를 매단 하얀 양복이 무서웠던 집. 끊어진 검정 실을 간신히 이어가던 화평동 집.

— 이설야, 「백마라사」 전문
(『우리는 좀 더 어두워지기로 했네』, 창비, 2016년, 이하, 출전 같음)

그는 인천에서도 몹시 빈한한 변두리에서 태어나 살았다. 서울로 따지면 달동네 어디쯤 될 것이다. 따라서 그의 시 저변에는 도시 빈민의 참혹한 가난과 그로 인해 빚어진 인간 소외가 기본으로 깔려 있다. 이를 단적으로 증거하는 어휘가 시집에도 등장하는 "수문통 똥바다"라는 말일 것이다. 이 '똥바다'가 상징인지 실제인지를 그에게 물은 적이 있는데 그는 "똥바다는 현실"이라고 말했다. 그렇다면 이 시의 '백마라사'는 그 똥바다 위에 얹혀진 셈이 된다. 똥바다와 양복점, 어쩐지 기묘한 조합 같지 않은가. 옷을 지어 입는다는 게 무색할 만큼 장소가

허접하다. 그러할 때 '아버지'라는 존재는 또 어떻게 비쳐지는가. "백마처럼 하얀 양복 입고 오랜만에" 나타난 아버지는, 허세와 폭력과 착취의 대명사처럼 그려진다. 당연하게도 딸에게 이 아버지는 공포의 대상이다. 그가 "가래 끓던 바람"처럼 "문지방을 밟고 오면" "도둑고양이와 생쥐와 지렁이들도 함께 울어" 준다. 그의 횡포로 인한 두려움은 이처럼 주변의 생명들에게까지 전이되는 것이다. 그런 점에서 이 시에는 집안 울타리로서의 아버지와 가장은 존재하지 않는다고 할 수 있다. 아버지는 아마도 저 똥바다의 '똥'보다도 못한 존재로 인식되지 않았을까.

사정이 이렇듯 부정적임에도 불구하고 이설야는 "끊어진 검정 실을 간신히 이어가던 화평동 집"을 생생히 재현한다. 어디 화평동 집뿐인가. 그의 기억을 다 밝혀 수많은 실제적인 시공간들을 시에 끌어들여 펼쳐 놓는다. 당시 수문통 똥바다를 살아가던 인간들의 축소판처럼 비치기도 한다. 그의 시에 나오는 실명들이 실재하는 공간인 것으로 미루어, 시에서 언급되는 다양한 에피소드들도 분명 실제 사건들일 가능성이 높다. 이렇게 생각하고 그의 시집 1부에 실린 시들을 떠올리면 꼬챙이로 가슴을 찌르는 것 같은 통증이 밀려온다. 폭력과 굶주림과 성차별에 노출된 아이들의 일상이 난민촌의 삶과 전혀 다를 게 없다. 온갖 모멸과 부조리가 아이들의 현재와 미래를 갉아먹고 있는 것이다.

나는 이 '통증'에 주목한다. 그의 시를 읽으며 느끼는 이 통증이 앞에서 물었던 '왜'에 대한 답이라고 본다. 그는 이와 같은 통증을 통해 삶을 재생하고 싶어 하는 것이다. 알다시피 과거는 과거로만 머물지 않고 반드시 현재로 이어진다. 부정적인 것은 부정적인 채로, 긍정적인 것은 긍정적인 채로 엮이는 것이다. 그러니 현재를 바꾸고 싶다면 과거로 되돌아가 당시의 현재를 재설계해야 한다. 문제는 시간의 장벽이다. 영화에서는 타임머신을 타고 휙 돌아가면 그만이지만 현실적으론 불가능하다. 이때 문학에서 동원하는 게 기억의 상기(想起) 방식이다. 내 기억 속의 시공간을 떠올려 재설계한 뒤 이를 현실에 적용하는 것이다. "상기하자, 오일팔!" 같은 표어에서도 보이듯 과거를 과거에 묻어 두지 않고 현재로 불러내어 들여다보는 것, 그것이 상기이다.

이때 이설야가 도입한 시적 상기의 제련과정이 '오래 삭힌 것 같은 풋풋함'이다. 아무리 재생이 뜻깊다고 하더라도 그 재생과정이 시적으로 창의적이지 못하면 시는 빛나지 않는다. 자기만의 방식을 강구하여 효과적인 설득력을 제시해야 한다. 시가 스스로 풋풋한 활기를 띠게 될 때 비로소 시인의 의도도 아연 새로운 경지를 획득하게 마련이다. 그런 면으로 볼 때, 이설야의 '오래 삭힌 것 같은 풋풋함'은 시와 독자 간에 효율적인 긴장관계를 조성하고 있지 않은가 싶다.

성냥 한 개비를 켜면
눈먼 소녀가 덜덜 떨며 울고 있습니다

성냥 한 개비로 촛불 하나를 켜면
망루에 얼어붙은 다섯 그림자가 상여를 밀어 올리고

또 성냥 한 개비 그어 촛불들을 옮겨 붙이면
높은 사다리 위에 선 그녀가 멀리 타전하고 있습니다

금 간 벽에 부러진 성냥 한 개비 긋자

벽 속으로 뛰어들어 가는 사람들

붕대를 감은 그림자들이 재개발 상가 입구에 멈추고

성냥개비를 입에 문 늙은 소년들이 지하도로 숨다가 멈추고

꽃들이 피다가 멈추고 새들이 날다가 멈추고

돌아보니 아무도 없고, 저 혼자 피었습니다

무궁화꽃이 피었습니다

무너져 내리는 벽 속을 뛰쳐나와 누군가 마지막 성냥을 그었을

때

저기 멀리 불붙는 광장에 눈먼 소녀 머리카락이 보일락말락

                              — 이설야, 「성냥팔이 소녀가 마지막 성냥을 그었을 때」 전문

이 시 「성냥팔이 소녀가 마지막 성냥을 그었을 때」의 소재 자체는 그
다지 새로울 게 없다. 성냥팔이 소녀 얘기는 이미 지겹도록 들어온 익
숙한 상징이다. 그런데 왜일까. 이 시의 안타까운 현재인 용산 망루와
성냥팔이 소녀가 만났을 때 홀연 긴장이 감돈다. 용산 망루에서는 성
냥을 켜선 안 된다. 발화하기 때문이다. 그럼에도 성냥은 켜지는데,
그때 보이는 장면이 충격적이다. "망루에 얼어붙은 다섯 그림자가 상
여를 밀어 올리고" 있는 것이다. 우리 사회의 삶은 이렇게나 비극적이
다. 삶과 죽음이 함께 엮여 있다. 이미 고전인 성냥팔이 소녀라는 가련
한 동화 캐릭터가 시 속에 다시 불려 나온 이유도 이런 까닭에서일 것
이다.

물론 이 시 속에서 성냥팔이 소녀는 보다 능동적이다. "성냥 한 개 비 그어 촛불들을 옮겨 붙이면/높은 사다리 위에 선 그녀가 멀리 타전하"는 것이다. 성냥을 그을 뿐만 아니라, 타전하는 역할까지 맡고 있다. 타전은 이 상황을 저기로 연결하는 것이다. 그러므로 이 타전은 촛불의 발화(發火)이면서 동시에 발화(發話)이다. 소리의 불길이자, 촛불의 물결이다. 매개자인 그녀가, "무궁화꽃이 피었습니다"로 전파하고 "무너져 내리는 벽 속을 뛰쳐나와" "마지막 성냥을 그"어 퍼뜨리는 것이다. 그러자, 보라. "저기 멀리 불붙는 광장에 눈먼 소녀 머리카락이 보일락말락"하지 않는가. 저 일렁이는 오늘의 촛불광장에서도 또 다른 그녀가 함께하고 있는 것이다.

용산 망루의 불길이 촛불 광장으로 옮겨 붙은 것임을 암시하는 이 장면들은 득의의 시적 제련이다. 용산 망루의 죽음을 새로운 생명으로 전환시켰을 뿐만 아니라, 수많은 역사적 애환들이 촛불 바다로 모여든 것임을 상징적으로 보여 주고 있기 때문이다. 이 시의 이와 같은 성취의 바탕에는 '성냥팔이 소녀의 재림'이라는 '오래 삭힌 것 같은 풋풋한' 설정과 해석이 깔려 있다. 성냥팔이 소녀라는 익숙한 캐릭터를 새롭게 해석하여 그만의 독특한 시공간을 연출해 낸 것이다. 이렇게 하여 그는, 사회적 통증이 어떻게 촛불광장으로 옮겨 붙어 역사적 사건이 되는지 그 의미 맥락을 빼어나게 그려 내었다.

「성냥팔이 소녀가 마지막 성냥을 그었을 때」의 '용산 망루'처럼 이설야는 "음울하고 스산한 삶의 회억들"을 끊임없이 복기하고 상기한다. 그런데 문제는, 앞에서 말한 것과 같은 통증이 이 복기와 상기에는 반드시 배어 든다는 점이다. 게다가 이 통증은 '가난과 가부장적 폭력과 성차별의 삼중 굴레에 노출된' 동시대의 구조적 비극까지 앓고 있다.

시의 상상력과 치유력으로 감당할 수 없는 영역까지 퍼져 있는 것이다. 그래서 많은 시인들은 고발과 연민으로 이를 조명하다 마감하곤 한다. 하지만 이설야는 여기서 멈추지 않는다. 이 시대적인 비극을 '참혹하리만치 고달픈 삶의 곤혹스러운 따스함'으로 시에 담는 것이다.

죽고 싶다
는 말을 이름표처럼 달고 다닌
신흥여인숙 쪽방, 그 계집아이는 겨우 다섯 살
족제비눈처럼 찢어져 있었다

단단하게 여물어 있던 아이의
아이 같지 않은 눈망울 속에
늙은 여자 여럿이 다투고 있었다

햇빛이 찾지 않는 내 방문을 자주 열었다
닫았다

함께 라면을 끓여 먹다가
한숨을 국물처럼 삼키던 아이
까맣게 타들어 간 장판에 눌어붙어
늦도록 가기 싫어했다

아이가 사라지기 전
문틈으로 아이 아버지의 벌거벗은 몸을 보았다

의붓아버지라고 했다

다음 날, 온 동네 새까만 집들이
가슴에 덜컹거리는 문짝들을 닫고
눈을 질끈 감아버렸다
아이를 삼킨 어둠을 향해
별들이 여기저기 웅성거렸다

　　　　　　　　　　　　　－「등화관제」 전문

　겨우 다섯 살 된 아이가 늘 달고 다니는 말이, "죽고 싶다"라니. 아
마도 그 계집아이는 뼛속 깊이까지 불행했으리라. 그렇지 않고서야 어
찌 아이가 "한숨을 국물처럼 삼키"겠으며, "까맣게 타들어 간 장판에
눌어붙어/늦도록"까지 집에 가기 싫어했겠는가. 게다가 그 아이는, 의
붓아버지에게 어떤 성적 학대마저 당하고 있지 않았을까 추측케 한다.
실제로 당시 아이들은 극심한 성차별과 폭력에 노출되어 있었다. 아이
들을 보호해 주는 그 어떤 공간과 장치가 없었다. 아버지들은 거의 다
"동인천 건달"이었으며 어머니나 다름없을 "화평동 이모들은/일번지
다방에 나"가는 게 일상이었다. 심지어 "수문통 언니들"도 "동인천 일
번지다방에 나갔"으나, "나가서 돌아오지 않았다."(「수문통 언니들」)
　이렇게 볼 때, 저 일번지다방은 아마도 성매매가 이루어지는 공간
이었을 가능성이 높다. 그곳에조차 출입하지 못하는 수컷들은 그러면
들끓는 욕망의 찌끼를 어떻게 풀었을까. 나는 저 "벌거벗은 의붓아버
지의 몸"에서 끔찍한 성폭력의 잔재를 읽는다. 시에서는 그 아이가 어
떻게 죽었는지 명백하지 않으나 나는 시대적 살인으로 규정한다. 여린

목숨이 견디기에 저 질곡은 감히 항거할 수 없는 지옥이었을 것이다.

그러나 저 비루한 환경 하에서 아이의 죽음은 그저 하찮음에 지나지 않았다. 사람들은 "가슴에 덜컹거리는 문짝들을 닫고/눈을 질끈 감아 버렸다." "아이를 삼킨 어둠을 향해/별들"만 "여기저기 웅성거렸"을 따름이다. 사람들은 왜 이렇게 살았을까. 그 사람들도 실은 '등화관제' 속에 있었기 때문이다. 자신도 그렇고 타인도 그렇고 들켜서는 안 되는 삶을 영위했던 그늘 인간들의 비애이다.

전체적으로 보면 이 시는 단순하다. 한 아이의 극히 짧은 비극적 삶을 비교적 건조하고 냉정하게 서술한다. 그러다가 마지막 행에 이르러 "별들이 여기저기 웅성거렸다"로 끝낸다. 나는 이 별들의 웅성거림에서, "불쌍해서" "어떡해" "평안해라"와 같은 탄식을 듣는다. 이 탄식은 이설야가 내는 속 깊은 위로이다. 냉정한 현실상황이므로 직접 저 죽음에 개입할 수 없지만, 별들의 웅성거림으로는 안타까움을 전달할 수 있지 않은가. 이와 같은 방식으로 그는 대상과 감응하고 싶어 하는구나, 생각하면서 저 별들의 시선을 올려다보다가 아하, 나는 깨달았다. 동일시의 공감적 눈빛이 등화관제 세상에 부어지고 있음을.

그 계집아이를 통해 이설야 또한 자신의 원초적 공포를 상기한 것이다. 저 별들의 웅성거림은 그러므로 어느 한 아이의 죽음만을 의미하는 것이 아니라, 당시의 모든 공포에 대한 감응인 것이다. 모든 신산스러운 삶을 다독거리는. 이런 게 바로 해원(解冤)일 것이다. 삶의 비극성을 '참혹하리만치 고달픈 삶의 곤혹스러운 따스함'으로 풀어내는 것. 부조리한 현실의 고발과 개선은 이설야의 몫이 아니다. 그러한 작업들은 이미 다른 시인들에 의해 넉넉히 이루어졌다. 그러니 나는 그가 계속해서 그만의 상기작업을 통해 어두운 과거를 불러내어 치유하고 이를 풋풋하게 재생하기를 바란다. 과거를 해원해야 제대로 된 오늘이 열릴 수 있기 때문이다.

지금, 여기, 나와 우리의 삶은 얼마나 귀한가

그렇다고 해서 이설야가 마냥 과거만 바라보고 있어서는 안 될 것이다. 지금 여기에서 과거만 풀다 보면 현재가 다시 과거가 되는 악순환을 반복할 수밖에는 없다. 과거와 현재는 결코 따로 있지 않다. 시간의 구분이 그러할 뿐, 동일궤에 놓여 있는 것이다. 그가 시 「조등」에서 밝힌 대로 "내가 머뭇거리는 동안/꽃은 시들고/나비는 죽었"으며, "내가 인생의 꽃등 하나 달려고/바삐 길을 가는 동안/사람들은 떠났고/돌아오지 않았"음을 기억해야 한다. 이렇게 생각할 때, 지금, 여기, 나와 우리의 삶은 얼마나 귀한 현재인가.

현실을 깊이 살아야 한다. 설령 우리의 삶에 "검문은 다시 시작되"고, "수장된 시계가 퉁퉁 붇고/교과서는 찢어지고/아이들의 입은 서랍 속에 갇"(「마비」)히는 세월이라고 해도 여기 우리는 아직 살아 있다. 살아 있어 '여기 우리가 살아 있다'고 외치며 구조악을 향해 몸 부딪혀 가는 것 아닌가.

그러므로 이제 이설야에게 남은 과제는 '바로 여기의 삶'이 아닐까 싶다. 과거는 과거대로 부지런히 탐색하면서, 탐욕으로 오염된 자본주의의 심장을 날카롭게 강타하는 시쓰기. 나는 이것이 융합적 리얼리스트의 진면목이라 여긴다. 물론, 그렇다고 해서 이설야가 현재와 미래에 둔감하다는 것은 결코 아니다. 그의 시집에는 현재와 미래를 조감하는 시들도 적지 않다. 다만, 시적 중심이동이 조금 더디게 작동하고 있을 뿐이다.

여전히 지속되는 폭압적인 사회구조와 인간소외라는 현실과의 싸움을 적극 수행한다는 점에서 이설야는 리얼리즘의 후광을 받고 있다. 동시에, 상처 받은 내면을 자신만의 언어로 닦아세워 치유하려 한다는 점에서 모더니즘에 뒷배를 대고 있다. 이와 같은 특성을 가졌으므로 나는 이설야를, 태생적인 '융합적 리얼리스트'이며 숙성된 시인이라 일컫고자 하는 것이다.

이렇듯 우리 시사에서 드문 강점들을 갖고 있으므로, 나는 그가 충분히 익은 이설야식 특성들을 당당하게 적어 나가리라 믿는다. 조금 더 자신을 밀어붙인다면 남은 구체제의 흔적들마저 곧 지우고 전혀 새로운 시적 전범을 펼치게도 될 것이다. 그때쯤에는 융합적 리얼리즘도 그와 함께 더욱 든든해지지 않을까.

무중력과 중력 사이의 버거운 고행

— 융합적 리얼리즘의 실제 5 : 안희연과 신철규

무중력 시들을 넘어서

독자들이 아니라, 시력 만만찮은 시인들이 시가 읽히지 않는다고 고백한다. 어떤 시는 어려운 게 아니라, 아예 모르겠다는 것이다. 나는 이제껏 '열 번쯤 읽어 알지 못할 시는 드물다' 주의자였는데, 최근 나도 이러한 내 생각을 수정하는 참이다. 열 번쯤 읽어도 모를 시가 늘어난다. 그런데도 난 '수정하는 참'이라고 쓸 수밖에는 없다. 아직도 미련이 남기 때문이다. 어느 분야에 삼십 년쯤 투자했으면 적지 않은 공력 아닌가. 그런데도 읽어 알지 못할 시가 적지 않으니 자괴감이 스멀거린다. 그럼에도 불구하고 현실은 현실이다. 안타깝게도 독해되지 않는 시가 적지 않이 보인다. 나는 낡고 늙어 가는데, 새로운 시인들은 더 새롭고 젊기 때문일까.

접점을 발견하기 쉽지 않아서 읽다 지쳐 책장 넘기고 마는 사례가 잦았다. 한동안 나는 이 까닭을 요즘 시인들의 이상 징후 중 하나인 자폐(自閉)로 보았다. 스스로 문 닫아 걸고 자기 속으로만 침잠하는 게 대세인가 듯싶었다. 소통 부재를 기꺼이 자기 시의 테마라고 강조하는 시인들의 이 같은 자폐 증상은 떳떳하기도 해서 독해에 애를 먹곤 했다. 그런데 문제는, 이게 다가 아니라는 점이다. 무슨 전염병처럼 자폐와는 결이 다르게 느껴지는 시인들조차 이러한 조짐에 섞여 들었다. 내가 읽어 낼 수 있는 시는 점점 더 졸아들고 독해할 수 없는 시들은 쌓여갔다.

얼마쯤 버티다가 마침내 나는 시들을 내려놓았다. 읽지 못한 시집들은 잘 챙겨서 모셔 두었다. 더위에 지치기도 했지만, 도무지 속을 알 수 없으니 접자는 체념으로 퍼져 버린 것이다. '그래, 맞아. 서로 자유롭자.' 이렇게 정리하자, 뿌옇게 시야를 가로막던 욕망도 차츰 가셔져서 가뿐해졌다. 심신이 한결 새뜻해져서 그런지 마치 내가 허공에 붕 뜨는 것 같은 착각이 들었다.

그런데 그때였다. 그 착각이 개념 하나를 불쑥 밀어 올렸다. 무중력 증후군(無重力症候群). 시인들이 지금 이런 상태를 꿈꾸고 있는 것인가. 그 어떤 중력이나 에너지의 방해조차 없이 자유로이 우주를 유영하는 것. 그러한 관념들의 희구. 그렇다면 이는 자폐가 아니라, 무중력 우주류(宇宙流)가 아닌가.

나는 모셔 둔 젊은 시인들 시집 꺼내어 찬찬히 들여다보았다. 흐릿하게 느껴진 시들을 '무중력'에 대입해 보자, 아연 시 읽기가 편해졌다. 읽고 말겠다는 욕망을 놓아 버리니 나름대로 시향도 맡아졌다. 융합의 또 다른 국면을 이들 시인이 넘어가고 있는 것 아닌가 싶기도 했다. 중력의 자기장을 버티면서 자기식의 우주류를 시연하고 있는 것처럼 비쳤던 것이다.

하지만, 무중력이라니. 이들은 왜 저 무한한 공간으로 나아갔을까. 저토록이나 모든 것에서 놓여나고 싶었을까. 무중력 상태란, 실은 진정한 자유의 공간이 아니지 않는가. 저기에서는 나마저도 지워진다고 보면, 이들은 벌써 '나'라는 존재가 그저 한낱 우주의 티끌에 불과하다는 걸 깨우친 것인가. 아직은 우겨서라도 '나'라는 존재의 무한한 확장을 견지해야 하는 것 아닐까.

곤혹스럽게 저들을 무중력으로 띄워 올린 나와 우리 세대를 자책하고 있을 때, 신철규 시인이 지금 "지구 속은 눈물로 가득 차 있다"고 말한다. 그래, 이 지구에서 우리가 더 이상 무슨 꿈을 꿀 수가 있을까. 세상은 이미 초대받지 못한 자들 천지여서, "지구만큼 슬"플 수밖에는 없는데. 그럼에도 불구하고 시인들이여, 저 무중력에서도 "처음 자전을 시작한 행성처럼" "먹먹"한 가슴만은 결코 버리지 말아 달라고 나는 부탁한다. (신철규의 시 「슬픔의 자전」)

물론, 내가 이렇게 굳이 당부하지 않더라도 80년대생 무중력의 시인들 속에는 스스로 빛나는 이들이 있다. 아예 여기, 우리의 삶을 벗어나 무중력에 안착한 시인들과는 달리, 무중력과 중력 사이를 엉버티며 버거운 고행을 자처하고 있는 시인들이 그들이다. 그중에서도 특히, 나는 안희연과 신철규에 주목한다. 이들에게서 나는 융합적 리얼리스트의 새로운 모색을 읽는다. 어느 한곳으로 쏠리지 않으면서 스스로 통합하는 게 융합이라고 할 때, 이들 두 시인의 행보가, 융합적 리얼리즘의 새 변모는 아닐까 조심스럽게 진단해 보는 것이다.

안희연, 융합과 균형의 확장성

안희연의 첫 시집 『너의 슬픔이 끼어들 때』(창비, 2015)를 덮으면서 나는 비로소 접할 수 있었다. 다음과 같이 적혀 있는 이원 시인의 추천사. "떠 있다. 무중력을 견디는 한 장의 벽돌. 고트호브."를. 안희연의 시에서 이원 시인도 무중력을 읽은 것이다. 안희연이 얼마나 힘들게 저 벽돌의 무게로 무중력을 견디고 있는지. 하지만 어이할거나. 내게는 바로 이 힘듦의 무중력이 편치 않았다. 끊임없이 먹먹하고 서늘한 통증을 유발했다. 그의 산문집을 읽을 때와는 또 다른, 어떤 부재의 하염없음이 등 뒤를 서늘하게 가르곤 했다. 어스름 얇게 저며 가는 설원에서 아무도 오지 않는 그 무언가를 기다리는 심정이랄까. 우울과 좌절은 서로 공명하며 커져서 공황처럼 온 살이 떨리는데, 시커먼 두려움만 몰아쳐오는 그 설원에서.

자, 이와 같은 때, 안희연은 어떻게 했을까. 맞다. 짐작대로 그는 무중력으로 점핑해 들어갔다. 그러고는 저 설원 같은 무중력으로 버텨 보는 것이다. 아마도 이 지점이 안희연의 모더니티일 텐데, 안희연을 이렇게만 파악해서는 곤란하다고 불현듯 나는 되뇌인다. 그 설원의 무중력이 때로는, 다음과 같이 리얼한 '슬리핑백'으로 전환되는 까닭이다.

바다 밑바닥은 생각보다 아늑해. 이곳엔 두 눈을 멀게 하는 태양도 늑대들의 울부짖음도 없고

발바닥을 간지럽히는 물의 감촉. 꿈인 듯 꿈 아닌 듯. 이렇게 가지런히 누워 흔들흔들 흔들리고 있으면 구원을 기다리는 일 따윈 하지 않게 돼.

누군가는 이곳을 빛의 점멸 구간이라고 불러. 깜빡깜빡. 깜빡깜빡. 수초 사이로 지나는 물고기 떼가 은빛 동전처럼 반짝거리면

손을 뻗어 잡으려다 말고 나에게 손이 없다는 것을 깨닫는다.

그후론 손에 대해서만 생각했어. 밤을 잃어버리고 나서야 밤을

노래하는 사람들처럼. 손의 실종. 손의 실종. 무언가를 쥐어 볼 수
없다는 것……

발도 얼굴도 흩어지고 내가 아주 작은 목소리가 되었을 때. 잠시
흰 돌고래의 몸을 빌려 수면 위로 솟구쳐 본다면 멋질 거야. 지상
에 전하는 마지막 윙크처럼.

너무 오래 슬퍼하지는 않기를. 너무 오래 슬퍼하지는 않기를.
밤낮없이 바다만 들여다보는 사람들에게.

아주 오래된 옛날에. 나는 이곳에 와 본 적이 있는 것 같아. 신이
떨군 커다란 눈물방울. 영원히 마르지 않는.

— 안희연, 「슬리핑백」 전문

"두 눈을 멀게 하는 태양도 늑대들의 울부짖음도 없"는 아늑한 중
력의 "바다 밑바닥"은 무중력 상태와 다름없다. 물론, 이 무중력은 여
타의 무중력과는 결이 많이 다르다. 내가 원해서 도달한 무중력 공간
이 아닌 것이다. 그러니 무중력 상태에서도 그는 "꿈인 듯 꿈 아닌 듯"
"발바닥을 간지럽히는 물의 감촉"에 몸을 맡기고 "가지런히 누워 흔들
흔들 흔들리고 있으면"서 "구원을 기다리는 일 따윈 하지 않게" 된다
고 언급하는 것이다. 구원을 기다리지 않는다고 말하는 역설의 기다
림은 어쩐지 참혹하다. 가라앉아 있지만, 그는 아주 간절하게 자신의
몸이 흐트러지지 않기를 바라고 있는 것이다. 그런데 어쩌랴. "손을
뻗어 잡으려다 말고" 그는 자신에게 "손이 없다는 것을 깨닫는다." 이
미 그는 그가 아니게 되어 버린 것이다. 그러므로 그는 이제 다른 꿈을
꿀 수밖에는 없다. "발도 얼굴도 흩어지고 내가 아주 작은 목소리가 되
었을 때" "잠시 흰 돌고래의 몸을 빌려 수면 위로 솟구쳐" 보는 꿈. "밤

낮없이 바다만 들여다보는" 사람들에게 "지상에 전하는 마지막 윙크"를 전할 수 있는 꿈, 그런 꿈.

나는 그의 이 윙크에 맘 젖는다. 한쪽 눈 찡긋 감아 보내는 애정의 신호인 윙크에는 지상에 머무는 사람들이 "너무 오래 슬퍼하지 않기를" 바라는 그의 진심이 담겨 있다. 그는 "영원히 마르지 않는" "신이 떨군 커다란 눈물방울"인 태초로 되돌아가는 것이므로, 자신의 죽음이 빚어 올린 슬픔들이 오래 지속되는 것을 원치 않는다. 윙크는 그러한 바람의 기호이며, "바다 밑바닥"이라는 중력에서 태초라는 무중력으로 옮겨 감을 일러 주는 기척이다.

그가 보내는 이 윙크로 나는 한동안 호흡 멈칫거린다. 이행할 수밖에 없는, 그의 '중력에서 무중력으로의 전이'가 너무나 가슴 아렸던 것이다. 그러다가 곧 시 「야간비행」을 떠올리며 아린 가슴을 쓸어내린다. 그가 다시 여기로 돌아오고 있는 것이다.

> 나는 이 비행기의 유일한 승객이자 조종사, 잠과 잠을 끝없이 이어 붙인 밤의 상공을 날아갑니다 조종사의 첫 번째 자질은 어둠의 리듬을 타는 일이라고 엄마는 말했지요 불쑥불쑥 솟은 꿈의 허들을 넘을 때마다 부드럽게 출렁이는 잠 나는 유리 조각을 쥐고 둥글게 몸을 웅크립니다
>
> …(중략)…
>
> 손금을 바꾸려던 바람의 유언을 따라 소금으로 뒤덮인 행성을 통과합니다 깊은 목마름의 힘으로 솟아오르는 나무가 있어요 온몸 가득 붉은 심장을 걸기 위해

> 뜨겁게 고여 있는 나의 우주 어둠은 내가 배운 최초의 단어입니
> 다 비행기 창문이 열리지 않는 이유가 궁금한가요 잊히지 않는 비
> 밀이 되려고 벽 안으로 몸을 밀어 넣는 새들이 궁금한가요 오늘도
> 엄마는 청진기를 대고 나의 비행을 엿듣습니다 얼굴은 목에서 피
> 어오른 단 하나의 꽃, 나는 그 꽃을 피워올리려고 힘찬 발길질을
> 시작해요
>
> — 안희연, 「야간비행」 부분

이 시에서 그가 돌아오고 있음을 느끼는 것은 나만의 상상일 수 있
다. 신생아 탄생의 비의를 세월호 아이의 죽음과 바로 연결 짓기에는
무리가 따르기 때문이다. 설령 그렇다고 하더라도 나는 '세월호 아이
가 돌아오고 있다'는 내 상상을 포기할 생각이 없다. 저 "꿈의 허들을
넘을 때마다 부드럽게 출렁이는" 엄마의 자궁은 "신이 떨군 커다란 눈
물방울"인 바다와 하등 다를 바 없게 여겨지는 까닭이다. 둘 다 원초적
생명들이 돌아가는 곳이며 새로운 생명들이 태어나는 곳 아닌가. 게
다가 3연의 "손금을 바꾸려던 바람의 유언을 따라 소금으로 뒤덮인 행
성을 통과"한다는 부분과 "온몸 가득 붉은 심장을 걸기 위해" "목마름
의 힘으로 솟아오르는 나무"에 이르러서는 내 심장도 두근거린다. 운
명을 바꾸라는 바람의 유언을 따라 태초의 바다라는 무중력을 거슬러
그가, 붉은 심장의 생명의 나무로 여기에 오고 있는 것이다.

누군가에게는 이러한 독법이 판타지로 여겨질지 몰라도, 내게는 그
렇지 않다. 우주적 질서라고 하는 것의 리얼리티에는 우리의 과학적
지식 깜냥으로는 해석할 수 없는 숱한 혼돈이 걸쳐 있는 것이다. 시의
눈은 그 너머까지 이르러야 하지 않을까. 그런 측면에서 나는, 돌아간

아이가 우주적인 힘으로 돌아올 수 있음은 허구지만, 반드시 허구로만 얘기할 수도 없을 것이라 여긴다.

이처럼 무중력 우주류로 나아가지 않고, 중력으로 돌아온 안희연의 귀환을 나는 융합의 균형이라 부르고 싶다. 안희연의 「야간비행」 같은 시들이 바로 그런 사례이다. 이들 시에서는 리얼과 모던이 조화롭게 그 경계를 확장하고 있는 것이다. 이런 모양새가 나는 융합적 리얼리즘의 새로운 가능성이라 믿는다. 융합적 리얼리즘은 굳어져 종속되는 게 아니라, 안희연에게서처럼 끊임없이 끓어 넘치며 균형을 잡으려 하는 것이다.

신철규, 슬픈 지구에게 보내는 동행의 위로

2017년 펴낸 첫 시집 『지구만큼 슬펐다고 한다』(문학동네) '시인의 말'에서 신철규는 다음과 같이 쓴다.

> 절벽 끝에 서 있는 사람을 잠깐 뒤돌아보게 하는 것,
> 다만 반걸음이라도 뒤로 물러서게 하는 것,
> 그것이 시일 것이라고 오래 생각했다.
>
> 숨을 곳도 없이
> 길바닥에서 울고 있는 사람들이
> 더는 생겨나지 않는 세상이
> 언젠가는 와야 한다는 믿음을 버리지 않겠다.
>
> — 신철규, '시인의 말' 부분

얼마나 고맙고 선한 다짐인가. 그의 '시의 정의'가 참으로 아름답다. 내가 읽은 수많은 '시인의 말' 중 가장 살가워서 뜨거운 선언이기도 하다. 리얼과 모던, 융합을 떠나서 나는 감동한다. 그래, 이쯤은 되어야 휴머니즘을 안다고 할 수 있을 것이다. "절벽 끝에 서 있는 사람을 잠깐 뒤돌아보게 하는 것,/다만 반걸음이라도 뒤로 물러서게 하는 것." 사람 사는 세상에서 이보다 더 선명하게 시라는 것의 존재 이유가 있을까. 아마도 그래서일 것이다. 그가 "숨을 곳도 없이/길바닥에서 울고 있는 사람들이/더는 생겨나지 않는 세상이/언젠가는 와야 한다는 믿음을 버리지 않겠다."고 천명하는 것이 전혀 희떱게 들리지 않는다. 누군가는 휴머니즘으로 이 자본주의 물질만능사회를 돌파하고자 하는 그의 선한 의지를, 돈키호테식 발상이라고 호도할지도 모른다. 그러나 잘못 봤다. 그가 이 지구별 사람들 속에서 흘리는 눈물을 보라. 그 눈물의 중력을. 그는 이 시대의 부양성(浮揚性)을 느끼고 있음에도 불구하고 뜨는 것보다는 가라앉는 걸 시의 중심부에 담는다.

뉴스에서도 인용되어 널리 알려진 그의 시 「눈물의 중력」은 아예 중력 지향성을 제목에 걸고 있다. 그런 점으로 보면 그는 돈키호테가 아니라, 오히려 잔다르크에 가까울 것이다. 무중력 시대를 견디는 중력의 전사 같은.

십자가는 높은 곳에 있고
밤은 달을 거대한 숟가락으로 파먹는다

한 사람이 엎드려서 울고 있다

눈물이 땅속으로 스며드는 것을 막으려고
흐르는 눈물을 두 손으로 받고 있다

문득 뒤돌아보는 자의 얼굴이 하얗게 굳어 갈 때
바닥 모를 슬픔이 눈부셔서 온몸이 허물어질 때

어떤 눈물은 너무 무거워서 엎드려 울 수밖에 없다

눈을 감으면 물에 불은 나무토막 하나가 눈 속을 떠다닌다

신이 그의 등에 걸터앉아 있기라도 하듯
그의 허리는 펴지지 않는다

못 박힐 손과 발을 몸 안으로 말아 넣고
그는 돌처럼 단단한 눈물방울이 되어 간다

밤은,
달이 뿔이 될 때까지 숟가락질을 멈추지 않는다

― 신철규, 「눈물의 중력」 전문

　밤이 달을 파먹고 있는 까닭에 한 사람이 울고 있는 것은 아닐 것이
다. 하지만 저 떠 있는 달을 밤이 숟가락으로 파먹는 만큼 그의 슬픔은
깊어진다. 아마도 이럴 때, 다른 젊은 시인이라면 이 시를 띄워 무중
력 쪽으로 끌고 가지 않았을까. 그런데 신철규는 오히려 중력 쪽으로

끌어당긴다. 그는 슬픔의 무게를 익히 아는 것이다. "어떤 눈물은 너무 무거워서 엎드려 울 수밖에 없"음을. 생각해 보라. "문득 뒤돌아보는 자의 얼굴이 하얗게 굳어 갈 때/바닥 모를 슬픔이 눈부셔서 온몸이 허물어질 때" 어찌 부양할 수 있으리. 다만 땅에 엎드려 흐느낄 수밖에 없지 않을까. 엎드려 마음껏 눈물 쏟아내고 나면 한풀이라도 한 것처럼 그 슬픔, 조금은 마르지 않겠나.

그러나 안타깝게도 저 "한 사람"은 이러한 자연스러움을 받아들일 수 없다. "눈물이 땅속으로 스며드는 것을 막으려고" 그는 "흐르는 눈물을 두 손으로 받고 있"는 것이다. 그가 중력을 거부하고 이처럼 눈물을 붙잡고 있는 것은 그게 제의(祭儀)이기 때문이다. 그만큼 그에게는 이 슬픔이 무겁고 뿌리치기 힘들다. 왜 그렇지 않겠는가. 살아 있던 생명체가 "물에 불은 나무토막"이 되어 "눈 속을 떠다"니는데. 그 물이 눈 가득 차올라 넘치는데. 어찌 이 눈물, 땅속에 스며들게 할 수 있을 것인가. 생명을 구하지 못했으므로 그 눈물이라도 거두어야 하지 않겠는가. 하지만 불행하게도 눈물만으로는 생과 사를 넘어설 수 없다. 그러니 그는 이제 죄지은 자로서, "못 박힐 손과 발을 몸 안으로 말아넣고" 스스로 "돌처럼 단단한 눈물방울이 되어 간다."

나는 이 "돌처럼 단단한 눈물방울"에 주목하고자 한다. 아마도 시(詩)일 성싶은 이 "돌처럼 단단한 눈물방울"은 그가 눈물의 중력을 딛고 일어설 경우, 대속과 속죄의 중요한 도구로 작용하지 않을까 싶다. 그리하여 "절벽 끝에 서 있는 사람을 잠깐 뒤돌아보게" 한다거나, "다만 반걸음이라도 뒤로 물러서"도록 이끌 것임에 틀림없다. 그런데 문제는, 그의 이 "단단한 눈물방울"이 근본적인 해결책은 되지 못한다는 점이다. 시 「검은 방」에서 보듯, 이 시대를 사는 대부분의 현대인들은 여전히 "슬픔의 과적 때문에" 가라앉고, 이 세계는 "한쪽으로 치"우친 슬픔으로 인해 비틀거리는 까닭이다.

> 슬픔의 과적 때문에 우리는 가라앉았다
> 슬픔이 한쪽으로 치우쳐 이 세계는 비틀거렸다
>
> 신의 이름을 부르고 싶었지만 그것이 일반명사인지 고유명사인
> 지 알 수 없어 포기했다
> 기도를 하던 두 손엔 검은 물이 가득 고였다
>
> 가만히 있으면 죽는다
> 최대한 가만히 있으려고 할수록 몸에 힘이 들어갔다
> 나는 딱딱해지고 있었다
> …(중략)…
> 모든 것이 가만히 있는 곳이 지옥이다
> 꽃도 나무도 시들지 않고 살아 있는 곳
> 별이 움직이지 않고 가만히 멈춰서 못처럼 박혀 있는 곳
> 죽은 마음, 죽은 손가락, 죽은 눈동자
> …(중략)…
> 우리는 떠올라야 한다
> 우리는 기어올라야 한다
> 누구도 우리를 끌어 올리지 않는다
>
> 가을이 멀었는데 온통 국화다

가을이 지난 지가 언젠데 국화 향이 이 세계를 덮고 있다
컴컴한 방에 검은 비닐봉지를 쓰고 앉아 있는 것처럼 숨이 막힌
다
꿈속에서도 공기가 희박했다

해변은 제단이 되었다
바다 가운데 강철로 된 검은 허파가 떠 있었다

— 신철규, 「검은 방」 부분

세월호 참사로 짐작되는 정황들이 검은 방을 뒤덮고 있다. 그는 "신의 이름을 부르고 싶었지만 그것이 일반명사인지 고유명사인지 알수 없어 포기"한다. 당연하게도 이런 곳에서는 "기도를 하던 두 손"에도 "검은 물이 가득 고"인다. 나는 "일반명사인지 고유명사인지" 구분하고 있는 이 '신'에 주의 기울인다. 이로 보건대 이 '검은 방'에서 절대적인 신은 없으며 그저 있으나 마나한 존재에 불과하다. 그러니 신을 찾는다고 하여 기적 같은 게 일어날 가능성도 없어서 "가만히 있으면 죽"게 될 것이다. 사정이 이러한데도 누군가는 가만히 있으라고 한다. 달리 방도가 없으므로 "최대한 가만히 있으려고" 하지만, 이미 "나는 딱딱해지고 있"다. 그는 이미 "죽은 마음, 죽은 손가락, 죽은 눈동자"의 세계에 들어선 것이다. 따라서 "가을이 멀었"음에도 "온통 국화" 일색이며, 가을이 한참 지난 뒤에도 "국화 향이 이 세계를 덮고 있"는 것이다. 죽음을 대신하는 국화 향이 이렇듯 세계를 덮고 있는 까닭에, "꿈속에서도" 여기는 "공기가 희박"하고, "검은 비닐봉지를 쓰고 앉아 있는 것처럼 숨이 막힌다."

'검은 방' 자체도 송연하지만, 내 눈이 오래 머문 곳은 "슬픔이 한쪽으로 치우쳐 이 세계는 비틀거렸다"라는 시행이다. 슬픔에도 차별이 있음을 그는 알아챈 것이다. 세상은 공평하지 않아서 슬픔에 빠지는 자들은 한쪽에 치우쳐 있으며, 그 치우친 슬픔 때문에 이 세계가 비틀거리고 있음을. 참으로 뼈아픈 지적이며 쓰라린 현실 인식이 아닐 수 없다.

당신도 가만히 한번 돌이켜 보라. 이 세계에서 가진 자들의 슬픔과 없는 자들의 슬픔은 그 궤가 다른 것 같지 않은가. 내가 보기에, 없는 자들의 슬픔이 '생명'에 걸린다면, 가진 자들의 슬픔은 '소유'에 귀착된다. 아마도 이 확연한 차이가 이땅에 자꾸 '검은 방'을 양산하는지도 모른다고 생각하니 문득 이 세계가 섬찟하다.

자, 그렇다면 이제 우리는 어떻게 할 것인가. 머물 것인가, 떠날 것인가. 신철규는 '시인의 말'을 이렇게 마친다. "고향에 계신 할머니께/이 시집이 따스한 안부가 되었으면 좋겠다."고. 이 '따스한 안부'가 어찌 고향에 계신 할머니께만 해당하겠는가. 나는 이 안부가 '검은 방'의 그대에게도, 또 슬픈 지구에게도 보내는 동행의 위로라 여긴다. 동시에 이 위로가 내게는, '검은 방'의 모더니티와 '동행'이라는 리얼리티를 감싸는 신철규식 융합의 시적 함의로도 읽힌다.

세상을 들끓게 하는 시를 쓰고 싶다면

1980년대생인 안희연과 신철규는 둘 다 시집 제목에 '슬픔'을 걸어두고 있다. 슬픔이 중요한 세계인식의 촉각인 것이다. 얼핏 이들은 무중력증후군과 중력 지향성이라는 다른 행보를 보이는 것 같지만, 세상의 통증에는 어쩔 수 없이 슬픔이라는 연대의 감정을 흘린다. 동시대의 우울과 좌절에서 이들도 자유로울 수 없는 것이다. 가엾음과 연민의 시학이 시를 끌고 가는 주요 동인으로 작동하는 것도 그 까닭이다.

그럼에도 불구하고 이들은 꿈꾼다. 거침없는 자유, 무한한 질주를. 그것이 설령 무중력증후군이라 할지라도 말이다. 이는 중력의 자장을 시의 중심축으로 삼는 신철규도 예외가 아니어서, 아슬아슬한 무중력의 공간이 그의 시에서 노출되기도 한다. 여기를 벗어나지 않으면 질식할 것 같은 위급함이 이들을 압박하는 것일까. 아니면, 세상을 느끼면 느낄수록 어떤 무기력에 빠지게 되는 것일까. 무중력을 향한 젊은 시인들의 도정은 그침없이 이어지고 있다. 하지만 나는 '희망이라든지 삶의 긍정성 부재'라는 말을 들먹이며 이들의 현재를 비난하고 싶지 않다. 이들에게 현대적 삶이란, 무차별적인 탐욕의 일상적 침탈로부터의 탈출일 수도 있다는 생각이 자꾸 고갤 쳐든다. 그만큼 이들의 삶은 자본주의 물질사회에 찌들어 지리멸렬해져 있는 것이다.

상황이 이러할 때, 당신에겐 어떤 생각이 스치는가. 우리 시의 미래가 암울한가. 나는 그렇지 않다고 고개를 가로젓는다. 안희연과 신철규에서 보듯, 무중력과 중력을 오가면서도 시의 개방성은 커지고 시인의 성찰은 깊어진다. 이렇게 자각된 이들의 정체성은 다시, 현실과의 분투와 교감 속에서 이 세계를 뒤흔들게 될 것이다. 나는 이런 게 융합적 리얼리즘의 열린 확장성이라고 본다. 이런 과정을 거치며 융합적 리얼리즘은 끊임없이 여기를 흔들며 저기로 나아가는 것이다.

자, 다 왔다. 이 글은 여기까지다. 이것으로 융합적 리얼리즘이라는 어쭙잖은 제안을 마감하려 한다. 융합의 양태를 구분하기 위하여 '리얼-모던'과 '모던-리얼' 경향으로 양분하여 시를 들여다보았으나, 어찌 시인이 한 면만을 고집하겠는가. 진정한 시인이라면 당연히 리얼과 모던의 양측을 골고루 섭생해서 시를 자아내어야 할 것이다. 현실 탐색과 언어적 실험의 삼투 없이 좋은 시는 태어나지 않는다. 세상을 들끓게 하는 시를 쓰고 싶다면, 끊임없이 소통하고 갈라지며 다시 섞어 내는 수많은 갈등의 골들을 기꺼이 감내해야만 할 것이다. 나는 융합적 리얼리즘이 그 수맥이 될 거라고 믿는다.

정우영 시평에세이

시에 기대다

초판1쇄 찍은 날 | 2019년 9월 27일
초판1쇄 펴낸 날 | 2019년 9월 30일

지은이 | 정우영
펴낸이 | 송광룡
펴낸곳 | 문학들
등록 | 2005년 8월 24일 제 2005 1-2호
주소 | 61489 광주광역시 동구 천변우로 487(학동) 2층
전화 | 062-651-6968
팩스 | 062-651-9690
전자우편 | munhakdle@hanmail.net
블로그 | blog.naver.com/munhakdlesimmian
값 20,000원

ISBN 979-11-86530-78-8 03810